천 민
나는 백정이다

나남
nanam

나남창작선 139

천 민

나는 백정이다

2017년 5월 25일 발행
2017년 5월 25일 1쇄

지은이	민병삼
발행자	趙相浩
발행처	(주) 나남
주소	10881 경기도 파주시 회동길 193
전화	(031) 955-4600 (代)
FAX	(031) 955-4555
등록	제 1-71호 (1979.5.12)
홈페이지	http://www.nanam.net
전자우편	post@nanam.net

ISBN 978-89-300-0639-2
ISBN 978-89-300-0572-2 (세트)

나남창작선 139

민병삼 장편소설

천 민

나는 백정이다

나남
nanam

소설에 덧붙여

그들은
천하게 태어나
천하게 살다가
천하게 죽었다

1923년 4월 25일.

경남 진주에서 우리나라 최초로 백정의 사회단체인 형평사衡平社
가 탄생했다. 이로써 백정의 저항운동이 수면 위로 부상했고 비로
소 사회가 관심을 갖게 됐다.

그동안 백정이 당했던 멸시와 박해 그리고 이로 인한 비애와 분
노는 이루 형언할 수 없을 정도였다. 인간 이하로, 짐승과 같은 천
대를 받고 살던 그들이었다.

그들의 꿈은 오로지 인간으로 살고 싶었을 뿐이었다. 그러나 사
회는 그들을 받아들이지 않았다. 그래서 그들은 저항했다.

그들의 이야기를 소설로 구성했다. 이 소설은 몇 해 전 경남 진주
의 〈경남일보〉에 〈천민〉賤民이라는 제목으로 연재했다. 출판에 선
뜻 응한 나남출판사에 깊이 감사한다.

2017년 5월

이범식

5

민병삼 장편소설

천 민

나는 백정이다

차 례

재설꾼

1

아침나절까지 내린 비로 저잣거리가 곤죽처럼 질척거렸다. 진창길 위로 새끼줄에 목이 꿰인 어린아이 하나가 두 장정에게 개처럼 끌려가고 있었다. 아이는 몸부림을 쳐댔지만 힘에 부쳤다. 기어코 앞으로 고꾸라지면서 나무토막처럼 가볍게 이끌렸다. 진흙감태기가 되어 버린 아이는 농청農廳 앞에 맥없이 널브러졌다. 어느새 구경꾼이 하얗게 몰려들었다.

목이 졸렸던 아이는 숨이 끊어진 듯 미동도 하지 않았다. 그래도 장정들은 아이를 거들떠보지도 않고 손바닥에 침만 탁탁 뱉어대는 것이 곧 요절을 내고 말 분위기였다.

이때 패랭이를 삐딱하게 쓴 보부상 차림의 젊은 사내가 구경꾼 틈에서 불쑥 튀어나와 사정을 물었다.

"백정 새끼요."

눈동자에 백태가 지저분하게 낀 굴젓눈이가 이유는 말하지 않고 퉁명스럽게 굴었다. 패랭이 사내도 그의 퉁명스런 말투가 못마땅한 듯 미간을 찌푸렸다.

"그란디, 으째서 어린아를 이 지경으로 끌고 왔다요?"

"백정 새끼 주제에, 감히 우리 아헌테 쌈을 걸었다 아이오."

"그란다고, 아 모강지를 묶어서 끌고 다녀라?"

그러자 굴젓눈이가 코를 팽 풀면서 그와 배를 붙일 듯이 다가와 눈을 부라렸다. 마침 죽은 듯 엎어져 있던 아이가 몸을 뒤척이자 옆에 있던 옹망추니 사내가 시위하듯 아이 엉덩이를 사정없이 걷어찼다.

"누군지는 모르나, 간섭허지 마소. 이 새끼가 피붙이라도 되능교?"

"어린 것헌티 너무 가혹형께 그라제."

굴젓눈이가 한 걸음 물러나 패랭이 사내를 위아래로 훑어 내렸다.

"혹시, 니도 백정 아이가?"

"음마? 말을 삼가야 쓰겄소이. 백정이라니."

"헌데, 와 넘 일에 간섭한단 말이고. 백정 새끼라 안 캤소."

이때 멀리서 봉두난발한 남자가 "우돌아, 우돌아!"라고 부르짖으며 허둥지둥 달려왔다. 그러자 옹망추니가 "애비 니 잘 왔다" 하면서 아이를 또 걷어찼다. 아이가 자지러지게 비명을 질러댔다. 봉두난발이 아이를 끌어안고 얼굴에서 진흙을 닦아내며 몸을 부들부들 떨었다.

"우돌아, 이 무슨 일이냐. 눈 좀 떠봐, 이늠아."

그가 끄억끄억 울음을 터뜨리자 옹망추니가 이번에는 아비에게까지 발길질을 해댔다.

"애비가 지 발로 나타났다 아이가. 고마 이것들을 함께 묶자."

"하모, 당연하제."

굴젓눈이와 옹망추니가 달려들어 부자를 함께 묶었다. 갑작스럽게 벌어진 사태에 패랭이 사내도 구경꾼이 되고 말았다. 그사이에 젊은 사내 서넛이 가세하여 부자를 둘러쌌다. 손에는 각기 몽둥이를 들고 있었다. 분위기가 더욱 살벌했다.

"사정 보지 말고, 두드리 패라이."

굴젓눈이가 내뱉자 백정 부자에게 몽둥이가 일제히 쏟아졌다. 매질을 당하면서도 아비는 자식이 더 다치지 않도록 부둥켜안고 뒹굴었다.

마침 순사 둘이 이를 목격하고 곤봉을 쳐들고 뛰어들었다.

"무신 일이고?"

"이것들, 백정이다 아이오."

"백정이라 캐서, 함부로 때리도 된다 말이가?"

"그럴 만한 이유가 있다 아입니꺼."

"도둑질이라도 했다 말이가?"

"그기 아이고 …."

"그기 아이모 와 때리노?"

순사가 눈을 부라려 굴젓눈이에게 바싹 다가갔다. 그러자 일당이 겁먹은 표정으로 비실비실 뒷걸음질을 쳤다. 순사들도 숨이 끊어진 듯이 뻗어 버린 백정 부자를 내려다보다 슬그머니 외면했다. 차마 더 들여다볼 수 없을 지경으로 처참한 꼴이었다.

"일단 겡찰서로 가자."

순사가 방망이로 손바닥을 탁탁 두드리며 일당을 향해 또 눈을 부라렸다. 그리자 후에 나타난 자들이 하나둘 꽁무니를 뺐다. 순사는 그들의 뒷덜미부터 낚아챘다.

"와 내삐노?"

"백정놈을 놔두고 와 우리만 갑니꺼?"

"이늠아가 … ? 잔말 말고 따라 오이라."

순사가 일당에게 으름장을 놓아 백정 부자를 들것에 실었다. 그러고는 두 놈에게 들것을 메게 했다. 나머지는 한 줄로 세워 앞뒤에서 호송했다.

저자를 지나는 동안 행인들이 들것에 눈길을 내려놓으며 고개를 갸우뚱거렸다. 그들 역시 들것에 실린 것이 사람인지 짐승인지 분간을 못 하는 것 같았다. 눈치로 대충 상황을 알아차린 자들은 들것으로 달려와 침을 뱉거나 나뭇가지로 쿡쿡 찔렀다. 혹자는 들것을 걷어차려고 발을 들어 올렸다가 순사와 눈이 마주치자 슬그머니 돌아서기도 했다.

"백정놈들은 몽조리 직이 뻐라!"

그런 중에 악을 쓰는 자도 있었다.

진주경찰서 한국 경시警視 (헌병 위관급으로 지금의 총경) 는 들것에 눈길을 주더니 대뜸 눈살부터 찌푸렸다. 순사가 경례를 붙이자 눈에 불을 키며 들것에 있는 것이 무엇이냐 물었다.

"백정이라 쿱니더."

"저게 짐승이 아니고, 사람이란 말인가?"

"그렇심더."

"저자들은 웬 놈들인가?"

"이들 백정을 집단으로 구타한 자들입니다."

"누구 허락을 받았다고 하든가?"

"농청 것들이 지멋대로 한 깁니더."

"이유는?"

"말씸 드리자 쿠모…."

순사가 상황을 대충 설명하고는 굴젓눈이와 일행의 덜미를 차례로 잡아 경시 앞에 꿇어앉혔다. 그 옆에는 주릿대와 압슬기 같은 형틀이 있었다.

"주리를 틀기 전에 겡시(경시) 어른께 사실대로 실토하그라."

굴젓눈이가 바닥에 이마를 박으며 억울하다는 호소부터 내뱉었다. 그러자 경시는 자리를 박차고 일어나 나뭇잎이 파르르 떨릴 정도로 호통을 쳤다.

"사람을 저 지경으로 만들어 놓고도 억울하다? 되게 맞아야, 정신 차리겠나?"

경시가 몹시 노했음을 깨달은 굴젓눈이와 그 일행의 얼굴이 하얗게 질려 사지를 바들바들 떨었다. 까짓 백정쯤 무시해도 될 일이지만, 어설픈 객기로 괜한 짓을 했다는 후회가 비로소 드는 듯했다.

"어느 놈이 주동자냐?"

"그러이깨네, 그기…."

그러면서 옹망추니가 목을 아래로 꼬아 굴젓눈이를 흘끔 바라보자, 굴젓눈이가 눈을 부라리며 입을 씰룩거렸다. 옹망추니가 이내 눈을 내리깔았다.

"소인들은 잘못이 음꼬예, 저 백정놈들이 무례했심더."

"무례했다? 대체 네놈들은 뭣 하는 것들이냐?"

"… 아랫마을에서 소작을 붙이묵고 있심더."

"허어, 개 못된 것은 들에 가서 짖는다더니…. 그 주제에 양반 흉내를 내? 못된 놈들. 이봐, 저놈들한테 곤장맛을 보여주고 하옥시켜 삼 일을 굶기도록 해!"

백정 부자는 들것에 누운 채 꼼짝도 하지 않았다. 굴젓눈이 일당이 차례차례 곤장을 맞는 동안 경시가 들것으로 다가갔다. 아무리 잘 보려 해도 여전히 죽은 짐승의 꼴이었다. 측은한 마음이 들기는 했지만 그냥 헛기침만 내뱉고 돌아섰다.

"이자들한테도 잘못이 있을 것이니, 우선 정신부터 들도록 해."

순사들이 물을 길어와 들것에 쏟아 부었다. 비로소 백정 부자가 목을 뒤틀면서 나귀처럼 입을 투르르 털었다. 그러고는 자신들이 낯선 곳에 누워 있음을 깨닫고 몸을 세우려 안간힘을 썼다. 쑥대강이 머리에 물까지 뒤집어쓴 모양이 물에 빠졌던 개 꼴보다 더 흉측했다. 경시와 순사들은 그 모습에 혀를 차며 고개를 돌려버렸다.

백정 부자가 나란히 경시 앞에 무릎을 꿇었다. 아비는 너무 많이 맞은 탓에 앉아서도 몸을 바로 가누지 못했다. 그사이에 한쪽에서는 굴젓눈이 일당이 비명을 질러댔다. 경시는 그들에게 눈길조차 주지 않았다.

"너희는 어디 사는 누구냐?"

"옥봉에 사는 고만석이옵니다. 이놈은 소인의 자식이굽쇼."

"옥봉에 거주하는 자라면, 백정이 틀림없군. 왜 끌려왔는지 아는가?"

"영문을 모르겠습니다요. 소인의 자식이 새끼줄에 묶여 끌려갔다는 얘기를 듣고 달려와 보니, 매를 맞고 있었습죠."

"네 자식놈이 상민常民 자식한테 싸움을 걸었다면서?"

그러자 아이가 용수철이 튀듯 자리에서 벌떡 일어나 소리를 질렀다.

"아닙니다요!"

순사가 놀라 방망이로 아이 어깨를 눌러 앉혔고, 아비는 재빨리 자식의 입을 틀어막았다.

"나리, 자식놈을 잘못 가르친 소인이 잘못이옵니다."

경시가 아비를 외면하고 눈길을 다시 아이에게 돌렸다.

"네놈이 먼저 싸움을 걸지 않았다는 말이지?"

"저는 멀찌감치 떨어져서 걸어가고 있는데, 갑자기 아이들 여럿이 달려들어 마구 때렸습니다요."

"그래? 너는 어떻게 했지?"

"저는 백정의 자식이라, 그냥 맞기만 했습니다요."

"너는 잘못이 없다는 말이지?"

"백정의 자식은 맞아도 대들 수 없다고 해서 가만있었습니다요."

"그래서 억울하냐?"

"… 억울해도, 참으라고 했습니다요."

"누가?"

아비가 또 끼어들었다.

"나리, 소인이 그렇게 가르쳤습죠. 천한 신분이라 당연합지요."

"네 말이 옳다. 백정은 양반하고는 물론이고, 상민과도 신분상의 구별이 있다. 천지가 개벽하기 전에는 바뀌지 않을 것이니, 제 분수를 철석같이 지켜."

"예, 나리."

"몰골이 그 모양이리 오늘은 그냥 돌려보낼 것이다. 차후로는 자식놈으로 하여금 양반이나 상민 근처에 얼씬도 못 하게 해."

"나리의 은혜, 백골난망이옵니다."

오늘의 사건은, 백정은 훈방하고 그들을 매질한 일당은 곤장을 치고 투옥하는 것으로 일단락 지었다. 옛날 같았으면 어림없는 일이었다. 양반이나 상민이 백정과 같은 천민에게 사형私刑을 가해도 죄는 항상 백정에게 돌리는 것이 예사였다.

그러나 경시는 오히려 백정의 형편을 옹호하고, 가해자에게만 죄를 물어 하옥까지 시켰다. 순사들도 입을 딱 봉하고 있었다.

2

아이를 업은 고만석이 다리를 질질 끌며 질척한 언덕길로 접어들었다. 곳에 따라 진창이 깊어 발목까지 잠겼다. 짚신 한 짝이 진창에 깊이 빠져 버렸다. 이 마당에 그까짓 짚신쯤 대수인가 싶어 건져 낼 생각조차 하지 않았다.

젖은 빨래처럼 축 늘어진 채 아비 등에 매달린 아이가 자주 앓는 소리를 냈다. 고만석은 자식의 신음을 들을 때마다 억장이 무너졌다. 차라리 바닥에 주저앉아 목 놓아 울고 싶은 마음뿐이었다.

"우돌아, 많이 아프냐?"

"아까는 죽는 줄 알았어."

"백정을 아비로 둔 게 죄여."

"아부지, 다른 데로 이사 가자."

"백정은 어디를 가도 백정인데, 이사 가면 뭐 허냐."

"그래도 여기는 싫어."

"우리는 살아도 여기서 살고, 죽어도 여기서 죽어야 허능 겨."

"나는 아부지 같은 재설꾼 안 할래."

"말을 많이 하면 기운이 더 빠지니께, 그만 입 다물어."

"우리는 은제까지 죄 없이 매를 맞아?"

"글쎄다. 경시 어른 말씀대로, 천지가 개벽할 때나 기다려야지."

고만석은 도축쟁이 노릇을 안 하겠다는 자식의 푸념에 가슴을 칼로 도려내는 것 같았다. 누군들 하고 싶어서 하는가. 그는 자신의 처지가 또 서러워 눈물을 주르르 쏟았다.

"보시오, 보시오."

이때 뒤에서 사람 부르는 소리가 고만석의 발목을 잡았다. 뒤를 돌아보자 헐레벌떡 달려오는 사람이 있었다. 다른 사람을 찾는가 싶어 주위를 둘러보았으나 자기들 외에는 아무도 없었다.

숨이 턱까지 차오른 그가 가쁜 숨을 몰아쉬며 다가왔다. 낯선 얼굴이었다. 나이는 자신보다 조금 아래로 보였고, 입성이나 외모로 보아 백정은 아닌 것 같았다. 등에 진 봇짐으로 보아 보부상 같기도 했지만, 그렇다고 경계심을 아주 풀 수는 없었다.

"지를 보자고 했습니까요?"

"여그, 형씨 말고 누가 또 있소? 따라오느라고, 애먹었구만이라."

"왜 지를 찾습니까요? 뭔 잘못이라도?"

"한참 달려왔더니, 숨이 차구마. 잠시 쉬어야 되겠어라."

그는 봇짐을 벗어 마른 풀이 있는 비탈에다 던져놓고는 풀썩 주저앉았다. 고만석이 엉거주춤 다가가자 옆자리를 가리켰다.

"왜 지를 찾았는지, 그것부터 말씀허세유."

"아따, 그 냥반 승질두 급하시구마. 형씨를 해치러 온 사람이 아닝께 맘 놓으쇼."

비로소 고만석이 아이를 등에서 내려놓고 그와 사이를 두고 앉았다. 그러는 동안 그는 허리춤에서 곰방대를 뽑고 쌈지를 풀었다. 담배에 불을 붙인 그가 곰방대를 고만석에게 불쑥 내밀었다. 고만석이 고개를 가로저었다.

"망나니들한테 몰매 맞는 걸 나도 보았구만이라. 천벌을 받을 놈들이제."

"…뉘십니까요?"

"우리 통성명이나 헙시다. 나는 이두영이라 허요."

"내 성은 고高가요."

"나보다 나이가 위인 것 같소만. 적당히 말 틉시다요이. 실은 나도 백정의 자식잉게."

"백정이라믄서, 으떻게 상투를 틀고 다니슈?"

"백정 소리가 듣기 싫어서 변장한 것이제. 쌍판에 백정 도장을 찍는 것두 아닌데, 아무려면 으떻겄소."

고만석은 그제야 경계심을 풀었다. 아이도 이두영의 얼굴을 빤히 바라보며 모양새를 훑었다. 그러자 두영이 봇짐을 풀더니 종이에 싼 것을 꺼내 아이에게 건넸다. 아이가 선뜻 받지 못했다.

두영이 측은한 눈길로 아이를 바라보며 종이에 싼 것을 손에 꼭 쥐여 주었다. 아이가 마지못해 받으면서도 의심의 눈빛을 거두지 않았다.

"엿잉게 받어. 어린 것이 을매나 아펐겄냐."

"식솔은 어찌하고 혼자 다니슈?"

"장가를 아니 갔구만이라. 새끼 낳아 봤자 또 백정 아니겄소. 그라서 아예 혼자 살기로 작심헌 것이오."

"부모는 있을 거 아니오."

"… 양친이 모두 죽었어라."

"그럼, 전에 무슨 일을 했수?"

"전라도 순창에서 재설꾼 아부지를 도왔지라. 그래서 시방도 가축만 보믄 소름이 돋구만이라. 형씨도 나처럼 장사나 허지 그러요?"

"장사 …. 댁이야 혼자 몸이지만 나는 식솔이 있어 그리 못 하우."

"굳이 못 헐 건 읎지만, 식솔 걱정에 매이믄 …."

그가 한숨을 내뿜은 것을 계기로 한참 동안 침묵이 흘렀다. 고만석이 그의 허리춤을 흘겨보며 입을 달싹거렸다.

"미안하지만 담배 한 대 빌립시다."

"그러시오."

두영이 곰방대를 쌈지와 함께 내밀었다. 고만석은 담배를 꾹꾹 눌러 담아 불을 붙이더니 볼에 우물이 패도록 빨아댔다. 담배연기가 입과 코로 한꺼번에 터져 나왔다.

"장독杖毒에는 똥물이 제일인디."

"아무래도 그걸 마셔야 할 것 같수."

고만석이 목젖 떠는 소리를 흘리며 곰방대를 넘겨주었다. 그러자 아이가 엿을 씹다 말고 울상으로 입을 삐죽거렸다. 그 모양에 두영역시 눈시울을 적시며 봇짐을 집어 들었다.

"나는 이만 가야 쓰겄소. 그냥 위로나 헐까 혀서 찾았지라."

"고맙수. 내 움막에 가서 밥이나 한 끼 대접하고 싶지만, 형씨헌테 오히려 해가 될 것 같구료."

"해는 뭐 …."

"백정과 어울린 사실이 알려지면, 이로울 게 없지 않수."

"생각해 줘서 고맙구만이라. 이것도 인연잉게, 은젠가 또 만날 수 있을 것이오. 잘 계시쇼. 아가, 너도 잘 있그라이. 니가 어른이 되믄, 그때는 좋은 시상이 올 것이다."

"이 형도 잘 가시우. 몸조심 허시고."

두영이 저만치 가면서 손만 한 번 들어 보이고는 빠른 걸음으로 언덕을 내려갔다. 고만석과 아이는 그가 보이지 않을 때까지 꼼짝 않고 서 있었다. 아이가 갑자기 쿨적쿨적 울었다.

고만석이 아이를 다시 업었다. 진창을 어기적거리며 뒤뚱뒤뚱 걷는 동안 아이가 어깨 너머로 엿 토막을 아비 입에 넣어 주었다.

"아부지, 저 아자씨는 좋겠다."

"왜?"

"백정 소리 안 듣고 사니까."

"변장허고 다니는 심정이 오죽허겄냐. 마음은 늘 백정인 걸."

고만석은 엿을 우물거리며 하늘을 올려 보았다. 그새 해가 많이 기울어 곧 산등성에 걸릴 참이었다. 마을 어귀에 들어서자 아내가 서 있는 모습이 한눈에 들어왔다. 그녀를 보자 눈물이 울컥 솟았다.

아내도 이쪽을 발견하고 허둥지둥 달려왔다. 그러자 아이가 등에서 빠져나가 어미 품에 안겼다. 아내는 물기가 그렁그렁한 눈으로 남편이 얼마나 맞았는지 보려고 몸 구석구석을 더듬었다.

감옥에 처박힌 굴젓눈이와 옹망추니가 서로 눈을 부라리며 투옥된 책임을 따졌다. 이때 벽에 기대앉아 이를 지켜보던 죄수 하나가 벌떡 일어나더니 다짜고짜 굴젓눈이의 머리를 걸어찼다. 이어서 옹망추니도 똑같이 걸어차였다. 둘이 맥없이 고꾸라졌다. 뒤쪽에서 순식간에 일어난 일이라 그의 얼굴도 확인할 겨를이 없었다.

굴젓눈이가 머리를 감싸 쥐고 일어나 눈을 부릅떴다. 옹망추니도 따라 일어나 곧 맞붙을 자세를 취했다. 그러나 체구가 어찌나 큰지 금세 기가 죽어 버렸다. 바위만큼이나 큰 체구였다. 그래도 굴젓눈이만큼은 그의 멱살을 움켜쥐었다.

"니 머꼬?"

"백정이다. 으쩔 것여?"

"니 죽고 싶나?"

"허어, 네늠이 나를 죽여 분다고?"

그가 걸걸걸 웃음을 터뜨리더니 두 손으로 굴젓눈이의 머리를 잡아 확 비틀어 버렸다. 그러자 얼굴이 등 쪽으로 돌아가면서 폭 고꾸라졌다. 옹망추니가 이를 보고 몸을 숨기려고 등을 돌리자, 팔을 낚아 엿가락처럼 비틀었다.

"이 잡것들아. 으째서 백정을 못살게 구냐? 니들이 백정들 먹여 살렸다냐?"

그래도 성에 차지 않는지 굴젓눈이와 옹망추니 옆구리를 번갈아 내질렀다. 둘은 숨이 딱 끊어진 듯 엎어진 채 미동도 하지 않았다. 손을 탈탈 터는 그의 코에서 내뿜는 숨소리가 꼭 황소 같았다. 키는 육 척이 훨씬 넘을 듯싶고, 손바닥은 꼭 솥뚜껑만 했다. 숯덩이를 붙인 것같이 시커먼 눈썹과 구레나룻은 꼭 장비를 연상케 했다.

잠시 자리를 비웠던 간수가 돌아와 보니 죄수 두 놈이 엎어져 신음하고 있었나. 순식간 일이라 간수로서는 눈치챌 수가 없었다.

"저 두 놈은 왜 저러고 있어?"

그러자 거인은 시큰둥한 목소리로 "배 창시가 아픈 모양인 게라"

하고 시치미를 뗐다.

"곤장을 맞았으면 볼기가 아퍼야지, 배가 왜 아퍼? 혹시 네놈이 요절을 낸 거 아녀?"

"쥐새끼만 한 것들 때릴 데가 으디 있겠소. 제풀에 저러지."

"그래, 가만 놔둬도 결국 뻗을 놈들이다. 사흘을 굶어 보라지. 기어나갈 힘도 없을 테니."

간수가 다시 자리를 비우자 거인이 나머지 굴젓눈이 일당을 차례차례 불렀다. 그의 솜씨를 방금 목격한 터라 다들 얼굴이 사색이 되었다.

"너도 한패가 틀림읎제?"

"내는 아입니더. 그저 보고만 있었능 기라예."

"그란디 으째서 곤장을 맞았다냐?"

"모르겠심더."

"이 잡것이 ⋯ ."

거인이 주먹으로 놈의 머리를 강타했다. 윽 하는 소리 하나로 팩 쓰러졌다. 나머지 셋도 똑같이 불려와 한 방에 기절했다.

"이 잡것들, 백정을 또 괴롭혔다가는 내 손에 죽을 줄 알어라이."

그는 다시 벽에 등을 붙이고 앉아 눈을 감았다. 그렇게 침묵할 때는 꼭 사천왕四天王 같았다. 그 모습이 주먹보다 더 위엄이 있었다.

3

이두영은 경찰서 앞에서 오랜 시간 서성였다. 뉘엿뉘엿 기울기 시작한 해를 자주 올려다보며 안달을 부렸다. '오늘은 혹시 …' 하고 서달수가 출옥하기를 기다린 지 벌써 사흘째였다. 그가 살인한 것도 아니고 주먹을 몇 차례 휘둘렀을 뿐인데, 이토록 여러 날 감옥에 가둘 일이 아니었다. 곤장이나 치고 내보낼 줄 알았다.

그가 버드나무 아래에 쪼그리고 앉아 곰방대를 뽑아 물었다. 오늘도 달수가 출옥되지 않는다면 또 주막 봉놋방에 머물러야 할 판이라 거푸 한숨만 나왔다. 하루빨리 진주 땅을 벗어나고 싶은 처지인 그에게 나흘은 너무 길었다.

마침 사내 하나가 경찰서를 빠져나왔다. 첫눈에 봐도 감옥살이에서 벗어난 몰골이었다. 두영이 황급히 담배를 털어내고 그에게 다가갔다. 검불 같은 쑥대강이 머리를 어지럽게 날리며 쩔뚝쩔뚝 걷는 품이 곤장깨나 맞은 것 같았다.

"말 쪼까 물읍시다요. 옥에서 풀려난 길이다요?"

"보믄 모리요? 빌어먹을."

"몸땡이가 건장한 남자 하나가 옥에 갇혔는디 혹시 함께 있었소?"

"산적맨치로 생긴 자를 말하는 것 같은데, 맞구마는."

"오늘 풀려날 것 같소?"

"내사 모리오. 귀찮으깨네 말 걸지 마소. 아이구, 허리야."

그는 옥에서 몹시 혼이 난 듯 머리를 흔들며 어기적어기적 비켜갔다. 두영이 그의 뒷모습을 지켜보며 몸서리를 쳤다. 달수도 틀림없이 비슷한 꼴로 나타날 것이라 짐작하니 다리가 지레 후들거렸다. 두영이 그의 뒤에 대고 "그 사람, 거기서도 주먹질혔소?" 하고 물었으나 그는 돌아보지도 않았다.

어쨌든 해가 완전히 넘어갈 때까지 기다려 보기로 하고 곰방대에 담배를 다시 비벼 넣었다. 볼이 패도록 빨아대면서도 경찰서로부터 잠시도 눈을 떼지 않았다. 기어코 해가 산등성에 걸리면서 초가을의 한기가 목덜미를 서늘하게 식혔다.

그로부터 한 식경이 될 무렵, 경찰서 영문을 꽉 채우며 달수가 모습을 드러냈다.

"아이고, 성님. 으째 이리도 늦게 나온다요? 이늠의 창자가 죄다 녹아 부렀당게."

"나 맘대루 나오냐? 싸게 두부나 주더라고."

두영이 등짐에서 천에 싼 두부를 꺼내 그의 입에다 우악스럽게 쑤셔 넣었다. 그는 꼭 빙판에 나자빠진 황소눈깔을 한 채 두부를 꾸역꾸역 삼켰다.

"성님이 하도 안 나와서, 나 혼자 진주를 뜰라 혔소."

"사람헌티는 으리가 있는 벱인디, 그라믄 쓰간디?"

"지발, 이자 감옥에는 발 끊으소. 내 쏙이 새까맣게 타불겄소."

"나도 감옥이 징허다. 곤장 맞는 것도 징허고."

"나 말이 바로 그래라. 그랑께 ⋯."

"또 훈계헐라고? 그것도 징허다이."

달수가 하늘을 올려다보며 한숨을 쏘아 올렸다. 그러는 그의 눈에 물기가 찐득하게 고였다. 인생이 서러운 눈치였다.

"씨부럴 늠의 인생. 우리가 으쩌다 요 모양 요 꼴이 됐다냐?"

"이거이 다 팔자 아니겄소. 팔자는 도가지에 들어가서도 못 피헌다고 안 허요. 긍께 팔자대로 사는 것이제."

"너무 억울혀서 그라제."

"백정으로 태어났응게 안 그려요. 그건 그렇고 …."

두영이 걸음을 딱 멈추더니 달수를 아래위로 훑으면서 연신 고개를 갸웃거렸다. 그는 겉으로 보기에 멀쩡했다. 곤장을 심하게 맞았을 게 분명한데 볼기가 말 궁둥이처럼 튀어나오지 않은 게 이상했다.

"성님, 괜찮은 게라우? 곤장을 몇 대나 맞았다요?"

"세다가 그만 까먹어 부렀다."

"으매, 징헌 거 …. 장독에는 똥물이 제일인디."

"똥물 마실 정도는 아니다. 배가 고프니, 어서 주막으로 가자이."

"하여튼 …. 성님은 장사요. 치도곤을 당하고도 멀쩡헝께."

비로소 마음이 놓인 두영이 그를 부축한답시고 거의 매달리듯 주막으로 향했다. 행인들의 시선이 모두 두 사람에게 쏠렸다. 거인과 소인이 어우러진 모습이 재미있는 구경거리였다.

주막에 들어서자마자 달수가 대뜸 술부터 시켰다. 되로 주문하는 것이 아니라 아예 말술을 내라고 했다. 주모가 놀란 표정으로 멀뚱멀뚱하게 서 있자 그는 눈을 부릅떠 재촉했다.

이때 장정 서넛이 주막으로 들어오다가 달수와 눈이 마주치자 목을 꼬며 슬그머니 되나갔다. 그러자 달수가 웃음을 터뜨렸다.

"저 새끼덜 …."

"성님이 아는 자들이오?"

"나헌디 혼꼴이 나 부렀다."

"은제, 으디서 말이오?"

"으디긴. 옥에서 만난 놈들이제."

"그라믄, 옥에서도 그 주먹을 휘둘렀단 말인 게라?"

"그라서 이틀이나 더 썩은 거 아니냐. 그놈들은 백정을 개 패듯한 놈들이제."

"성님두 참…… . 상여 메고 가다가 귀청 후빈 격 아니다요. 괜한 일에 나선 게 뻔하지라."

술이 나오자 달수가 항아리째 들고 숨도 안 쉬며 꿀꺽꿀꺽 마셔 댔다. 주위에서 국밥을 먹던 사람들은 그 모습을 보고 혀를 차며 머리를 절레절레 흔들었다.

"해가 떨어졌으니, 오늘은 예서 묵어야 하겠소. 한시바삐 여그를 떴으면 좋겄는디."

"장사는 좀 혔냐?"

"성님 걱정에, 장사가 다 뭣이다요."

"그라믄 쓰겄냐. 입에 풀칠은 혀야제."

"이게 다 성님 때문이제. 괜한 일에 주먹을 날려가지고…… ."

"너 같으면 그냥 보고만 있었겄냐?"

"나야 원체 앤생이 아니오. 그라도 그렇제, 그 무쇠 겉은 주먹으로 넘 골통을 뿌사 부렸으니 부처님인들 가만있었겄소?"

바로 며칠 전의 일이다. 마침 장날이라 저잣거리가 발 디딜 틈 없이 온통 사람의 물결이었다. 모두 흰옷뿐이어서 멀리서 내려다보면 눈밭 같기도 하고, 흰 천을 펼쳐놓은 듯했다.

장사도 다양해서 곡물전·유기전·생선과 건어물전·정육전·옹기전·온갖 잡동사니를 파는 연모전·갓전·고무신전·짚신전·약전 등의 붙박이 상점들과 닭장수·나무장수·바구니장수·땜장이 등도 적당한 곳에 몸을 틀고 앉아 손님을 기다렸다.

장이 서는 날 주막은 으레 술꾼으로 붐비기 마련이다. 특히, 한량이나 불량배가 어우러진 주막에서는 싸움이 심심찮게 벌어지고 주막 계집의 앙칼진 악다구니가 쏟아진다. 술이 얼큰하게 오른 불량배가 계집의 엉덩이를 슬그머니 만지다가 벌어지는 풍경이다.

달수와 두영도 오전 장사를 접고 주막에 앉아 반주를 곁들여 국밥을 먹고 있었다. 이때 한량으로 보이는 젊은 패거리가 왁자그르르 들어섰다. 불콰한 얼굴이 이미 전주가 있었던 꼴들이었다.

그들이 주모를 부르자 얼굴에 애티가 흐르는 계집이 쪼르르 달려갔다. 주막 계집치고는 얼굴이 제법 예쁘장했다. 한량들이 모르는 체할 리 없었다. 그녀가 다가가자 그중 하나가 대뜸 엉덩이부터 쓸었다. 그녀가 눈을 모질게 찢으며 그의 손을 뿌리쳤다.

그러자 다른 놈이 그녀의 손목을 우악스럽게 낚아 강제로 무릎에 앉혔다. 그녀의 입에서 비명이 터졌다. 주모가 황망히 달려갔다. 어린 계집은 또 다른 놈의 무릎으로 옮겨졌다. 주모가 앞치마를 푸르르 털며 계집의 팔을 잡아끌었으나 쉽게 빠져나올 수가 없었다.

"넘 가스나헌테 먼 짓들잉교?"

"주모 딸이오?"

"조카딸이구마는."

"그라모, 오늘 밤 우리한테 넘기는 기라."

"이 아가 창기娼妓인 줄 아능교? 절에 가서 젓갈을 달라 쿠소."

"주막 가스난데 뭘⋯."

계집을 포박하듯이 꼭 끌어안던 자가 강제로 입을 맞추려 기를 썼다. 계집이 도리질을 치며 또 비명을 질렀다. 그러자 주모가 재빨리 구정물통을 들고 와 그들에게 홀랑 들이부었다.

꼼짝없이 오물을 뒤집어쓴 꼴이 가관이었다. 갓 테와 어깨에 시래기와 콩나물 찌꺼기가 주렁주렁 매달려 주위 사람들이 배를 잡고 웃어댔다. 한량 하나가 입을 퉤퉤거리며 일어나더니 대뜸 주모에게 주먹을 날렸다. 그녀가 맥없이 주저앉자 다른 놈이 달려와 마구 발길질을 해댔다.

내내 침묵을 지키던 달수가 갑자기 술사발을 거칠게 내려놓았다. 두영이 놀라서 탁자 밑으로 그의 정강이를 툭툭 차며 눈을 부라렸다.

"성님! 괜히 넘 일에 껴들지 마쇼이. 양반집 자식들 같구만이라."

"잡것. 아녀자한테 행패 부리는 걸 보고만 있어서야 되겠냐?"

"음마? 성님 계집이다요?"

"사내장부가 저 꼴을 보고만 있을 수는 없는 법이제."

달수가 자리를 박차고 일어나더니 주모를 때린 놈의 면상에 주먹을 먹였다. 그가 나무토막처럼 가볍게 넘어갔다. 이번에는 발길질을 해댄 놈의 멱살을 틀어쥐고는 바닥에 냅다 패대기쳤다. 그도 작은 체구가 아닌데 가볍게 나가떨어졌다. 어린 처자를 끌어안고 희롱하던 놈에게 다가가서는 국소를 사정없이 걷어찼다.

제일 먼저 얻어맞은 놈이 비칠비칠 일어나더니 달수에게 달려들어 가슴에 머리를 박았다. 웬만하면 뒤로 넘어갔을 법한데 그는 꿈쩍도 하지 않았다. 달수는 그의 꼴이 가소로워 한참을 웃더니 장작을 패듯 주먹으로 머리를 내려찍었다.

두영이 달수 팔을 잡아 흔들며 빨리 나가자고 했다. 그러나 그는 제자리로 돌아와 남은 술을 항아리째 들고 마셨다.

"성님, 빨리 줄행랑치는 게 좋겠구만이라. 순사들이 들이닥치믄 우리는 꼼짝없이 끌려간당게."

"잘못헌 거이 읎는디, 으째 줄행랑여?"

"저것들이 증말로 양반 자식이믄, 우리가 죄를 뒤집어쓴당게."

"아녀자헌티 행패 부린 건 저놈들 아니냐. 증인이 있어야. 주모도 있고 처자도 있고."

"성님도 참말로 땁땁허요. 순사가 주모 말을 들을 것 같소? 양반놈 말을 믿제."

"시비가 분명헌디, 그럴 리가 있겄냐."

아니나 다를까. 순사 둘이 곤봉을 흔들며 들이닥쳤다. 두영은 이미 사색이 되었는데 정작 달수는 그들을 소 닭 보듯이 했다.

순사들은 난장판이 된 주막 풍경에 한동안 넋을 잃고 서 있었다. 갓에 중치막을 두른 사내 셋이 엎어지거나 자빠진 모습이 믿기지 않는 눈치였다. 순사는 주막을 훑다가 대뜸 달수에게 눈길을 꽂았다. 그는 계속 시치미를 떼고 술만 마셔댔다.

"주모, 누가 이래 난장판을 만들었는가?"

"거기 자빠져 있는 문디이들 짓 아이요."

"헌데, 와 누워 있능기요? 누구헌테 맞았소?"

"내사 모리겠소."

"주모는 똑똑히 봤을 게 아이요?"

그제야 주모는 달수 쪽을 흘끔 돌아보면서 전후 사정을 미주알고주알 일러바쳤다. 그러자 순사가 쓰러진 자들을 곤봉으로 쿡쿡 찔렀다. 놈들은 죽는시능을 하며 하나씩 일어나 앉았다.

"느그덜이 주모와 가스나헌테 행패를 부렸다 쿠든데, 사실이가?"

"행패라니, 가스나한테 장난 좀 쳤다꼬, 저 문디이가 우리를 이 꼴로 두들기 팼다 아이요."

순사가 이번에는 달수에게 다가와 곤봉으로 손바닥을 탁탁 치며 헛기침을 뱉었다. 달수에 관해서는 이미 소문이 나 있어 대뜸 으름장 놓기가 꺼림한 표정이었다.

"저자들의 얘기가 사실이가?"

"먼 말씀이다요?"

"니가 두들기 팼다 안 쿠나?"

"나가 괜히 그랬겠소? 연약한 아녀자헌티 행패를 부려서 말린 것뿐이지라우."

"그냥 말리제, 주먹질은 와 하노?"

"주먹까지 쓸 필요도 읎는 것들이제."

두영이 벌떡 일어나 주모가 한 얘기를 순사에게 또 장황히 되풀이했다. 그러자 순사는 눈을 부릅뜨며 곤봉으로 그의 어깨를 찍어 눌렀다.

"니는 또 머꼬?"

"우리 성님이 억울혀서 그러요."

"오오라, 두 놈이 한팬(한편)인 기라. 모두 겡찰서로 가자이."

그러자 달수가 앞을 가로막더니 두영은 전혀 관계가 없다며 스스로 따르겠다고 자청했다. 순사가 사실이냐고 묻자 달수는 고개를 끄덕이며, 갑자기 두영의 정강이를 걷어찼다.

두영이 느닷없이 걷어차인 정강이를 매만지는 동안 한량들과 달수가 순사들에게 끌려 나갔다. 그렇게 끌려간 이후 달수는 꼭 사흘을 옥에 갇히는 신세가 되었다. 그러나 함께 끌려갔던 한량들은 하룻밤도 묵지 않고 그날로 풀려났다. 억울해서 가슴을 친 쪽은 달수가 아니라 두영이었다. 공평치 못한 세상이 한없이 원망스러웠다.

4

굴젓눈이 마장익과 옹망추니 조해구 그리고 함께 옥에 갇혔던 일당 다섯 명이 한자리에 모였다. 이들 모두 농청 회원이자 감옥에서 서달수에게 얻어맞은 자들이라 앙갚음을 못해 안달이 났다.

이들은 농청 마당에다 백정 하나를 꿇어앉히고 빙 둘러섰다. 손에는 저마다 몽둥이를 들었다. 곧 몰매가 있을 예정이었다. 백정이 저잣거리에서 담배를 피웠다는 게 이유였다. 가뜩이나 독이 오른 마장익 일당에게는 좋은 먹잇감이었다.

농청은 자치기구로서 마을의 관습을 어기거나 미풍양속을 해치는 자를 불러 으름장을 놓기도 하고, 때로는 매로 다스리는 임무를 띠었다. 그 대상은 거의 백정이었다.

백정에게는 양반과 중인中人은 물론, 일반 상민과도 다르게 생활상의 여러 제약이 따랐다. 가옥에는 기와를 얹을 수 없거니와 비단옷, 명주옷을 입을 수 없고, 갓은 물론이고 망건도 써서는 안 된다. 상민 앞에서조차 담배를 못 피운다. 심지어 자기 집에서조차 배반杯盤, 즉 술상을 차릴 수 없고, 잔치는 더더구나 벌일 수가 없다.

혼례 때 신랑이라도 말에 오르지 못하고, 신부도 가마를 탈 수 없다. 여자는 결혼 초부터 결발結髮, 즉 쪽을 져 비녀를 꽂지 못하고 둘레머리를 해야만 했다. 백정 자식은 상민과 동일한 장소에서 교육을 받지 못했다. 서당에도 다닐 수 없도록 했다.

사회에서 기생, 승려, 노비, 무당, 역졸, 광대 등은 최저계급인 천민이었다. 백정은 이들보다 더 낮은 천민 중의 천민으로 취급했다. 그래서 상민에게까지 항상 허리를 굽히고 자신을 '소인'으로 낮

취야 했다. 또한 공공집회에 출입을 금했고, 저잣거리를 상민과 같이 갈 때는 나란히 걷지 못하고 몇 걸음 처져 따라야 했다.

어디 이뿐인가. 백정 이름에는 인仁·의義·효孝·충忠과 같은 고상한 글자를 넣을 수 없었고, 만석萬石·억석億石·금돌今乭·우피牛皮·무쇠武釗·소개小介와 같은 노비 이름을 써야 했다. 따라서 상민계급과의 혼사는 상상도 할 수 없는 일이었다.

또 있다. 옛날 관아에서 죄수를 문초할 경우 상민은 형틀 위에 올려놓고 태형을 가했으나, 백정은 땅바닥에 엎드려 곤장을 맞아야 했다. 게다가 백정의 죄를 다루는 것은 꼭 관아에서만 할 수 있는 게 아니었다. 양반이나 상민이 사사로이 체벌해도 그 잘못을 따지는 법이 없어 백정은 수시로 매를 맞았다.

오늘 마장익 일당이 끌고 온 백정에게도 자기들이 보는 앞에서 감히 담배를 피웠다고 하여 몰매를 가하려 했다. 그러나 그는 실지로는 담배를 피우지 않았다. 저잣거리 한 모퉁이에서 곰방대를 꺼내 들었다가 마장익 눈에 띄었을 뿐이다.

"뒷간에 가서 피울 양으로, 곰방대를 그저 뽑아 든 것뿐이우."

"이늠아가 끝까지 오리발 내밀라 쿠네."

"내가 담배 피운 걸 본 사람이 있으면 대보시우."

"내가 이 두 눈으로 똑똑히 봤다 아이가."

마장익은 굴젓눈이라 한쪽 눈을 볼 수 없음에도 손가락 두 개를 펴서 제 눈을 가리켰다. 주위에 몰려든 사람들은 그 꼴이 우스워 여기저기서 키득거렸다. 무안해진 마장익이 몽둥이를 사타구니에 끼워놓고 손바닥에 침을 퉤퉤 뱉었다. 그러자 조해구도 따라서 손에 침을 뱉어 몽둥이를 바짝 틀어쥐었다.

32

"이늠아를 우찌 패 삐리꼬? 나무에다 꺼꾸로 매달고 패 삐리?"

"그러이깨네, 저쪽 산만뎅이로 끌고 가는 기 좋을 끼다."

조해구의 제의에 따라 일당이 달려들어 백정의 양 겨드랑에 팔을 끼웠다. 그가 끌려가지 않으려고 몸부림쳤으나 소용없었다. 백정은 마장익이 목에 올가미를 씌우면서 결국 가축처럼 끌려갔다. 그 뒤를 어린 각다귀들이 신바람을 내며 따라붙었다.

인적이 없고 으슥한 산모퉁이에 이르러 백정을 고목에 매달았다. 개 잡는 형상이 되자 일당이 돌아가면서 몽둥이질을 해댔다. 그는 첫 매에 비명을 질렀으나 구타가 거듭되면서 신음도 내지 못했다.

그가 죽었다 싶을 만큼 매질을 한 일당이 잠시 몽둥이를 내려놓자 마장익이 일행을 향해 새로운 계획을 내놓았다. 감옥에서 자신들에게 주먹을 날린 달수를 찾아내 복수하자는 이야기였다.

"우리 다섯 밍이 힘을 합하모 그깟 한 놈쯤 처치 몬 하겠나."

"하모, 충분허제."

"허지만, 그늠아 힘이 워낙 장사 아이가."

"그러이깨네 힘을 모으자 안 쿠나."

마장익을 빼놓고는 모두 나설 엄두를 내지 못했다. 그러자 마장익이 눈을 부라리며 몽둥이를 높이 쳐들고 선동했다.

"빙신들아, 우리한테는 이 무기가 안 있나. 다섯 밍이 일시에 패모 지도 벨 수 없는 기라. 지가 무신 간우(관우), 장비라도 되나."

"이런 몽둥이로는 끄떡도 안 할 끼라."

"내 생각도 그렇디."

"빙신들. 치아라, 고마."

"그라모 이래 하는 기 으떻노."

조해구가 곤댓짓하며 마장익 앞으로 나섰다. 일행은 그를 삐딱하게 노려보며 입 열기를 기다렸다.

"좋은 수 있나?"

"그늠아한테 술을 억수로 멕이가 뻗게 하는 기라. 그런 담에 두들기 패모 안 되겠나."

"그늠아는 말술을 처묵고도 치(취)하지 않는다 쿠드라."

"뻗을 때까지 처멕이모 될 거 아이가."

"그늠아를 어데서 찾노?"

"주막을 디(뒤)지모 안 있겠나."

"좋다. 함 가보자."

의견 일치를 본 일당은 팔을 걷어붙이고 저잣거리로 나섰다. 몽둥이를 한데 모아 농청 회관에 잠시 숨겨놓고는 주막마다 목을 들이밀었다. 그러나 달수의 모습은 볼 수가 없었다. 마장익은 숨을 씩씩대며 저자 끝에 있는 마지막 주막으로 들어갔다.

"주모! 간우, 장비처럼 생긴 자 안 왔능교?"

"간우 장비가 머꼬? 내사 첨 들어보는 이름인 기라."

"무식허기는. 산도적맨치로 생긴 거인 말이오."

"산도적 …. 안 왔구마."

달수가 보복이 두려워 일찌감치 뺑소니쳤을지도 모른다는 생각이 들자 분한 마음이 하늘로 솟구쳤다. 잡히기만 하면 통쾌하게 앙갚음하려 기대했던 것이 수포로 돌아가는 듯해 눈이 뒤집혔다.

"미치겠구마. 이늠아를 어데 가서 찾노."

"우리 보복이 두려버서, 진주 땅을 빠져나간 기 아이가."

"그라모 안 된다 아이가. 꼭 찾아내야 하는데 …."

이때였다. 저자 반대편 끝에서 달수와 그 일행 하나가 이쪽으로
오는 것이 눈길에 잡혔다. 그러자 마장익은 "지 발로 오구마는" 하
고 회심의 미소를 띠었다. 조해구와 나머지 셋은 슬그머니 겁을 먹
어 마장익 뒤로 빠졌다. 달수가 주막 이곳저곳을 기웃대는 것으로
보아 술 생각이 난 것으로 단정했다.

달수가 한 주막으로 들어가는 것을 확인한 마장익은 일행을 향해
고갯짓으로 신호를 보냈다. 선뜻 따르는 자가 없었다. 마장익이 눈
을 부릅뜨는데도 주춤거리기만 했다.

"와 이라노. 안 갈 끼가?"

"쪼매 생각 좀 해보는 기 으떻노?"

"이 빙신들이 … . 무신 생각을 또 한다 말이고?"

"우리 개핵(계획)이 수포로 돌아가모 우짜노?"

"수포고 개포고 해보지도 않고 와 지레 겁을 먹노?"

"저늠아가 보통 늠이 아이라 안 그라나."

"내한테 생각이 있으이께네 니들은 옆에서 거들기만 하모 되는
기라. 가자 고마."

"몽둥이도 음씨(없이) 기냥 간다 말이가?"

"문디이, 먼저 술부터 멕이기로 안 했나."

"알았다, 고마. 그란데 와 이래 소피가 자꾸 보고 싶노."

"내도 그렇다."

마장익이 다시 눈을 부릅뜨자 마지못해 비칠비칠 따라붙었다. 내
키지는 않았지만 마징익이 하도 성화를 내는 바람에 어쩔 수가 없
었다. 주막 앞에 이르자 마장익은 걷었던 소매를 풀고 옷매무시를
고쳤다. 나머지도 그를 따라 옷을 단정하게 매만졌다.

주막 안으로 쭈뼛쭈뼛 들어섰다. 달수와 그 일행은 마주 앉아 국밥을 먹고 있었다. 마장익 일당이 들어섰는데도 그들은 눈길도 주지 않았다. 그러자 마장익이 자리를 잡아 앉는 척하다가 달수 쪽으로 슬그머니 다가갔다. 비로소 그가 고개를 들었다.

"안녕하싱교?"

"… 안녕하다만, 누구여?"

"지를 몰라보능교? 재수 음께 옥에 갇힌 날, 우리헌테 한 방씩 안 멕였능교."

"옥에서 …. 이자 생각나는구마이. 그날은 미안허게 돼 부렀다. 그만 잊아 부러라이."

"미안한 쪽은 우리 아잉교. 시끄럽게 굴어가 그리된 겝니더. 오늘은 사과하는 뜻으로 술대접을 헐라 쿱니더. 개않지예(괜찮지요)?"

"화해주를 마시자는 건디 …."

이두영이 탁자 밑으로 그의 정강이를 쿡쿡 찼다. 응하지 말라는 신호였다. 달수는 그의 뜻을 깨닫지 못한 듯 입을 쩝쩝 다셨다.

"하모요. 하해(화해)를 해야 안 되겠심꺼. 말술을 드신다 카이 내사 마 섬으로 대접하겠심더."

"말술까지야. 화해주는 멫 잔으로 되는 것이제."

"성님, 해 지기 전에 마산에 닿으려면 지금 떠나야 한당께."

"하긴 …. 그러나 술 멫 잔 마신다고 많이야 늦겄냐."

"어이구, 땁땁혀! 성님이나 혼자 마시쇼. 나 먼저 일어날 팅게."

"어허, 같이 가야제. 딱 두 잔만 마실 테니께, 쪼까 지델려라이."

눈치 빠른 조해구가 달수 앞에 정말 항아리 말술을 내려놓았다. 술을 보자 달수 입이 개 하품하듯이 찢어졌다. 두영이 그를 모질게

노려봤다. 그래도 그는 눈치채지 못한 것처럼 술 항아리를 들고 마
장익 일행의 탁자로 옮겨 앉았다.

술판이 본격적으로 벌어졌다. 달수는 그들이 번차로 주는 술을
마다치 않고 다 받아 마셨다. 그런데도 트림 한 번을 안 했다. 그
도 받는 즉시 잔이 넘치도록 술을 부어 상대에게 되넘겼다. 그새
술이 항아리 바닥으로 내려앉았다. 달수가 입을 쩝쩝거렸다.

"술이 없구마. 그만 마실까이?"

"아입니더. 보소, 주모. 술 더 가 오소."

새 항아리가 놓였다. 달수가 그들에게 술을 바가지로 돌리기 시
작했다. 그들 마음속에 저마다 몽둥이를 품고 있었던 터라 극구 사
양했다. 달수가 눈을 부라려 억지로 마시게 했다.

두 번째 항아리가 비워지면서 그들이 차례로 탁자에 이마를 박기
시작했다. 마장익만 굴젓눈을 부릅뜨고 있을 뿐이었으나 그도 곧
나가떨어질 참이었다. 달수가 마장익에게 술 바가지를 연거푸 안겼
다. 마장익은 술이 머리꼭지까지 올랐으나 악으로 버텼다.

드디어 마장익마저 걸상 밑으로 떨어져 시신처럼 널브러졌다. 달
수가 그제야 트림 한 번으로 자리를 털고 일어났다.

"잡것들. 나가 네늠덜 수에 넘어갈 줄 알았제? 어림도 읎제."

"성님, 그게 먼 말이다요? 수라니 …."

"너는 눈치 못 챘냐? 이것들이 나헌티 술을 진창 멕여 뻗게 할 수
작이었제. 나헌티 몰매로 복수할 계획이었다는 말이시."

"성님도 눈치를 채 부렀소? 그라서 성님 정강이를 찼던 것인디."

"산전수전 다 객은 늠이 그런 눈치도 읎어서야 으떻게 살것냐."

"역시 성님이우."

달수가 두영의 어깨에 팔을 두르고 유유히 주막을 나섰다. 그들의 어설픈 짓이 두고두고 재미있는 모양인지 저자를 빠져나와서도 한참을 웃어댔다.

5

고만석이 겨우 자리보전을 털고 일어났다. 무려 보름이나 누워 있었다. 어혈瘀血이 워낙 많아 똥물을 먹을 수밖에 없었다.

어혈을 낫게 하는 '똥물'은 똥에서 추출한 액체다. 뒷간 똥통에다 양쪽을 짚으로 막은 대나무 토막을 대여섯 달 묻어 액체가 스며들게 하거나, 작은 항아리 입구를 짚으로 틀어막아 똥통에 담가서 짚을 통해 액체가 스며들게 한다. 혹은 똥통에다 배를 오래 담갔다가 즙을 내어 먹기도 했다. 백정은 수시로 무지막지한 매질을 당해 이같은 치료약을 상비했다.

고만석이 신음하며 누워 있자 아내가 머리맡을 떠나지 않았다. 그러면서 하루빨리 진주 땅을 떠나자고 떼를 썼다. 고만석도 아내의 뜻을 따르고 싶었지만, 삶의 터전을 어디에서고 쉽게 마련할 수 없어 결심할 수가 없었다.

"다른 곳으로 옮기면 일거리 얻기가 힘들다는 걸 몰라서 그려? 그라고 조선팔도 어디를 가든 백정 대접해 주는 곳이 읎잖여."

"다른 데서 백정을 안 하믄 되잖수. 아님, 서울로 다시 가든가."

"평생을 재설꾼 노릇만 해온 내가 다른 일을 어찌허겄어. 논밭이 있어서 농사를 짓겄어, 돈이 있어서 국밥집을 차리겄어. 그라고 서

울에서 이리로 쫓겨 왔을 때는 먹고 살 수가 읿어서 그런 걸, 다시
간단 말여?"

그러자 자식놈이 입을 오리 주둥이처럼 내밀었다.

"왜 우리 조상님은 하필 백정이래요?"

"이늠아, 우리 조상님이 첨부터 백정은 아니었어. 원래는 고려
말 충신이셨던 고천상 어른이란 말여."

"충신이라믄서 어쩌다 백정이 됐대요?"

"내 얘기를 잘 들어. 그러니까 …."

태조 이성계가 조선을 건국할 당시, 고려조 충신 72인은 이에 반
대하여 지조를 굽히지 않았다. 그들은 조복朝服을 벗어 버리고 고
려 수도였던 개성의 송악산 서쪽에 있는 두문동杜門洞으로 들어갔
다. 그러고는 끝까지 신왕조新王朝에 출사出仕하지 않았다. 신규申
珪를 비롯해서 성사제成思齊·조의생曺義生·임선미林先味·이경李
璟·맹호성孟好誠·고천상高天祥·서중보徐仲輔 등이다.

이들 충신은 산속에 숨어 사는 동안 짐승을 잡아먹고, 버들가지
를 엮어 각종 생활도구를 만들어 쓰면서 신왕조에 대항했다. 그러
자 이성계는 이들을 끌어내기 위해 두문동이 있는 송악산 일대에
불을 질렀다. 이때 대부분이 불에 타 죽었지만, 일부는 불길에서
빠져나와 뿔뿔이 흩어졌다.

이들은 자신의 정체를 숨기기 위해 도축과 기류세공杞柳細工(버
들고리 제품)으로 연명했다. 고려시대부터 이들 백정을 '양수척'楊水
尺 혹은 '재인'才人, '화척'禾尺이라고 했다. 이들 충신도 이때부터
어쩔 수 없이 짐승을 도살하고 가죽을 다듬고 고리제품을 만드는

백정으로 살아야 했다.

"우리 할아버지도 백정이고 할아버지의 아버지도 백정이었네?"
"살기 위해서는 어쩔 수 읎잖여. 그라니께 우돌이 너는 첨부터 백
정의 자손이 아니라는 걸 알어야 혀."
"그런데도 백정이라고 천대하잖아."
"기대려 봐. 은젠가는 좋은 시상이 오지 않겄냐."
"치이, 천지가 개벽해야 그런 날이 온댔잖아."
"애비 말을 믿으라니께."
"아부지 말을 믿는다고 좋은 시상이 금방 오는 것도 아닌데 ···."
"어허, 이늠이?"
고만석이 자식을 윽박지르기는 했어도, 혀 짧은 놈이 침 길게 뱉
는 격이라 그도 미래가 암담하기는 마찬가지였다. 어느 천년에 백
정이 천대받지 않는 세상이 오겠는가.

백정의 기원에 관해서는 저마다 해석이 구구하다. 단군의 태자가
중국 하夏나라 우禹임금의 도산만국회塗山萬國會에 갈 때 그를 수행
한 자들에게 각자 일을 분담케 하였고, 이 중에 소 잡는 일을 맡았
던 자의 자손이 백정이 되었다는 설이 있다.
혹은 기자조선箕子朝鮮의 시조인 기자箕子가 팔조八條의 교敎를
설법할 때 범죄인을 천민으로 폄하하여 그자가 후에 백정이 되었다
는 설도 있다. 또 임진왜란 때 포로가 된 왜적의 자손이 백정으로
살았다고도 한다.
백정의 기원설은 또 있다. 인도 최하계층의 이주민이나 티베트인

40

의 이주민 혹은 달단족韃靼族, 즉 몽골 타타르족의 이주민이라는 설도 있다. 조선땅으로 이주한 달단족이 바로 양수척이나 유기장柳器匠들이니, 이들의 후손이 바로 백정이라는 것이다.

어느 것이 정설인지는 확인할 수 없다. 그들의 조상이 누구였든 짐승을 도살하고 고리버들로 키나 바구니 같은 생활용품을 만들어 파는 자들은 모두 백정이다. 이뿐만 아니라 가죽제품을 만드는 갓 바치(혹은 피장皮匠)나 가죽신을 만드는 혜장鞋匠도 백정이다.

백정만 모여 사는 옥봉의 도축장 공터에 있는 건피장乾皮場에는 도살당한 가축의 피혁 수십 장이 여기저기 널려 있었다. 벗겨진 가죽을 사방팔방으로 잡아 늘여, 짐승이 얼마나 처참한 꼴로 죽어갔는지 한눈에 알 수 있었다.

고만석이 성치 않은 몸을 간신히 추슬러 도축장으로 향했다. 널린 가죽들을 흘겨보며 자신도 모르게 몸서리를 쳤다. 이 짐승들을 자신의 손으로 죽였다는 생각에 이르자 스스로 혐오감이 들었다.

아들 우돌이 태어나기 전까지는 서울의 개장수골로 알려진 승동(지금의 인사동)에서 개장사를 했다. 그러나 장사가 안 돼 마장馬場(지금의 마장동)에 있는 도축장에 날품으로 들어갔다. 텃세를 실감했다. 도축일은 안 주고 매번 허드렛일만 시켰다. 생활고에 시달리면서도 어떻게든 버티려고 했으나 앞날이 까마득했다. 결국 서울을 뜨게 되었고, 충주에서 일거리를 찾다가 이곳 진주까지 내려왔다.

승동 개장수골에서 수완을 부렸으면 지금쯤 재설꾼이 아니라 정육점 주인이 됐을지도 모른다. 그랬으면 오늘날과 같은 천대에서 조금은 비껴갈 수 있었을 것이다.

고만석이 회한을 곱씹으며 도축장으로 들어섰다. 앓아눕는 동안에 가축이 여러 마리 죽어 나간 모양이었다. 방금 벗겨진 소가죽에서 피가 낙숫물처럼 흘러내렸다. 새삼스럽게 그것까지 보기 싫었다.

같은 재설꾼 오천복이 돼지 뼈에서 살을 발라내고 있었다. 그가 고만석을 보자 칼을 내던지고 달려왔다. 그의 손에서도 피가 뚝뚝 떨어졌다.

"몸은 좀 으떤겨?"

"겨우 일어났지, 뭐."

"사지를 찢어 죽일 놈들. 지 놈들도 벨 수 없는 주제에 사람을 그 지경으로 패? 만석이가 누워 있는 동안 농청놈들이 백정 하나를 또 패서 지금 사경을 헤맨다더군."

"왜 그랬대?"

"저잣거리에서 담배를 피웠대나 어쨌대나…. 본인 말로는 피우지 않았다고 하더구만서도."

"원체 억지를 잘 부리는 놈들이니까."

"뭔 대책을 강구해야 쓰겄어. 맨날 이러고 살 수는 읎잖여."

"백정 처지에 어쩌겠나. 똥을 피해 가야지."

"특히, 눈깔에 백태 박힌 놈이 제일 악질여. 쥐도 새도 모르게 죽여 버렸으면 좋겠구먼. 도끼로 소머리 찍듯 한 방이면 끝나는 일인데."

오천복은 분노를 누르지 못해 도끼로 애먼 도마를 내리찍었다. 고만석이 다가가 그의 등을 쓸었다.

"농청에 어디 그늠 뿐인감? 그랬다가는 여기 옥봉에다 불을 질러서 우리를 모두 태워죽일 껴. 그러믄 어린 새끼들만 불쌍허잖여."

"어이구, 하늘도 무심허시지."

오천복이 어깨를 부르르 떨며 허리춤에서 곰방대를 뽑아 물었다. 담배를 빨아대는 동안 볼에서 자주 경련이 일었다. 그도 몇 달 전에 마장익 일당에게 되게 당한 경험이 있어 지금껏 치를 떨었다. 마장익 애기가 나올 때마다 자기 손으로 꼭 죽이고 싶다고 했다.

고만석이 그가 잡았던 칼을 대신 들었다. 살을 저미면서 자꾸 마장익의 얼굴이 눈앞에 알짱거려 스스로 놀라곤 했다. 도끼로 소머리 찍듯이 죽이고 싶다던 오천복의 증오가 자신의 가슴속으로 옮겨 앉았는지 모른다고 생각하면서 얼른 고개를 저었다.

6

일요일. 삼삼오오 짝을 이룬 무리가 옥봉교회로 통하는 길에 들어섰다. 그로부터 십여 미터 떨어져 이들과는 다른 복색을 한 사람들이 혼자 혹은 둘이서 뒤를 따랐다.

이들은 앞서가는 무리와는 다른 길로 빠졌다. 다 같은 개신교회 신도이면서도 한 무리는 교회로, 다른 무리는 조금 떨어진 '예배소'로 향했다. 교회 쪽은 상민이었고, 예배소 쪽은 백정이었다. 상민 신도가 백정과 함께 예배를 볼 수 없다고 거부했기 때문이었다.

진주에는 개신교가 1905년 처음 들어왔다. 호주 장로회 소속의 의료 선교사인 '카를' 목사가 옥봉리에 처음 교회를 세웠다. 2년 후엔 진주에 '거열휴'ㅌ쥇休라는 이름으로 서구식 진료소도 세웠다. 남학생을 위한 '안동학교'와 사립 '정숙여학교'까지 설립했다.

이러한 소문은 차츰 백정에게까지 전해졌고, 그래서 가까운 곳에 따로 세운 것이 '예배소'였다.

1908년 10월, 카를 목사가 안식년을 맞아 잠시 고국으로 돌아갔다. 그의 후임으로 이듬해 3월 '리알'(한국명 나대벽羅大碧) 선교사가 부임했다. 그는 조선의 실정을 전혀 몰라 조그마한 마을에서 일반 신도와 백정이 따로 예배 보는 것을 의아하게 생각했다.

"신분의 차이 때문이지요."

"신분의 차이라니요? 사람은 지위 고하를 막론하고 똑같은 하나님의 자식입니다. 하나님 앞에서는 신분에 차별을 둘 수 없어요."

"조선에는 서양과 다른 사회규범과 관습이 있습니다. 꼭 백정과 동석해서 예배를 드려야 한다면, 상민 신도가 크게 반발해서 교회에 나오지 않을 겁니다."

"그게 불합리하다는 걸 내가 신도들에게 이해시키겠습니다."

일반 신도들은 백정과의 동석예배를 놓고 찬반 두 갈래로 갈라졌다. 수습하기가 매우 어려웠다. 그러나 리알 목사의 뜻은 단호했다. 분리예배는 절대 받아들일 수 없다고 했다.

1909년 5월 둘째 주일, 15명의 남녀 백정이 리알 목사의 안내를 받아 옥봉교회로 들어섰다. 그러자 리알 목사의 뜻에 따르던 신도 30여 명만 남고 2백여 명의 반대 신도가 교회 밖으로 나가버렸다.

문제는 여기에서 그치지 않았다. 일반 신도가 농청 회원과 연대하여 백정들이 옥봉교회에 들어가지 못하도록 입구를 막는가 하면, 아예 길목에서부터 차단해 버렸다. 농청 회원이 저마다 몽둥이를 들어 상황은 매우 살벌했다.

백정들은 발길을 돌려야 했다. 리알 목사가 나서서 백정 입장을 방해하는 신도와 농청 사람들을 설득했지만 먹혀들지 않았다. 결국 전처럼 일반 신도와 백정을 분리하여 예배를 볼 수밖에 없었다.

한동안 교회 문제가 조용한 듯했다. 그러나 농청 회원의 횡포가 다시 고개를 들기 시작했다. 농청의 마장익이 전면에 부상하고부터 갑자기 이렇게 됐다.

마장익과 그의 추종자가 백정 신도를 수시로 괴롭혔다. 각목을 들고 예배소 앞을 서성거리며 험한 욕설을 퍼붓거나 부녀자를 희롱했다. 선교사가 이들을 설득했지만 말을 듣지 않았다. 참다못해 경찰서에 고발하겠다고 격노하면 그때만 물러서는 척할 뿐이었다.

몇 주 후, 기어코 일이 터지고 말았다. 마장익 일당이 예배소 앞에서 여전히 훼방을 놓는 가운데 오천복이 덫에 걸려들었다.

오천복이 그들의 방해를 무시하고 아내와 함께 예배소로 들어갈 때였다. 마장익이 각목으로 그의 정강이를 후려쳤다. 오천복이 맥없이 고꾸라졌다. 그의 아내가 비명을 지르며 마장익에게 달려들자 그녀에게 마구 주먹질을 해댔다.

이를 목격한 백정 사내 십여 명이 성경책을 내던지고 마장익에게 일제히 달려들었다. 뜻밖의 저항에 몰린 마장익은 결국 흠씬 얻어터졌다. 그 일당이 이를 보고 가만있을 리 없었다. 방패가 없는 백정들을 향해 무차별로 몽둥이를 휘두르면서 일대 난투극이 벌어졌다.

마장익에게 얻어맞은 오천복이 갑자기 어디론가 달려갔다. 폭력이 무서워 도망치는 줄 알았으나 그게 아니었다. 잠시 후 씩씩대며 다시 니다난 그의 손에는 날이 시퍼렇게 선 도끼가 들려 있었다.

"백태눈깔 마장익! 나헌테 죽어 봐라!"

"이늠아가 미쳤나?"

"그래, 미쳤다. 네늠을 꼭 죽이고 말 껴."

그는 미친 망나니처럼 도끼를 휘두르며 마장익을 향하여 돌진했다. 마장익은 재빨리 몸을 뺐고 다른 놈들도 비칠비칠 물러섰다. 그제야 선교사가 황망히 달려왔고 이어서 순사들이 출동했다. 선교사가 오천복의 허리를 껴안아 그의 흥분을 막았다. 순사들은 마장익 일당과 싸움에 가담한 백정을 모두 포박했다.

험악한 사태가 일단 수습되자 선교사는 그 자리에 풀썩 주저앉았다. 오랫동안 넋이 나간 표정이어서 신도들이 다가와 부축했다.

"조선이 이런 나라인 줄 몰랐습니다. 주님의 구원이 필요해요."

"선교사님께서 기도해 주세요. 그 길밖에 없습니다."

"하나님께 용서를 빌어야 해요. 다 같이 예배소로 들어갑시다."

그가 앞장서 예배소로 들어갔고, 뒤를 이어 백정 신도들이 눈물을 뿌리며 따라 들어갔다. 잠시 후 통곡의 기도가 터져 나왔다.

순사에게 묶여 온 마장익 일당과 오천복 일행이 경시 앞에 꿇어앉았다. 순사는 상황을 목격한 대로만 보고했다. 그러자 경시가 눈을 부릅뜨며 죄인들로 하여금 고개를 들게 했다. 그들을 하나하나 훑어본 경시가 벌떡 일어서더니 마장익 일당을 가리켰다.

"저놈들은 전에도 붙들려 온 놈들이 아닌가."

"지가 끌고 왔던 자들입니다."

"개과천선하기에는 틀린 놈들이군. 싸움이 어째서 일어났나?"

"발단은 잘 모리고요. 지들이 당도했을 때는 쌈이 한참 진행되고 있었심더."

"그러면 저놈 스스로 입을 열도록 해."

"마장익 이늠아야. 겡시 어른께 소상히 아뢰그라. 거짓이 있을 시에는 네늠의 혀가 뽑힐 줄 알그라이."

순사가 곤봉으로 마장익의 어깨를 내려쳤다. 그러자 그가 엄살 섞인 비명을 지르며 쓰러지는 시늉을 보였다.

"이늠아가 어데서 엄살을 부리노. 퍼뜩 아뢰지 몬하겠나."

"백정들이 떼를 지어가 지헌테 달려들었심더."

"어떤 연유로?"

"애배당(예배당) 길을 막았다꼬 그래 안 합니꺼."

그러자 경시가 오천복을 지목했다.

"그러면 너한테 묻겠다. 너는 어찌하여 도끼를 휘둘렀느냐?"

"참으로 억울합니다요. 소인이 제 처와 함께 예배소로 들어가는데, 저자가 갑자기 몽둥이로 정갱이를 내려쳤습니다요. 그뿐만 아니옵고, 제 처한테도 마구 주먹질을 했습지요."

"사실인가?"

"거짓이면 소인의 혀를 뽑아도 좋습니다요."

"그렇다고, 도끼로 사람을 죽이려 했단 말인가?"

"나으리, 몇 달 전에도 저자가 아무 까닭도 없이 소인을 두들겨 팼습니다요. 백정만 보믄 괜히 행패를 부립니다요. 하오나 죽일 생각은 전혀 없었습죠."

"입은 잘도 놀리는구나. 허나, 너는 사람을 죽일 뻔한 놈이야. 이봐, 김 순사. 재범을 저지른 놈들에게는 각각 곤장 50대를 쳐서 하옥하고, 나흘 동안 물만 주도록 하라. 특히, 마장익인지 소장익인지 하는 놈은 곤장 70대를 쳐라. 도끼를 휘두른 자는 30대를 쳐서 하옥하고 사흘을 굶겨. 나머지 놈에게는 각각 20대를 쳐서 훈방토록 하고. 조금도 사정 보지 말라."

순사들이 달려들어 죄인들을 일렬로 꿇어앉혔다. 그러고는 한 사람씩 장판杖板 위에 엎드리게 하여 손목과 발목을 꽁꽁 묶고 바지를 까 내렸다. 첫 번째로 장판에 엎어놓은 자는 마장익이었다. 순사 둘은 서로 마주 보고 서서 곤장을 잔뜩 움켜쥐었다.

곤장을 내려치자 마장익이 하늘이 찢어지는 듯한 비명을 내질렀다. 그렇게 10대를 맞고부터는 비명은커녕 기절한 듯 아예 꿈틀대지도 않았다. 엉덩이에서는 이미 피가 흘렀고, 곤장에는 살점이 생선 껍질처럼 묻어났다. 꿇어앉은 죄인들은 차마 그 모습을 보지 못하고 몸을 바들바들 떨었다.

30대를 치고 난 순사들의 팔에 힘이 빠지자 다른 순사들이 와서 곤장을 넘겨받았다. 마장익의 엉덩이가 헝겊처럼 너덜너덜 찢어져 때리는 순사도 자주 외면했다. 기다리는 죄인 중에는 미리 앓는 소리를 내는 자도 있었다. 옹망추니 조해구는 눈을 뒤집고 지레 까무러쳤다.

7

고만석은 동이 트자마자 혜장鞋匠으로 일하는 형님을 만나러 집을 나섰다. 오천복이 그와 동행했다. 지게에는 소가죽과 돼지가죽이 한 짐 실려 있었다. 고만석은 가죽신을 만드는 형님에게 가죽을 공급하였고 오천복은 다른 피장皮匠(갖바치)들에게 가죽을 대 주었다.

가죽은 재설꾼에게 큰 수입원이었다. 재설꾼은 소나 돼지를 잡아

주는 대가로 잡뼈와 약간의 선지, 가죽을 받았다. 뼈와 선지는 주막이나 국밥집에 넘기고 가죽은 피장과 혜장에게 팔았다.

고만석의 형님도 원래는 재설꾼이었으나 나이를 먹으면서 도살 작업이 힘에 부쳐 혜장으로 전업했다. 그는 어릴 적부터 손재주가 좋아 버들고리와 가죽신을 만들었고 최상품으로 인정받았다.

형님이 사는 마을까지는 산 하나를 넘어야 하는 80리 길이었다. 새벽녘에 집을 나서도 해거름이 돼서야 겨우 닿을 수 있는 먼 길이었다. 혼자 타박타박 걷기에는 쓸쓸하고 위험이 도사린 여정이었다. 그래서 그가 길을 떠날 때는 으레 오천복이 동행했고, 그들은 지게 깊숙한 곳에다 도끼와 예리한 칼을 숨겨 길을 떠나곤 했다.

인적이 드문 산길을 가는 동안 종종 만나는 강도에 대비해야만 했다. 놈들이 노리는 것은 목숨이 아니라 가죽과 돈이었다.

도끼를 다루는 오천복의 솜씨는 거의 무예에 가까웠다. 그 무거운 쇠붙이도 그의 손아귀에 들어가면 가벼운 나무토막으로 둔갑했다. 그때마다 고만석이 '도끼 가진 놈이 바늘 가진 놈을 못 당한다'는 속담을 일깨워 주었다. 결국 마장익에게 도끼를 휘둘렀다가 곤장 30대를 맞았던 것이 불과 한 달 전이었다.

그는 곤장 얘기를 꺼낼 때마다 그날의 악몽을 떠올리며 몸서리쳤다. 그도 그럴 것이 엉덩이 살이 모두 헤어져 보름 동안 내내 엎드려 있었다. 마장익 때문에 억울하게 당한 터라 언젠가는 제 손으로 꼭 앙갚음하겠다고 별렀다.

"잊어버리게. 머지않아 벼락 맞아 뒈질 놈이께."

"아녀. 기회만 오믄 내 손으로 죽일 꺼."

"만에 하나 그랬다가는 참수형을 당해. 쓸데없는 소리 그만 허고 잠시 쉬면서 배나 채우세."

고만석은 소나무 그늘에 지게를 벗어놓았다. 오천복도 그 옆에다 짐을 내려놓고 엉거주춤한 자세로 쪼그려 앉았다. 스무 걸음쯤 밖으로 작은 내가 흘러 쉴 장소로는 안성맞춤이었다. 지게 동발에 매달아놓은 밥보자기를 떼어 풀밭에 펼쳤다. 점심이라야 주먹밥 한 덩어리에다 된장에 박은 고추 장아찌가 전부였다.

"헌데 경찰서에서 웬일로 백정한테 관대헌지 모르겠구먼."

오천복이 미처 아물지 않은 엉덩이 상처를 어루만지면서 중얼거렸다. 그러자 고만석이 밥을 베어 물면서 고개만 끄덕였다.

"경시가 마침 조선사람인 데다가, 우리한테 잘못이 읎잖여. 생각도 조금 트인 사람 같고."

"옛날 사또 시절에는 그랬나. 백정한테만 죄를 뒤집어씌웠지."

"우리 자식들한테는 이런 수모를 물려주지 말아야 헐 텐데⋯."

"젠장, 어느 천년에? 천지가 개벽되기 전에는 틀린 일여."

"예수만 믿음 천당 간다믄서? 천당이 정말 있기는 허는지⋯. 설사 있다고 해도, 허구헌 날 짐승만 잡아 죽이는 우리한테는 애당초 들어갈 수 없는 길이잖여?"

"낸들 알겄어. 여편네가 예배소 가는 길이 무섭다고 해서, 그저 따라갈 뿐인걸."

"잘해 보게. 지옥에 떨어진다 해도 이보다 더 못허지는 않겠지. 그만 일어나세. 해가 많이 기울었어."

고만석은 빈 보자기를 둘둘 말아 지게 소쿠리에다 쑤셔 박고는 냇가로 가 물 양치질을 요란하게 했다. 오천복도 그와 나란히 앉아 양손으로 물을 가득 퍼 올렸다.

다시 지게를 짊어지고 길을 떠나려는데 저만치 남자 둘이 이쪽으로 오고 있었다. 갓을 쓰고 중치막을 날리는 것으로 보아 강도가 아닌 건 분명했다. 그 모습만으로도 우선 마음이 놓였다. 고만석과 오천복이 느린 걸음으로 걸어 나갔다. 그 두 사람이 이쪽의 지게를 흘끔 올려다보더니 걸음을 멈췄다. 무슨 말을 건네려니 싶었다.

"가죽을 팔러 가는 모양인데, 길을 조심하게."

"무슨 말씀입니까요?"

"험상궂게 생긴 놈들 셋이 길목을 지키고 있어 일러주는 것이네."

"도적 떼입니까요?"

"우리한테는 시비를 안 걸었지만 낌새가 장사치 노리는 품이야."

고만석과 오천복은 마치 약속이나 한 듯이 동시에 지게를 내려놓았다. 그러고는 접힌 가죽 틈에서 각각 칼과 도끼를 뽑아 허리춤에 단단히 찔렀다.

"보아하니 백정들 같은데, 사람을 죽이지는 말게. 이유야 어떻건 살인한 자는 중죄로 다스리는 국법이 있으니까."

"명심하지요. 이건 도적들이 얕보지 말라고 지닌 것뿐입니다요."

한바탕 활극이 벌어질 것 같았다. 가죽을 빼앗기지 않으려면 놈들과 맞서 싸울 수밖에 없다.

"만석이, 마음 단단히 먹게. 이쪽에서 겁먹은 모양을 보이면, 그건 이미 지는 싸움이니께."

"자네나 조심허게. 도끼를 휘둘렀다가 사람 죽일까 무섭네."

아니나 다를까. 경계심을 잔뜩 움켜쥐고 주위를 살피며 걷는데, 숲속에서 갑자기 장정 셋이 튀어나와 앞을 가로막았다. 각자 몽둥이 하나씩을 둘러멘 그들의 얼굴은 하나같이 험상궂었다.

"백정들인 것 같은데 지게를 내려놓그라."

"왜 그러슈?"

"가죽이 필요한 기라. 안 죽고 싶으모, 시키는 대로 해라."

"그리는 못 하지."

오천복이 지게를 내려놓고는 그들 앞에 당당히 버티고 섰다. 고만석도 그 옆에 나란히 서서 눈을 부라렸다. 놈들은 겁을 주려고 몽둥이를 단단히 틀어쥐었다.

"가죽을 순순히 내놓으모, 목심만은 살려 줄 끼다."

"이걸 네놈들한테 줘? 어림도 없다."

그러자 두목으로 보이는 자가 몽둥이를 쳐들었다. 나머지 두 놈도 손바닥에 침을 뱉었다. 그러자 오천복과 고만석이 가래침을 내쏘며 허리춤에서 도끼와 칼을 뽑아 들었다.

"뎀벼 봐라. 도끼로 네놈들 대갈통을 뽀개 줄 것이니. 어여 뎀벼."

"나는 이 칼로 네놈들 가죽을 벗길 것이고."

"이늠아들이 … ."

두목이 일당에게 눈짓을 보내자 두 놈이 이쪽 주위를 빙빙 돌면서 기회를 노렸다. 고만석과 오천복도 서로 등을 붙이고 서서 방어 자세를 취했다. 놈들은 선뜻 달려들지 못하고 욕설로 공갈만 쳐댔다. 이때 놈들의 등 너머에서 소달구지가 등장했다. 놈들이 당황하는 표정으로 고개를 돌렸다. 고만석이 기회를 놓치지 않고 두목에게 재빨리 다가가 칼끝으로 놈의 목을 쿡쿡 찔렀다. 오천복도 도끼로 놈의 어깨를 찍는 시늉을 보였다.

살벌했던 상황은 순간에 끝나고 말았다. 두목은 몽둥이 든 손을 축 늘어뜨렸고, 다른 두 놈도 얼굴이 사색이 되었다. 오천복은 놈들을 윽박질러 몽둥이부터 내려놓게 했다. 그러고는 모두 무릎을 꿇리고 두 손을 머리에 붙이도록 했다.

고만석과 오천복은 놈들로부터 빼앗은 몽둥이로 장딴지부터 냅다 후려쳤다. 이어서 맥없이 고꾸라지는 놈들의 등짝을 사정없이 내려쳤다. 조금 전까지만 해도 기세등등했던 놈들이 그 한 방에 쓰러지고 말았다. 오천복과 고만석이 발로 놈들의 목을 힘껏 눌렀다.

"짜식덜, 별거 아니구먼. 그래 가지구서야 강도짓 허겄어? 이것들을 도끼로 찍어, 말어?"

"나리, 잘못했심더."

"나리? 오래 살다 보니께, 백정이 나리 소리를 다 들어보네그려."

"미처 몰라보고 그만 눙깔이 뒤집힌 기라에. 죽을죄를 짓심더."

"차후로 여기서 얼씬댔다가는 이 도끼에 모가지 끊어질 줄 알어."

"맹심하겠심더."

오천복은 놈들을 바로 놓아주지 않고 허리춤과 적삼 속을 뒤졌다. 그의 짐작이 맞았다. 놈들의 허리춤에서 단도와 쇠갈고리를 찾아냈다. 놈들이 이것들로 위협하지 않은 것을 보면 몽둥이만으로도 충분히 제압할 수 있다고 판단한 것 같았다.

고만석이 단도로 놈들의 적삼 고름을 싹둑 잘라냈다. 그뿐만 아니라 다리를 동여맨 각반까지 모두 풀어 버렸다. 그러고는 엉덩이를 걷어차 반대쪽으로 쫓아 버렸다.

놈들 때문에 시간이 많이 지체되었다. 잠시 후면 해가 산 너머로 곤두박질할 것이다. 아직 숲에 숨어 있을 떼강도를 만나면 가죽을 뺏길 것이다. 여남은 명이 떼 지어 나타나면 꼼짝없이 당해야 한다.

벌써 잔등에 땀이 배기 시작했다. 올봄에도 고스란히 당한 적이 있어 산을 완전히 넘기 전에는 마음을 놓을 수 없었다. 가는 길에는 놈들을 만나지 않는다 해도, 돌아오는 길에 가죽 판 돈을 몽땅 털릴 수가 있다. 그래서 나무꾼으로 위장하여 지게에다 나무를 가득 얹고 그 깊숙한 속에다 돈을 숨겼다.

8

이두영과 서달수가 마산의 한 장터에 상점을 벌인 지 그럭저럭 달포가 되었다. 말이 상점이지 기둥 네 개를 세우고 휘장을 두른 노점상이다. 멍석에다 방물을 늘어놓았다. 각종 비녀를 비롯한 면빗·얼레빗·참빗·손거울 따위와 가위·비누·머릿기름·백분白粉·치분齒粉 등이다.

호객과 장사는 두영이 하고, 달수는 자리만 지킬 뿐이었다. 조선 장터 어디에나 텃세가 있기 마련이라 방패막이가 있어야 했다. 달수가 그 역할을 맡았다. 그가 사천왕처럼 황소눈을 부릅뜨면 그 위세에 장터 불량배까지도 주춤했다. 그가 없었다면 두영의 앤생이 몸피로는 낯선 장터에서 하루도 버틸 수가 없었다.

이 장터에 처음 자리를 잡고 열흘쯤 지난 어느 날이었다. 두영이 혼자서 노점 물건을 정리할 때였다. 사내 셋이 몰려오더니 자릿세를 내야 한다며 윽박질렀다. 모두 힘상궂은 얼굴에 상스럽게 내뱉는 말투로 보아 장터를 휩쓸고 다니는 각다귀가 분명했다.

"당신들한테 으째서 자릿세를 낸다요?"

두영이 뜨악한 표정으로 맞섰다. 그중에 왕초 격으로 보이는 자가 앞으로 나섰다.

"타지에서 왔으모 당엔히(당연히) 내는 기 상식이라 쿠는 걸 모리나?"

"전에 진주에 있었지만, 자릿세 같은 걸 내본 적이 없구만이라."

"진주에서는 그카는지 모리지만도, 마산에서는 내야 하는 기라."

"세리稅吏라도 된다요?"

두영이 짐짓 시치미를 뚝 땠다. 이런 행태는 어느 장터를 가나 있기 마련임을 모를 리 없지만, 일단 버텨보겠다는 속셈이었다.

"자릿세를 모리다니, 완저히 촌놈 아이가."

"서울 빼고는 진주나 마산이나 촌이기는 마찬가지 아닌 게라?"

"머시라? 그라모 우리도 촌놈이라 말이가?"

옆에 서서 구경만 하던 자가 게구멍처럼 얽은 낯을 일그러뜨리며 앞으로 나섰다.

"헹님요, 손 쪼매 바야 안 되겠심꺼? 말기(말귀)를 몬 알아듣는다 아입니꺼."

"니는 가마있그라. 그라모 여게서 은제까지 장사할 낀데? 앞으로 장사를 해 묵을라 카모, 자릿세를 내야 하는 기라."

"나는 자릿세 낼 이유가 없을 것 같구만이라."

"이늠아가 도통 몬 알아듣는구마. 곰보야. 니가 손 쫌 보그라."

그가 얼금뱅이에게 턱짓을 보내자 그 즉시 멍석을 뒤집었다. 가지런히 정돈한 물건들이 사방으로 흩어지자, 또 다른 늠이 나뒹구는 물건을 마구 걷어챴다.

각다귀들의 행패에 두영이 화가 머리꼭지까지 올라 놈들의 멱살을 잡아 흔들었다. 그러자 왕초가 달려들어 그의 정강이를 걷어챴다.

이때 멀리서 달수가 느럭느럭 걸어오다가 이 광경을 목격했다. 그가 단걸음에 달려와 난장판 앞에 섰다.

"으짠 일이다냐?"

"성님, 잘 왔어라. 이것들이 글씨 자릿세를 내라며 이 행패다요."

달수가 대뜸 주먹으로 곰보의 머리통부터 가격했다. 그가 비명을 지르며 고꾸라지자, 나머지 두 놈이 주춤주춤 뒷걸음질하면서 그를 위아래로 훑어 내렸다. 달수가 손에 침을 탁 뱉고는 왕초를 향해 식지食指를 꼬불꼬불 흔들어 덤비라는 신호를 보냈다.

왕초가 눈을 부라리며 달려들었다. 달수가 옆으로 살짝 피하며 그의 발목에 딴죽을 걸었다. 놈이 몸의 중심을 잃자 달수가 주먹으로 그의 뒤통수를 치고 나머지 한 놈을 패대기쳤다.

그 뒤부터 각다귀들은 두영의 노점 근처에 그림자도 비치지 않았다. 그 덕에 다른 노점상들도 놈들의 행패에서 벗어났고, 달수는 '서 장사'라는 별호까지 얻어 국밥과 술을 대접받기도 했다.

"성님은 좋겠소. 모두가 성님한테 칙사대접을 허니께."

"나쁠 건 읎지만, 사람들이 나를 뭔 괴물 보듯 헝께… ."

"성님 떡대가 웬만한 사람 두 배나 됭께 당연하지라."

"각다구놈들이 다시는 얼씬대지 않을 거이다. 그란데 심심해서 으쩌냐? 기운은 남아돌아가고."

"성님도 참. 또 경찰서에 끌려가 곤장 맞고 싶어서 그래요?"

"나가 괜히 그라냐. 못된 놈들이 깝죽댕께 그라제."

"잔생이 보배라는 말은 모른다요? 때로는 못난 체하는 거이 오히려 처세에 이롭다는 뜻인게라. 특별한 경우 말고는 주먹 조심허쇼이. 앞으로 다시 옥에 갇히믄, 나는 그길로 성님과 작별헐랑게."

"잡것이 참새를 볶아 먹었나, 오늘은 왜 이리 말이 많다냐?"

"걱정이 됭께 그라제."

"알었으니 주둥아리 그만 놀려라이. 과붓집 종년도 아니고…."

그날의 소문을 듣고 저자 사람들은 달수를 보기 위해 근처를 자주 얼씬댔다. 전해 들은 대로 장골의 모습을 확인하고, 힘 쓰는 걸 직접 보지 못하고도 자기들끼리 수군대며 고개를 주억거렸다.

그날 혼쭐이 났던 각다귀 놈들은 이웃 각다귀들과 세를 규합하여 달수에게 복수할 계획을 세웠다.

그날은 장사도 시원찮은 데다가 마침 해가 뉘엿뉘엿 기울어 두영은 물건들을 서둘러 고리짝에 담기 시작했다. 달수도 그를 거들어 휘장을 걷고 각목을 뽑아 한 뭉치로 묶었다. 그는 어서 주막으로 가 술을 몇 사발 들이킬 심산으로 아까부터 조급증을 냈다.

이때 이웃 장사치가 헐레벌떡 달려왔다. 숨이 턱까지 차오른 그가 달수와 두영 앞에서 말은 내뱉지 못하고 손만 휘저었다.

"대체 왜 그런다요?"

"크, 큰일 났수. 놈들이…."

"어이구, 땁땁혀라. 뭣이 큰일 났다는 것이오? 놈들은 또 뭣이고."

"지난번 서 장사한테 혼난 그놈이 부하들을 데리고 이리루 몰려오고 있다니께! 필시 서 장사한테 오는 것 같으니, 어서 몸을 피하는 게 좋겠구먼."

"그려? 몇 놈이나 됩디여?"

"스무 명은 족히 되우. 게다가 죄다 몽둥이 하나씩을 들고 있어."

"스무 명이라…."

달수는 잠시 궁리하다 각목 두 개를 뽑아 들었다. 무술시범을 보이듯 각목 두 개를 팔랑개비처럼 가볍게 돌렸다.

"아우는 싸게 몸을 숨겨라. 놈들, 버릇을 단단히 고쳐야제."

"성님이 아무리 천하장사라도, 으찌 혼자서 상대헌다요?"

"너는 도움이 안 돼야. 긍께 잠시 피해 있으란 말여."

그건 사실이다. 두영이 끼어 봤자 오히려 방해만 될 것이다. 그러나 혼자 살겠다고 그의 충고를 선뜻 따를 수도 없었다.

두영이 엉거주춤하고 있을 때 떼를 지어 몰려오는 놈들의 발걸음 소리가 들려왔다. 달수가 두영에게 다시 눈을 부라리며 빨리 떠나라고 했다. 장터가 긴장감에 휩싸였다. 노점마다 이미 전을 걷은 뒤여서 저자가 황량한 싸움판으로 바뀌었다.

달수가 각목을 단단히 움켜쥐고 놈들이 닥칠 길목을 지키고 섰다. 눈을 잔뜩 부라린 상판은 여지없이 장비였고, 각목을 틀어쥔 모습은 관우였다.

드디어 각다귀 패가 몰려왔다. 지난번 달수에게 봉변을 당한 왕초가 선두에 보였다. 각목을 잡고 장승처럼 버티고 선 달수 모습을 보고 왕초가 보폭을 줄여 다가왔다.

잠시 후 왕초의 신호가 떨어지자 일당이 원을 그리며 달수를 둘러 쌌다. 달수는 몸을 한 바퀴 돌려 놈들을 둘러봤다. 그가 보기에는 오합지졸이었다. 제대로 얻어먹지 못해 피골이 상접한 거지 떼일 뿐이었다. 이번 일에 함께 나서면 배불리 먹여주겠다는 꼬임에 빠진 자들임이 분명했다. 그 꼴들이 가소로워 한참을 웃었다.

"네놈들이 나를 찾아온 것이제?"

"하모. 오늘이 니놈 제삿날잉 기라. 단디 각오해라잉."

달수가 걸걸걸 웃음을 쏟으며 그에게 한 발 한 발 다가갔다. 그러자 왕초가 갑자기 몽둥이를 높이 쳐들며 일당을 향해 외쳤다.

"직이 삐라!"

무리가 달수를 향해 한 걸음씩 좁히기는 해도 용기 있게 앞으로 나서는 자는 아무도 없었다.

두 손에 각목을 각각 나눠 쥔 달수가 원을 그리며 두어 바퀴 돌았다. 그러더니 갑자기 각목을 좌우로 휘두르며 한곳을 향해 질풍처럼 돌진했다. 미친 황소처럼 무섭게 달려오는 그의 행동에 놀라 놈들이 좌우로 흩어지면서 길을 터주고 말았다. 둥그렇게 싸고 있던 놈들의 전열이 금세 흐트러졌다.

놈들을 상대하기 훨씬 수월해진 달수가 앞 열에 선 자들을 향해 성큼성큼 다가갔다. 왕초를 제외하고는 모두 뒷걸음치기 시작했다. 이때를 노려 달수가 각목을 높이 쳐들고 왕초를 향해 빠른 걸음으로 다가갔다.

달수가 왕초를 겨냥해 각목을 창처럼 내뻗고 달려들었다. 놈이 몽둥이를 휘두르며 방어했으나 달수의 각목이 이미 그의 복부를 깊숙하게 찔러 버렸다. 통증을 이기지 못해 허리를 구부린 놈의 잔등을 각목으로 무자비하게 내려쳤다. 그러자 척추가 부러진 듯 놈이 비명을 지르며 소가죽처럼 납작하게 엎어졌다. 달수가 왕초를 밟고 우뚝 선 채 나머지 놈들을 향해 소리쳤다.

"살고 싶으믄 빨리 도망치고, 죽고 싶은 놈은 뎀벼라!"

그때까지도 얼빠져 있던 일당은 미처 말귀를 못 알아들은 것처럼 멍하니 서 있기만 했다. 그러자 달수가 놈들에게 겁을 줄 양으로 다시 각목을 휘두르며 무리를 향해 달려갔다. 그제야 놈들이 몽둥이를 내던지고 삼십육계를 놓았다.

장터 사람들은 싱겁게 끝난 싸움판에 실망하면서 순식간에 벌어진 상황에 입만 벌렸다. 이들 중엔 순사도 서넛 끼어 있었다. 큰 싸움이 일어났다는 제보를 받고 달려왔다가 그만 구경꾼이 돼 버렸다.

"순사 나으리. 이놈을 끌고 가쇼이."

그제야 순사들이 다가와 왕초와 달수를 번갈아 보면서, 이 사건을 어떻게 처리해야 좋을지 판단이 서지 않는 듯 한동안 고개만 갸웃거렸다. 달수는 그러한 순사 앞에다 익살스러운 표정만 남기고 유유히 사라졌다.

초 혼

1

마산에서도 백정에게 가해지는 멸시는 진주와 조금도 다를 바 없었다. 오히려 진주보다 큰 사건이 여러 차례 있었다. 불한당들이 백정의 딸을 산속으로 끌고 가 윤간하는가 하면 장바닥 각다귀들이 겁탈한 계집을 죽여서 매장한 사건까지 있었다.

백정 부녀자는 일몰 즈음에는 바깥출입을 삼갔다. 젊은 백정들은 자발적으로 '부녀 보호대'를 결성하여 자신의 거주지역을 지켰다.

지난번 각다귀들이 떼로 몰려와 싸움을 벌인 사건이 있고 난 며칠 후, 느닷없이 순사가 나타나 서달수를 찾았다. 곤장을 맞는구나 싶어 서달수와 이두영이 바싹 긴장했다. 그러면서도 그날 바로 잡아가지 않고 며칠이 지나서야 데려가는 것이 궁금했다.

달수가 순사에게 눈을 부릅뜨며 이유를 물었다. 순사는 자기도 모르는 일이라면서 무조건 따라오라는 말만 되풀이했다. 구경거리가 있을 성싶었는지 행인들이 꾸역꾸역 모여들었다.

"잘못헌 게 읎는디, 경찰서에는 왜 간다요?"

"겡시 어른이 부르는 일이니, 가 보모 알 거 아이가."

"나 같은 놈헌티 상을 주실 리는 읎고…."

감히 순사에게 거역할 수 없는 처지라 달수가 한참을 구두덜대고는 그를 따라붙었다. 두영이 함께 가겠다며 노점을 걷으려 했다. 그러자 순사가 그를 제지했다.

"성님이 죄도 읎이 잡혀가는디, 아우 처지에 보고만 있다요?"

"겡시 어른이 니까지 데리오라는 말은 읎었으이깨네, 고마 기대리라."

"안 되지라우. 우리는 실과 바늘잉게 같이 가야 쓰겄소."

"이늠아가? 우리가 지금 소풍 가나? 갠히(괜히) 함부로 나섰다가 치도곤 맞는데이."

"그라믄 성님 먼저 가소. 나는 경찰서 앞에서 기다릴 것잉게."

두영은 달수를 맞이하려고 일찌감치 경찰서 앞에 진을 치고 앉았다. 그가 옥에 갇혔다고 단정하자 자꾸 눈물이 나왔다. 그놈의 쇠주먹을 휘두르다가 쇠창살 안에 갇힌 게 벌써 몇 번째인가. 저물녘인데도 달수가 모습을 드러내지 않았다.

'곤장을 맞아도 된통 맞는 것이제.'

하는 일마다 이토록 꼬인다면 마산도 오래 있을 곳이 못 된다. 달수가 둥지를 트는 곳마다 감옥을 뒷간 가듯이 들락거린다면 달수와 두영이 맘 편히 머물 곳은 조선 천지 어디에도 없을 것이다.

'젠장. 여그를 뜨면 또 으디로 간다냐?'

두영이 한숨을 내쉬며 곰방대를 빼물었다. 해는 산 너머로 사라져 어둠이 경찰서 담벼락을 서서히 기어오르기 시작했다. 밤을 새

위야 할 모양이라고 생각하자 지레 추웠다.

그가 볼에 우물이 지도록 담뱃대를 빨고 있는데 위병이 영문 닫을 준비를 하였다. 두영이 또 안달이 났다. 문이 닫히면 달수가 오늘 안에 풀려나기는 틀린 셈이다.

두영이 곰방대를 허리춤에 찌르고는 위병에게 달려가 달수가 어떤지 알아봐 달라고 애걸했다. 위병은 귀를 막아 버린 듯 싹 무시했다. 조선말을 알아듣지 못하는 일본군인인 듯했다. 두영이 손짓 발짓으로 설명해도 계속 소 닭 보듯 할 뿐이었다. 한참 만에 그가 무슨 말인가 지껄였지만 이번에는 이쪽에서 알아먹을 수 없었다.

이어서 위병은 경찰서 외곽을 지키는 경비병으로 교체되었다. 두영은 이러지도 저러지도 못하고 망연히 서 있기만 했다.

이튿날, 두영은 동이 트자마자 경찰서로 다시 달려갔다. 두 다리 뻗고 편히 잤던 시간마저 옥에 갇힌 달수에게 미안했다.

경찰서 영문은 이미 활짝 열렸고 위병도 여전히 부동자세로 지키고 있었다. 두영은 그에게 다가가서 말을 붙이고 싶었으나 어제처럼 헛일이다 싶어 그만두었다. 어제저녁부터 끼니를 거른 탓에 창자가 꼬일 정도로 배가 고팠다.

두영이 하릴없이 버드나무에 등을 대고 앉아 있는데 조선인 순사 셋이 큰 빗자루를 들고 나타났다. 영문 밖을 청소하려는 것 같았다. 두영은 몸을 발딱 세워 그쪽으로 다가갔다.

그중 하나가 낯이 익었다. 어제 달수를 데려간 바로 그 순사였다. 마치 달수를 만난 것처럼 반가워 손이라도 덥석 잡고 싶었다.

"성님 소식을 들을라고 왔어라우. 아직 옥에 갇혀 있습디여?"

"옥에 갇혔다꼬? 죄도 읎는 사람을 와 옥에 가두겠노?"

"그라믄 풀려났다요? 지가 어젯밤 늦게까정 여그 있었는디."

"소식이 깜깜하구마는. 곧 나올 테니 기다려 보그라."

"그라믄 성님이 곤장도 안 맞고 옥에도 안 갇혔다는 말이지라?"

"이늠아가 귓구녁에다 오이를 박았나, 와 말을 몬 알아듣노."

이때였다. 달수가 그 큰 덩치를 흔들며 영문을 나섰다. 더욱 모를 일은 그의 복색이었다. 어제까지 꾀죄죄하게 걸쳤던 무명 바지 저고리는 어디다 벗어 버리고 느닷없이 순사복 차림이었다.

두영이 눈을 씻고 봐도 달수가 틀림없었다. 순사 허깨비를 보는 것 같았다. 조심스럽게 다가갔다.

"달수 성님이 맞다요?"

"야가 갑자기 당달봉사가 되었나? 보믄 모른다냐?"

"헌데 그 복색이 뭣이다요?"

"사정이 그렇게 되았다. 나 때문에 걱정 많이 했제?"

그러자 두영이 풀썩 주저앉아 엉엉 소리 내어 울었다. 달수가 남세스럽다는 듯 손으로 그의 입을 급히 틀어막았다.

"챙피시럽게 이 무슨 짓이다냐. 여기가 경찰서 앞이라는 걸 몰러?"

"경찰서고 지랄이고, 성님은 으째서 내 쪽을 이리도 태우시오? 나는 성님이 곤장 맞고 옥에 갇힌 줄만 알았다요. 그란디 성님이 으째서 순사옷을 입었소? 실성한 것이오?"

"실은, 오늘부텀 순사가 돼부렀다."

"뭣여? 순사가 돼야? 성님이 으떻게 순사가 된다요?"

"갑작스러운 일이라, 나도 잘 모르겄다. 순사 허라니께 허는 것이제. 내 모양새가 으떠냐? 어울리기는 허냐?”

그가 곤댓짓을 하며 어깨를 쟀다. 겨우 정신을 수습한 두영이 그가 걸친 순사복을 뜯어보기 시작했다. 한마디로 가관이었다. 8척 장승에 사모관대를 입힌 꼴이었다. 그에게 맞는 순사복이 있을 리 없었으리라. 소매 끝이 팔꿈치에 걸려 있고 바짓가랑이는 장딴지 한가운데로 올라갔다. 게다가 머리통이 워낙 커서 모자는 꼭 박수무당의 초립처럼 머리꼭지에 간신히 얹혀 있었다.

두영이 눈물을 훔치면서도 끝내 웃음이 터져, 앉은자리에서 구르지 않을 수가 없었다.

“이늠이 실성을 했나? 왜 웃어?”

“맞소. 성님 꼴에 실성했소. 옷이나 제대로 을어 입어야지.”

“나가 순사가 돼 부렀다. 출세도 이런 출세가 어디 또 있겠냐.”

“장하우, 장해. 넘 쪽을 새까맣게 태워놓고 출세헌 것만 좋다요?”

“아우헌티는 미안허구마이.”

두영이 갑자기 약이 올라 봇짐에서 꺼낸 두부를 바닥에다 던질 궁리를 했다. 눈치를 챈 달수가 재빨리 두부를 가로채더니 한입에 쑤셔 넣었다. 그러고는 눈알이 불거지도록 씹어대다 갑자기 눈물을 글썽거렸다. 두영의 자상한 배려가 고마웠을 것이다. 그 모습을 보자니 두영이 또 눈물이 솟아 아이처럼 그의 가슴에 안겼다.

“성님 ….”

“나헌티는 아우밖에 읎당게.”

두 사내가 서로 부둥켜안고 한참을 소리 내어 울었다. 위병과 순사들은 두 사람의 행동을 넋 빼놓고 지켜봤다. 그러거나 말거나 두영은 고목에 앉은 매미처럼 찰싹 붙어 끼욱끼욱 울었다. 달수가 자랑스럽기도 하거니와 천하디천한 백정에게도 이렇게 기쁜 날이 오는가 싶었다. 그들 위로 아침 햇살이 부챗살처럼 퍼졌다.

2

일본헌병은 조선의 치안업무도 장악했다. 경무총감은 일본헌병 사령관이 맡았고, 각 도의 헌병대장이 도경찰부장을 겸임했다. 헌병 장교는 경시를, 하사관은 경부를, 사병은 순사 역할을 담당했다. 헌병은 적법한 절차도 거치지 않은 채 마음대로 피의자를 체포하여 벌금형이나 태형을 가하기도 했다.

순사직에는 조선인도 들어갈 수 있어 충성도가 높은 사내만을 골라 일본순사를 보좌하게 했다. 여기에 서달수가 뽑힌 것이다. 그는 제 이름도 못 쓸 만큼 불학무식한 데다 백정 출신이라 감히 순사를 마음에 둘 수 없었다. 백정 호적에는 직업란에 '도부'屠夫(백정)라는 붉은 글씨가 박혀 어디에서든 신분을 감출 수 없었다.

그가 순사보가 된 것은 우직한 성격과 힘이 장사라는 점 때문이었다. 경찰에서도 저잣거리를 휘젓고 다니는 각다귀와 불한당 때문에 골머리를 앓았다. 순사만으로는 일손이 달려 일인당백一人當百할 자를 수소문하던 중 마침 달수가 걸려든 셈이었다. 각다귀 떼를 혼자서 해치운 괴력을 보고받은 경시가 그를 불러들였다.

이두영이 서달수와 인연을 맺은 것은 실로 우연이었다. 두영은 순창에서 도축을 거드는 중에 아비가 죽었다. 어미도 여러 해 전에 세상을 떠 갑자기 고애자가 되었다.

재설꾼이었던 아비가 저승길로 떠나면서 두영은 도축에서 벗어났다. 조부로부터 물려받은 아비의 도축을 지겹게 여기던 터라 해방감으로 마음이 들떴다. 그는 새로운 일거리를 찾아 나섰다. 순창 땅부터 벗어나 객지를 떠돌았다. 순창에서 남원, 곡성, 하동으로 떠돌았고 진주에 한동안 머물렀다.

그러는 동안 곡성에서 달수를 만났다. 두영은 곡성의 한 도축장을 지나다 다리도 쉴 겸 잠시 일하는 모습을 지켜봤다. 적삼을 벗어 던진 달수가 도끼로 소머리를 겨냥했다. 두영은 두려워 슬그머니 고개를 돌렸다. 곧이어 소의 비명이 터졌다.

도끼를 내던진 달수가 몸을 씻으려 우물가로 나왔다. 죽은 짐승이나 짐승의 피로 범벅이 된 사람이나 불쌍하기는 마찬가지였다. 우물로 간 두영이 두레박을 먼저 잡았다. 달수가 두영을 곱지 않은 눈길로 째려봤다. 두레박을 가로챈 것으로 오해하는 눈치였다.

"나가 물을 퍼줄 것잉게, 형씨는 피나 닦으소."

"누구시요?"

"지나가던 길인디, 소 잡는 걸 구경하고 있었지라."

"그라믄 수고 쪼까 허소."

달수가 두영이 부어 주는 물을 받아 얼굴이며 몸을 씻기 시작했다. 물을 받는 손이 솥뚜껑만큼이나 커서 또 한 번 놀랐다. 여태껏 살면서 몸피가 그토록 큰 사람은 본 적이 없었다. 등짝은 편편한 바위 같았고, 팔뚝에 솟은 혈관은 쑥 쇠심처럼 불거져 지렁이가 기어가는 것 같았다.

"아까 봉께, 힘이 장사시오. 소를 단숨에 쓰러뜨리다니 … . 다른 도축장에서는 서너 차례 찍어야 꼬꾸라지던디."

"긍께 재설꾼 팔자를 못 벗어나제."

달수가 몸에서 물기를 닦아낸 다음 바닥에 풀썩 주저앉았다. 그에게 담배 피우겠느냐고 묻자 반색하며 고개를 끄덕였다. 곰방대를 뽑아 담배를 꾹꾹 눌러서 넘겨주었다.

"실은, 나도 재설꾼 아비를 도와 일한 적이 있었지라."

"긍께 임자도 재설꾼인게라?"

"아비를 쪼까 거든 것뿐이오."

"지금은 도축장을 떠났소?"

"아비가 세상을 뜨는 바람에 그만 뒀지라. 허구헌 날 지겨워서 더는 못 허겄습디다."

"지금은 뭣을 허요?"

그는 입에서 쪽쪽 소리가 나도록 담배를 빨아대면서도 두영에게서 눈을 떼지 않았다. 두영이 한동안 입을 꾹 닫았다.

"장사나 혀볼까 싶어서, 여그저그 떠돌고 있구만이라."

"백정이 뭔 장사를 헌다요?"

"아무거나 닥치는 대로 허믄, 설마 나 한 몸땡이 못 살겄소?"

"나도 이 짓을 때려치우고 싶지만, 달리 재주가 있어야제."

"옛날처럼 포도청이라도 있으믄 포졸이 딱 어울릴 분이시오."

"그라제."

"나는 그만 가야 쓰겄소. 인연이 닿으면 또 만나게 될 것이고."

"담배 맛나게 피웠구만이라. 이자 으디로 가는 길이다요?"

"글씨 ⋯. 일단 진주 쪽으로 발길을 돌릴까 허는디 잘 모르겄소."

"잘 가시오. 참, 이름이나 압시다. 나는 서달수라고 허는디."

"나는 이두영이라고 하오."

그렇게 우연히 만나 특별히 정을 나눈 것 없이 그날로 헤어졌다. 그리고 달포쯤 지났다. 두영이 진주에 임시로 몸을 틀고 노점상을 벌일 때 기적처럼 그를 다시 만났다.

이제나저제나 하고 손님을 기다리던 중에 저잣거리 초입에 나타난 거인이 눈길에 잡혔다. 처음에는 그를 알아보지 못했다. 그러나 워낙 큰 체구여서 도축장에서의 그의 모습이 퍼뜩 떠올랐다.

"형씨, 서달수 아니시오?"

"맞소. 서달수요. 형씨는 이 … 뭣이라 안 혔소?"

"이두영이지라. 그란디 진주에는 으쩐 일이다요?"

"맴이 싱숭생숭혀서, 바로 곡성을 떠나 부렀소."

"참말로 반갑소이. 우리 이럴 게 아니라 술이나 한잔 헙시다."

"장사는 으쩌고?"

"내일 허먼 되지라. 잠깐 지둘리시오. 전부터 걷어야 쓰겄소."

두영이 물건을 고리짝에 담는 동안 달수도 그를 도와 휘장을 걷고 각목을 뽑아 한 묶음으로 모았다.

그날 두 사람은 코가 삐뚤어지게 술을 마셨다. 두영은 그날 장사한 돈을 몽땅 술값으로 써 버렸다. 그러자 작은 몸피에 씀씀이가 장부답다며 달수가 그를 한껏 치켜세웠다.

"헌디, 이 형은 올해 몇이시오?"

"마침 내가 물어볼 참이었는디 …. 올해 스물 셋이구만이라."

"으마? 그라먼 내 아우 되겄소. 나가 네 살 많응게."

"둘 다 외로운 처지니께, 이자부터 성님 아우 헙시다. 으떻소?"

"좋소, 아우님."

그때부터 달수와 두영은 실과 바늘처럼 붙어 다니기 시작했다. 둘 다 잘된 일이었다. 달수 입장에서는 우선 입에 풀칠은 할 수 있어 좋고, 두영 쪽에서는 그가 각다귀들 행패를 막아줘서 좋았다.

'아닌 밤중에 시루떡'처럼 느닷없이 순사보가 된 달수의 작태는 복색만큼이나 어설프고 우스꽝스러웠다. 퉁방울처럼 툭 불거진 눈을 굴리며 곤봉을 흔드는 꼴이 저자를 오가는 행인에게는 곡마단 구경거리 같았고 어린 각다귀에게는 더없이 재미난 조롱거리였다.

"장사 잘 혀라이."

그가 두영의 노점 앞에 이르러 으레 하는 소리였다. 그러고는 괜히 곤댓짓을 하며 곤봉으로 손바닥을 탁탁 두드렸다. 두영은 그 모양에 매번 웃음이 나오면서도 한편으로는 밉살스러웠다.

"으째서 아우 쌍판이 낙태한 고양이 상이다냐?"

"다아 성님 때문이제. 산이 우니까 산도야지 우는 격이니, 괜히 재지 마쇼이. 개꼬리 삼 년 두어도 황모黃毛 못 됭께."

"그랗께 나가 개꼬리라는 말이시?"

"너무 재니까 안 그러요. 순사가 되얐으면, 옷이락도 뽄새 있게 입어야제. 꼭 짚신에 국화 그린 꼴 아니오. 지발 왜놈 앞잡이나 되지 마쇼이. 자자손손 역적 소리 들을 것잉게."

"개꼬리 주제에 뭔 역적질을 허겄냐."

70

3

오천복이 기어이 일을 저질렀다. 도끼로 마장익의 목을 끊어놓겠다고 입버릇처럼 외더니 정말 결행했다.

며칠 전 마장익 일당이 옥봉 백정의 예배소를 급습하여 또 난동을 부렸다. 예배가 끝날 무렵 들이닥쳐 남자에게는 개 패듯이 몽둥이를 휘둘렀고 여자에게는 온갖 욕설을 퍼부으며 난잡하게 희롱했다. 놈들 중에는 여자들 적삼이나 치마를 벗기는 미치광이도 있었다.

남자들이 손에 든 것은 성경뿐이어서 쏟아지는 매를 그대로 맞아야 했다. 제 아내와 딸이 수모를 당해도 속수무책이었다.

오천복의 어린 딸은 마장익 손에 적삼이 찢기고, 머리채를 잡혀 바닥에 나뒹굴다 실신했다. 오천복이 입에 거품을 품고 길길이 뛰었으나 몽둥이질을 당하고 기절하고 말았다. 놈들 가운데 서넛이 미리 준비한 자루에다 그의 딸을 쑤셔 넣고는 보쌈하듯 짊어졌다.

놈들은 순식간에 예배소를 난장판으로 만들고는 잽싸게 삼십육계를 놓았다. 누구 하나 성한 사람이 없이 흠씬 얻어맞은 탓에 놈들의 뒤를 쫓을 수가 없었다. 여자들은 여자들대로 목 놓아 우느라고 시신처럼 널브러진 제 서방이나 아비의 상처를 어루만질 마음조차 갖지 못했다.

한참 만에 의식이 돌아온 오천복이 아내와 딸을 찾았다. 아내는 제정신이 돌아왔으나, 딸이 보이지 않았다. 놈들이 딸아이를 들쳐 메고 내빼는 걸 목격한 사람이 있어 비로소 정황을 깨달았다.

정신이 번쩍 든 오천복이 예배소 밖으로 뛰쳐나갔으나 그때까지 놈들이 있을 리 없었다. 선교사의 신고를 받은 경찰서 순사들이 그제야 나타났다. 그러나 놈들이 이미 줄행랑을 친 뒤라 순사들도 아예 손을 놓아 버렸다. 오천복이 딸을 찾아달라고 순사들에게 호소했으나 고개만 끄덕일 뿐 당장 어떤 조치도 취하지 않았다.

마장익 일당에게 납치당했던 오천복의 어린 딸은 그날 밤, 늦은 시각에야 만신창이가 되어 돌아왔다. 옷은 갈기갈기 찢기고 속곳마저 벗겨진 채 홑치마 바람으로 기어왔다. 가랑이 사이로 피가 낭자한 것으로 보아 놈들에게 겁탈당한 게 분명했다.

오천복이 도끼에 날을 세웠다. 고만석이 눈치를 채고 달랬으나 오천복은 눈을 부라리며 광기만 내뿜었다.

"순사들이 놈들을 찾고 있다니께, 조만간 잡힐 거구먼."

"아녀, 놈의 모가지는 내가 끊을 껴."

"그러는 자네는 무사할 것 같고? 제발 참으라니께."

어르고 달래도 그는 요지부동이었다. 며칠 후 저잣거리가 발칵 뒤집혔다. 마장익이 목이 잘린 채 나무에 매달려 있더라는 소문이었다. 백정이나 상민 모두 그의 죽음을 인과응보로 받아들였다.

경찰이 범인 색출에 나섰다. 의심의 눈초리가 백정에게 쏠린 것은 당연했다. 백정들은 마장익의 죽음을 기뻐하면서도 차마 내색할 수 없었다. '꺽지탕에 개구리 희생되는 짝'이 될까 두려웠다.

순사들이 백정들의 집을 돌면서 증거를 찾았다. 살해에 사용한 도끼, 칼 같은 흉기였다. 백정 집에 그런 흉기가 없을 리 없었다.

경찰서에서는 특별히 재설꾼만 불러들여 사건 당일의 행적을 따졌다. 고만석과 오천복도 당연히 불려 갔다. 고만석은 마음을 졸이며 오천복의 표정을 살폈다. 그는 의외로 태연했다. 현실을 담담하게 받아들이는 표정이었다.

경찰은 마장익 일당에게 폭행을 많이 당한 백정을 중점적으로 조사했다. 그러나 그에게 피해를 보지 않은 백정이 어디 있겠는가. 한두 번씩은 수모를 당했던 터라 특별히 꼬투리를 잡을 수가 없었다.

결국 예배소에 다니는 백정과 지난번 예배소 습격사건 때 현장에 있었던 백정으로 압축하고는 이들을 다시 취조했다. 고만석은 예배소에 나가지 않아 그 무리에서 제외되었다.

살해 용의자로 분류된 백정 여남은 명은 사흘째 옥에 갇혔다. 헌병 하사관은 이들로부터 자백을 받아내려고 연일 고문을 가했다.

오천복은 깊은 갈등에 빠졌다. 자신이 마장익을 살해했지만 경찰서의 참형이 두려워 차마 자백하지 못했다. 그러나 자기 때문에 죄없는 이웃들이 고초당하는 모습을 지켜보면서 괴로워했다.

그날 범행은 한밤중에 있었다. 오천복은 마장익이 주로 오가는 길목을 잘 알았다. 오래전부터 확인하고 깊은 밤을 기다려 놈을 살해하기로 했다.

그는 도끼를 숲속에다 감춰놓고는 놈이 나타나기를 기다렸다. 농청놈들은 대개 두서넛이 패를 지어 다녔다. 백정을 수시로 괴롭히는 놈들이라 항상 경계심을 놓지 않았다.

사건 당일 밤, 놈은 몸을 제대로 가누지 못할 만큼 만취해서 새카만 어둠 속을 걸었다. 게다가 혼자여서 오천복에게는 다시 오지 않을 절호이 기회였다. 그가 발소리를 죽여 놈의 뒤로 다가갔다. 놈은 아무런 낌새도 눈치채지 못했다. 그 정도로 흠뻑 취했다.

"이놈, 마장익!"

"… 누고?"

그가 삐딱하게 얼굴을 돌리는 순간, 오천복이 도끼로 정수리를 사정없이 내려쳤다. 놈은 억 하는 비명 한 번으로 팩 고꾸라졌다. 이미 어둠에 익숙해진 오천복은 놈을 끌고 다시 숲속으로 파고들었다. 그러고는 놈의 목을 단번에 끊어 버렸다.

오늘도 고문에 시달린 용의자들은 감옥으로 돌아와 송장처럼 늘어졌다. 그렇기는 오천복도 마찬가지였다.

다음 차례가 또 불려 나갔다. 그는 오천복네 바로 옆 움막에 사는 조피석曺皮石 노인이었다. 어제까지의 고문으로 이미 초주검이 된 상태라 또 고문당하면 곧 목숨이 끊어질 판이었다.

순사가 그를 끌고 가는 모습을 보고 오천복이 급히 불러세웠다. 순사가 그를 노려보자 자신이 범인이라고 소리쳤다.

"마장익을 내가 죽였구면유."

"참말이가?"

오천복이 고개를 끄덕이자 순사는 조피석을 놓아 주고 재빨리 그의 겨드랑에 팔을 찔렀다. 그러자 내내 송장처럼 뻗었던 백정들이 벌떡 일어났다. 조피석도 믿기지 않는 듯 오천복의 정강이를 껴안았다.

"이봐, 천복이. 괜히 나서지 말어. 범인은 따로 있을 껴."

"아저씨, 사실은 제가 죽였구면유."

"아녀, 아녀. 그럴 리가 읎어. 천복이는 그럴 사람이 아녀."

"진작에 자백했어야 하는데, 겁이 나서 망설였구면유."

조피석이 오천복을 계속 붙들자 순사가 곤봉으로 그의 어깨를 후려쳤다. 그는 자신이 고문에 시달리는 게 안타까워 오천복이 거짓으로 자백한다고 보고 만류했다. 순사가 눈을 부라렸다.

"이늠아가 스스로 범인이라 쿠는데, 니들이 와 말리노?"

"그런 짓 할 사람이 아녀유."

"백정 주제에 역성드나?"

"참말이구먼유."

"시끄럽다, 고마. 이늠아가 자백한 걸 다행으로 여기그라. 그래 안 했으모, 고문에 못 견뎌 멫 늠 죽었을 끼다."

순사는 득의만면해서 오천복을 끌고 취조실로 발길을 돌렸다. 백정들이 그 뒤에 대고 외쳤다.

"천복이, 천복이!"

오천복은 그들을 한 번 돌아보고는 고개를 떨어뜨렸다.

4

오천복의 목이 만인이 보는 앞에서 망나니 칼에 무처럼 잘려나갔다. 경찰의 강권으로 참수형을 지켜보던 그의 아내는 눈이 뒤집히며 기절했고, 어린 딸도 악을 쓰며 입에 거품을 물었다. 이를 지켜본 이들은 대부분 백정이었다. 살인범은 오천복처럼 처형한다는 걸 과시하기 위해 경찰이 계획적으로 공개처형했다.

고만석은 오랫동안 자책감에 시달렸다. 오천복이 도끼에 날을 세울 때 좀더 적극적으로 말리지 못했던 걸 후회했다.

어제는 오천복의 장사葬事가 있었다. 백정의 죽음이라 상례를 제대로 갖출 수 없었다. 상여를 쓰지 못해 운구는 들것으로 했다. 그뿐만 아니라 망자의 처와 그 자식이라도 삼베옷을 입을 수 없었다.

장지葬地는 따로 정해진 백정 묘역이었다. 조피석이 요령鐃鈴을 흔들며 인도하는 가운데 고만석이 앞에서 들것을 멨다. 그 뒤를 옥봉교회 선교사와 백정들이 길게 따라붙었다.

매장이 끝나자 백정들이 둘러앉아 회의를 열었다. 앞으로 또 있을 농청의 행패에 적극적으로 대처하고자 했다. 김봉수를 비롯한 젊은 층은 그들과 힘으로 맞서자고 주장했다.

"우리 백정구역에 농청놈들이 발을 들이지 못하게 막아야 합니다. 그래서 건의하는데, 밤엔 남자가 교대로 보초를 섭시다. 마장익 놈이 백정 손에 죽어 농청이 앙갚음할 게 분명합니다."

"봉수 생각이 맞구먼. 어떤 지방에서는 '자치대'라는 걸 만들어 구역을 지킨다고 하더구먼."

"상주와 마산에도 그런 기 있다고 들었심더."

"그리고, 여자는 해가 지면 집 밖으로 나가지 말아야 합니다."

이 제안에 쉽게 의견 일치를 보았다. 제 가족을 보호하는 일에 반대할 이유가 없었다.

김봉수는 처음엔 '눈에는 눈, 이에는 이'로 맞서자고 주장했지만 선교사와 노년층의 만류로 더는 고집하지 않았다. 그는 주장을 철회하는 대신 가칭 '보안대'保安隊를 조직하겠다고 했다.

김봉수가 제안을 더 내놓았다. 일몰 후에 교대로 마을을 순찰할 것과 예배를 보는 시간에 남자가 조를 짜서 보초를 서자고 했다. 그래야 놈들의 급습을 사전에 막을 수 있다는 주장이었다.

예배소 습격자 중에 옹망추니 조해구를 비롯해 3명이 붙잡혔다. 이들이 오천복의 딸을 납치했던 자였다. 조해구는 그 딸을 겁탈하지 않았다고 발뺌했다. 고문을 당하고 나서야 자백했다. 그는 이미 전과자로 기록된 데다가 강간죄까지 추가되어 곧장 수감되었다.

이를 계기로 기고만장했던 농청의 기가 많이 꺾였다. 전처럼 백정을 못살게 구는 일이 현저히 줄었다. 그러나 그들의 심술이 언제 또 고개를 들지 몰라 백정은 여전히 마음을 놓지 못했다.

김봉수가 주동이 된 보안대는 역할을 충실히 해냈다. 밤 시간을 전후로 나눠 사내 둘이 한 조가 되어 마을을 순찰했다. 이들이 나무 '딱딱이'를 치며 순찰할 때만큼은 백정과 그 가족이 다리 뻗고 잘 수 있었다.

갑자기 진주 곳곳에서 호열자虎列刺(콜레라)가 발생했다. 열이 전신에 퍼지면서 토사곽란으로 이어지는 무서운 전염병이었다. 이 병에 걸리면 열에 서넛은 으레 죽어 나갔다.

저잣거리에 전염병 발원지가 백정동네 옥봉이라는 괴소문이 돌았다. 가축을 잡는 더러운 환경이라 그렇다는 것이다. 옥봉에는 환자가 생기지 않았는데도 그랬다. 백정들을 음해하는 게 분명했다.

백정들은 불안에 떨었다. 전염병도 무서운 데다가 그 발원지로 지목받는 현실이 암담했다. 조만간 주거지역을 봉쇄하거나 집단으로 쫓겨날 판이었다.

아니나 다를까. 순사가 나타나 누구든 주거지에서 한 발짝도 이동하지 말라는 명령을 내렸다. 그러고는 이곳 지역으로 들어서는 길목에서부디 경계를 만들어 아예 출입을 차단해 버렸다.

여기서 끝나지 않았다. 농청 사람이 떼로 몰려와서는 백정들 집에 돌팔매질하거나 기름 방망이에 불을 붙여 던졌다. 이틀 안에 떠나지 않으면 움막을 모두 태워 버리겠다며 으름장을 놓았다.

김봉수는 급히 남자만 따로 모아 대책을 강구했다. 어차피 그들에게 맞아 죽거나 방화로 터전을 잃을 게 분명하므로 서둘러 이주하자는 의견이 지배적이었다. 또 한편에서는 맞서 싸우자고 했다. 김봉수를 비롯한 젊은 층의 주장이었다.

"짐승보다 못한 놈들과 싸움을 벌이자는 말인가?"

"어차피 개죽음당할 몸인데, 맞서 싸워야지요. 나는 여기 남아서 마을을 지킬 테니, 싫은 사람은 내일 아침에 떠나세요."

"봉수 혼자서 싸우겠다고?"

"동지가 없으면, 혼자라도 지켜야지요."

장시간 모여서 논의한 결과, 역시 남을 사람은 남고 떠날 사람은 떠나는 것으로 결정했다. 남아서 농청과 싸우겠다는 쪽은 역시 김봉수 또래 청년들이었다.

농청에서 멋대로 정한 이틀이 지나자 젊은 패들이 떼 지어 몰려왔다. 농청패 우두머리가 몇 걸음 앞으로 나섰다. 정판구라는 자는 마장익만큼이나 성질이 포악했다.

"니들은 와 안 떠나노?"

"이 마을은 오랫동안 우리들의 터전이었으니, 지켜야 하겠소."

"니 엠빙 앓고 헛소리하나? 그라고 그 도끼로 우리를 직일라 쿠나?"

"우리한테 해코지 안 하면, 그럴 필요가 없지."

"그러이깨네, 우리캉 붙어 보겠다 이기지?"

"우리는 이판사판이니, 두려울 게 없소. 그러니 물러가시오."

"그리 몬 하겠다면?"

"피차간 피를 볼 수밖에."

"오야, 좋다."

정판구가 침을 퉤퉤 뱉더니 자기편으로 돌아서서 몽둥이를 높이 쳐들었다.

"몽조리 직이 뻐라!"

공격 신호였다. 그들 수십 명이 한 발 한 발 전진했다. 김봉수도 대원들과 함께 그들을 향해 다가갔다. 긴장감이 팽팽하게 맞섰다.

정판구가 기름 먹인 솜방망이에 불을 붙이자 나머지도 따라 했다. 금세 횃불이 수십 개가 되었다. 이제 정판구의 신호만 떨어지면 움막에다 일제히 던질 참이었다.

김봉수가 도끼를 높이 쳐들고 정판구를 향해 달려갔다. 이를 신호로 대원 모두가 그 뒤를 따라붙었다. 이들이 날이 시퍼렇게 선 홍기를 흔들며 다가오자 농청 패가 조금씩 뒷걸음질 쳤다.

정판구는 두어 걸음 물러서는 척하다가 기어이 횃불을 던졌다. 다행히 그건 빗나갔으나 뒤이어 날아간 불덩어리 몇 개가 움막을 명중시켰다. 서너 채에 불이 붙었다. 바싹 마른 짚이라 불은 삽시간에 옮겨붙었다. 옥봉 청년 서넛이 불붙은 쪽으로 달려가 물을 뿌렸다. 그 바람에 전열이 흐트러지는 분위기로 바뀌었다.

이때를 놓치지 않고 농청 패가 한꺼번에 달려들었다. 김봉수와 대원들도 그들을 향해 칼과 도끼를 휘둘렀다. 금세 난투장으로 변했다. 그사이에 마을이 불길에 휩싸여 불꽃과 검은 연기가 허공을 훑으며 끊임없이 피어올랐다. 그걸 본 김봉수는 완전히 미치광이가 돼 버렸다. 그의 도끼가 농청 패의 어깨며 등허리를 닥치는 대로 찍었다. 정판구를 비롯해 열댓 명이 피범벅으로 쓰러졌다. 백정들도 무사한 자가 없어 곳곳에 나뒹군 채 뻗었다.

순사들이 나타났을 때는 움막 모두가 시커멓게 주저앉은 뒤였고, 농청 패와 김봉수 일당도 죽은 짐승의 꼴로 널브러진 상태였다.

5

한낮이 되자 서달수가 어슬렁어슬렁 나타났다. 걸음에 힘이 빠졌고 어깨도 축 늘어졌다. 그는 쪼그리고 앉더니 한숨을 내쉬었다.

"성님, 왜 그러요?"

"나가 으때서?"

"꼭 세 끼 굶은 시어미 쌍판 같응게 안 그러요. 걱정 있소?"

"살믄서 걱정 읎는 사람 있다냐? 누구나 걱정은 있는 법이제."

"아무나 허는 걱정이 아닌 것 같어라. 뭣지 속 씨원히 말해 보소."

"… 사내 좆은 오줌 싸라고만 있는 게 아니제?"

"음마? 그게 뭔 소리다요. 좆이 읎으면 오줌을 으디로 싼다요?"

"꼭 오줌만 싸라고 있는 게 아니란 말이시."

"그야…. 헌디, 갑자기 그 소린 왜 허요?"

"밤마다 죽겄어야."

달수가 앉은 채 사타구니를 만지작거리며 또 우거지상을 하였다. 이두영은 그 꼴이 우스워 한참을 키득댔다.

"웃을 일이 아니랑께."

"하긴 좆 꼴리는 건 아비도 못 말링께. 성님은 밤에만 그러요? 나는 대낮에도 뻣뻣허요. 그랑께 나도 죽을 맛이지라."

"앤생이 좆이 뭐 그렇겄냐. 으디서 기집년 하나 구헐 수 읎겄냐?"

달수가 구린 입내를 풍기면서 두영의 턱 밑으로 파고들었다. 그 덩치에 참으로 어울리지 않게 가살을 떨었다.

"글씨 …? 성님헌테는 당나구 좆 보고 오줌 지릴 년이 안성맞춤인디 …. 얼금뱅이에 언청이도 괜찮치라? 아님, 비 오는 날 머리에 속곳 쓰고 염불허는 년은 으떠시오?"

"아우가 시방 나를 놀려? 밤마다 잠을 못 잔당께."

"성님이 알아보지 그요?"

"순사 체면에, 으떻게 그러겄냐."

"순사 타령은, 젠장 …. 그럼 살림을 차리겄다는 것여?"

"가진 거라고는 불알 두 쪽뿐인 처지라, 그냥 …."

"긍께 공짜로 허겄다는 말이제? 염치도 읎구마. 좆 안 서고 식성 줄면 황천길이 문지방 밖이라고 혔으니, 그보다는 성님이 낫소."

"긍께 알아보겄다는 말이제? 아우만 믿고 가야."

"어이구, 내 팔자야."

느닷없이 달수의 짐을 떠안은 두영이 연일 고민에 빠졌다. 돈 한 푼 안 들이고 계집을 품겄다는 사내에게는 '당나귀 좆만 봐도 오줌 지리는 년'이 안성맞춤인데 그런 계집을 어디서 찾겄는가.

좌판을 벌여놓은 두영은 그날도 무수한 행인 중에 유독 여자에게만 눈길을 주었다. 집념을 가지다 보니 그들 모두가 달수의 상대가 될 것 같은 착각이 들었다. 더러 웃음을 흘리는 여자가 지나갈 때는 그런 생각이 더 자주 들어 자신도 모르게 침을 꿀꺽 삼켰다. 여자 중 더러는 꽃같이 예쁜 처녀가 있기는 했지만, 그쪽은 언감생심 눈여겨볼 수가 없었다. 달수한테는 '개발에 편자'였다. 아무래도 오랜 세월 과부로 지낸 쪽을 물색해야 할 것 같았다.

'당나귀 좆만 봐도 오줌 지리는 년이라….'

해거름이 되자 그는 서둘러 전을 걷고 단골 주막 '창원집'으로 달려갔다. 가는 중에도 치마만 둘렀다 하면 하나도 빼놓지 않고 눈여겨봤으나, 특별히 과부티가 나는 여자를 발견하지는 못했다. 그는 주막 문턱을 넘자마자 대뜸 주모 손목부터 낚아채 억지로 걸상에 앉혔다. 느닷없는 그의 행동에 주모가 놀란 표정으로 바라봤다.

"와 이라노, 총각."

"주모헌티 부탁이 있구만이라. 젊은 과수댁 하나 소개하소."

"과수댁은 와? 총각, 장가가고 싶나?"

"나가 아니고…."

"총각이 아이모 누고?"

"주모도 알 만한 인간이지라. 누군고 허니…."

그는 비로소 달수가 장본인임을 털어놓았다. 그러자 주모가 갑자기 반색하며 입맛을 다셨다.

"산도적맨치로 생긴 그 순사 아이가?"

"맞구만이라. 그 성님이 계집 하나 소개하라고 생떼를 부린다요. 계집 생각에 밤마다 잠을 못 잔다고 안 허요."

"와 잠을 몬 잔다 말이고?"

"사타구니에 홍두깨가 서서 그런다요."

"에그, 불쌍타."

"긍께, 사내 맛본 지 오래된 계집 하나 소개하소."

"딱 하나 있기는 헌데…. 나이 쫌 묵었어도 개않나?"

"멫 살이나 묵었는디요?"

"서른 다섯이구마."

"혼자 사요?"

"하모. 일찌감치 소박맞고 혼자 산다 아이가."

"왜 소박을 맞았다요?"

"그건 모리제. 얼라를 몬 낳아 그렇다는 얘기도 있고 ….."

"거처는 있소?"

"하모."

"인물은 으떻소?"

"그 꼴에 무신 인물이고. 돼지 쌍판 보고 잡아묵는 놈 봤나."

"알았구만이라. 일단 성님 으향을 물어야 쓰겄소."

"일이 성사 되모 한턱 쓸 기제?"

"여부가 있소. 술이 서 말이지라."

주막을 빠져나온 두영은 그길로 경찰서로 달려갔다. 서른 넘은 나이가 꺼림칙하긴 했지만, 달수가 용두질로 마음 달래는 것보다는 낫지 않겠는가. 그가 싫어한다면 자신의 몫으로 슬쩍 돌릴 수도 있다. 그러나 서른다섯의 나이를 다시 떠올리자 금세 맥이 빠졌다. 여자 나이 삼십이면 눈먼 새도 안 돌아본다는데, 서른다섯이면 사타구니에 물이 마를 나이 아닌가.

'혹시 모르제. 성님허고는 상추쌈에 된장 궁합일지.'

경찰서 보초에게 달수를 불러달라고 하자, 순찰 나갔다며 그를 시답잖은 눈초리로 훑어 내렸다. 두영은 저자로 나와 여기저기를 돌며 달수를 찾았다. 워낙 큰 몸집이라 웬만하면 눈에 띌 텐데도 도무지 꼴이 보이지 않았다. 마침 저자 초입에서 싸움 터진 소리가 들려왔다. 당연히 순사가 있어야 할 곳이다.

싸움은 주막에서 벌어지고 있었다. 취객 서넛이 서로 엉겨 붙어 욕설과 주먹다짐이 한창이었다. 그러나 순사도 달수도 보이지 않았다. 이런 현장을 놓아두고 엉뚱한 곳을 돌고 있을 그가 또 밉상이었다.

두영은 몸이 달아 주막거리를 춘향이 그네처럼 왔다 갔다 하기를 반복했다. 빨리 과부 얘기를 전해야 하는데 정작 장본인이 없어 안달만 솟았다. 주막 싸움은 끝났다. 이때 달수가 여전히 엉성한 순사 복장으로 나타났다.

"아우가 뭔 일로 여기 있는가?"

"으매 땁땁한 거. 성님은 엉뚱한 곳에서만 순찰을 도요? 방금 대판 싸움이 벌어졌는디."

"시방 조용헌디, 으디서 쌈이 벌어졌다는 것여?"

"발써 끝났지라. 그건 그렇고 쪼까 야그할 것이 있소."

두영이 그의 소매를 잡아 후미진 곳으로 끌고 갔다.

"시방 순찰 중인디…."

그가 왕방울 눈을 두룩두룩 굴리며 구두덜거렸다.

"아따, 순찰을 돌믄 뭣 헌다요. 싸움 자리는 늘 피해 다님서."

"알었응게, 싸게 야그부터 털어놔라."

"계집 하나 봐 났는디, 성님 맘에 찰는지 모르겄소."

"으매, 우리 아우 이쁜 거."

달수가 입을 귀밑까지 찢으면서 두영을 번쩍 안아 둥실둥실 얼렀다. 두영은 그가 입까지 맞출까 싶어 미리 얼굴을 돌려놓았다.

"그래, 고 기집이 이쁘다냐?"

"시방 이쁜 년이냐고 물었소? 아암, 이쁘고말고. 초승달 눈썹에 머루 눈동자 아니겄소. 나가 봉께 성님헌티는 너무 과분헌 것 같소."

"그토록 이쁘다는 말이시? 으매 좋은 거. 은제 헐 수 있다냐?"

"뭔 말이오?"

"고 계집을 은제 품을 수 있느냐는 말이시. 오늘 저냑?"

"참말로 기가 차요. 거어 문지방에 좆대가리 낑기는 소리 그만 허소. 혼례식도 안 허고 계집을 품어야?"

"뭔 소리 허는 겨? 혼례식이라니. 내 처지를 잘 알믄서 그러냐."

"그건 차차 논하기로 허고…. 근디 여자 나이가 쪼까 많어라."

"서른은 넘기지 않았겄제?"

그의 입에서 '서른'이 튀어나오는 순간, 두영은 자기도 모르게 그만 뒤로 넘어가 엉덩방아를 찧었다. '서른'을 강조하는 사람에게 그녀의 실제 나이를 어찌 내놓을 것인가. '서른다섯'을 내뱉었다가는 무쇠주먹이 머리통을 빠개놓을지도 모른다.

"나이는 왜 따진다요? 계집은 촛불 끄믄 다 이쁜 벱인디."

"같은 값이믄 다홍치마라고 허지 않더냐. 이왕이믄 젖통이 몰랑몰랑한 년이 좋제. 풀주머니처럼 납작헌 년이 뭔 맛이겄냐."

'웃기고 자빠졌네.'

6

닷새 후, 드디어 서달수와 서른다섯 살 과부와의 합방이 성사되었나. 그녀의 나이는 주모와 짜고 서른 살로 속였다.

여자에게도 그렇게 귀띔했다. 합방이 급했던 달수는 눈이 뒤집힌 터라 속을 게 분명했다. 이두영이 그녀를 만나보니 서른이라 해도 웬만한 남자라면 충분히 믿을 만했다. 더구나 곰바우 같은 달수가 그걸 눈치챌 리 만무했다.

그녀도 사내 품이 애타게 그리웠던 것 같았다. 하긴 '허울 좋은 과부'라는 말도 있다. 과부의 삶이 겉으로는 좋아 보여도 안으로는 실속이 없다는 말이다. 그런 판에 달수를 만났다. 그녀도 평소 우직하고 의협심 많은 그를 몇 번 본 적 있었던 모양이었다.

어디 그뿐인가. 힘도 장사여서 이미 말라비틀어진 하문에 불을 내고도 남을 사내 같았다. 그녀도 밤마다 달수를 마음으로 끌어들여 호박씨를 깠을지 모르고. 그녀도 애당초 요조숙녀는 아니었다. 박복한 팔자로 그냥저냥 한세상 살아가는 계집일 뿐이었다.

물론 혼례 따위는 양쪽이 생각하지 않았다. 달수가 그녀의 기둥서방이 되는 모양새로 당연히 그녀의 거처에서 살기로 했다.

중매쟁이 주모와 두영이 그들의 첫날밤 구경에 나섰다. 두영이 낯 뜨거운 일이라며 발을 빼는데도 주모가 억지로 끌고 갔다. 사십 중반을 넘긴 나이에도 구경거리가 되는지 두영을 놓아주지 않았다.

"넘 만리장성 쌓는디, 짓궂게 왜 그런다요?"

"총각도 은젠가는 장가갈 거 아이가. 미리 바 두라 쿠는 기라."

"괜한 걱정 마소. 남녀가 한 이불 속에 들면 저절로 되는 것인디, 그걸 꼭 배워야 쓰겠소?"

"황소 같은 사내는 여자를 우예 다루는지 궁금해서 안 그라나."

"이자 봉께, 주모헌티 쪼까 음탕헌 구석이 있는 것 같소이."

"내도 사내 맛본 지 오래돼서 그란다, 와? 그기 잘몬됐나?"

"으쩌다 그리되았소?"

"서방인지 남방인지, 맨날 골골하이 우짜겠노."

"참말로 안 되얐구만이라."

"씨끄럽다, 고마. 니한테 품어 달라고 안 한다. 잔말 말고 퍼뜩 가 보자. 하마, 벌써 끝냈을지도 모리겄다."

주책없는 주모에게 이끌려 그들 신방 앞에 이르렀다. 방에 아직 불을 밝혔고 간혹 사내의 헛기침이 들리는 것으로 보아, 아직 잠자리에 들지는 않은 것 같았다.

주모가 검지에 침을 짙게 바르더니 문창호지에 구멍을 냈다. 두영은 숨죽여 주모가 하는 양을 지켜봤다. 그녀가 한쪽 눈을 구멍에 대는 동안 간간이 잔에 술 따르는 소리가 쪼르륵 새어 나왔다.

주모가 손짓해 두영을 불렀다. 안을 들여다보라는 신호였다. 마지못해 그도 구멍에 눈을 바싹 붙였다. 달수는 술잔을 입에 붙였고, 여자는 무릎 하나를 세워 다소곳하게 마주하고 있었다.

'지랄허네. 첫날밤인디 줄창 술만 처먹는구마.'

달수가 술잔을 내려놓고 개다리소반을 구석에다 밀어놓았다. 여자도 등잔불을 껐다. 사오락사오락 옷 벗는 소리가 났다.

두영이 식지를 입술에 붙여 주모에게 물러설 것을 암시했는데도 그녀는 꼼짝도 하지 않았다. 그녀의 손목을 낚아채 잡아끌어도 엉덩이를 떼지 않았다.

잠시 후, 사내의 거친 숨소리와 여자의 앓는 소리가 끊이지 않고 새어 나왔다. 사내 숨소리는 짐승이 내뿜는 것처럼 들렸다. 그때마다 문창호지가 바르르 떨었다. 두영이 침을 꼴깍꼴깍 삼켰다. 주모는 어깨를 떨기도 하고, 다리를 꼬았다 풀기를 반복했다.

달수가 "아으 임자, 나 죽소" 하고 숨넘어가는 소리를 내지르자 여자가 "옴마, 옴마"로 맞장구치며 금세 자지러졌다.

주모가 갑자기 제 귀를 틀어막으면서 자리를 박차고 일어났다. 그러고는 느닷없이 두영의 허리를 껴안았다.

"음마? 으째 이려요?"

"총각, 내사 더는 몬 참겠다."

주모가 두영의 허리춤을 틀어쥐더니 느닷없이 헛간으로 끌고 가는 게 아닌가. 안은 마치 먹물을 풀어놓은 것처럼 새카맣게 어두워, 헛간인지 뒷간인지조차 분간할 수가 없었다.

주모가 다짜고짜 두영의 어깨를 밀어 자빠뜨리더니 바지부터 허둥지둥 까 내렸다. 그러고는 자신도 치마를 홀렁 걷어 올려 마치 요강 타듯 사내 위로 올라앉았다.

한참 말 타는 시늉을 하던 그녀가 갑자기 내려오더니 이번에는 제가 발랑 누워 가랑이를 쩍 벌렸다. 뜨겁게 달궈진 두영이 불방망이를 주모의 옥문에 사정없이 찔러 넣었다. 주모는 두 다리로 그의 허리를 조이며 요분질을 해댔다.

"오야, 오야. 옴마야, 내사 죽는다."

"주모, 나 살리소."

두영이 엉덩이를 부르르 떨며 안간힘을 쓰자 주모가 자지러지며 그의 허리를 꽉 조였다. 두영이 풀물을 질펀하게 쌌는데도 주모가 요분질을 멈추지 않고 계속 앓는 소리를 쏟아 올렸다.

헛간에서 빠져나온 두영과 주모는 곧장 주막을 향해 내달렸다. 그들은 문턱을 넘자마자 냉수부터 들이켰다. 비로소 서로 눈이 마주친 두 사람이 민망한 듯 슬그머니 얼굴을 돌렸다.

두영은 실로 오랜만에 여자맛을 봤다. 그러나 마른 쑥 같은 주모를 불빛으로 다시 보자 요강 뚜껑으로 물 떠먹은 것처럼 기분이 더러워 구역질이 났다.

두영이 헛기침을 하며 걸상에 앉자 주모가 바삐 술상을 차렸다. 손 가는 데마다 허둥댔다. 똥 마려운 계집이 국거리 썰 듯이 하는 것이 아직도 꿈같았던 요분질에서 깨어나지 못하는 것 같았다.

술안주가 제법 실하게 나왔다. 전에 없던 너비아니에다가 계란찜까지 덧붙었다. 술국에도 선지가 듬뿍 들었다. 주모는 두영의 잔에 술을 채우며 자꾸 얼굴을 붉혔다.

"총각, 마이 묵소."

"생각해 봉께, 주모가 미친 척하고 떡판에 엎어졌소이."

"사람 무안케 할 끼가?"

"나 말이 틀렸소? 넘 시집가는데, 주모가 왜 요분질이다요?"

두영은 주모를 앞에 놓고 곰곰이 생각했다. 그녀의 비위를 맞춰서 나쁠 건 없을 것 같았다. 때로는 국밥이나 술을 공짜로 얻어먹을 수 있다. 오랜만에 사내맛을 본 그녀는 음탕한 욕심을 지우지 못해 앞으로도 색정을 드러낼 것이다. 그때마다 못 이기는 척 받아주면 간도 쓸개도 모두 빼 줄 여자다.

그러나 그건 안 될 말이다. 여자가 지천으로 널린 세상에 할망구나 다름없는 나이와 배를 맞출 수는 없다.

두영은 자신도 모르게 진저리를 쳤다. 이때 주모가 생뚱맞게 "얼떨결에 총각도 호강 안 했나" 하고 두영의 허벅지를 꼬집었다. 두영은 기가 찼지만 얼른 화제를 돌려 버렸다.

"우리 성님이 중매 턱은 톡톡히 냈구마."

"머시라 쿠노. 중매 턱을 은제 냈노?"

"주모 나이에 나 겉은 총각을 따묵었으믄 되얐지 뭣을 더 바란다요?"

"문디이. 내만 좋았나, 어데."

"나는 좋은 거 모르겠소. 젠장. 우리 성님은 좋겠네."

"니도 장가들모 안 되나. 서 순사맨치로 과부 하나 소개할까나?"

"과부는 싫구만이라. 참한 숫처녀라면 몰라도."

"치아라, 고마. 찬밥 묵고 된똥 싸나? 처녀가 머시 땁땁해서, 니 겉은 사내헌테 시집가겄노."

"음마? 나가 으때서? 주모야말로 호강했제. 옥문에 불이 붙으니께 좋아라 할딱거린 게 주모 아닌 게라? 나를 섭섭케 허믄 낼부터 소문내 부러."

"쉬잇. 알았다, 고마."

당황한 주모가 안쪽을 흘끔거리며 재빨리 두영의 입을 틀어막았다. 그쪽에 남편의 귀가 열려 있다는 뜻이었다. 쩔쩔매는 주모 꼴이 재미있어, 두영이 술과 안주를 거침없이 시켰다. 오늘 먹은 것은 셈하지 않아도 될 것이다.

이틀날 오후, 달수가 거드름을 피우며 나타났다. 하루 사이에 신수가 훤해졌다. 과부와 밤을 새운 것 같지 않게 피로기가 없었다.

"성님, 얼굴에 분 발랐소?"

"사내 낮짝에 웬 분이다냐?"

"갑자기 신수가 훤해서 그러요. 어젯밤, 둘이서 잠만 잤소?"

"나가 고자간디?"

"그런디도 눈이 옴팍 안 들어갔구만이라. 코피는 쏟았겄제."

"고작 삼시 번 허고 코피를 쏟아야? 더 헐 수도 있었는디, 내 각시 숨넘어갈까 봐서 참았다. 그건 그렇고, 주모헌티 한턱 써야 안 되겠냐."

"나는 무시허고?"

"그럴 리가 있냐. 이번 성사에는 아우가 일등 공신인디. 시방 순찰하는 중잉께, 해 지고 만나세."

두영은 바위 굴러가듯 느럭느럭 사라지는 그의 뒷모습을 보며 새삼 부러웠다. 이제 방사房事할 여자가 생겼으니, 뒷간에 가서 눈깔 뒤집고 용두질 안 해도 될 것이다.

하늘에서 참한 처녀 하나 툭 떨어졌으면 싶었다. 아니면 땅에서 불쑥 솟아나든가. 저잣거리를 오가는 그 많은 처녀 중에 유독 자신의 짝이 없다는 게 원망스럽고 서러웠다.

두영은 꾀죄죄한 자신의 모양새를 내려다보며 저절로 한숨이 나왔다. 이런 꼬락서니를 좋아할 처녀는 세상 어디에도 없을 것 같았다.

주모에게는 참한 조카딸이 하나 있다. 그러나 워낙 조신한 처녀라 말을 걸기는커녕 훔쳐보는 것조차 어려운 상대였다. 얼굴도 예쁜 편이고 나이도 이제 열여섯밖에 안 되었다. 그래서 두영은 그 주막을 단골로 삼았다.

주모에게 차마 말을 꺼낼 수가 없었다. 앞으로도 그럴 것이다. 자기와 배를 붙였던 처지여서 들어줄 리 만무하다.

그는 금세 주눅이 들고 신세가 처량했다. 비록 자빠지면 엉덩이요, 엎어지면 불알 두 쪽뿐이지만 사람 하나는 진실한데도 무심히 지나가는 처녀들이 야속할 뿐이었다.

달수가 약속한 대로 해거름이 되자 나타났다. 거드름 피우는 건 여전해서 괜히 곤댓짓을 해댔다.

"참말로 한턱 쓸 참이다요?"

"남아일언 …. 거어 뭣이라고 안 혔냐?"

"남아일언 중천금!"

"알었응게, 싸게 전이나 걷더라고."

두영은 서둘러 방물을 고리짝에 담았다. 달수가 두영을 달고 간 곳은 당연히 창원집이었다.

"주모, 안녕하신 게라우?"

"아이고 마, 서 순사 신수가 훤해졌네예. 각시가 엄청 잘해 주지예?"

"아니라고 하믄, 주모가 서운하겄제?"

"하모요. 그란데 각시헌테 안 가고, 여게는 우짠 일잉교?"

"주모헌티 술 한잔 사야제."

"중매 잘 서모 술이 서 말이라꼬 했다 아이요."

"그렁께 한 상 잘 차리소."

주모가 신바람을 내며 분주했다. 그다지 실팍하지 못한 궁둥이를 오늘따라 요란하게 흔드는 꼴이 다른 뜻이 있는 듯 보였다. 두영이 볼 때는 일부러 색정을 드러내는 짓 같았다. 사내 앞에서 음탕한 계집이 보여줄 것은 그것밖에 없으니까.

두영은 지난번 헛간 일이 떠올라 진저리를 쳤다. 두영의 속내를 까맣게 모르는 달수가 느닷없이 뒷간에 다녀오라고 했다.

"왜 뒷간에 가라고 허요?"

"아우가 시방 진저리 치지 않았는가."

"장님 넘 다리 긁소? 내 쪽도 모르믄서."

주모가 술국하고 술병부터 내왔다. 번철에서 전 익는 냄새가 콧속으로 파고들어 허기진 배를 뒤집어놓았다. 달수가 두영의 잔을 채우면서 "아우가 참말로 일등공신이제" 하고 입을 개구리처럼 찢었다.

7

  김봉수를 비롯한 보안대원들과 농청의 정판구 일당은 경찰서에 구속된 지 6개월 만에 풀려났다. 지난 5월, 백정 마을이 전염병의 발원지라는 괴소문을 퍼뜨리고, 농청 대원들이 습격하여 움막에 불을 질러 버린 사건이 있었다. 이때 옥봉의 보안대원과 정판구가 이끈 농청 패 사이에 혈투가 벌어졌다.

  찬바람이 불면서 전염병도 자취를 감췄고 농청의 협박이 무서워 다른 지역으로 떠났던 백정도 옥봉으로 돌아왔다. 폐허로 변한 집터를 대충 정리하고 새로 움막을 지어 급한 대로 비바람을 막았다.

  고만석과 그의 가족도 돌아왔다. 보안대와 함께 남아서 마을을 지키지 못하고 피신한 것이 부끄러웠다. 김봉수와 보안대원 청년들이 크게 다쳤고 구속까지 됐다는 소식을 듣고 몹시 괴로워했다.

  옥봉 백정 모두가 김봉수 일행이 석방되는 시각에 맞춰 그들을 맞으러 경찰서로 몰려갔다. 농청도 마찬가지였다. 그쪽 수가 더 많았다.

  두 패로 갈라져 멀찌감치 서서 자기 사람들의 출소를 기다렸다. 순사들이 만일의 사태에 대비하여 중간에서 감시했다. 그런 중에도 농청의 몇몇은 백정을 향해 욕설을 퍼부으며 돌을 던지기도 했다. 그때마다 순사가 달려가 곤봉을 휘둘렀다.

  거의 해거름이 되어서야 출소자들이 얼굴을 비쳤다. 정판구 패가 영문을 나서면서 김봉수를 향해 주먹을 흔들었다. 후에 다시 보복이 있을 거라는 암시였다. 김봉수는 못 본 척 무시해 버렸다.

이쪽저쪽 모두 출소자들 입에 두부를 쑤셔 넣느라고 한참 법석을 떨었다. 김봉수는 아직도 머리에 피가 밴 붕대를 둘렀고 나머지도 다리를 절거나 팔을 제대로 쓰지 못했다.

고만석이 김봉수 손을 끌어 잡고 눈물을 글썽거렸다. 그러자 백정 모두가 그들을 둘러싸고 위로했다.

"고생들 많았지?"

"마을을 지키지 못해서, 면목이 없어요."

"살겠다고 마을을 떠났던 우리가 면목 없지, 뭐."

"집이 모두 타 버려 어쩝니까?"

"허는 수 없지. 대충 치우고 움막을 다시 들였구먼. 우선 비바람은 막을 수 있을 꺼. 다시는 이런 일이 없었으면 좋겠구먼."

"농청놈들이 가만있겠어요? 언젠가는 다시 행패를 부릴 텐데."

"한두 번도 아니고 참말로 지겨운 노릇여. 앞으로는 경찰서에서 뭔 조치가 있겠지."

다행히 그날은 어떠한 충돌도 없었다. 순사들이 지켜봤기 때문이다. 만약에 대비해서 백정들이 똘똘 뭉쳐서 이동했다.

백정들은 다시 본업에 들어갔다. 양반이나 상민도 백정이 없으면 당장 도축할 사람이 없어 아쉬우면서도 멸시하는 건 여전했다. 그래도 요즘에는 좀 나아져 폭력적 행패가 뜸한 편이었다. 이는 경찰서의 순찰이 전보다 많이 강화되었기 때문이었다.

그런데도 백정들은 마음을 놓지 못했다. 한동안 조용한 것도 마치 폭풍전야를 맞는 것 같아 불안했다. 농청의 심술이 언제 터질지 예측할 수 없었다. 전처럼 옥봉의 보안대가 해 떨어진 이후에는 부녀자의 바깥출입을 통제했다. 남자도 두세 명이 짝지어 다니도록 했다.

농청 대원이 한동안 잠잠해서 다행으로 여기던 중에 뜻밖에 어린아이들이 사고를 쳤다. 고만석의 자식 우돌이와 그 또래들이 저잣거리 각다귀들과 패싸움을 벌였다. 농청 사람들이 목격하고는 각다귀 편에 서서 백정 자식들을 무차별로 두들겨 팼다. 여기에서도 정판구가 앞장섰다. 마장익이 죽자 그가 뒤를 이어 더 악질로 굴었다.

아이들 말에 의하면 각다귀 주제에 백정의 자식이라고 놀리면서 마구 발길질을 했다는 것이다. 그래서 아이 하나가 각다귀와 맞붙었고 결국 패싸움으로 확대된 모양이었다.

정판구는 직접 관계가 없으면서도 끼어들어 백정 자식들에게 몽둥이질해댔다. 이때도 순사가 목격하지 않았으면 아마 죽였을 것이다.

김봉수는 이 소식을 듣고 대뜸 도끼부터 거머쥐었다. 고만석이 놀라서 얼른 도끼를 빼앗았다.

"이 사람이? 일을 더 크게 만들라고 그려? 아서, 아서."

"정판구 그놈한테 또 한 번 본때를 보여줘야 되겠어요."

"오천복이 짝나고 싶어? 봉수가 참어. 똥은 더러워서 피하는 겨."

고만석은 그를 간신히 달래고는 집으로 달려갔다. 아무래도 자식놈을 단단히 야단쳐야 할 것 같았다. 어린놈이 겁 없이 나다니는 것이 늘 미음에 걸렸다. 누구를 닮았는지 종종 악지를 부려 애를 먹었다.

집에 당도하니 아내가 울고불고 야단이었다. 아이는 곧 죽을 것처럼 가쁜 숨을 내쉬며 괴로워했다. 옷은 걸레처럼 너덜너덜 찢어졌고 머리가 터져 피가 흘렀다. 고만석도 눈이 뒤집혔다. 김봉수처럼 도끼에 날을 세우고 싶은 심경이었다. 아이를 꾸짖으러 달려왔으나 주검처럼 늘어진 모습을 보고는 그만 넋이 나가 버렸다.

사정은 다른 아이들도 마찬가지였다. 이건 아이에게 손찌검한 것이 아니라 짐승으로 여기고 사정없이 팬 셈이다.

김봉수가 왔다. 그 역시 아이들 상처를 보고는 얼굴이 하얗게 질려 이를 뽀득뽀득 갈았다. 눈에서 곧 불이 쏟아질 것 같았다.

"만석 아저씨, 놈들을 이대로 둘 겁니까? 이 아이들을 둘러업고, 경찰서로 갑시다. 항의해야지요."

다친 아이들 아비들이 너도나도 김봉수 편에 섰다. 고만석은 갈등에 빠졌다. 일을 확대하지 않는 것이 옳다고 판단했다.

"안 되겠어요. 만석이 아저씨는 남으시라 하고, 우리끼리 갑시다. 각자 자기 아이를 업어요. 우돌이는 내가 업고 갈 겁니다."

이러니 고만석도 김봉수 뜻에 따르지 않을 수가 없어 아이를 둘러업었다. 주검처럼 늘어진 자식을 업은 백정들이 줄지어 나서자 이것이 행인들의 구경거리가 되었다.

저만치 순사가 오고 있었다. 오거나 말거나, 김봉수 일행은 그를 무시한 채 경찰서를 향해 곧장 걸었다. 순사가 앞을 가로막자 김봉수가 앞장서 나섰다.

"떼 지어 어데 가노?"

"경찰서로 가는 길입니다요."

"겡찰서에는 와 간다 말이고?"

"어린 것들을 이 지경으로 만든 놈을 찾아내서, 처벌해 달라고 말씀드리러 갑니다요."

"건방진 놈 아이가. 백정 주제에 머시 우째?"

순사의 곤봉이 김봉수 어깨를 내려쳤다. 김봉수는 이를 악물고 꼿꼿이 버텼다. 그러자 또 한 차례 갈겼다. 비로소 무릎이 꺾였다.

"퍼뜩 돌아가그라. 그래 안 하모, 니들도 죽는데이."

그러자 고만석이 앞으로 나아갔다.

"나으리, 이 어린 것들을 보십시오. 이럴 수는 없는 법입니다요."

"알았으이, 퍼뜩 돌아가그라. 내가 상부에 보고할 끼다."

"그럼 범인을 꼭 찾아주십니까요?"

"몇 번 말해야 알아듣겠노. 꼴 보기 싫으이 퍼뜩 꺼지라."

결국 물러서야 했다. 죄 없이 김봉수만 얻어맞았다. 돌아오는 길에도 사람들의 구경거리가 되어 잔뜩 조롱만 당했다.

도축장으로 돌아온 김봉수는 일할 마음이 없어 감춰둔 술병을 꺼내 벌컥벌컥 나발을 불었다. 그러고는 도끼로 애먼 도마에 화풀이했다. 그걸 보고는 고만석도 술병으로 입을 틀어막았다.

"아저씨, 정판구 그 새끼를 내 손으로 죽이고 말 겁니다."

"개만도 못한 자식 죽이고 아까운 목숨 버릴 텐가? 오천복이처럼?"

"그런 새끼를 살려두면, 만날 우리만 다친다구요."

"마장익을 죽이니까, 대를 잇는 놈이 나오잖어."

"아까 그 순사도 똑같은 놈이에요. 책임이 저한테 돌아올까 봐, 길을 막은 거라구요."

순사가 상부에 보고하겠다는 건 말짱 거짓말이었다. 오히려 정판구에게 귀띔해 몸조심하라고 귀띔했다. 그러고도 백정만 보면 괜히 눈을 부라렸다. 알고 보니 그는 정판구의 가까운 친척이었다.

그날 얻어맞은 아이들의 회복은 꽤 더뎠다. 고만석의 자식도 마

찬가지였다. 머리가 터진 것은 그럭저럭 아물어갔다. 그러나 배가
계속 아프다는 걸 보면 아무래도 내장이 성치 못한 것 같았다.

8

조피석 노인 집에 제사가 있는 날이었다. 그는 제사를 남다르게
지냈다. 제사상에 음식은 올리지 않고 아주 엉뚱한 것을 늘어놓았
다. 두루마기, 마고자, 갓, 탕건, 가죽신 그리고 비단 치마저고리,
비녀 등 남녀 의복이었다.

지난해 이웃 남자 몇이 제사 음식을 먹으러 갔을 때 이를 처음 봤
다. 고만석이 물었더니 조상의 한을 달래주기 위함이라고 했다.

"옷가지로 한을 달래다니요?"

"우리 집안이 조상 대대로 백정 아닌가. 그러니 조상들이 이런 옷
을 한 번이라도 입었겠어? 백정은 이런 옷을 못 입게 했잖어."

오늘도 조피석이 남자 서넛을 그의 집으로 불렀다. 고만석, 김봉
수 그리고 죽은 오천복의 사촌 오일복이 갔다.

그의 집에 당도했을 때는 제사가 거의 끝날 무렵이었다. 부르기
좋게 집이라 하는 것이지 그냥 움막이었다. 땅을 깊이 파고 사방으
로 말뚝을 촘촘히 박고는 거적을 두른 게 전부였다. 밖에서 보면 움
막의 반은 땅속으로 내려앉아 있었다.

조피석이 조상의 영혼과 작별하는 예를 올렸다. 그의 표정은 진
지하면서도 자주 한숨을 내쉬었다. 제 3자라도 그 마음을 어찌 모
르겠는가.

제사가 모두 끝나자 조피석이 고리짝에다 제수祭需 아닌 제수를 조심스럽게 담았다. 그러면서 또 한숨을 쉬었다.

"조상님들이 이 옷을 입어 보시고 흡족해하실는지 ⋯ ."

"그럴 거예요."

주인과 손님이 술상을 가운데 두고 빙 둘러앉았다. 제사 끝이라 안주가 제법 있었다. 너비아니까지는 없어도 돼지비계 삶은 것과 껍데기 볶은 것, 밀전 따위를 넉넉하게 내놓았다.

술이 몇 순배 도는 동안 농청의 행패와 백정의 미래에 관한 이야기를 주로 했다. 김봉수 말고는 노인들이라 한탄으로 일관했다. 김봉수는 달랐다. 젊은 혈기여서 그의 생각은 대담하고 적극적이었다. 백정도 농청과 대적할 만한 기구를 따로 만들자고 했다.

"그래서 말씀인데요. 우리가 다른 지역 백정과 힘을 합치면 어떨까 싶어요. 백정 세력이 커지면, 농청놈들도 만만하게 보지 못할 겁니다. 제 생각이 어때요?"

"봉수 생각은 번번이 놀라워. 보안대를 만든 것도 그렇고 ⋯ . 그러나 경찰서에서 알았다가는 가만두지 않을 거구면."

"아암. 3 · 1운동이 있고부터 사람이 모이는 걸 항상 감시허잖어."

"3 · 1운동은 조선이 왜놈으로부터 독립할 목적이었지만, 우리는 그와 다르잖아요. 백정한테도 사람대접해 달라는 것뿐인데요."

"생각은 옳은데, 그러다가 봉수가 또 다칠까 걱정이구면."

"죽기밖에 더하겠어요. 어차피, 피붙이도 없는 몸인 걸요."

김봉수 말은 사실이었다. 그는 부모 얼굴도 모르고 자란 천애고 아였다. 근본이 백정인지조차 확실치 않았다. 조실부모하고 거렁뱅이로 떠돌다가 본의 아니게 백정이 됐다.

고만석이 뼈에서 살을 발라내는데 밖에서 웬 사내가 도축장을 기웃거렸다. 처음 보는 얼굴이었다. 행색을 보니 지지리 궁상이었다. 서른은 족히 되었을 나이였다. 껑충한 키에 살집이 없어 꼭 수수깡이 서 있는 것 같았다. 게다가 우박 맞은 모래밭처럼 얼굴이 박박 얽어 귀한 구석이라고는 눈을 씻고 봐도 없었다.

"누구를 찾아왔수?"

"일자리가 있을까 해서예."

"그렇다면 다른 데 가서 알아보우."

"아무 일이나 개않심더. 고기 하나는 기차게 썰어예."

"여기가 푸줏간인 줄 아우?"

"참말입니더."

"말귀가 어둡구먼. 여기선 푸줏간 솜씨가 필요 없다는 뜻이우."

"그라모 하나만 더 묻겠심더. 혹시 백정 중에 김봉수라 쿠는 사람을 아십니꺼? 지 나이쯤 됐심더."

"김봉수? 그 사람을 어찌 아우?"

"그라모, 김봉수를 아시능교?"

"그 사람은 왜 찾우?"

"김봉수캉 잘 아는 사이라예."

그가 너무 반색하는 바람에 혹시 잘못 알려줬나 하는 걱정이 문득 들었다. 이름을 댄다고 해서 꼭 친하다는 법도 없기 때문이다. 때로는 원수를 찾아 나설 수도 있다.

"어데 가면 김봉수를 만날 수 있능교?"

"여기서 일하우."

"아이고야, 참말로 용케 찾아왔네예. 봉수 어데 있능교?"

"기다려 보우. 해 안에는 올 것이니."

그는 잃어버린 형제를 만날 것처럼 좋아했다. 야무지기가 차돌 같은 김봉수가 어쩌다가 저런 얼뜬 친구를 알게 됐는지 모를 일이었다. 그는 승낙이라도 받은 것처럼 도축장에 멋대로 들어와 여기저기를 기웃거렸다. 사람 하나쯤 더 쓰는 건 그리 어렵지 않았다. 그러나 어디서 굴러먹다 왔는지 모르는 자를 무작정 데리고 있을 수는 없었다.

해거름이 되자 김봉수가 빈 지게를 둘러메고 돌아왔다. 잡뼈와 선지를 국밥집에 넘기고 오는 길이었다. 고만석이 칼을 내던지고 미리 나가 그를 맞았다.

"다녀왔습니다. 셈은 며칠 후에 하겠다는데요."

"떼먹지는 않겠지. 헌데 봉수를 찾아온 사람이 있구면."

"누군데요?"

"나야 모르지. 안으로 들어가 봐. 키가 꽤 크든 걸."

김봉수가 연신 고개를 갸웃거리며 도축장으로 들어갔다. 고만석도 두 사람이 어떤 모양으로 만나는지 궁금해서 바로 따라붙었다.

의외로 김봉수가 그를 단박에 알아보고는 "어이, 키다리 …" 하며 선뜻 다가갔다. 그 역시 "니 봉수 맞나?" 하고는 수숫대가 바람에 휘듯이 몸을 호들갑스럽게 흔들었다. 서로 말을 놓는 걸 보면 친구 사이가 맞는 것 같았다. 둘이 동갑인 듯한데 김봉수 나이보다 그쪽이 훨씬 많아 보였다. 그만큼 겉늙은 셈이다. 김봉수도 그가 반가웠는지 곧 껴인을 듯 어깨를 잡아 흔들었다.

"여긴 웬일로 왔어?"

"봉수, 니가 보고 싶어 안 왔나. 그동안 우찌 지냈노?"

"그저 그렇지 뭐. 그런데 내가 여기 있는 걸 어떻게 알았어?"

"진주에 있다는 소식은 들었구만은. 니가 어데를 가든 백정밖에 더 하겠나. 저 어른한테 혹시나 해서 물은 기라. 지내기가 으떻노?"

"백정이 별수 있겠냐. 얘기는 차차 하기로 하고, 어르신한테 인사드려라. 내가 모시는 분이다."

"하아, 그렇나. 반갑심더. 지는 강만추라 쿱니더. 잘 봐주이소."

김봉수가 고만석 옆에 바싹 붙어 서서 옛날 상주에서 같이 일했던 친구라고 귀띔했다. 고만석은 더 이상 묻지 않았다. 두 사람이 서로 반가워하는 것을 보고 다소 안심이 되었다.

김봉수가 건피장 쪽으로 강만추를 데리고 나갔다. 매우 친하게 지냈던 사이였는지 걸어가면서도 계속 웃음을 터뜨렸다.

고만석의 예감에 아무래도 그를 김봉수처럼 도축장에 데리고 있어야 할 것 같았다. 키 크고 싱겁지 않은 놈 없고 묽지 않은 놈 없다고 했는데, 과연 어떨지 은근히 걱정이 앞섰다.

이튿날, 김봉수가 긴히 상의할 것이 있다고 했다. 그러면서도 선뜻 입을 열지 않았다. 그가 내놓을 얘기는 뻔했다.

"도축장에 사람 하나 더 쓰면 안 될까요?"

"그 친구 땜에 그러지?"

"아저씨가 그걸 어떻게 아세요?"

"알고 있구먼. 고기를 아주 잘 썬다며?"

"그렇기는 한데, 사람이 좀 물러서…."

"키 크면 다 그렇지 뭐. 헌데 어디서 뭘 하다 온 겨?"

"사정이 좀 딱해요."

김봉수가 진주로 오기 전 상주에 있었다는 것까지는 고만석도 알았다. 거기 정육점에서 1년쯤 일했다는 것도. 만추가 바로 그 정육점 주인의 아들이라고 했다. 김봉수가 거렁뱅이로 저잣거리를 헤맬 때 마침 정육점 주인 눈에 들었던 게 인연이 됐다.

정육점 주인도 결국 백정이기는 마찬가지였다. 재설꾼으로 일하다가 만추 아비처럼 돈을 모아 정육점을 차린 사람이 많았다. 그는 돈을 제법 벌었으나 노름에 빠져 재산을 홀랑 날렸다. 그 바람에 집안이 풍비박산 나서 각자 살길을 찾아 뿔뿔이 흩어졌다. 만추는 아비도 찾을 겸 경상도 일대를 뒤지고 다니는 중이었다.

고만석으로서는 내키지 않았지만 김봉수 얼굴을 봐서 매정하게 거절할 수 없었다. 만추가 일을 제대로 해낼지도 의문이었다.

"봉수 생각은 으떤거?"

"아저씨 생각이 중요하지요."

"봉수 얼굴을 봐서라도 데리고 있어야지. 그 대신 봉수가 일을 가르쳐야 되겠구먼."

"고맙습니다, 아저씨."

"나도 모르겠다. 일단 믿어 봐야지."

9

서달수는 사나흘에 한 번씩 집에 들렀다. 경찰서에 매인 몸이라 마음 내키는 대로 들락거릴 수가 없었다. 어디까지나 순사를 보조하는 직책이므로 상급자의 눈치를 봐야 했다.

그게 달수를 안달 나게 했다. 야간에 경찰서 울타리를 돌며 순찰

할 때나 당직실 주변에서 보초를 설 때는 안달이 더 심했다. 쥐새끼 한 마리 얼씬거리지 않는 조용한 밤이라, 그때마다 아내의 모습이 눈에 삼삼해서 환장할 지경이었다. 둘이서 벌거벗고 놀던 장면을 떠올리면 침이 바짝바짝 마르고, 사타구니에 열이 뻗쳐 미칠 지경이었다.

여자 나이가 서른이라고는 했지만 그가 판단하기에는 조금 넘은 것 같았다. 눈꼬리에 잡힌 주름이 말해줬다. 그러나 그쯤 무슨 흠인가. 고기는 씹는 맛이고 계집은 품는 맛이라고 했다. 그녀가 코맹맹이 소리를 내지르며 요분질할 때마다, 달수를 허공에 붕 띄웠다가 나락으로 곤두박질하기를 반복하는 통에 수없이 자지러졌다. 초년에 과부된 처지라 그런지 하룻밤에 서너 번씩 일을 치르고도 물이 마르지 않는 여자였다. 밑구멍 열기로 쇠젓가락도 녹일 것 같았다.

그래도 달수는 그녀가 좋았다. 비록 코에서 단내가 날지언정 평생 그런 여자와 붙어살면 더는 바랄 게 없을 것 같았다.

그러니 지금쯤 독수공방할 그녀를 두고 어찌 조바심이 솟지 않겠는가. 마음 같아서는 당장 경찰서 담을 넘고 싶었다.

오늘 밤을 또 어떻게 넘겨야 할지 걱정이 앞섰지만 그래도 내일에 희망을 걸었다. 내일은 마침 저자를 순찰하는 날이다. 어떠한 꾀를 내서라도 그녀와 낮거리하고 말 작정이었다.

'김 순사를 잘 귀삶어야 허는디….'

이튿날. 달수는 순찰 교대시간이 오기를 목이 빠지게 기다렸다. 오늘따라 시간이 더디 흐르는 것 같아 몸이 또 달았다. 가는 날이 장날이라고, 여자가 마침 집을 비웠으면 어쩌나 싶어 불안했다.

'지발 나가 갈 때까정 집에 있어라이.'

오전 순찰이 끝났는데도 웬일로 순찰 나간 박 순사 일행이 나타나지 않았다. 점심시간을 감안하더라도 벌써 도착했어야 옳았다.

'이것들은 배때기도 안 고픈가?'

안달이 난 달수가 김 순사에게 달려갔다. 그는 태평하게도 그때까지 밥그릇을 붙들고 있었다.

"음마? 밥을 여태 자셔라우? 시방 순찰 돌 시간인디요."

"교대할 사람이 와야, 우리가 나갈 꺼 아이가."

"그란디 박 순사님이 으쩐 일이다요? 발써 교대했어야 허는디."

"오겄제. 헌데 니는 와 똥 마려운 강아지맨치로 안절부절몬하노?"

이때 박 순사 일행이 무심한 얼굴로 들어섰다. 달수는 그들 표정이 너무 야속해서, 주먹으로 머리통을 강타하고 싶은 심정이었다.

"으째 이리 늦었다요? 아까부터 지대리고 있었는디요."

"우리를 왜 기다려? 뭐 줄 것 있남?"

"아녀라. 우리도 순찰을 돌아야 헝께요."

"별 싱거운 놈 다 봤네. 옜다, 순찰 실컷 돌아라."

박 순사가 달수 가슴팍에다 곤봉과 완장을 거칠게 안겼다. 그제야 김 순사가 이를 쑤시며 어슬렁어슬렁 움직였다.

'땁땁혀. 아무리 강 건너 시아비 좆이라도 넘 쪽을 이리도 몰라?'

"서달수가 오늘은 유난을 떤다이. 와 그라노?"

"지는 암시랑토 않은디요."

"안았다, 고마. 퍼뜩 나가자."

경찰서 영문을 빠져나왔다. 담 하나 사이에 문밖이 꼭 별천지 같았다. 달수는 갑자기 순사된 것이 후회스러웠다. 순사만 되지 않았어도 밤낮으로 여자와 뒹굴며 참기름을 짰을 것이다.

그는 저자로 나오자마자 평소보다 더 허세를 부렸다. 눈도 자주 부라리고 손바닥에 곤봉질도 자주 하고 괜히 주막마다 머리를 디밀어 별일 없냐고 묻고 술이 불콰하게 오른 사내에게는 부녀자 희롱하지 말라고 엄포를 놓았다.

김 순사가 그 꼴을 보다 못해 기어코 한마디 했다.

"서달수가 제법이구마. 순사질이 익숙해졌다 아이가."

"그래라우? 이거이 다 김 순사님이 잘 갤쳐 주신 덕분이지라. 은제 술 한잔 대접해야 쓰겄는디⋯. 괜찮치라?"

"하모."

저만치서 이두영이 걸어왔다. 갑자기 귀찮은 생각부터 들었다. 마음이 바쁜 사람 앞에서 시답잖은 소리로 말을 붙일까 봐 경계했다. 그가 영내에 갇힌 동안에 못 보기는 두영도 마찬가지였다.

"성님 얼굴 보기 힘드요이."

"나가 시방 순찰 중이니께, 짧게 인사만 나누는 게 좋겄다이."

"음마? 이 아우가 반갑지도 않소?"

"어허. 시방 순찰 중이라고 안 혔냐. 눈치 빠르면 절에 가서도 젓국 읃어먹는다는 말도 모르냐? 긍께 허구헌 날 고 모양이제."

"얼씨구. 참말로 우리 성님 맞소?"

"언청이 퉁소 부는 소리 그만허고, 아우 일이나 보더라고."

달수가 기어이 두영을 거칠게 밀어 버렸다. 두영이 힘없이 뽑힌 말뚝처럼 저만치 가서 뒹굴었다. 뜻밖에 무안하고 황당한 그는 달수 뒤통수에 대고 주먹감자나 홀떡 먹일 뿐이었다. 아무리 생각해도 모를 일이었다. 자기한테 차마 이럴 수는 없는 것이다.

'똥파리가 대갈빡에 알을 내질렀나 … ?'

달수는 달수대로 마음이 편치 않았다. 두영만큼은 그런 식으로 대할 수 없는 처지다. 계집 생각에 그만 눈이 뒤집혀서, 앞뒤 못 가린 처신이 못내 부끄럽고 미안했다. 그가 얼마나 반가웠으면 그랬을까.

'아우야, 미안시럽구마. 나가 그럴 만헌 사정이 있어야.'

드디어 집이 저만치 보였다. 달수는 몸이 달았다. 이제부터 꾀를 내야 하는데 김 순사가 잘 넘어갈지 걱정이었다. 그로부터 잠시 떠날 방법을 찾아야 했다.

달수가 길을 걷다 말고 별안간 길바닥에 주저앉았다. 그러고는 얼굴을 오만상으로 구기면서 숨넘어가는 시늉을 했다.

"아그, 배 창시야. 아그, 배 창시야."

김 순사가 놀라서 함께 쪼그리고 앉았다.

"니 와 그라노? 어데 아픈 기가?"

"배 창시가 끊어지누만요. 아이고 …. 김 순사님, 뒷간에 좀 댕겨오겠어라."

"퍼뜩 가그라. 천천히 와도 되이깨네, 일 씨원하게 보그라."

"으매, 고마우셔라."

달수는 일부러 허리를 구부려 꽁지가 빠지게 내뺐다. 천천히 와도 된다고 했으니 시간은 충분히 벌어놓은 셈이다. 하얗게 속아 넘어간 김 순사가 고맙기 그지없었다.

그는 집에 이르러 대문을 요란하게 흔들었다. 한참 만에 여자기 마당을 가로질렀다.

"밖에 누굽니꺼?"

여자가 문을 얼른 열지 않고 문틈으로 경계심부터 내보냈다.

"나요, 임자. 싸게 문 여소."

"서방님이시오?"

문이 열렸다. 달수는 문부터 단단히 잠그고는 여자 손목을 낚아채고 무작정 방으로 들어갔다. 그녀는 영문을 몰라 자꾸 엉덩이를 뺐다.

"서방님, 와 그라요? 무신 일 났심꺼?"

"그런 게 아니라…. 으쨌든 나 죽겄소."

그러고는 다짜고짜 그녀를 자빠뜨리고 치마를 훌떡 걷어 올렸다.

"대체 와 그라요?"

그녀가 놀란 얼굴로 치마를 다시 내렸다.

"임자가 보고 잡아서 순찰 중에 살짝 빠져나왔어라. 싸게 속곳 벗으소. 아그, 나 죽소."

그가 허겁지겁 바지를 까 내려 발목에다 걸쳐놓았다. 여자도 얼떨결에 속곳을 벗었다. 사타구니로부터 젓국 냄새가 솔솔 피어올라 성욕을 더 자극했다. 달수는 그녀의 다리를 활짝 벌려놓고 절굿공이처럼 딱딱하게 뻗은 물건을 우악스럽게 쑤셔 넣었다. 그러자 여자가 비명 질렀던 입을 한동안 다물지 못했다.

10

이두영은 며칠 전 서달수가 보인 행동을 떠올릴 때마다 야속하다 못해 괘씸했다. 툭하면 순사 타령에 거드름을 피우는 것까지는 눈감아 줄 수 있지만, 지난번 일은 도저히 용서할 수 없었다.

'허구헌 날 고 모양? 그리고 언청이 퉁소 부는 소리라고?'

미련하기가 곰 같은 인간을 먹여 주고 재워 준 은공은 새카맣게 잊어버렸다. 하도 비대발괄해서 계집까지 구해 주지 않았던가.

두영은 어제부터 장사는 딴전이고 달수에게 엿 먹일 궁리에만 빠졌다. 호랑이도 제 말 하면 나타난다고 해거름 무렵 마침 달수가 나타났다. 웬일로 순사복을 벗어 버리고 평복 차림이었다.

두영이 어금니를 단단히 물었다. 그가 아는 체를 해도 안면박대할 작정으로 마음을 단단히 뭉쳤다. 예상한 대로 달수가 곧장 다가와 노점 앞에 쪼그리고 앉았다. 두영이 고개를 외로 꼬았다.

"이봐, 아우. 성님이 왔는디, 안 보여?"

"누구다요? 나헌티는 성님이 읎는 게라. 사람을 잘못 봤소."

"지난번엔 미안시럽게 되았다. 나 야그를 들으믄 이해헐 것여."

"시방 먼 소리 허요? 나가 쌩판 모르는 사람인디. 물건 안 살라믄 쪼까 비켜주쇼이. 장사 방해됭께."

"어라? 참말로 이럴 껴? 나헌티 사정이 있었당께."

"글씨, 나는 뭔 소린지 하나또 못 알아듣겄어라."

"이늠이?"

달수가 벌떡 일어나더니 휘장을 걷고 말뚝을 죄다 뽑아 버렸다.

"누군디 함부로 이러요?"

두영도 지지 않고 계속 딴청을 부렸다. 그러자 달수가 벌여놓은 전마저 둘둘 말아서 고리짝에 쑤셔 넣었다. 두영이 길길이 뛰어도 막무가내였다. 행인들이 걸음을 멈추고 빙 둘러섰다.

"당신이 뭔디, 넘 장사를 망쳐놓소?"

"뭣이 으째야? 시방, 나보고 당신이라고 혔어?"

달수가 그 큰 손으로 두영의 멱살을 움켜잡아 번쩍 들어 올렸다.

곧 패대기칠 기세였다. 두영은 그 판국에도 물러서지 않았다.

"이러믄 경찰서에다 고발허겄소."

"허어. 나가 바로 경찰서 순산디 으쩔 것여?"

이때 순찰 중이던 박 순사가 이를 목격하고 달려왔다.

"친한 사이에, 이 무슨 일인가."

달수가 그제야 두영을 놓아주고 손을 탈탈 털었다. 그의 코에서 황소숨이 쉭쉭 뿜어 나왔다.

"박 순사님, 잘 오셨구만요. 이 썩을 늠이 하도 싸갈머리 읎게 굴어서 혼 쪼까 내고 있었지라우."

"친한 사이에 그러면 쓰나. 빨리 화해해. 장터가 시끄럽잖나. 더구나 서달수는 순사 아닌가. 이목을 생각해야지."

두영이 더 버텨 봤자 의미가 없겠다 싶어 짐을 둘러멨다. 그러자 달수가 그에게서 휘장과 말뚝 묶은 것을 빼앗아 대신 들었다.

창원집으로 가는 동안에도 두영은 입을 꿰맨 채 고개도 돌리지 않았다. 달수도 무안했던지 묵묵히 걷기만 했다. 속없는 주모가 그들을 보더니 반색으로 맞았다. 마침 거기에 달수 여자가 와 있었다.

"서 순사는 고마 신수가 훤해졌심더. 깨가 쏟아지지예?"

"어허. 깨구락지 가랭이 찢어지는 소리 작작 허고, 술이나 주소."

달수가 눈을 부라리며 탁자를 거칠게 두들겼다. 두영은 아예 멀찌감치 떨어져 앉았다. 눈치를 챈 주모가 고개를 갸웃거리며 물러났다.

"너 이리 안 올 것여?"

"할 말 있으면, 성님이 오소."

"허어, 참. 저늠이 순사를 우습게 보는구마. 좋다. 오늘은 나가 참제. 주모, 술허고 안주를 푸짐허게 내오소. 나가 살 것잉게."

주모가 달수 눈치를 보면서 술과 안주를 내려놓고 자리를 피했다. 그사이에 달수 여자도 사라지고 없었다. 달수가 술병을 들어 두영의 잔을 먼저 채웠다.

　"나가 미안허다고 사과를 혔는디도 심통을 부린다냐?"

　"엊그제 성님이 너무 야박하게 굴어서 안 그러요. 놀래 부렀소."

　"그럴 만헌 사정이 있다고 안 혔냐."

　술 한 사발을 단숨에 들이켠 달수가 그날 있었던 상황을 두서없이 늘어놓았다. 그러면서도 누가 엿들을까 봐 김 순사를 속인 대목에서는 목소리를 한껏 낮췄다.

　"그게 사실이지라?"

　"참말이랑게."

　"그날 나헌티 살짝 귀띔이라도 허지 그랬소?"

　"옆에 김 순사가 있는디 으쩌겄냐."

　"참말로 기가 차요. 혼자서 용두질 칠 때가 엊그젠디, 고새를 못 참는다요?"

　"몰라서 허는 소리여. 한번 맛을 봉께 도저히 못 참겄더라고."

　"고거이 그렇게 좋습디여?"

　"말해서 뭣혀. 별천지가 따로 읎제. 디딜방아에 겉보리 찧듯이 신나게 혔지. 긍께 아우도 각시를 얻으란 말이시. 그래서 내 각시 헌티 부탁을 해놨제."

　그 말에 두영의 귀가 활짝 열렸다. 그녀가 나서면 여자 하나쯤 쉽게 구할 수 있을 것 같았다.

　"숫처녀 말이지라?"

　"숫처녀? 글씨 … . 거기까정은 잘 모르겄네. 우리 처지에 과부면 으떠냐. 요분질 잘허믄 되얐지."

"과부는 싫소."

"싫어야? 배부른 소리 허는구마. 그럼 이 집 조카딸년은 으떠냐?"

그러자 두영이 마침 돌아선 주모 쪽을 곁눈질하며 입술에 식지를 붙였다. 달수는 그 뜻을 몰라 얼뜬 표정으로 눈만 두룩두룩 굴렸다.

"그건 어렵겄소."

"우리 각시헌티 말해 볼 것잉게 지대려 보더라고."

"글씨 안 된당게."

두영이 목소리를 더 낮춰 눈을 끔쩍거렸다. 그러자 달수는 붕어 입을 만들어 혼자 구두덜대기만 했다.

"시방은 궁금허겄지만 참으소. 자세헌 야그는 나중에 헐 것잉게."

달수가 술 한 병을 더 시키면서 주모에게 합석을 권했다. 그러자 두영이 다시 눈을 끔쩍대며 주의를 상기시켰다. 주모가 금세 술병을 들고 왔다.

"아까는 와 그리 화를 냈능교?"

"그럴 일이 쪼까 있었구만이라. 주모헌티는 미안시럽게 되얐소. 그건 그렇고, 주모가 중매를 잘 서서 고맙구만이라."

"각시가 맘에 쏙 드능교?"

"두말 허믄 잔소리제. 이제야 살맛이 난당게."

"밤일도 잘허는지 모리겄소. 서 순사가 힘에 부치는 건 아녀라?"

"아따, 주모는 벨 것을 다 묻소이. 아우헌티 미안시럽구마."

"각시는 참말로 복 터졌네. 이년 팔자는 우째 이런지 모리겄소."

주모가 갑자기 땅이 꺼져라 한숨을 내쉬며 찐득찐득 눈물까지 만들었다. 두영은 주모의 속내를 훤히 들여다봤지만 모르는 척했다.

달수는 영문을 몰라 왕방울눈만 굴려댔다. 주모가 또 한숨을 쉬며 술을 거침없이 들이켰다.

"주모헌티도 냄편이 있지라?"

"있으모 머하노. 빙신이나 다름없다 아이요."

"거시기가 부실한 게라우?"

"고마 얘기 안 헐라요. 술이나 묵소."

이때 주모 조카딸이 이맛전이 해사한 모습으로 나타났다. 두영은 그녀를 보는 순간 얼굴이 하얘지고 가슴이 벌렁벌렁 뛰었다. 그걸 주모가 눈치챘는지 조카딸에게 아주 퉁명스럽게 굴었다.

"무신 일이고?"

"이모부 약 드릴 시간이라예."

"알았다, 고마. 맨날 약만 처묵으모 머 하노."

"이모는 아픈 사람한테 와 그랍니꺼."

"알았다 쿠이. 니는 주막에 얼씬도 하지 말라 캤제? 퍼뜩 드가그라."

주모는 부지깽이로 애먼 걸상을 두드리며 또 눈에 칼을 세웠다. 두영은 모른 체하고 술만 마셨다. 달수는 그때까지 눈치를 못 채고 아까부터 생뚱맞은 소리만 내뱉었다.

"그 샥시 참말로 곱구만이라. 올해 몇 살입디여?"

"처녀 나이는 와 묻능교. 제 각시가 있음서."

"음마? 나가 탐이 나서 그런 줄 아요? 딴생각이 있어서 그라제."

"딴생각이 머꼬?"

이때 두영이 탁자 밑으로 그의 정강이를 툭툭 찼다.

"벨 거 아니랑께."

그제야 달수가 분위기를 깨달았는지 얼버무렸다. 주모가 짝 찢어진 눈으로 노려봤다.

"서 순사도 저 가스나한테 함부로 마음 쓰지 마소."

"임자가 따로 있는 게라?"

"하모. 훌링한 총각이 있다 아이요."

"알았응게, 그 야그는 그만허소."

두영은 마냥 앉아 있기가 거북했던지 엉덩이를 들썩거리며 그만 일어나자고 했다. 달수도 제 여자 생각이 나서 슬그머니 일어섰다. 그가 술값을 계산하는 동안 두영이 미리 밖에 나갔다. 주모는 셈을 하면서도 두영에게 눈길 주는 것을 잊지 않았다.

달수가 나오자마자 두영이 그의 팔에 매달렸다. 아직 할 얘기가 남은 걸 눈치챈 달수가 술 생각이 더 있느냐고 물었다.

"술은 됐구만이라. 앞으로 주모헌티 조카딸은 묻지 말아야 쓰겄소."

"그게 뭔 소리다냐? 둘이서 먼 꿍꿍이속이 있는 게라?"

"아니랑께."

"헌디, 으째서 그 처녀 야그만 나오믄 팔짝 뛰고 지랄이냐?"

"그게 …. 어이그, 땁땁혀."

두영이 하늘을 올려다보며 제 가슴을 두드렸다. 그럴수록 달수만 계속 궁금했다. 이쯤 되면 지난번 일을 이실직고할 수밖에 없었다. 하긴 달수에게 미안할 일은 조금도 아니었다.

"나만 모르게 뭔 일이 있었지야?"

"이건 성님헌테만 살짝 털어놓는 것잉게 입에 자물통 채우소이."

"대체 뭔 소리여?"

두영이 달수가 첫날밤을 치를 시각에 헛간에서 벌어졌던 일을 낱낱이 털어놓았다. 그리고 지금껏 찝찝한 기분까지도.

달수가 갑자기 길 한가운데 주저앉아 손뼉을 치며 웃어댔다. 두
영이 놀라서 재빨리 그의 입을 틀어막았다.

"시방 재미나서 그러요?"

"그라 안 허냐. 지금껏 기집이 겁탈당했다는 야그는 들었어도,
사내가 기집헌티 당했다는 야그는 처음 들어야. 그랑께 재미나제."

"성님은 재미나겄지만, 나가 그때 생각만 허믄 죽을 맛이랑께."

"얼떨결에 호강했구마. 그게 다 이 성님 덕분이다이."

"호강이 뭣이다요. 지금도 사타구니가 찝찝헌디."

"그랑께 주모가 눈깔을 부릅뜨고 조카딸년 단속을 허는구마. 이
자 봉께 주모가 아주 음탕헌 년이구마."

"나 말이 그 말이시."

"에라, 한 번 더 웃더라고."

달수가 하늘을 올려다보며 마치 실성한 것처럼 또 웃음을 터뜨렸
다. 두영도 그 꼴이 우스워 함께 웃을 수밖에 없었다. 해 넘어간 지
한참 된 밤 시각에, 결국 둘 다 실성한 사람이 되어 버렸다.

11

서달수는 집에 와서도 계속 웃음이 나왔다. 음탕한 주모도 주모
지만, 얼떨결에 당한 이두영의 꼴을 떠올리면 웃음을 참을 수가 없
었다. 그것도 방도 아닌 헛간에서.

혼자서 계속 웃음을 흘리는 달수를 보고 여자가 왜 그러느냐고
물었다. 그제야 달수가 흠칫 놀라 아무것도 아니라고 얼버무렸다.

"밖에서 먼 일이 있었능교?"

"아무것도 아니랑께."

"그란데 와 그리 웃습니꺼?"

"그럴 일이 쪼까 있었제."

그러고는 또 웃었다. 그게 여자를 더 궁금하게 만들었다. 달수도 차마 사실대로 털어놓을 수가 없어 마음이 답답하기는 마찬가지였다. 아내에게만은 모든 걸 까발리고 싶어 입이 자꾸 간지러웠다. 그러나 발 없는 말이 천 리를 간다고 하니 어쩌겠나. 특히, 여자의 혀를 믿지 말라고 했다. 만일 그 얘기가 퍼져 주모 귀에 들어갔다가는 소문의 발원지를 캐려고 눈에 칼을 세울 것이다.

'입이 간지러워 미치겠구마.'

달수 속내를 까맣게 모르는 아내가 갑자기 엉뚱한 소리를 내뱉었다. 분명히 달수를 의심해서 하는 말이었다.

"서방님한테 나 말고 여자가 또 있능교?"

"그거이 뭔 소리여?"

"이 주막 저 주막에 자주 들락거린다는 소문이 있으예. 혹시 따로 정붙인 여자가 있는 거 아입니꺼?"

"참말로 기가 차구마. 나헌티 임자 말고 뭔 기집이 있겠소. 나가 주막에 들락거리는 거이 기집 보러 가는 줄 아요? 순사니께 순찰 도는 것이제."

"믿어도 되능교?"

"이봐, 임자. 서방을 그리도 못 믿소? 나헌티는 오로지 임자뿐잉게, 염려 붙들어 매더라고."

달수는 그녀의 등을 토닥거리는 척하며 슬그머니 적삼 고름을 풀었다. 그러자 여자가 눈을 흘기면서 돌아앉았다. 달수가 침을 꼴깍 넘기며 뒤에서 가슴을 우악스럽게 주물렀다. 코에서 뿜어내는 숨소리가 풀무질하듯 거칠었다.

겨울 초입에 들어서면서 사흘째 비가 내렸다. 이 비가 그치면 본격적인 겨울이라 옥봉 백정들은 심란했다. 곧 닥칠 추위에 대비해야 하니 마음이 천근만근 무거웠다. 우선 움막에 거적을 한 겹 더 두르고 지붕도 두껍게 덮어야 했다.

겨울채비는 공동작업으로 했다. 남자가 모두 달려들어 한쪽에서는 짚을 엮고 다른 한쪽에서는 거적을 짠다. 그러는 동안 여자도 두 패로 나뉘어 한쪽은 가마솥을 걸고 뼈선짓국을 끓인다. 다른 쪽은 돼지비계를 삶거나 껍데기를 한 양푼 볶아낸다. 움막 작업이 끝나면 남자들은 곧장 술판을 벌인다. 선짓국과 비계와 돼지껍데기는 가장 좋은 안주다. 아녀자들에게도 모처럼 풍성한 잔칫날이 된다. 이런 날만큼은 그간의 설움을 잊고 먹고 마시며 하루를 보낸다.

술에 거나해진 남자들은 으레 노래를 부르기 시작했고 이에 맞춰 춤을 추었다. 아낙들도 흥을 내어 사내들 놀이에 장단을 맞췄다.

오직 한 사람, 죽은 오천복의 아내만큼은 울적해서 구경만 했다. 남편이 살아 있다면 신명 나게 놀았을 것이다. 그가 장기인 꼽추춤을 추면 모두가 즐거워했다. 두 콧구멍에 버들가지를 꽂아 입에 물고 짚을 동그랗게 말아 등허리에다 넣으면 영락없이 곱사였다.

그녀가 한쪽 구석에 앉아 눈물을 찍어낼 때였다. 그녀의 딸 복자가 느닷없이 남자들 춤판으로 달려가는 게 아닌가. 더 놀랍게도 죽은 제 아비의 꼽추춤을 흉내 냈다. 실성한 복자의 갑작스러운 돌출에 어미는 물론이고 백정 모두가 놀라 멀거니 바라보기만 했다.

아이가 실성한 것은 지난해 예배소 난동 때 겁탈을 당하고부터였다. 아랫도리가 만신창이가 되어 돌아오더니 근 한 달을 앓아누웠다. 불같이 번지는 신열에 고통스러워하면서 헛소리를 지르며 자주 눈을 뒤집었다. 복자는 제 아비가 처형된 사실을 잊었는지 눈만 뜨면 찾았다. 며칠씩 마을을 돌아다니며 아비를 불렀다.

아이가 갑자기 춤판에 끼어들자 사내들이 주춤주춤 뒤로 물러섰다. 그가 무슨 짓을 할지 몰라 경계하면서 다음 행동을 지켜보았다.

내내 히죽히죽 웃던 아이가 갑자기 웃음을 싹 걷더니 주위를 휘둘러보았다. 그러고는 춤을 추기 시작했다. 그 눈빛이 섬뜩했다. 아이의 춤은 초혼招魂을 느낄 정도로 진지하여 때로 긴장감마저 돌았다. 모습은 곱사등이지만 춤은 아비와 사뭇 달랐다. 무당이 굿판을 벌이는 것처럼 동작이 아주 현란했다.

어미가 딸을 끌어내리려고 손목을 낚았다가 그 표정에 놀라 그만 놓아 주었다. 복자에게 신이 내렸을지도 모른다며 여기저기서 수군거렸다. 이때 한참 춤을 추던 복자가 하늘을 올려다보더니 느닷없이 '아부지이 …' 하고 울부짖었다.

김봉수의 친구 강만추가 도축장에 온 지도 한 달이 되었다. 그는 도축일은 못 하고 뼈에서 살을 발라내거나 부위별로 구별해서 저미는 일만 맡았다. 그가 큰소리쳤듯 고기 써는 일은 능숙했다.

고만석이 보기엔 만추가 지금까지는 성실하게 일했다. 다만 워낙 큰 키에 바싹 말라서 행동이 굼뜬 것이 마음에 걸렸다. 그때마다 김봉수가 눈치껏 거들어 날짜와 시간을 맞춰 납품하는 데는 지장이 없었다.

도축장에서 얻는 수입은 따로 없고 도살하는 대가로 가죽과 잡뼈, 선지 따위를 차지하는 것뿐이다. 이 중에서 가죽은 고만석의 형님에게 넘기고 뼈와 선지는 국밥집이나 주막에 팔아 수입을 챙겼다.

내일 이웃 토호土豪 집안에 잔치가 있어 오늘도 소와 돼지를 각각 한 마리씩 잡았다. 소까지 잡는 것으로 보아 매우 큰 잔치인 것 같았다. 조금 작은 소를 잡아도 보통 삼백 근이 넘는 정육이 나오는데 이만한 양을 필요로 하는 잔치라면 보통 큰 잔치가 아니다.

이런 경우엔 그 집 집사가 나와 도살부터 정육의 생산까지 일체를 지켜본다. 살코기를 빼돌릴까 봐 감시하는 것이다. 고기를 한 점이라도 숨겼다가는 당장 경찰서에 끌려가 곤장을 맞는다.

만추가 이를 잊고 그만 실수를 저질렀다. 백정인 그가 이런 규례를 모를 리 없다. 그런데도 집사가 잠깐 한눈파는 사이에 살코기 두어 근을 슬쩍 빼돌렸다. 그걸 집사가 용케 잡아냈다.

"이놈이 감히 …."

그가 만추의 정강이를 사정없이 걷어찼다. 그것으로도 모자라 구석에 나뒹구는 각목을 잡더니 개 패듯이 때렸다. 수수깡 같은 허약 체질에 그 매를 견뎌낼 리 없었다. 만추가 피를 흘리며 도살당한 짐승처럼 쓰러졌다. 고만석이 나설 수밖에 없었다.

"아이고, 나으리. 한번만 살려줍쇼. 소인 탓입니다요. 소인이 잘 가르치지 못해서 그만 …."

김봉수와 함께 무릎을 꿇고 싹싹 빌었다. 그래도 화가 안 풀린 집사가 이번에는 두 사람에게까지 분풀이를 했다. 만추만큼이나 흠씬 얻어맞았다.

"내 눈이 시퍼렇게 살아 있는데, 감히 도둑질을 해?"

"용서합쇼, 나으리. 저늠이 그만 눙깔이 뒤집혔던 모양입니다요. "

"허어. 도둑질을 하고도 용서를 바라느냐? 그렇게는 못 하지. "

"저늠이 온 지 얼마 되지 않아, 이곳 실정을 몰라서 그렇습니다요. 이번 한 번만 눈감아 주시면 이 은혜 백골난망이겠습니다요. "

"시끄럽다, 이놈아. 잡은 것을 빨리 가져가야 하니 일부터 서둘러라. 그런 다음에 경찰서로 끌고 갈 것이다. "

"예, 나으리. 일을 서두르겠습니다요. "

"천한 놈들 하는 짓이 다 이렇다니까. 그러니까 천대를 받지. "

고만석은 만추가 하던 일을 맡아 하면서도 다리가 후들거리고 눈앞이 어질어질했다. 김봉수는 시신처럼 뻗은 만추부터 밖으로 끌어냈다. 집사가 따라 나와 엎어진 만추에게 침을 뱉었다.

고만석과 만추가 경찰서로 끌려가는 것만은 면했다. 집사 마음이 풀려서 그런 게 아니었다. 실은 고만석이 주머니에 있던 돈을 모두 긁어 그에게 찔러줬기 때문이다. 그에게는 아까운 돈이었지만 경찰서에서 곤욕을 치르는 것보다는 나았다.

김봉수가 도축한 것을 실어다 주고 돌아오니 한밤중이었다. 만추는 그때까지도 일어나지 못하고 끙끙 앓았다. 고만석도 더는 질책하지 않았다. 김봉수는 그게 고맙고 미안해서 어찌할 바를 몰랐다.

"아저씨, 제 잘못이 커요. 진작 깨우쳤어야 했는데. "

"어쩌겠나. 도둑놈이 개한테 물린 격이지. 그래서 고기 저미는 놈은 제 입을 꿰매라고 했잖어. "

"앞으로 저놈을 어떡하지요? 아무래도 내보내야 되겠지요?"

"몸땡이가 저 지경이니 좀더 두고 보자구. 자기도 생각하는 바가 있겠지."

　김봉수는 그가 고마우면서도 만추를 천거한 것을 후회했다. 좀도
둑은 손목을 자르기 전에는 그 버릇을 고치지 못한다고 했다. 그가
오늘 같은 짓을 다시 안 한다는 보장도 없다.

　만추는 옛날 상주에서 한솥밥을 먹을 때도 제 아비에게 종종 얻
어맞았다. 나쁜 손버릇 때문이었다. 돈궤에서 몇 푼씩 빼내다가 들
켰다. 훔친 돈으로 겨우 주전부리나 하고 술이나 사 먹을 것을, 맞
아가면서도 버릇을 고치지 못했다. 그런 짓을 하고도 어느 때는 끝
까지 오리발을 내미는 바람에 김봉수가 의심받은 적도 있었다.

　만추가 닷새 만에 겨우 일어났다. 그는 고만석은 물론이고 김봉
수 앞에서도 고개를 들지 못하고 흘끔흘끔 눈치만 살폈다. 김봉수
는 그 꼴이 더 가소롭고 얄미웠다. 제 아비 앞에서 하던 짓을 다시
보는 것 같아서 화가 치밀었다.

　"만추는 앞으로 어떡할 작정이냐?"

　"봉수 생각은 으떻노?"

　"내 생각은 왜 물어? 나도 주인한테 고개를 들지 못하는 판인데."

　"다시는 안 그라모 될 거 아이가."

　"누가 너더러 있으란대? 여기를 떠나면 어디로 갈 건지 묻는 거야."

　"그라모, 짤린다 말이가?"

　"네가 주인이라면 어떡하겠냐?"

　"봉수 니가 말 쫌 잘 해 도오. 다시는 그런 짓 안 할 꺼마. 사실 말이
제, 그걸 내 혼자 먹을라 캤나. 봉수 니캉 포식 쫌 할라 캤는 기라."

　"미친놈. 도둑질한 걸로 포식하겠다고? 문둥이 콧구멍에 박힌 마
늘씨도 파먹을 놈이네."

"소고기 먹은 지 오래됐다 아이가. 내사 우야모 좋겠노?"

"더 있고 싶으면, 아저씨한테 가서 무릎 꿇고 빌어."

"젠장. 내 신세가 와 이리 됐노."

그가 비틀린 닭 모가지처럼 고개를 떨어뜨리고 눈물을 짜냈다. 김봉수는 그 꼴마저 보기 싫어 자리를 훌쩍 떠 버렸다. 자신의 신세나 마찬가지로 불쌍한 놈이었다. 부모와 인연이 질기지 못해서 그 꼴이 된 것도 자신과 다를 바가 없었다. 그래도 찾아 나설 아비라도 있는 게 부러웠다.

김봉수는 자신이 어떻게 고아로 버려졌는지 짐작할 수 없었다. 한 가지 희미하게 기억하는 것은 젖어미가 있었다는 것뿐이다.

불 망

1

며칠 전 기이한 춤을 추다가 쓰러졌던 복자가 겨우 일어났다. 연일 몸이 불덩이처럼 뜨겁고 자주 헛소리를 내뱉어 죽는가 싶었다. 신음만 하는 것이 아니라 문둥이가 버들강아지 따먹고 배 앓는 소리 하듯 계속 중얼거렸다. 간혹 웃음도 흘렸다.

복자 어미는 딸에게 신이 내린 게 아닐까 해서 겁이 덜컥 났다. 그러면서도 죽지만 않으면 무당이 되어도 괜찮다고 생각했다. 백정은 물론이고 무당, 기생, 노비, 역졸, 광대 등이 모두 천민인데 차라리 무당이 되는 게 나을 것 같았다. 기생은 때때로 몸을 팔아야 하니 여자로서 차마 못 할 짓이고, 노비는 죽도록 일만 해야 하니 그 삶이 얼마나 고달픈가.

몸을 추스른 복자는 아침부터 종일 가부좌를 틀고 앉았다. 그러고는 중 염불하듯이 뭔가 외웠다. 눈을 지그시 감은 채 미동도 하지 않는 모습이 너무 진지해서 어미도 차마 끼어들 수 없었다. 열세 살밖에 안 된 나이에 흔한 일이 아니라 말 붙이기도 조심스러웠다.

'정말 무당이 되려는가?'

어미는 슬그머니 움막을 빠져나와 곧장 고만석네 집으로 달려갔다. 마음 터놓기 좋은 이웃으로는 고만석의 아내가 제일 편했다. 서로 형님 아우 하는 사이로 어려운 일이 있을 때마다 쪼르르 달려가 의논했다. 복자 어미로부터 얘기를 듣고 난 고만석의 아내 역시 예삿일이 아니라고 했다. 신내림의 징조가 틀림없다는 것이다.

"형님, 어떡하면 좋대유?"

"어떡하긴? 무당을 불러다가 허줏굿을 해야지."

"허줏굿이 뭐예유?"

"무당이 될라믄 신을 맞아들여야 되잖어. 그게 허줏굿여."

"정말 그래야 될까유?"

"그것도 다 때가 있는 거니께 서두르는 게 좋을 꺼. 아주 용한 무당을 내가 아는데, 다리를 놔 볼까?"

"그래 주세유. 살다가 별일을 다 보네."

마음이 바빠진 어미가 근심을 가득 안고 집으로 돌아왔다. 복자는 아까 모습 그대로 앉아 있었다. 말을 붙여 볼까 싶다가도 하는 꼴에 그만 겁부터 났다.

'지년이 밥 처먹을라믄 입을 벌리겠지.'

그녀는 저녁 준비를 서둘렀다. 딸년 하나 있는 걸 무당 만드는 게 잘하는 일인지 어떤지 쉬 판단이 서질 않아 마음이 갈팡질팡했다. 굿판을 벌이기로 작정은 했지만 마음이 무겁기는 마찬가지였다.

'복자 아부지, 어쩌면 좋대유? 혼이라도 있으면 말 좀 해 봐유.'

밥상을 들이자 복자가 마침 가부좌를 풀고 벽에 기대앉았다. 무슨 생각을 그리도 골똘히 하는지 제 어미에게 눈길 한번 주지 않았다. 그러다가도 괜히 싱글싱글 웃었다. 그 모습에 어미 간장이 새카맣게 탔다.

'내가 미쳐.'

복자 어미는 안절부절못하고 딸의 눈치만 살폈다. 신이 내릴 징조인지 아니면 실성이 더 심해지는 것인지 헷갈렸다.

"아가, 밥 먹자."

너무 답답해서 넌지시 던져 보았다. 그제야 어미와 눈을 맞췄다. 어미가 복자 손에 수저를 쥐여 주자 여느 때처럼 밥을 잘 먹었다. 조금 전의 제 모습은 까맣게 잊은 모양이었다.

"아가. 왼종일 무신 생각을 그리했냐?"

"아무것두 생각 안 했어."

"혼자 중얼거린 건 또 무엇이고?"

"내가 언제 그랬어?"

"야가? 조금 전까지도 그래놓구선, 생각 안 나?"

"나는 몰라."

"얼래? 굿을 서둘러야 되겠다."

"굿은 왜 해?"

"잔소리 말고, 에미가 시키는 대로 해."

어미가 눈을 부릅뜨자 복자가 고개만 끄덕였다. 어미는 또 혼란스러웠다. 제가 한 짓을 전혀 기억하지 못하는 것도 이상했다. 아무래도 겁탈을 당할 때부터 넋이 나간 것 같았다.

고만석의 아내가 설레발을 치는 바람에 기어이 굿판을 벌였다. 굿은 서낭당에서 했다. 신을 맞이하는 길이 따로 있는 법이고 서낭당이 그 길목에 있다는 것이다.

무당이 사는 집은 선학산仙鶴山으로 오르는 초입에 따로 있었다. 길가 서낭에는 온갖 헝겊 조각이 알록달록 매달려 무당이 서낭신을 모신다는 걸 알 수 있었다.

복자는 서낭을 보고도 전혀 경계하는 빛이 없었다. 오히려 서낭에 합장하고 절까지 했다. 누가 시킨 것도 아니었다. 벌써 마음에 와닿는 것이 있어 그러는가 싶어 어미도 자식이 하는 걸 따라 했다.

무당은 복자를 보자마자 대뜸 혀부터 찼다. 고만석의 아내가 이유를 묻자, 왜 이제 데리고 왔느냐면서 어미에게 호통을 쳤다.

"이 가스나는 태어날 때부터 하냥년(화냥년)이었능기라. 벌써 여러 놈하고 붙었구만은. 내 말이 틀렸나?"

"그런 게 아니구….."

"아니긴 머시 아니란 말이고. 이 가스나 사타구이가 성할 날이 읎구만은. 그뿐이 아잉 기라. 가스나한테 요상한 악기(악귀)가 붙었어. 두 년서 혹시 서양 구신을 믿는 거 아이가. 그 머시냐, 애수(예수)인지 머신지 쿠는 거 말이다."

"… 예배소에 나가는구먼유."

"미쳤다 아이가. 그러이깨네 이 가스나 몸에 그 악기가 달라붙어가 떨어지질 않능 기라. 그래서 오래 아팠던 거고."

"참말로 예배소에 나간 것 땜에 그런 거예유?"

"소금으로 장 담근대도 안 믿을 끼가? 이게 다 지 애비 잘 몬 만나가 그리된 기라. 애비가 죽었다 캤제? 잘 죽었능 기라. 서양 구신이 그늠아를 시키가 가스나 팔자만 싸납게 하구만은. 이 가스나는 벌써 죽은 목심인데 에미 배 속에서부터 무당이라 살아 있능 기라."

굿도 열기 전에 무당이 악담부터 퍼붓는 통에 어미는 또 넋이 나갔다. 예수와 남편을 싸잡아서 악귀로 몰아붙이는 통에 정신이 하나도 없었다.

'복자 아부지, 원통해서 어쩐대유?'

복자 어미는 딸이 태어날 때부터 화냥년에다가 사타구니 성할 날이 없다고 한 무당의 악담에 몸을 부들부들 떨었다. 넋이 나간 중에도 무당의 정강이를 바싹 끌어안았다.

"지발 딸년을 살려 주세유. 이 애가 몸만 성하면 무엇이 되어도 좋으니께유."

"알았으이, 내가 시키는 대로 해라이."

비로소 굿이 시작되었다. 복자를 서낭당 아래에 반듯하게 눕히고는 방울을 흔들며 주문을 외웠다. 신을 부르는 예식이라고 고만석의 아내가 귀띔했다. 주문이 끝나자 칼춤을 추었다. 어미는 그 모든 것이 섬뜩해서 숨도 크게 못 쉬는데 복자는 태연했다. 두 손을 배 위에 가지런히 올려놓고 자는 듯이 눈을 꼭 감았다.

이때였다. 조용히 누워 있던 복자가 갑자기 사지를 바들바들 떨며 "아부지, 아부지 …"를 외쳐댔다. 어미가 놀라서 복자에게 다가서려고 하자 무당이 칼을 내려 어미 가슴을 찌를 듯이 겨냥했다.

"퍼뜩 물러서라. 신이 내려와가 서양 구신을 쫓아낸다 아이가."

"저러다가 죽으면 으쩐대유."

"어허, 물러서라 쿠이."

무당의 현란한 춤이 다시 시작되었다. 복자는 죽은 듯이 꼼짝도 안 했다. 아까처럼 사지도 떨지 않고 눈을 감아 편안한 자세로 돌아갔다. 얼굴은 방금 물에서 건져낸 것처럼 땀에 흠뻑 젖었다.

굿이 끝나자 무당집으로 돌아와 복자 모녀와 고만석의 아내가 둘러앉아 뒤풀이 음식을 먹었다. 복자 표정은 평온해 보였다. 신이 내렸건 말건 처음 보는 진귀한 음식에 끌려 먹기에 바빴다.

"가스나는 내가 데리고 있어야것구만은. 에미 생각은 으떻노?"

"그게 무신 말씀이래유?"

"신내림을 받았으이께네, 반무당잉 기라. 집에 처박힐 팔자가 아이란 말이다. 데리고 있어 봤자 에미 속만 썩일 구만은. 사타구이 성할 날이 읎다꼬 안 캤나."

"왜 끔찍헌 말씀만 자꾸 하신대유?"

"점깨(점괘)가 그래 나오는 걸 우야노. 니가 데리고 있어 봤자, 얼마 몬 살고 죽는다 말이다."

이때 복자가 갑자기 끼어들었다. 먹기에 바빠서 귀는 닫아놓은 줄 알았는데 그렇지 않았다. 얘기를 다 들은 것 같았다.

"엄마, 나 할미랑 같이 살래."

"야가? 그게 무신 소리여? 에미랑 살기 싫은 겨?"

"할미가 그랬잖어. 집에 있으면 빨리 죽는다고."

"그 말을 믿는 겨?"

"나 죽기 싫어."

"아이고, 복장 터져 못 살겠네. 생때같은 자식을 버려야 한다니, 원⋯. 대체 이것이 뭔 조화래유?"

"누가 얼라를 버리라 캤나? 내가 키운다 말이다. 그게 싫으모, 모녀가 여게 와서 함께 살든가. 냄편도 읎이 얼라만 품으모 살길이 열리나? 여게 있으모 밥걱정 안 해도 된다 말이다."

그러자 고만석의 아내까지 무당 편에 섰다. 뚜렷한 일거리도 없이 혼자 어떻게 살 거냐고 다그쳤다.

2

농청의 마장익이 오천복에게 살해당하자 옹망추니 조해구는 끈 떨어진 가오리연 신세가 되었다. 마장익이 살아 있을 때만 해도 그의 뒷심을 믿고 꽤 깝작댔다. 농청에도 물론 점잖고 사리에 밝은 사람이 있지만 거의 나이 든 축들이었다.

마장익이나 조해구같이 불학무식한 쪽은 곁불도 쬐지 못하고 무구포無口匏처럼 입을 닫아야 했다. 머리에 든 것이라고는 '칠월의 귀뚜라미'밖에 없으니 그들이 내뱉는 문자를 도통 알아들을 수 없었다. 무식한 것들이 흔히 할 수 있는 일이란 떼로 몰려다니며 술 마시고 주먹 휘두르는 것뿐이었다. '만만한 게 홍어 좆'이라는 속담이 있듯이 백정이 으레 만만쟁이였다.

그러나 마장익이 참혹한 꼴로 죽은 뒤부터는 모든 게 여의치 않았다. 예배소 습격사건으로 조해구 일당이 감옥에 처박힌 동안 그들의 자리를 더 젊은 정판구 패가 차지했다.

백정도 전처럼 만만치가 않았다. 보안대를 만들어 대항하는 바람에 함부로 선드릴 수 없었다. 작년에 정판구 패가 백정 마을을 습격했다가 흠씬 얻어터진 사건이 그 예였다. 게다가 경찰도 백정에게 이유 없이 폭력을 쓰지 못하게 했다. 이래저래 마장익 시절이 그리울 뿐이었다.

조해구가 그와 함께 감옥에 갔던 최태수를 주막으로 불러냈다. 농사일이 없는 한겨울이라 무료한 데다가 심사까지 뒤틀렸다.

"이 조해구가 이래 지내서야 되겠나."

"니만 그렇나. 내도 한가지 아이가. 장익이가 우찌 그래 죽노."

"내가 하고 싶은 말잉 기라. 빙신같이 백정놈한테 당할 끼 머꼬."

"장익이가 그리 몬났나? 모강지가 끊어질 때까지 머했노."

"그날 술을 억수로 처묵었다 아이가. 그래서 사내 원수는 술과 기집이라 쿠는 기라."

"오천복이 그늠아라도 살아 있으모, 장익이 한을 풀어줄 낀데."

"장익이가 눈도 몬 감고 구천을 떠돌 끼다. 문디이 자석."

해구가 기어코 눈물을 짜냈다. 그러자 태수가 한숨을 끌어내면서 그의 잔에 술을 채웠다.

"어이그, 빙신. 어이그, 빙신 … ."

해구가 중얼거리며 단숨에 술잔을 비웠다.

눈이 내리려는지 바깥날이 을씨년스러웠다. 끄느름한 구름이 낮게 드리워지고 북새바람이 자주 흙먼지를 몰고 다녔다. 바깥에 눈길을 주던 해구가 어깨를 바르르 떨었다.

머리를 길게 땋아 내린 처녀 하나가 주막을 지나갔다. 위아래 광목을 두른 행색이 여염집 처녀는 아니었다. 추위를 몹시 겨워하듯 옹색한 꼴이 천민의 딸이 틀림없었다. 그런데 낯이 익었다.

"태수야. 저 가스나 말이다. 낯이 안 익나?"

"가만 … . 맞다, 맞다."

"낯이 익제? 어데서 본 가스나고?"

"문디이. 복자라 쿠는 오천복의 딸 아이가."

"그렇구마. 소문을 들으이깨네, 저 가스나가 무당이 된다 쿠데."

"그러고 보이깨네 인물이 마이 나아진다. 그래 안 보이나?"

태수가 해구로부터 공감을 얻어내려고 야릇한 표정으로 머리를 간드작거렸다. 해구도 태수의 저의를 알아차리고 입술에 침을 발랐다.

"쪼맨한 가스나 젖통치고는 제법 몽실몽실하더만은."

"숫처녀는 처음 묵어 봤다 아이가. 갑자기 맘이 야릇해지네."

"태수, 니도 그렇나?"

"그라모 니도?"

뜻이 같은 두 사내의 눈에서 불꽃이 동시에 타올랐다. 해구가 또 입술에 침을 바르자 태수가 탁자 밑으로 그의 정강이를 툭툭 찼다. 이를 신호로 해구가 서둘러 술값을 계산하고는 주막을 뛰쳐나왔다. 그 뒤를 태수가 바짝 따라붙었다.

기어이 눈이 내리기 시작했다. 복자가 잔걸음으로 저자를 빠져나갔다. 해구와 태수도 거의 뛰듯이 그녀를 따라갔다.

날씨 탓인지 저잣거리를 지나고부터는 인적이 거의 없었다. 복자가 가는 방향으로 보아 옥봉으로 가는 게 분명했다.

태수가 바짝 다가와 복자를 어디쯤 해서 잡아챌 것인가를 속삭여 물었다. 그사이에 눈이 발처럼 쏟아지면서 한낮인데도 마치 어둠이 내려앉은 것처럼 주위가 어둑어둑했다.

복자가 숲을 지났다. 해구 걸음이 갑자기 빨라졌다. 태수가 침을 삼켰다. 복자가 숲을 끼고 모퉁이를 돌아가려는 순간, 해구가 달려들어 수건으로 그녀의 입부터 틀어막았다. 그러자 태수가 복자를 옆구리에 끼고 숲속으로 들어갔다. 복자가 발버둥을 쳤다.

숲 깊숙한 곳에 다다르자 태수가 그녀 치마를 걷어 올려 얼굴부
터 덮었다. 복자가 계속 버둥댔다. 해구가 속곳을 찢듯이 우악스럽
게 벗겼다. 이내 사타구니가 하얗게 드러났다. 복자가 다리를 꼬며
몸을 동그랗게 웅크렸다. 그걸 해구가 달려들어 다리를 벌려놓았
다. 그러자 태수가 눈을 부라렸다.

"니 먼저 할 끼가?"

"하모. 지난번에는 태수 니 먼저 안 했나."

"좋다, 마. 내사 양보하꼬마. 그 대신 퍼뜩 하그라."

해구가 바지를 급히 까 내리고 복자 위에 올라탔다. 그녀가 팔을
허우적대며 허리를 비틀었다. 해구가 짐승의 숨을 몰아쉬며 일을
치르는 동안 태수는 뒤에 서서 사타구니에 손을 찔러 넣고는 앓는
소리를 해댔다.

"퍼뜩 몬 하나."

잠시 후 해구가 엉덩이를 부르르 떠는가 싶더니 죽은 듯이 동작
이 딱 끊어졌다.

"어이구, 추버라."

목젖 떠는 소리를 내뱉으며 복자로부터 떨어져 나갔다. 복자의
앙탈도 딱 멈췄다. 혹시 죽은 게 아닌가 싶었다.

그러거나 말거나 미리 바지를 내린 태수가 얼른 복자를 덮쳤다.
그는 샅에 물건도 넣기 전에 짐승 소리부터 내질렀다.

"조용히 몬 하나. 누가 들으모 우짤 끼고."

"문디이, 뭘 보노. 니가 보이깨네, 잘 안 된다 아이가."

그런데도 해구는 얼굴을 돌리기는커녕 그들 머리맡에 쪼그리고
앉아 태수가 지랄하는 꼴을 끝까지 지켜봤다.

복자가 숲에서 내려왔을 때는 길마다 눈이 소복이 쌓였다. 속곳이 벗겨진 채 시간이 흘러 허벅지에서부터 장딴지까지 얼어 버렸다. 다리를 옮길 때마다 나무토막을 끌고 가는 것처럼 감각이 없었다.

조금 전, 산속에 자기 혼자뿐이라는 걸 깨닫고서야 비로소 아랫도리를 살폈다. 이상하게도 이번에는 피를 조금밖에 흘리지 않았다. 더욱 신기하게도 두 번째 사내가 옥문을 뚫고 들어오는 순간에는 야릇한 기분마저 들었다. 속이 간질간질하면서 온몸이 뜨겁게 달아올랐다.

집에 당도하자 어미가 애가 탄 눈길로 복자를 훑어 내렸다. 무슨 일이 있었던 것도 같고 아무 일도 없었던 것 같기도 해서 종잡을 수가 없었다. 옷이 젖은 것은 눈을 맞고 온 탓이고, 머리가 단정치 못하고 헝클어진 것은 딸이 칠칠치 못한 탓으로 돌렸다.

그러나 걸음을 옮기는 모습이 아무래도 부자연스러웠다. 꼭 허벅지에 가래톳 솟은 년처럼 어기적대는 것이 예사롭지 않았다.

"왜 이제 오는 겨?"

"그냥 천천히 왔어."

"무당 할미한테 가서 뭐했어?"

"춤추는 거 배웠어."

"오는 길에 아무 일 읎었지?"

"근데, 엄마. 나 애 뱄다."

"… 지금 뭐라고 했냐?"

"애 뱄다구."

"야가? 대체 그게 뭔 소리여? 니가 으떻게 애를 배?"

"집에 오는데, 어떤 남자 둘이서 나를 산속으로 끌고 갔어."

"뭣이 어째? 산속으로 끌고 가서 어쨌다는 겨?"

"치마로 얼굴을 덮고 속곳을 벗겼어."

"아이고, 이를 어쩐다냐. 어떤 놈들이 또 그랬다는 겨?"

어미는 그만 눈을 까집고 기절해 버렸다. 그러자 복자가 냉수를 입에 머금고 어미 얼굴에 푸우 푸 뿌렸다.

잠시 후 깨어난 어미가 정신을 수습하고 복자 치마부터 벗겨, 아랫도리를 맨살로 만들었다. 그러고는 바닥에 눕혀 샅을 활짝 열었다. 국소 부위에 혈흔이 끈적끈적하게 남아 있었다.

"그놈들이 여기에다 뭔 짓을 한 겨?"

"몰라. 쬐끔 아프고 간지러웠어."

"아이고, 내 팔자야. 이 일을 어쩌믄 좋다냐. 애라도 배믄 어쩌."

"그럼 낳지."

"시끄러, 이년아. 복자 아부지, 장차 이 일을 어쩌믄 좋대유."

무당이 한 얘기가 떠올랐다. 복자가 태어날 때부터 화냥년이었고 앞으로도 사타구니 성할 날이 없을 거라고 했다. 이러다가는 하나밖에 없는 딸자식이 평생 겁탈만 당하다가 죽을 것 같았다.

"내일 당장 무당집으로 옮겨야겠다."

"그럼, 엄마도 같이 가?"

"그렇잖으면 어쩌겠냐. 아이고, 내 팔자야."

어미가 가슴을 치면서 목이 찢어져라 울었다. 복자는 영문을 몰라 멀뚱히 지켜보기만 했다. 어미는 어깨를 부들부들 떨며 짐을 꾸렸다. 복자는 어미 속도 모르고 헤실헤실 웃기만 했다. 그 꼴에 또 기가 막혀 딸의 머리를 쥐어박았다. 눈물이 끊임없이 쏟아졌다.

3

겨울은 으레 춥기 마련이지만 올해는 유난히 더 추운 것 같았다. 마산 바다가 코앞이어서 해풍이 그칠 날이 없었다. 바람이 저잣거리를 휩쓸고 지나갈 때는 황토 먼지가 회오리치며 피어올라 더 을씨년스럽고 춥게 느껴졌다.

노점 앞에 잔뜩 옹크리고 앉은 이두영은 매일 추위와 싸웠다. 머리에 두룽다리(남자들의 털모자)를 뒤집어쓰고 팔뚝에는 토시까지 꼈는데도 추위를 막지 못했다. 장사마저 안돼 궁짜만 들었다.

어제는 물건을 하나도 팔지 못해 오늘 아침을 걸렀다. 이렇게 장사가 안 되면 끼니를 때우기는커녕 한데서 잘 판이었다. 창원집 주모에게 야박하게 굴지만 않았어도 숙식 걱정은 놓아도 됐을 것이다.

그러나 아무리 구복이 원수라도 그녀하고 배 맞추는 짓은 차마 할 수가 없었다. 지난번에는 얼떨결에 겁탈당한 셈이지만 제정신으로는 다시 못 할 짓이다. 올여름에는 그녀 남편이 기어이 죽었다. 망자를 공동묘지에 묻고 사십구재가 지나자마자 여자가 본색을 드러냈다. 남편이 죽기를 기다렸던 그녀는 두영을 마치 숨겨놓은 기둥서방 대하듯 하며 노골적으로 음탕기를 드러냈다.

두영은 그게 끔찍해서 이 핑계 저 핑계 대면서 아예 밥집을 옮겨버렸다. 그러자 그녀가 두영의 노점에까지 찾아왔다. 그의 앞에 턱을 괴고 앉아 야살을 떨기도 하고 때로는 윽박지르기도 했다.

"오늘 저낙에 수막으로 오이라. 내사 한턱 쏠 테이깨네. 알았제?"

"술 생각이 읎구만이라."

"아따, 디럽게 뺀다 아이가. 그러지 말고 꼭 오이라."

"싫다고 안 혔소."

"참말로 안 올 끼가? 혹시 가스나 생겼나?"

"벨 걱정 다 허요. 남이사 ….."

"이쁘나? 내 조카딸보다는 안 이쁘제?"

"하늘에서 두레박 타고 내려온 선녀만큼 이쁘요. 이자 되얐소?"

"치아라, 고마. 니한테 머시 볼 끼 있다꼬 이쁜 가스나가 붙겄노."

"시방 나를 무시허요? 멩색이 총각인디."

"알았다, 고마. 니가 내를 읍신여기모 신상에 해롭다. 알겄나?"

"허어, 이자는 협박까지 하는구마이."

"좋다, 이 문디 자석!"

얼굴이 납빛으로 변한 주모가 일어서는 척하더니 갑자기 노점을 홀랑 뒤집어 버렸다. 그러고도 분이 안 풀렸는지 가래침을 카악 칵 긁어서 찐득하게 토해놓고 갔다. 마침 이 광경을 본 서달수가 영문을 모르니 황소처럼 눈만 두룩두룩 굴렸다.

저만치 사라지는 주모 뒤에 대고 두영이 온갖 욕을 퍼부었다. 달수가 보기에는 두영이 뭔가 크게 잘못한 일이 있었던 것 같았다. 그렇지 않고는 주모가 그토록 패악을 부릴 리가 없다.

"원님 행차 끝난 지가 은젠디, 여적 나팔을 불고 있다냐? 주모가 있을 때는 말도 못 하다가, 왜 뒤통수에 대고 욕질이냐고. 뭔 일여?"

"도야지 오줌통겉이 쭈구러진 년이 나타나서 그 지랄이다요."

분이 안 풀린 두영이 사방으로 흩어진 방물을 주워 담으면서 욕을 퍼부었다. 달수는 그 꼴이 재미있어 키들키들 웃기만 했다.

"아우가 뭔 잘못을 혔응게 그라제, 괜히 그러겄냐?"

"나가 뭔 잘못을 했겄소. 지년 밑구녁이 근질근질혀서 그라제."

"지 서방 죽은 지 을매나 됐다고."

"긍께 화냥년이제. 나헌티 달랠 걸 달래야제."

"그라니께 그 뭐시냐. 아우랑 그걸 허겄다고 뎀비는 겨, 시방?"

"말해 뭣허겄소. 지 조카허고라면 몰라도 늙어 비틀어진 년허고 뭣 땀시 허겄소? 과부 십 년에 독사 안 되는 년 읎다는 말은 들었어도, 지 서방 죽은 지 며칠 되지도 않은 년이 독사가 된 건 처음 보는구마. 어이그, 지 서방 잡아묵은 이악스런 년이제."

"아따, 시주허는 셈 치고 한번 줘 부러. 을매나 허고 잡았으면 그러겄냐. 본디 샛서방 좆맛은 꿀맛이고, 본서방 좆맛은 물맛이지라. 그랴도 계집을 너무 밝혀도 안 좋제."

두영이 달수 얼굴을 들여다보니 멍한 눈이 십 리나 들어갔고 기운도 없어 보였다. 조금 전에 보니까 걷는 것도 자주 휘청거렸다.

"근디, 성님 눈이 왜 그러요? 십 리는 들어가 있구마."

"사돈 넘 말허네. 그러는 너는?"

"아침밥을 걸렀구만이라. 배창시가 배배 꼬였는갑소."

"나는 계집헌티 밤새 시달려서 눈이 들어간 것이고."

"음마. 복 째지는 소리만 허요. 긍께 과부는 밑이 궁허다고 혀서 엉덩이를 궁둥이라고 안 허요. 으쨌든 성님은 좋겄소."

여자는 사나흘에 한 번꼴로 집에 들르는 달수를 달달 볶았다. 달수는 으레 두어 번씩 그녀와 배를 맞췄다. 그때마다 자지러지며 여자 숨이 꼴딱꼴딱 넘어갔다. 그러고도 새벽녘이 되면 사내 가슴으로 파고들면서 사타구니에 충동질을 해냈다.

"임자는 기운도 좋구마. 그리도 허는 거이 좋소? 나를 만나지 못혔으믄 으쩔 뻔혔소?"

"밤마다 가슴 시리서, 몬 살았을 끼요."

"이렇기 많이 허다가 임자 밑구녁에 불나지 않겠소? 하긴 무허고 계집은 고추로 버무려야 제맛이 나제."

그렇게 새벽일까지 치르고 나면, 달수 코에서 기어이 단내가 나고 다리가 후들거리면서 눈앞에서 딱정벌레가 떠다녔다. 그녀를 만나고 처음 며칠은 하룻밤에 대여섯 번씩 붙어야 잠자리에 들었다. 끝내는 가죽방망이가 얼얼했고 때로는 코피를 줄줄 쏟았다. 그래도 그게 지상 최대의 즐거움이었다. 어젯밤에도 세 번이나 했다. 여자는 발정 난 암고양이처럼 한시도 사내를 놓아주지 않았다.

"봄날 과부허고 세 번 허믄 사내가 네 발로 걷는다고 했는디, 이러다가 니 성님 오래 못 살겄제?"

"나는 모르겄소. 성님이 코피를 쏟든 숨이 끊어지든. 나가 시방 배가 고파서 말헐 기운도 읎응게."

"참, 아침밥을 굶었다고? 가세. 나가 국밥 한 그릇 사줄 것잉게."

"참말여라? 이자 성님이 성님처럼 보이는구마."

두영이 서둘러 노점을 걷었다. 그러는 동안 달수는 괜히 헛기침을 내며 순찰이랍시고 주위를 돌았다. 해가 아직 중천에 있는데도 춥기는 마찬가지였다.

창원집 앞에서 서성대는 주모가 두영의 눈길에 잡혔다. 두영은 지레 켕겼다. 순사가 보는 앞이니 주모가 또 패악을 부리지는 않겠지만 워낙 성질이 개똥 같아서 마음을 놓을 수가 없었다.

"성님, 저 여편네 주막에는 가지 마쇼이."

"나가 있응게 괜찮아라. 각시 중매헌 여자를 무시헐 수 읎잖냐."

달수가 기어이 창원집으로 끌고 들어갔다. 우악스럽게 팔을 낚아

채는 바람에 앤생이 힘으로는 엉덩이조차 뺄 수 없었다. 주모가 달수에게는 반색하다가 눈길이 두영에게 머무르자 눈에 불을 지폈다. 달수는 주모의 마음을 훤히 꿰뚫으면서도 모르는 척했다.

"이 아우가 아침을 걸렀다고 헝께, 국밥을 실허게 말아오소."

"오죽 몬났으모, 붕알 달고 밥을 굶노. 빙신 아이가."

그 소리에 두영이 그만 화가 치밀어 눈을 부라렸다. 달수가 탁자 밑으로 그의 정강이를 툭툭 찼다. 말대꾸하지 말라는 뜻이었다. 그러고는 괜히 걸걸걸 웃음을 터뜨렸다.

"아따, 장차 조카사우 될 총각헌티 왜 그런다요?"

"지금 머라 캤능교? 사우?"

"아니 뭐, 지금 그렇다는 건 아니고 ⋯."

"시끄럽소, 고마. 지나가는 개가 웃고 소가 하품허겄소. 저런 반푸이한테 그 아를 줄라 쿠모, 차라리 언처이(언청이) 꼽사헌테 시집보낼라요."

"어허, 주모. 내 아우헌티 너무 허요이."

"서 순사가 머시 땁땁해서 저런 반푸이를 동생 삼을라 쿠요? 오줌에 씻겨 나온 놈도 저보다는 낫겄소."

내내 듣고만 있던 두영이 몸을 발딱 세웠다. 주위를 두리번대는 것으로 보아 무엇이든 잡히는 대로 집어 던질 참이었다.

"듣자, 듣자 헝께 ⋯. 뭣이 으째야?"

"어허, 아우."

"성님은 가만히 있으쇼. 내 저년 아가리를 짝 찢어불 팅게."

그러고는 부엌으로 달려가 식칼을 집어 들었다. 주모가 놀라서 그 자리에 엉덩방아를 찧었고, 달수가 그의 팔을 비틀어 칼을 빼앗왔다. 앤생이로만 알았던 두영이 그토록 화를 내는 것을 처음 봤다.

4

복자 모녀가 끝내 거처를 무당집으로 옮겼다. 복자가 두 번이나 겁탈당한 것을 생각하면 끔찍해 더 미룰 수가 없었다. 그 바람에 무당과 복자 어미도 자연스럽게 형님 아우가 되어 버렸다.

복자가 또 겁탈당했다는 얘기를 털어놓자 무당 얼굴이 하얘지면서 입술을 파르르 떨었다.

"어이구, 이 가스나야."

어미는 복자가 아이를 가졌을까 봐 그게 걱정이었다.

"내사 머라 캤노. 사타구이 성할 날이 읎다꼬 안 했나. 그때 당장 옮겼으모 안 당했을 거 아이가. 아직 달거리할 나이는 아이고 ···."

"그건 없었던 거 같은데, 그래도 몰라서 걱정이구먼유."

"그라모 개않다. 다시는 여게서 한 발짝도 몬 나가게 해라이."

어쨌든 거처를 옮긴 것은 잘한 일 같았다. 복자를 겁탈한 놈이 누구인지 모르지만 이제 다시는 못 할 테니 그것만으로도 다행이었다.

복자가 아직 어려서 철없이 굴 때가 많았으나 무당에게 배우는 태도는 아주 진지했다. 무당이 잘못을 지적하며 호되게 꾸짖을 때도 공손하게 받아들이는 기특한 구석이 있었다.

최태수는 복자를 겁탈한 그날 이후 밤마다 잠을 못 잤다. 몽실몽실하고 야들야들한 젖가슴과 하얀 허벅지가 자꾸 눈에 밟혀 죽을 지경이었다. 더구나 그녀 몸에 자기 것을 찔렀을 때의 짜릿한 순간을 떠올리면 사타구니에서 홍두깨가 불뚝불뚝 뻗쳤다.

그날 조해구가 올라탔을 때는 그녀가 몸부림을 심하게 치더니 자기가 할 때는 야릇한 신음을 내며 엉덩이까지 슬쩍 올려주었다. 그걸 해구보다 자기가 더 마음에 들었다고 해석하고 싶었다. 아직은 남자를 받아들일 수 없는 나이라 더 야릇하고 흡족하게 느꼈다. 비록 강간이었지만 왠지 뜻이 맞는 교접인 듯했다.

'아이고, 우야모 좋노. 그 가스나 읎으모, 내사 몬 살 끼라.'

그러나 복자가 무당이 됐다고 하니 이 긴 겨울을 어떻게 견뎌야 할지 막막했다. 다시는 얼굴조차 보기 어려울 것이다. 더구나 신이 내린 무당이라면 만나도 함부로 건드릴 수 없을 것이다. 또 겁탈했다가는 신령이 가만두지 않을 게 뻔하다. 그녀를 올라타는 순간에 급살을 맞을 것도 같고.

'복자야. 내사 우야모 좋노. 지발, 내 쫌 살리 도오.'

태수는 장작개비처럼 뻗친 물건을 틀어잡고 방바닥을 데굴데굴 굴렀다. 그때마다 끙끙 앓는 소리가 문풍지를 흔들었다. 아들이 앓는 소리를 들었는지 그의 어미가 놀라 방문을 열었다.

"니 와 그라노? 와 배를 움키잡고 뒹구노. 곽란 난 거 아이가."

"아무것도 아이요. 퍼뜩 문 닫고 나가이소. 넘 쏙도 모리고⋯."

"그기 먼 소리고? 니 쏙이 으떤데?"

"미치겠네. 어무이, 지발 나가주이소, 야?"

"문디이, 지랄 안 하나. 퍼뜩 일나 소여물이나 주거라."

그 바람에 사타구니에 불을 지피던 장작개비가 감쪽같이 사라지고 끈적끈적한 풀물이 고쟁이만 흥건하게 적셔놓았다.

복자는 어미가 보거나 말거나 수시로 배를 만졌다. 자기가 애를 뱄다고 단정하는 것 같았다. 그때마다 어미가 머리를 쥐어박았다.

"형님, 이 노릇을 으쩌면 좋대유?"

"요 쪼맨한 것이 우찌 얼라를 갖노. 걱정되모, 배를 갈라보든가."

"형님은 어찌 그리도 말을 모질게 헌대유? 배를 가르다니유?"

"땁땁해서 안 그러나. 아직은 얼라 가질 나이가 아이다. 그라고 아무리 어린 것이지만도, 장차 무당될 아헌테 우찌 손지검을 하노? 서낭신헌테 당장 급살을 맞을 끼구만은."

두 여자 얼굴이 붉으락푸르락하는데도 복자는 분위기를 전혀 눈치채지 못하고 연신 배만 만졌다. 무당이 복자를 무릎에 눕혔다. 그러고는 속곳을 까 내리고 배를 만져 보았다. 박속 같은 속살에 무당도 눈이 부셨다.

"하냥질을 타고났구만은. 아가야, 여자는 시집을 가야 얼라를 갖 능 기라."

"저번 때 나 시집갔어."

"허어. 이 가스나한테 사질邪疾이 들었다이."

"사질이 뭔데유?"

"미친벵이 들었다 말이다. 들어도 단디 들었다이. 날 잡아가 살풀이를 해야 하겠다. 에미도 그래 알그라."

복자에게 사질까지 들었다는 말에 어미 가슴이 또 내려앉았다. 어린 나이에 신이 내려서 헛소리를 하는 줄만 알았는데 미친병이라니. 갑자기 오한이 든 것처럼 온몸이 떨리고 정신이 아득하게 빠져나갔다.

태수는 해구를 찾아가 마음에 있는 말을 죄다 털어놓았다. 그러고는 복자를 다시 볼 방법을 가르쳐 달라고 졸랐다.

"지금 제정신으로 하는 소리가?"

"하모."

"또 감옥에 가고 싶나? 얼라를 겁탈하고 지랄병 났나. 그년 에미가 알았다가는 겡찰서에 찌를 것이고, 그라모 우찌 되겄노."

"우야모 좋노. 내사 마, 그 가스나가 눈에 삼삼해가 몬 살겄다."

"치아라, 고마. 죽고 싶어 한장(환장) 했다 아이가."

"내사 마 감옥 가도 좋으이께네, 방뺍만 갤체 주라."

"빙신아. 니 감옥 가모 내는 무사할 것 같나?"

"알았다, 고마. 내 혼차 방뺍을 연구할 끼다."

"오야. 연구 마이 해라. 분멩히 말하는데, 내는 그년캉 상간읎다이. 멩심하그라."

해구에게 잔뜩 핀잔만 듣고 나니 더욱 맥이 빠졌다. 그의 말이 맞기는 맞다. 복자 어미가 그 사실을 알았다가는 결코 무사할 수 없을 테고 감옥에 가는 건 자명하다.

'하아. 이년으 가스나를 우야모 좋노.'

산속에서 복자를 겁탈하던 그날, 태수는 아이가 해구와 자신의 얼굴을 알아채지 못했을 것으로 믿었다. 치마로 얼굴을 덮어놓고 숲을 빠져나왔기 때문에 겁에 질려 얼굴도 내밀지 못했을 것이다.

태수는 허리띠를 단단히 동여매고 집을 나섰다. 복자가 있다는 무당집 근치에 가서 우선 수위 동정부터 살피기로 했다.

선학산 골짜기를 타고 내려오는 바람이 어찌나 매서운지 귀와 볼이 찢어지는 것 같았다. 그래도 복자를 먼발치에서라도 볼 수만 있다면 추위쯤은 참을 수 있었다. 날씨 탓인지 인적도 드물었다. 서낭당 앞을 지날 때는 섬뜩했다. 서낭에 걸린 오색 천이 바람에 나부낄 때는 꼭 귀신이 자기를 부르는 손짓처럼 보여 몸이 더 떨렸다.

멀리서 바라본 무당집은 고요했다. 너무 조용해서 겁이 났다. 사립문이 열리면서 중늙은이 여자가 나왔다. 거리가 멀어 얼굴을 분별할 수는 없으나 무당이 아닐까 싶었다. 태수는 얼른 숲속으로 들어가 몸을 숨겼다. 그녀가 눈앞에서 지나갔다. 얼굴에 분칠을 하얗게 하고 눈썹과 입술을 진하게 그린 꼴이 틀림없이 무당이었다.

태수는 그녀를 놓치지 않고 지켜봤다. 그녀가 서낭당에 이르자 공손한 자세로 서서 잠시 예를 갖췄다. 집에 복자 혼자 있을지도 모른다. 무당이 돌아오려면 한참 걸릴 것 같았다. '복자가 혼자 있다면?' 하는 생각에 이르자 마음이 조급했다.

태수는 집 마당이 훤히 내려다보이는 언덕으로 올라가 다시 몸을 숨겼다. 시간이 제법 흘렀는데도 사람의 모습이 보이지 않았다.

'정말, 가스나 혼자 있나?'

그러자 가슴이 벌렁거리면서 겁탈할 때의 모습이 눈에 삼삼하게 파고들었다. 몽실몽실한 젖가슴, 박속같이 하얀 복부와 허벅지가 바로 눈앞에 있는 것 같아 침이 꼴깍꼴깍 넘어갔다. 사타구니에 장작개비가 또 섰다.

이때 어린 계집애가 마루로 나섰다. 복자였다. 그녀를 보는 순간 눈이 홀랑 뒤집혔다. 꼭 자기를 맞으러 나온 것 같다는 착각마저 들어 하마터면 언덕에서 뛰쳐나갈 뻔했다. 만약 여자 하나가 마루로 나서지 않았다면 곧장 실행했을지도 모른다.

'저년은 누고?'

그녀가 무슨 말인가 언성을 높이더니 복자 손목을 낚아채 안으로 끌고 들어갔다. 복자 어미였다. 그렇다면 오늘은 어떤 짓도 할 수가 없다. 오늘은 복자가 사는 집을 알아두는 것으로 만족해야 했다. 태수는 곧장 집으로 갈까 하다가 다시 해구를 찾아갔다.

"와 또 왔노?"

"복자가 사는 집을 알았다 아이가. 그 가스나도 봤고."

"이늠아가 미치도 단디 미쳤구마. 니 정신 나간 짓 자꾸 할 끼가?"

해구가 물사발을 들어 태수 얼굴에 던졌다. 그러고도 성이 안 풀리는지 주먹으로 가슴을 모질게 내질렀다. 태수가 가슴을 문지르자 일어나서 발길질을 마구 해댔다. 미친 쪽은 오히려 해구였다.

5

하루 일을 끝낸 김봉수와 강만추는 도축장 골방에 앉아 술을 마셨다. 안주는 묵은 김치와 김봉수가 끓인 선짓국이었다.

술 두 되에 어지간히 취했다. 술은 김봉수보다 만추가 더 마셨다. 상주에 살 때부터 아비 돈을 훔쳐서 군것질과 술만 퍼마신 탓이었다. 그래도 주사는 부리지 않았다. 가끔 엉뚱한 발상을 내놓아 당혹스럽게 하는 것뿐이었다.

그 발상이라는 것이 으레 매음녀에게 가는 일이었다. 거기에 김봉수를 동참시키려 했다. 그러나 말려들지 않았다. 계집 생각이 나지 않는 데다가 그의 집 신세를 지는 처지에 그럴 수가 없었다.

술이 떨어지자 만추가 자리에 벌렁 눕더니 한숨을 끌어냈다. 김봉수는 그가 흩어진 제 가족이 그리워 토하는 한숨인 줄 알았다.

"가족이 보고 싶겠지."

"아이다. 등 따시고 배부르이깨네, 딱 생각나는 기 있다."

"그게 뭔데?"

"봉수 니는 와 그리 눈치가 읎노."

"계집 생각이 난단 말이지?"

"하모. 등 따시고 배부르모 생각나는 기 그것밖에 더 있노. 그건 사내나 계집이나 매한가진 기라. 봉수 니는 안 그렇제?"

"나는 장차 할 일이 많은 사람이라, 그런 건 관심이 없다."

"할 일이라는 기 머꼬?"

"사시장철 술과 계집 생각만 하는 놈은 몰라도 된다."

김봉수도 벌렁 누워 버렸다. 술 탓에 피로가 온몸을 이불처럼 덮었다. 곧 졸음이 쏟아질 것 같은데도 오히려 눈은 말똥말똥했다.

어차피 한세상인데 만추처럼 단순한 생각으로 사는 것이 속 편할지 모른다. 도축장에 묻혀 가축 도살하여 그 대가로 먹고 마시고 가끔 계집질도 하고, 그러다가 마땅한 처녀 있으면 데리고 살다가 죽는 게 인생이라면 거역할 수 없을 것이다. 백정을 천대하거나 말거나 무병장수로 대충 사는 것도 괜찮을지 모른다.

그러나 김봉수는 그럴 수 없었다. 평생을 사람대접 못 받고 비참하게 사느니 박해하는 자에게 맞서 투쟁하고 싶었다.

다른 지역의 백정 중에는 정신이 깬 자들끼리 의기투합하는 움직임이 있는 모양이었다. 김봉수도 그런 소문을 들었다. 백정을 박해하는 자에게 당당히 맞설 뜻임이 분명했다.

백정은 진주뿐 아니라 경기도, 충청도, 전라도 등 팔도강산 곳곳에 흩어져 살았다. 경상도만 해도 김천, 예천, 의성, 상주 등지를 비롯해서 동래, 창원, 거창, 의령, 밀양, 울산 등지에 살면서 가축을 도살했다. 그곳 백정인들 왜 차별당하지 않겠는가.

김봉수는 끝내 화를 누르지 못하고 자리에서 벌떡 일어났다. 그러고는 벽에다 주먹을 쿵쿵 박았다. 만추가 놀라 허리를 세웠다.

"니 와 그라노? 생각을 골똘히 하더마는 벡(벽)은 와 때리노."

"만추는 내 맘 모른다."

"니 맘이 으떤데?"

"맨날 천대받고 살아도 괜찮냐고."

"문디이. 백정 노릇 하고 싶은 놈이 어데 있겠노. 팔자가 그러이 깨네 그냥 사는 기제. 여태 그 생각하고 있었나? 치아라, 고마. 팔자라 쿠는 건 디주(뒤주)에 드가도 몬 피한다이."

김봉수는 잠이 쉬 오지 않아 밖으로 나왔다. 밤이 되자 얼굴을 때리고 달아나는 바람 끝이 칼날처럼 날카로웠다. 그런데도 추위를 못 느꼈다. 아직도 몸에서 분노가 빠져나가지 않은 탓이었다. 오늘 같은 기분으로는 밤새 술을 마시고 싶었다.

그는 주먹을 불끈 쥐고 하늘을 올려다봤다. 촘촘히 박힌 별들이 우박처럼 쏟아져 내릴 것만 같았다. 그는 손으로 나팔을 만들어 소리를 질렀다.

"이 새끼들아, 나는 백정이다아아!"

이튿날 아침, 고만석이 김봉수에게 슬며시 다가왔다. 어젯밤, 왜 소리를 질렀느냐고 물었다. 그러자 만추가 끼어들었다.

"백정으로 살기 싫다 안 합니꺼."

"누군들 백정으로 살고 싶었어? 자꾸 속 끓이지 말어."

"갑자기 화증이 솟아서 그랬던 거예요."

"봉수 맘을 내가 왜 모르겄어. 백정 맘이 다 똑같은 겨."

"그걸 알면서도, 나도 모르게 그래요."

"오늘 나랑 혜장 형님한테 가야 되겄구먼. 가죽 갖다 주러."

그러자 만추가 끼어들었다. 자기도 따라가고 싶다고 했다. 고만석이 고개를 저었다. 한 사람은 도축장에 남아야 했다.

"밖에 나가본 지 오래돼가, 갑갑해서 죽겠심더."

"도축장을 비워둘 수는 없잖어."

"다른 사람도 있다 아입니꺼."

"그 사람들은 잡역부여."

"그라모, 봉수 대신에 지가 가모 안 됩니꺼?"

"지게질도 잘 못 하믄서 가겄다는 겨? 남아서 도축장 청소나 혀."

"은제 오능교?"

"내일 저녁에."

"알았심더. 댕기 오이소."

"혹시라도 혼자서 나댕기지 말어. 봉변당허니께."

만추는 서운한 기색을 지우지 못한 채 입술만 잔뜩 내밀었다. 고만석도 만추를 남겨두고 가는 것이 미덥지 못했지만 지게질을 못해 어쩔 수가 없었다. 지난번처럼 고기 숨길 것이 없어 문제될 건 없지만 술에 취해서 누가 숨어들어도 모를까 봐 걱정이었다. 수수깡처럼 비쩍 마른 몸이라 대항도 못 할 것이다. 그래도 보안대가 순찰을 돌아서 조금 안심이 되었다.

148

고만석과 김봉수가 길을 떠나자 만추는 저자로 달려가 저녁에 마실 술부터 샀다. 저잣거리를 밟아본 지 오래되었다. 간혹 얼굴이 반반한 처녀도 눈에 띄어 기분이 좋았다.

저자를 돌며 이것저것 구경하는데 누군가 어깨를 심하게 치고 지나갔다. 뒤를 돌아보자 사내 둘이 눈에 칼을 세워 노려봤다.

"사람을 치고 갔으모, 미안타는 말을 해야 안 되능교."

"이눔아 바라. 니 죽고 싶나?"

그제야 고만석의 충고가 떠올랐다.

"됐심더. 고마 가이소."

아무래도 혼자서는 불리하겠다 싶어 돌아섰다. 그러자 그들이 성큼 다가왔다. 슬그머니 겁이 났다.

"우리가 니를 쳤다꼬? 머 이런 자석이 있노."

"내사 시비하고 싶지 않으이깨네, 고마 가이소. 미안케 됐심더."

"그리는 몬 하겠다."

말이 떨어지자마자 그중에 하나가 만추 사타구니를 사정없이 걸어찼다. 만추가 우욱 하는 비명을 터뜨리며 샅을 부여잡고 제자리에서 뱅글뱅글 돌았다. 이때 또 한 놈이 주먹으로 옆구리를 내질렀다. 만추가 숨을 끊은 채 주저앉고 말았다.

또 한 차례 발길이 날아오려고 할 때 저만치 순사가 나타났다. 놈들은 미꾸라지처럼 행인 틈으로 빠져나갔다. 순사가 와서 무슨 일이냐고 물었다. 만추가 고통스러워하는 중에도 떠듬떠듬 설명했다. 얘기를 듣고 난 순사는 대뜸 혀부터 찼다.

"재수 읎게 불한당을 건드렸다이."

"지가 건드린 기 아입니더."

"으쨌든 시비가 있었다 아이가. 고마 가그라."

고만석의 충고를 가볍게 넘긴 것부터가 실수였다. 잘못한 것도 없이 얻어터진 게 억울하고 분했지만 자기 탓으로 돌릴 수밖에 없었다. 행패를 일삼는 놈들에게 덤벼든 것부터가 잘못이었다.

저자를 휘척휘척 빠져나오면서 눈물을 쏟았다. 고환이 깨진 듯 아직도 얼얼하고 갈비뼈에 금이 간 듯 옆구리가 몹시 쑤셨다.

6

무당집에서 복자를 본 최태수는 그때부터 몸살을 앓았다. 앉으나 누우나 복자 얼굴이 눈에 어른거렸다. 겁탈했지만 마치 오랜 세월 정분을 나눴던 사이인 것처럼 옆에 없는 것이 안타까웠다.

복자는 너무 어렸다. 사타구니에 아직 거웃도 나지 않은 아이를 오매불망하니 자신이 생각해도 한심스러웠다.

예배소를 습격했을 때 복자를 납치하는 게 아니었다. 그때 너무 황망해서 재수 없게 그만 복자가 걸려든 것뿐이었다. 어린 복자가 아니라 개 흘레만 봐도 오줌을 지리는 젊은 과부를 업고 나왔어야 했다. 그랬으면 이쪽에서 애타지 않아도 계집이 먼저 몸이 달아 찾아 나섰을 것이다.

태수는 방구석에만 처박혔다. 그 꼴을 보다 못한 그의 어미가 도끼눈을 치뜨고 들어왔다.

"소여물 안 줄 끼가."

"어무이 땜에 내사 몬 살겠다. 지금 소여물이 문제가?"

"그라모 머시 문제란 말이고."

"어무이요. 내 말 쫌 들어 볼라요? 내사 가스나를 바뒀는데 ⋯. 하야, 우찌 말하겠노."

"어무이한테 몬 할 말이 있었드나. 퍼뜩 하그라."

"절대로 썽질내지 마이소, 야?"

그녀는 아들이 여자를 봐났다는 말에 귀가 솔깃해 침부터 삼켰다. 이제야 며느리를 들이는가 싶어 가슴이 두근거렸다.

"나이가 쪼매 어린데 ⋯. 하야, 우찌 말하겠노."

"이 빙신아. 엠벵(염병) 앓는 소리 작작 허고, 퍼뜩 말하그라."

그제야 태수가 두서없이 복자 얘기를 털어놓았다. 겁탈한 계집이라는 말은 쏙 빼고 애기무당이라는 것만 얘기했다.

"무당도 개않다. 그란데 멫 살 묵었노?"

"열 ⋯."

"머시라? 지금 열 살이라 캤나?"

"어허, 내 말을 끝까지 들으소. 아마 열댓 살은 묵었을 끼요."

태수도 사실 복자 나이를 잘 모른다. 짐작에 그렇다는 것뿐이었다. 아직 거웃이 없기는 하지만 젖무덤이 몽실한 것으로 보아 나이가 그쯤은 됐을 것 같았다.

"열다섯이모 니한테 너무 어리지 않겄나. 그런 딸을 니 같은 빙신한테 주겠다는 에미는 대체 누고?"

"내가 와 빙신이고? 팔이 음쏘, 다리가 음쏘. 또 거시기가 음쏘."

"알았다, 고마. 그란데 누 집 딸이고?"

"그기 쫌 ⋯."

어미에게 차마 백정의 딸이라고 고백할 수가 없었다. 백정이든 그 자식이든 천민과 상민은 절대 혼인할 수 없음을 그도 잘 알았다.

"와 말을 몬 하노? 혹시 얼굴만 반반한 빙신 아이가?"

"그기 아이고예…. 하야, 우찌 말하겠노."

"빙신아. 퍼뜩 말 몬 하나?"

인내심이 약한 어미가 드디어 목침을 들었다. 여차하면 내려칠 기세였다. 태수는 그 목침을 보자 그만 기가 팍 죽었다.

"아따, 마, 내사 모리겄다. 백정딸이라요."

그러고는 두 손을 엮어 목침 막을 자세부터 취했다. 죽은 남편에게도 목침을 들었던 성미였다.

"머, 머시라? 백정따알? 에라, 이…. 내사 즘생하고 붙었어도 니보다는 나은 놈을 은었을 끼다. 어데 가스나가 없어 하필 백정늠의 딸을…. 소여물이고 머시고 당장 나가서 칵 디지 삐라! 저기 으짜다가 내 새끼였다는 말이고. 태수 아부지요. 기신(귀신)이 됐으모 퍼뜩 내려와가 이 빙신 쫌 끌고 가이소."

태수는 어미가 치마를 걷어 코를 푸는 사이에 후닥닥 도망쳤다. 눈치 없이 더 앉아 있다가는 목침으로 맞아 죽기 십상이다.

'복자야. 내사 우야모 좋노.'

태수는 길거리에 쪼그리고 앉아 하늘에 대고 한숨만 쏘아 올렸다. 칼끝보다 매서운 바람이 코를 사정없이 비틀고 달아나 눈물이 쑥 빠졌다.

복자가 갑자기 복통을 호소하며 방바닥을 기어 다녔다. 보름 전부터 시름시름 앓으며 아프다고 하더니 오늘은 입술까지 새파랗게 죽어 있었다. 구토와 설사도 자주 했다. 어미는 절대 그럴 리가 없다고 단정은 하면서도 혹시나 하고 잉태를 상상했다.

"형님, 이년 배 좀 만져 봐유. 예사 배가 아닌 것 같어유."

"또 쓸데없는 생각한다이. 내사 보이깨네 햇배(횟배) 잉 기라."

"그러믄 다행이지만…."

"머시 다행이라 말이고. 햇배가 을매나 무서분지 모리나? 퍼뜩 가서 섹유벵이랑 숟가락을 가 오이라."

어미가 석유병을 가져오자 무당이 석유 한 숟가락을 도리질하는 복자에게 억지로 먹였다. 복자가 바로 구역질을 해댔다.

"쪼매 있으모 딧간(뒷간) 가겄다꼬 할 끼구만은. 배를 맨져 보이깨 네 거우(회충)가 주먹맨치로 뭉치 있능기라. 내 짐작이 틀림읎따."

"그래서 배가 불렀구먼유. 내가 괜한 걱정을 했네유."

무당의 진단이 맞았다. 석유를 먹고 난 복자가 갑자기 뒷간에 가 겠다며 허리를 뒤틀면서 달려 나갔다.

복자가 속곳을 까고 앉자마자 설사를 했고 허연 회충이 국숫발처 럼 쏟아졌다. 그것이 배 속에 주먹만큼 뭉쳐 있었던 것이다.

복자 얼굴에 비로소 발그레한 생기가 돌았다. 복통도 호소하지 않 았다. 어미는 딸의 모습이 대견하고 예뻐서 농담할 여유까지 생겼다.

"우리 복자, 애 많이 났구먼."

"나 애 낳았어?"

"방금 뒷간에다 모두 싸 버렸잖어."

"그 벌레가 내 애기였어?"

"그래, 이닌아. 그러니까 담부터는 애 뱄다는 소리 허믄 안 돼. 그런 소리 또 했다가는 지금처럼 버러지 낳는 겨. 알았지?"

어미는 시름을 완전히 놓으면서 마음이 홀가분했다. 복자는 아직

잉태할 수 없는 나이라는 걸 무당에게 다짐받았으면서도 속으로는 내내 찜찜했다.

'복자 아부지. 우리 아가, 아무렇지도 않어유.'

태수가 혼자 마신 술에 만취가 되어 들어왔다. 아들이 비틀거리며 마당으로 들어서는 것을 보고 어미 부아가 더 치밀었다.

"어무이, 미안타."

"으이그, 빙신아."

어미는 아직 분을 삭이지 못해 얼음이 둥둥 뜬 양동이물을 아들의 머리에 들어부었다. 태수가 놀라서 뒤로 벌렁 자빠졌다. 그 꼴을 보자 더 밉살스러워 이번에는 싸리비를 들어 모질게 두들겨 팼다.

"나가서 칵 디지라 쿠는데, 머한다꼬 기 들어오노."

"어무이, 그만 쫌 하이소. 내도 개로바(괴로워) 죽겠다 말이오."

"당장 보따리 싸가, 그 가스나하고 살란 말이다."

"내도 개롭다 안 쿠요."

태수가 드러누운 채로 울음을 터뜨렸다. 시끄럽다며 물을 또 들어부었다. 태수는 물벼락을 다 맞고도 울음을 그치지 않았다.

아들에게 물벼락을 씌운 태수 어미도 잠을 이루지 못했다. 시간이 지나면서 자식이 불쌍했다. 오죽 장가가고 싶었으면 백정의 딸을 맞으려고 했을까. 아비가 세상을 뜨자 농사일을 도맡아서 하느라고 죽을 고생을 했다. 그걸 생각하면 딱한 마음이 앞섰다.

이튿날 아침, 어미는 복자에 관해 다시 물었다. 열 번을 물어도 백정의 딸이 틀림없었다. 태수 나이 올해 스물넷. 열다섯 먹은 딸을 어떤 말로 달라고 해야 좋을지 그것 또한 막막했다. 팔푼이 같은 자식이지만 제 밑으로 낳았으니 나 몰라라 할 수도 없었다.

어미는 옷을 단정하게 차려입고 아들을 앞세웠다. 태수는 풀이 잔뜩 죽어 비틀린 닭모가지처럼 고개를 떨궜다.

"상판때기 들어라이. 사내 자석 꼴이 그기 머꼬."

"어무이한테 멘목 없심더."

"알모 됐다. 그나저나 그 집에서 딸을 내놓을라나 모리겠다. 니 나이가 너무 많다 아이가."

"잘 구슬리모 될 낍니더. 우리 집에 논밭이 제법 있다 아이요."

"어린 년 데꼬 와서, 우찌 농사일을 시키노."

"농사는 지가 혼자 하고, 가스나는 집에 붙끄러 맬 낍니더."

"아이고, 야. 발써부터 기집 생각은 끔찍허게 한다이."

"그러이깨네 가스나 어미한테도 그리 말하이소. 그래야 딸을 내줄 끼 아입니꺼. 딸은 절대 고생시키지 않겠다고 단디 못 박으소, 야?"

"아이구야, 우리 집에 열부 났다 아이가. 빙신."

어미가 조금은 부드러운 낯으로 바뀌는 것을 보고 태수도 마음을 놓았다. 복자 어미를 잘 설득하면 그리 어렵지 않을 것 같았다.

'복자, 이 가스나야. 이자 니는 내 각시된다 아이가. 좋제?'

무당집이 가까워지면서 태수보다는 그의 어미 다리가 더 무거웠다. 초면에 들이닥쳐 딸 달라는 말을 어디서부터 해야 좋을지 그럴듯한 문장이 떠오르지 않았다. 갑자기 자식이 원수 같았다.

"어무이, 혼자 드가소. 내는 밖에서 기다릴랍니더."

"와아?"

"어무이가 나이 많다 캐서 … ."

"문디이. 사실이 안 그렇나."

"그러이깨네 어무이 혼자 드가소."

어미가 고무신을 힘없이 끌면서 무당집 마당으로 들어섰다. 마침 복자 어미가 나와서 키질하고 있었다. 그녀가 대뜸 점 보러 왔느냐고 물었다.

"그기 아이고…. 주인이 누궁교?"

"형님, 좀 나와 보셔유. 손님 오셨구먼유."

그러자 방문이 열리면서 어린 계집아이가 먼저 튀어나왔다. 그 아이를 보는 순간 정신이 아찔했다. 아들이 말한 그 아이라면 너무 기가 막혔다. 열다섯은커녕 열 살도 채 안 됐을 것 같은 코흘리개였다. 설마 아니겠지 싶어 한 발 더 다가갔다.

뒤이어 나이 지긋한 여자가 모습을 드러냈다. 대뜸 무슨 일로 왔느냐고 물었다. 태수 어미가 잠시 입을 달싹대더니 주인의 허락도 받지 않고 선뜻 마루로 올라섰다.

백동회

1

이두영은 지난번 창원집 주모를 혼낸 이후 그쪽 골목에는 아예 발걸음도 하지 않았다. 주모와 마주치는 것도 싫거니와, 그녀가 앙심을 품고 구정물이라도 씌울까 싶어 은근히 켕겼다. 그녀의 못된 성미로는 구정물뿐만 아니라 똥물도 끼얹을 여자였다. '꼴도 보기 싫은 년이 속곳 벗고 덤빈다'고 뒷일이 자꾸 마음에 걸렸다.

두영이 심란해 담배를 뻐끔뻐끔 피우는데 누군가 뒤에서 둔탁한 것으로 머리꼭지를 톡톡 두드렸다. 화들짝 놀라서 돌아보니 서달수가 빙긋이 웃고 있었다. 그의 상급자인 김 순사와 함께였다.

"간 떨어지는 줄 알았구만이라."

"꿈에 기집 맛본 놈처럼 넋이 빠졌구마이. 장사는 잘돼야?"

"장사가 다 뭣여. 아직 개시도 못 혔는디."

"처삼촌 산소 벌초허드끼, 장사를 대충 헝께 그라제. 사람들 턱 밑으로 물건을 들이대도 살까 말까 헌디, 그러고 앉으믄 으쩌냐? 나중에는 벼룩이 등짝에다 육간대청 짓겄다고 나설 놈이구마."

157

"성님이 해 보소. 순사복은 나가 입을 것잉게."

"허어, 모기 사타구니에다 거시기 박았다는 겨? 말 겉은 소릴 혀라이. 아무나 순사 허는 줄 알어? 그라 안 허요, 김 순사님?"

"서 순사 말이 맞다."

"김 순사님이 허신 말씀 잘 들었제?"

"알었응게, 성님 볼일이나 보쇼. 순사 두 번만 됐다가는 임금님 관대 찰라고 허겄소."

"긍께 이 성님을 잘 모시라는 말이시."

달수가 김 순사 꽁무니에 붙어 가면서도 연신 곤댓짓을 해댔다. 물론 두영에게 약을 올리고 싶어서 하는 짓이었다.

이때였다. 두영이 한숨을 포옥 폭 내쉬며 곰방대에 담배를 새로 비벼 넣는데, 창원집 주모와 조카딸이 가까운 거리에서 지나갔다. 두영은 주모와 눈을 마주치지 않으려고 얼른 고개부터 숙였다. 그녀도 두영의 노점 앞임을 어찌 모르랴. 그런데도 그냥 지나치는 걸 보면 그쪽에서도 애써 외면하는 듯했다.

바로 그때, 누군가의 그림자가 노점을 가리며 물건 위로 여자의 가냘픈 손이 내려왔다. 주모 조카딸이었다. 두영은 가슴이 두근거려 숨조차 쉴 수 없었다. 눈앞에 안개가 내린 것처럼 그녀의 얼굴이 어룽더룽했다. 두영은 차마 그녀를 바로 볼 수 없어 고개를 숙인 채 괜히 궁싯거렸다. 그녀는 말없이 참빗 몇 개를 집어 비교만 했다.

이때 주모의 찢어지는 목소리가 두영의 귀를 찔렀다.

"온순아, 온순아. 온수이 어데 있노?"

두영은 그 소리에 또 놀라 가슴을 떨었다. 와서 난리 칠 게 뻔했다. 그제야 온순이 들었던 빗을 내려놓고 몸을 세웠다.

아니나 다를까. 조카를 발견한 주모 얼굴이 금세 하얗게 변했다.

"문디이 가스나. 여게서 머 하노?"

"참빗 쫌 구경했으예."

"하필이모, 와 여게란 말이고."

"와예? 우리 집에 단골로 오는 사람 아입니꺼."

"시끄럽다, 고마. 퍼뜩 가자."

"이왕 왔으이깨네, 하나 사입시더."

"시끄럽다 쿠이. 하필이모 반푸이 집에서 살끼 머꼬."

"이모는 참말로 이상타. 이왕이모⋯."

그녀가 주모의 손에 끌려갔다. 그녀는 왠지 자꾸 뒤를 돌아봤다. 두영은 딱 한 번밖에 눈을 맞추지 못했다. 그것이 내내 아쉬웠다. 그녀 얼굴을 자세히 뜯어보지 못한 것이 안타까워 가슴을 쳤다.

주모가 아까부터 애먼 조카만 달달 볶아댔다. 두영의 노점에 간 것을 여태 나무랐다. 영문을 알 리 없는 온순이 입술만 붕어처럼 내밀고 섰다. 이왕이면 주막의 단골손님 물건을 팔아주고 싶었다.

"다시는 그 반푸이 앞에 가지 말그라. 알았제?"

"참말로 이상타. 그 사람캉 싸웠능교?"

"문디이 가스나. 내사 머시 땁땁해서 그런 반푸이캉 싸울 끼고. 아이다. 니는 고마 드가라. 술꾼들이 곧 올 시간이다."

주모는 조카를 안으로 들여보내고도 마음 한편으로는 찜찜한 것이 뭉쳤다. 자기 마음을 전혀 눈치채지 못하는 조카로서는 당연히 궁금할 것이다. 주모도 두영이 조카딸을 은근히 마음에 품었다는 것을 진작에 눈치챘다. 그는 국밥을 먹으면서도 조카딸이 나타나면 좀처럼 눈을 떼지 못했다.

그러나 그건 안 될 일이다. 자기 배에 올렸던 사내를 어떻게 조카 딸에게 넘긴단 말인가. 사람의 낯짝으로는 못 할 짓이다.

'아이고, 내가 죽일 년이지.'

두영은 그날 밤 봉놋방에 누웠으나 잠을 이루지 못했다. 온순이 주모에게 끌려가면서도 자꾸 뒤를 돌아봤던 서운한 눈빛과 참빗을 만지작거리던 그 하야말쑥한 손등과 미나리 순처럼 가냘픈 손가락 이 눈에 아른거려 미칠 지경이었다.

두영은 그녀를 온갖 상상 속에 가둬놓았다. 그 예쁜 손을 입에 넣 고 빨면 엿처럼 사르르 녹을 것 같고, 깨물어 삼키면 비린내도 나지 않을 것 같았다. 속살은 또 얼마나 희고 고울까. 오히려 방금 긁어 낸 박속이 무색하고, 깎은 무가 시샘을 낼지도 모른다. 배시시 웃 는 입 모양은 또 어떤가. 그 입속으로 빨려 들어갈 것만 같았다.

'달수 성님, 나 좀 살려주소.'

그녀의 이름이 온순이라는 것도 아까 알았다. 온순이 …. 마음 을 부드럽고 순하게 가지라는 뜻으로 지었을 것이다. 그녀는 이름 값을 하고도 남을 만큼 착한 심성을 가졌다. 이모에게 끌려가면서 도 이왕이면 두영네 물건을 사겠다고 우기는 것만 봐도 알 만했다.

그뿐만 아니다. 술손들이 드나드는 주막에는 좀처럼 발걸음을 안 하는 그녀로서는 두영이 발을 끊은 사실도 까맣게 모를 터이고.

어제 주모만 없었다면 그녀에게 참빗만 아니라 무엇이든 덤으로 하나 더 얹어 주었을 것이다. 그쯤 뭐가 아까우랴.

'이게 다 달수 성님 땀시 안 그러요.'

주모에게 달수 중매를 부탁한 것부터가 잘못이었다. 그렇지 않았으면 그녀에게 겁탈당할 일도 없었으리라. 평소 두영을 착실한 사내로 알았던 주모를 잘 구슬리면 온순을 꾀어 볼 수도 있었으리라.

'온순이가 내 각시가 되믄, 을매나 좋을까이.'

두영은 눈을 감고 그녀의 모습을 떠올렸다. 깎은 무처럼 하얗고 반듯한 이마 아래로 먹물을 찍어 그린 듯 곱게 휘어진 눈썹, 꿈을 꾸는 듯한 간잔지런한 눈매, 부드럽게 내리 솟은 콧등, 꼭 다문 입술, 하얀 뺨을 타고 새카맣게 흘러내린 귀밑머리 ….

'아이고, 나 죽겄네.'

두영은 이리 뒤척 저리 뒤척 하면서 온순의 얼굴을 가까이 볼 수 없어 안달이 솟았다. 그러면서도 자기 옆에 그녀가 누운 것 같은 환상에 깊이 빠졌다. 손을 뻗어 그녀의 하얀 손을 슬그머니 끌어와 가슴에 얹기도 하고, 목 밑으로 팔을 넣어 가슴에 끌어안기도 하고, 얼굴 구석구석에 입 도장을 찍기도 했다.

거기서 그치지 않았다. 그녀가 눈치채지 못하게 옷고름을 슬그머니 풀어도 보고, 어둠 속에서도 눈밭처럼 하얗게 빛날 가슴을 열기도 하고, 침을 꼴깍꼴깍 넘기며 젖가슴을 살포시 만져도 보고, 허리를 반쯤 세워 젖꼭지에 입도 맞추고, 혀를 굴려 장난도 치고, 조심조심 빨았다. 그녀가 숨을 새근거린다. 그러면 가슴을 더듬던 손이 스르르 미끄러져 뱃살을 쓰다듬고, 속곳에 틈을 내어 샅으로도 들어가고, 거웃이 얼마나 자랐는지 마음으로 세어도 보고 ….

'아아, 미치겄네.'

그의 환상은 자기와 그녀를 알몸으로 만든다. 두영이 거푸 침을 삼키며 기어이 배를 맞춘다. 그녀는 몸을 오돌오돌 떨면서 두 다리를 단단히 붙여 좀처럼 열려고 하지 않는다. 두영이 끙끙대며 두 무릎으로 그녀의 다리를 기어코 벌린다.

그러고는 그녀의 손을 잡아내려 자신의 딱딱한 육봉을 잡게 한다. 그녀는 깜짝 놀라 재빨리 손을 뺀다. 두영이 그녀의 샅을 더 벌려놓는다. 그녀가 목젖 떠는 소리로 무섭다고 한다. 두영은 '괜찮아라' 하면서 육봉으로 그녀의 옥문을 툭툭 두드린다.

그녀가 또 무섭다고 한다. 두영이 '아프지 않게 살살 할 것이구마' 하고 옥문을 조금씩 조금씩 열기 시작한다. 그녀가 이를 악물며 엉덩이를 비튼다. 두영이 숨을 쉭쉭 토하며 그녀의 옥문으로 들어선다.

그녀가 입을 쩍 벌리며 '옴마, 옴마, 아프요, 아프요' 하고 도리질을 친다. 두영이 그녀의 어깨 밑으로 두 팔을 넣어 가슴에 바짝 당겨 안는다. 육봉은 이미 그녀 깊숙한 곳에 다 들어갔다.

'아이고, 나 죽네.'

이때 옆에서 자던 나그네의 육중한 다리가 느닷없이 그의 복부를 강타했다. 금세 황홀한 환상이 박살 나 버렸다. 이에 놀라 그의 육봉이 그녀의 옥문에서 쏙 빠져 버렸다.

'이런 육실헐 놈.'

두영은 나그네가 괘씸해서 환장할 지경이었다. 눈이 확 뒤집혀 그의 귀싸대기라도 후려치지 않고는 견딜 수가 없었다. 분하고 원통해서 차라리 죽이고 싶었다. 그러나 어찌 그럴 수 있겠는가.

'빌어먹을 놈. 산통을 깨도 유분수지 ….'

두영은 그의 다리를 들어 올려 바닥에 모질게 패대기쳤다. 그런데도 그는 입을 쩝쩝거리며 코를 드르렁드르렁 골았다. 그 꼴이 또 속을 뒤집어 놓았다.

'염병에 땀도 못 내고 뒈질 놈.'

이대로는 잠을 청할 수가 없어 방을 뛰쳐나와 뒷간으로 달려갔다. 용두질이라도 해서 그녀의 옥문으로 다시 들어가고 싶었다.

그러나 뒷간에는 이미 누군가가 들어 있었다. 구린내를 풍기며 끙끙대는 소리가 들렸다. 용두질마저 못 할 형편이었다. 장작개비 같았던 육봉이 그새를 못 참고 번데기처럼 오그라들었고 고쟁이에다 풀물만 잔뜩 묻혀놓았다.

'젠장. 한참 좋았는디.'

며느릿감을 보기 위해 무당집을 찾아간 최태수 어미가 무당과 마주 앉았다. 무당은 태수 어미가 큰 걱정거리 때문에 점을 보러 온 것으로 알고 외모부터 살폈다. 깨끗한 옷차림 하나만으로도 밑이 빠지게 가난한 것 같지는 않았다. 얼굴도 그리 천한 상이 아니었다. 그렇다면 집안에 우환이 있든가, 서방이 시앗을 보아 속을 끓이는 중이라 생각했다.

"무신 일로 왔는지, 말을 해야제."

"그기 … ."

태수 어미는 말을 잇지 못하고 또 뜸을 들였다. 그러자 무당이 찾아온 까닭을 대라며 언성을 높였다.

"특벨히 할 말이 있어가 왔심더. 이 집에 어린 처자가 있능교?"

"그건 와 묻노?"

"올해 몇 살입니꺼?"

"어허, 와 묻냐고 안 했나."

"그기 … ."

"땁땁하기는 …. 아가 몇 살인지, 그기 알고 싶나?"

무당이 옆에 붙었던 복자를 냉큼 무릎에 올려놓았다. 태수 어미의 가슴이 또 철렁 내려앉았다.

"처녀는 이 얼라 하나뿐이고, 올해 열시 살 묵었다. 이제 됐나?"

"열세 살이라꼬예? 그라모, 장차 무당이 될 끼라는 얼라가 …?"

태수 어미가 볼을 부르르 떨며 고개를 맥없이 떨어뜨렸다. 무당은 비로소 그녀가 찾아온 까닭을 알 듯했다. 그녀는 중매쟁이거나 제 며느릿감을 찾아 나선 것이 틀림없었다.

2

한동안 고개를 숙였던 최태수 어미가 말없이 일어났다. 그러고는 도망치듯 빠져나왔다. 밖에서 어미를 초조하게 기다리던 태수가 재빨리 다가가 옆에 바싹 붙었다.

어미 얼굴은 하얗게 질려 있었다. 내쉬는 숨도 고르지 못했다. 태수는 어미 표정이 밝지 못한 것을 알면서도 어떻게 됐느냐고 물었다. 그녀는 입을 꼭 다문 채 얼굴도 돌리지 않았다.

"어무이, 우찌 됐능교?"

"내사 니 같은 빙신을 나 놓고, 멕국을 먹은 기 후해시럽다."

그녀가 갑자기 걸음을 멈추더니 무엇을 찾는 듯 바닥 여기저기를 훑었다. 그러더니 목침만 한 돌 하나를 집어 들었다. 태수가 재빨리 뒷걸음질했다.

"이 빙신아. 이리 몬 오나?"

164

"와 그랍니꺼? 실성했능교?"

"실성? 오야, 내사 실성했다. 니를 칵 직이 삐고 내도 죽을란다."

그녀가 돌을 높이 치켜들고 태수를 향해 돌진했다. 태수는 어미 속내도 모르고 무당집에 들어갔다가 정말 실성한 것으로 알았다.

"무당이 어무이한테 우얐길래 이캅니꺼."

"니를 직이 삐라고 하더라. 이리 몬 오나?"

어미는 계속 달려왔고 태수는 그 속도만큼 내뺐다. 그녀가 그만 힘이 부치는지 돌을 힘없이 내던지고 풀썩 주저앉았다. 그러고는 애고애고 울음을 터뜨렸다. 태수는 멀리서 그 모습을 지켜볼 뿐이었다. 어미는 계속 울기만 하고, 일은 틀린 것 같고…. 태수도 맥없이 주저앉아 한숨만 토했다.

태수 어미는 집으로 가면서도 내내 눈물을 쏟았다. 생각할수록 부끄러워 열방망이가 가슴을 지졌다. 태수는 농청인지 뭔지 하는 곳을 들락거리고부터 어미 속을 태웠다. 툭하면 패싸움에 끼어들고 계집을 겁탈해 감옥에도 갔다. 농사철이 되면 한눈을 팔지는 않았으나 농한기만 되면 고삐 풀린 망아지처럼 딴사람이 되었다. 더구나 요즘에는 상사병까지 들어 반푼이 노릇을 했다.

뒤를 돌아보니 태수가 목을 늘어뜨린 채 느럭느럭 따라왔다. 어미 성미를 뻔히 아는 그로서도 집에 들어가 야단맞을 일이 걱정스러울 것이다. 어미는 자식의 그 꼴이 미우면서도 한편으로는 측은했다.

그녀는 집에 들어서자 자식을 불러 앉혔다. 태수가 목침을 들고 와 어미 앞에다 밀어놓았다. 각오를 단단히 한 눈치였다.

"니 눈깔에는 그 가스나가 여자로 보이드나?"

"내도 와 그란지 모리겠심더. 그 가스나를 보모, 고마 눈이 뒤집히서 … ."

"지랄 안 하나. 우찌 그런 코흘리개를 마누래 삼을 생각을 하노."

"쬐만 해도 알 건 다 알아예."

"알 건 다 알다니, 그기 무신 말이고? 니 혹시?"

어미가 기어이 목침을 끌어 잡았다. 얼마 전, 농청놈 몇이 작당해서 계집을 납치한 사건이 머리를 뚫고 들어왔다. 태수도 그 계집을 겁탈한 죄로 감옥까지 갔었다. 그렇다면 그때의 계집이 아까 본 그 아이가 아닌가 싶었다.

"언젠가 가스나를 훔치가 감옥에 갔었제? 그게 누고?"

" … 기억 안 납니더."

"참말로 기억이 안 난단 말이가?"

"야아."

"그라모 무당집 가스나가 알 건 다 안다는 기 무신 말이고?"

" … 그 나이 되모 다 그럴 끼라는 뜻이라예."

태수 등짝에서 땀이 줄줄 흘렀다. 그만 입을 잘못 놀렸다. 어미가 사실대로 알았다가는 당장 목침을 들었을 것이다. 더구나 두 번씩이나 겁탈한 걸 알면 찢어 죽일지도 모른다.

"앞으로는 무당집에 얼씬도 하지 말그라이."

"야아."

"니가 장가들고 싶어가 몸살을 하이깨네, 어무이가 알아볼 것이구마. 마땅한 색시를 찾을 때까지만 참그라. 알았제?"

"장가 안 갈랍니더. 고마 만사가 귀찮아예."

"지랄한다이. 니는 어무이가 시키는 대로만 하모 되는 기라."

태수는 제 방으로 돌아와 바닥에 벌렁 누웠다. 어미를 철석같이 믿었던 것이 허사가 되니 살맛이 싹 없어졌다. 복자를 어찌 잊을 수 있겠는가. 그녀를 보지 못하는 세상을 무슨 낙으로 살아야 할지 눈앞이 캄캄했다.

'가만 …. 복자를 납치해서 도망을 쳐 버릴까?'

태수는 납치를 기발한 방법이라 생각하고는 스스로 감탄했다. 그녀가 잘 다니는 길목을 지켰다가 납치한다. 그런 다음에는 산을 넘고 또 산을 넘어 아주 낯선 곳에 가서 살면 될 것 같았다. 그러나 머리를 이리저리 굴리다가 그만 풀썩 주저앉고 말았다.

'조해구, 그늠아한테 가서 방법을 찾아봐?'

역시 그것도 아니다. 그가 상대조차 안 하려고 할 것이다. 그는 감옥에 갈 것이 두려워 말해 봤자 씨도 안 먹힐 것 같았다.

'우야모 좋노.'

복자가 또 눈앞에 아른거렸다. 몽실한 젖가슴과 박속처럼 하얀 뱃살과 허벅지가 눈에 밟혀 미칠 지경이었다. 삳을 열고 그녀 몸에 깊숙이 들어갔을 때 듣기에도 간질간질한 가냘픈 신음과 엉덩이를 살짝 들어 올렸던 모습이 꼭 실제처럼 삼삼했다.

'내사 몬 참겄다.'

태수는 마냥 누워 있을 수가 없어 집에서 빠져나왔다. 아무래도 조해구밖에는 의논할 사람이 없었다. 끝까지 청을 들어주지 않는다면 돈으로 매수하거나 협박하는 수밖에 없다.

해구는 제집 앞에서 서성댔다. 표정으로 보아 따분해서 죽을상이었다. 태수는 마음속으로 쾌재를 불렀다. 이럴 때 술을 사겠다고 하면 입이 귀밑까지 찢어질 것이다.

"똥 마려운 강아지맨치로, 와 그리고 섰노?"

"심심해서 안 그라나."

"내도 따분해서 나왔다 아이가. 가자. 술 한잔 사꼬마."

"니 혹시 부탁하러 온 기 아이가?"

"아이다. 니한테 부탁할 끼 머 있노."

"그라모, 여게서 단디 못 박고 가자이."

"그기 무신 소리고?"

"그 가스나 얘기는 절대 안 하는 기다. 알았제?"

"알았다, 고마."

"분멩히 약속했다이."

"알았다 쿠이."

태수는 그의 다짐에 그만 맥이 풀렸다. 그가 벌써 눈치를 챘나 싶어 눈앞이 캄캄했다. 어릴 때부터 그는 꾀보에다가 눈치가 빨라, 멀리 천 리를 꿰뚫는 놈이었다.

해구는 태수를 자주 흘겨봤다. 속내를 점치고 있는 것 같았다. 태수는 그럴수록 태연하려고 안간힘을 썼다. 그가 정 말을 듣지 않으면 경찰서에 자수하겠다고 협박할 무기를 가슴에 품고 주막으로 향했다. 그새 해가 뉘엿뉘엿 기울었다.

3

강만추는 근 한 달 동안 일을 못 했다. 고만석과 김봉수가 도축장을 비우는 동안 저자에 나갔다가, 불량배에게 폭행당한 이후부터였다. 그때 차인 불알은 곧 나았지만 다친 갈비뼈는 쉬 낫지 않았다.

뼈에 금이 간 모양인지 숨을 제대로 쉴 수 없었다.

고만석과 김봉수한테는 만추가 이래저래 밉상이었다. 갑자기 일손이 달리는 판에 누워서 밥만 축내니 누군들 곱게 보겠는가.

점심때가 되어 김봉수가 밥상을 차려 방에 들였다. 그런데도 만추는 일어나지 않고 멀거니 천정만 올려다보았다.

"밥 먹어라."

"…… ."

"내 말 안 들려? 밥 먹으라니까."

만추는 자는 것도 아니면서 얼굴조차 돌리지 않았다. 김봉수가 들어가 그의 엉덩이를 걷어챘다. 그래도 일어나지 않았다.

"이 자식이 … . 밥 처먹으란 말이다."

"생각 읍따."

김봉수는 그의 목소리에 물기가 밴 걸 알았다. 얼굴을 가까이 들여다보니 눈꼬리에서 눈물이 흘러내렸다.

"우는 거냐?"

"내 처지가 우짜다 이리 됐노."

"그게 누구 탓이겠냐. 다 네 탓이지."

"내도 안다."

"어여 밥이나 먹어. 그래야, 일할 게 아니냐."

"봉수, 니한테는 참말로 미안타. 주인한테도 미안코."

"알긴 아는구나. 더 미안하지 않으려면, 어서 일어나란 말이다."

"아무래도, 내사 나가야 될 거 같제?"

"그 몸으로 어디를 가겠냐."

"칵 죽어 삐모 좋겠구마."

그가 돌아눕더니 소리 내어 울었다. 어깨를 들먹이며 우는 게 그 동안 가슴에 맺혔던 서러움이 터진 모양이었다. 김봉수는 묵묵히 그의 등짝만 바라봤다. 하긴 만추의 서러움이나 자신의 서러움이나 다르지 않았다.

"네 가족을 찾아야 할 게 아니냐."

"가족은 찾아서 머하겠노. 즈그들 운멩대로 살겠제."

"그래도 가족은 소중한 거야. 나를 봐라. 피붙이 없이 사는 세상이 얼마나 외롭고 쓸쓸한지."

김봉수도 끝내 눈물을 글썽거렸다. 갑자기 설움이 북받쳤다. 그러자 만추가 허리를 세워 김봉수의 어깨를 안았다. 결국 둘이 엉겨서 한참을 쿨적거렸다.

웬 낯선 청년이 김봉수를 찾아왔다. 김봉수는 마침 조피석 노인이 아프다고 해서 문병하러 가고 없었다. 고만석은 만추처럼 일자리를 부탁하러 왔는가 싶어 대뜸 김봉수를 왜 찾는지 이유부터 물었다.

"그분한테 물어볼 끼 있어 왔심더."

"그게 뭔데 그려? 혹시 일자리를 찾는 겨?"

"그기 아입니더. 직접 만나가 얘기하겠심더."

"김봉수와는 전부터 아는 사이여?"

"어데예. 얘기만 듣고 온 깁니더. 먼 데 갔심꺼?"

"가까운 데 문병 갔으니까, 곧 올 거구먼."

"그라모, 밖에서 기다리지예."

만추를 처음 봤을 때와는 사뭇 달랐다. 언행이 조심스러우면서도 야무지게 보였다. 만추처럼 도축장 안을 기웃거리거나 멋대로 발을 들여놓지도 않았다. 일자리에는 전혀 관심이 없는 눈치였다.

　마침 김봉수가 나타났다. 고만석이 조피석의 병세를 묻자 고뿔이 심하게 걸린 것 같다고 했다. 고만석은 비로소 찾아온 사람이 있다고 알리면서 건피장에서 서성이는 청년을 가리켰다.

　김봉수가 고개를 갸웃거리며 청년에게 다가갔다. 고만석은 그들의 만남이 어떻게 진행되는지를 눈여겨봤다. 청년 말대로 처음 대면하는 사이인 듯했다.

　"내가 김봉순데, 누구시오?"

　"첨 뵙겠심더. 지는 서장대 아래에 사는 박석호라 쿱니더."

　그가 허리를 깊게 꺾어 상스럽지 않게 인사를 차렸다. 김봉수에게는 낯선 얼굴이고, 이름도 들어본 적이 없는 사람이었다.

　"정말 나를 찾아온 거요?"

　"하모요. 진작 찾아왔으야 했는데 마이 늦었심더. 고마 이해하이소. 그라고 나이가 마이 위니깨네 헹님이라 부르겄심더. 개않지예?"

　"그야 뭐 … . 헌데, 무슨 일로 나를 보자고 했소?"

　그러자 그가 김봉수 어깨 너머로 고만석을 흘끔 바라봤다. 뭔가 조심스럽게 나눌 얘기인 것 같았다. 그럴수록 김봉수만 궁금하게 했다.

　"시간 쪼매 있심꺼? 그리 긴 얘기는 아이라예."

　"궁금하니, 얘기나 들어 봅시다."

　"지도 도축장에서 일하는 백정이라예. 본론적 얘기는 우리 백정도 농청놈한테 노상 당하고만 있을 수 음따 이깁니더."

　순간, 김봉수의 눈과 귀가 번쩍 뜨였다. 가슴이 두근거리면서 흥분이 솟구쳤다. 그의 얘기를 더 들어 보나 마나 백정끼리 뭉치자는 게 틀림없을 것 같았다. 그래도 시치미를 뚝 떼고 물었다.

"그럼 어떡하자는 거요?"

"우리가 일치단겔해서 놈들한테 대항하자 이깁니더."

김봉수는 전혀 속내를 드러내지 않고 그의 눈빛과 억양에 눈과 귀를 모았다. 눈빛은 의지로 찬 것처럼 보였다.

"혼자 생각이시오? 아니면 … ."

"혼자 생각이 아입니다. 마음이 통하는 백정이 몇 밍 있심더."

"나를 찾아온 이유가 뭐요? 내 생각이 어떤지도 모르잖수."

"소문 들었으예. 김봉수 헹님이 보통부이 아이라 쿠데예."

"어디서 그런 소문을 들었수?"

김봉수는 자신에 관한 소문을 어떻게 들었는지 궁금했다. 도축장에만 파묻힌 백정에 불과한데 소문이 퍼졌다는 게 이상했다.

"백정은 다 아는 기라예. 옥봉에 자치적으로 보안대도 맹글었다 쿠데예. 그뿐이 아이지예. 진주에 개질(괴질)이 돌았을 때 농청의 정판구 놈들캉 맞서가 작살을 냈다 아입니꺼. 그런 큰 사건이 있었는데, 소문이 우찌 안 돌겠심꺼. 당엔(당연) 하지예."

"그건 그렇고, 앞으로 어떡하자는 거요?"

"농청맨치로 조직을 맹글자 이깁니더."

"조직을 만들겠다 … ."

"하모요. 백정도 조직이 있으모 함부로 몬 한다 아입니꺼. 우리 백정이 모두 악만 남아가, 일치단겔이 아주 잘될 낌더."

김봉수는 흥분에 싸여 가슴이 떨렸다. 박석호가 마치 신이 보낸 사자使者처럼 느껴지기도 했다. 이런 기회가 오기를 얼마나 기다렸던가. 김봉수는 눈물이 핑 돌아 박석호의 손을 덥석 끌어 잡았다.

"바로, 내가 꿈꿔오던 일이우."

172

"참말잉교?"

"동지가 있다니 다행이우. 언제든 만나고 싶다고 전해 주시오."

"알았심더."

박석호가 잡힌 손을 얼른 빼 김봉수의 어깨를 잡아 흔들었다. 그의 눈에도 눈물이 그렁그렁했다. 김봉수도 그의 어깨를 잡았다.

만추가 달포 만에 일어났다. 앓아누운 동안 수수깡 같은 몸이 더 야위었다. 홀쭉한 볼때기에 광대뼈까지 툭 불거져 해골을 보듯 섬뜩했다. 고만석이 그 모습을 보고 혀를 찼다.

"왜 나온 겨? 더 누워 있지 않고."

"일을 해야지예. 오래 누버가(누워 있어) 멘목(면목) 읎심더."

"그 몸뗑이로 무슨 일을 해? 여긴 나랑 봉수가 할 테니께."

"아입니더. 쓰러지더라도 할 낍니더."

"나보구 송장 치우라는 겨? 욕심내지 말고 쉬엄쉬엄해."

"하모요. 고기 써는 건 자신 있다 아입니꺼. 그 칼 주이소."

고만석은 마음을 놓을 수 없었지만 그가 끝까지 고집을 부려 칼을 넘겨주었다. 도끼를 드는 것도 아니고 살코기를 저미는 일이라 무리는 되지 않을 것 같았다. 김봉수는 고만석이 그저 고마울 따름이었다. 짜증 나는 속내를 겉으로 드러내지 않고 참는 넓은 도량이 바로 부처님 마음이 아닐까 싶었다.

김봉수는 박석호가 다녀간 이후부터 마음이 복잡했다. 앉으나 서나 누우나 백정 단체를 만드는 일만 머릿속을 채웠다. 결코 쉬운 일이 아니다. 단체를 조직하려면 그에 맞는 구성원이 있어야 한다. 박석호 얘기로는 뜻을 같이하는 백정이 몇 된다고 했다. 그러나 몇 명 가지고는 어림도 없다. 그 사람들을 한자리에 모아 울분이나 털어놓는 건 안 하는 것만 못하다.

　백정들의 마음을 누구보다 잘 아는 김봉수 입장에서는 자꾸 걱정이 앞섰다. 괜히 소문만 먼저 나 버리면 경찰서에서 가만있지 않을 것이다. 주모자를 불러서 문초할 게 틀림없다.

　박석호가 다시 오겠다고 했으니 기다려야 했다. 그들의 애초의 생각이 변하지 않았는지도 알아봐야 했다. 먼저 김봉수 자신부터 마음을 침착하게 다스려야 했다. 그래서 만추는 물론이고 고만석에게도 귀띔하지 않았다.

4

　박석호가 열흘 만에 다시 찾아왔다. 혼자 온 것이 아니라 비슷한 나이의 청년 하나와 같이 왔다. 김봉수는 그들을 건피장에서 한참 떨어진 외진 곳으로 데리고 갔다.

　박석호가 일행을 소개했다. 흔히 볼 수 없는 꽤 큰 체구였다. 얼굴은 얼금뱅이에다 우락부락하고 목소리는 마차 굴러가는 소리로 거칠고 탁했다. 씨름판에 내보내면 딱 어울릴 사람이었다.

　"인사 드리그라. 내가 말한 김봉수 헹님이시다."

　"말씀 마이 들었심더. 지는 황길처이라 쿱니더. 절 받으이소."

　그가 느닷없이 넙죽 엎드려 이마를 바닥에 붙였다. 김봉수도 얼떨결에 맞절로 받았다. 김봉수가 다시 수인사를 청하자 그가 두 손으로 잡았다. 손이 어찌나 큰지 김봉수 손이 폭 파묻혀 보이지도 않았다.

"박 동지, 그 일은 어찌 됐수?"

"사실은 그 팸에 왔심더. 동지들한테 헹님 뜻을 전하이깨네, 모두 좋아합디더. 꼭 뵙자 쿠는데예. 은제가 좋겠심꺼?"

"글쎄 ···. 대충, 몇 명이나 모이우?"

"아직은 보잘 끼 읎지예. 허지만 헹님이 나타나모 구름같이 모일 낍니더."

"좀 막연한데 ···. 열 명은 넘수?"

"어데예. 길처이캉 해서 다섯 밍이 모있심더."

"다섯 명이라 ···."

김봉수가 실망스러운 표정을 짓자 황길천이 눈을 두룩두룩 굴리며 끼어들었다. 그는 콧숨만 쉬어도 꼭 바람이 이는 듯했다.

"봉수 헹님요. 걱정 마이소. 이 황길처이가 나서모 하루아침에 백 밍은 모을 수 있심더. 하모요. 아마 백 밍도 더 될 낍니더."

"사람만 많다고 좋은 건 아니우. 우리 뜻에 열렬히 참여하는 진짜 동지가 있어야지, 건성으로 모인 사람은 있으나 마나 아니겠수?"

김봉수는 잠시 갈등에 빠졌다. 아무리 시작이라고는 하지만 다섯 명으로 단체를 만든다면 너무 빈약한 출발이다. 나머지 셋이 어떤 자들인지 모르나, 젊은 혈기만을 내세운다면 탐탁지 않은 일이다.

김봉수가 이끄는 보안대 사람만도 여남은 명이었다. 옥봉의 젊은이 중에서도 정예요원이라 할 수 있다. 만일 박석호 패가 열 명쯤 된다면 이쪽과 합쳐서 해볼 만하다.

"그럼, 이렇게 해 봅시다."

"헹님한테 좋은 수 있으예?"

"좋은 수라기보다는⋯. 두 분이 돌아가서 그 다섯 사람을 다시 모으슈. 다섯 사람이 각자 동지 하나씩만 끌어들이면 좋겠수. 우리 쪽에도 의지 굳은 청년이 여남은 명 되니, 양쪽이 합치면 스무 명쯤 될 거 아니겠수. 그 정도는 되어야, 뭔가를 만들 수 있으니까."

"좋은 생각임더. 길처이 니도 뺑만 까지 말고, 똑똑한 놈 하나만 끌고 오이라. 그라모 헹님 말씸대로 출발이 개않은 기라."

오늘은 이 정도에서 헤어졌다. 박석호 쪽에서 김봉수가 주문한 숫자가 차면 다시 만나기로 했다. 김봉수도 마음이 바빴다. 이쪽 보안대 사람을 모아 그간 있었던 일과 자신의 생각도 전해야 했다.

김봉수가 도축장으로 돌아오자 고만석이 궁금한 표정으로 그를 흘끔거렸다. 해가 산마루에 걸칠 시각이 되자 고만석이 '오늘은 그만 끝내지' 하고는 손 씻으러 우물로 나갔다. 그가 가다가 말고 돌아서서 김봉수를 불렀다. 김봉수도 그의 속내를 짐작했다. 박석호 일행이 궁금했을 것이다. 김봉수가 두레박으로 물을 퍼 올리자 고만석이 기어코 물었다. 역시 짐작한 그대로였다.

"기회 봐서, 아저씨한테 말씀드릴라고 했어요."

"뭣 허는 사람들여? 혹시 일자리 찾는 겨?"

"다른 일로 온 거예요."

"뭔 작당하는 거 아녀?"

"사실은요⋯."

김봉수는 한참 뜸을 들이다가 얘기의 전말을 소상하게 털어놓았다. 그도 백정인데 굳이 숨길 필요가 없을 듯했다. 고만석의 낯빛이 조금씩 변하더니 쇳소리를 내며 한숨을 쏟아냈다.

"봉수가 기어이 일을 저지르는구먼."

"누가 나서든 언젠가는 할 일예요."

"봉수 생각이 잘못됐다는 게 아녀. 자네 말대로 우리가 당하고 살수만은 없지. 나는 봉수를 걱정허는 겨. 만에 하나 일이 잘못돼서 또 감옥에 가믄 어떡허냔 말여."

"일이 잘되어야지요. 그러나 잘못되는 경우도 각오해야 하잖아요. 걱정하시는 아저씨 맘을 제가 왜 모르겠어요. 그렇지만 사람이 하는 일인데, 어떻게 잘되기만을 바라겠어요. 한 번 사는 인생인데, 해야 할 일 하다가 죽으면 후회는 없겠지요, 뭐."

고만석은 수건을 허리춤에 찌르고는 곰방대를 입에 물었다. 또 한숨을 끌어냈다. 해가 산마루 아래로 막 넘어가는 순간이라 노을빛이 고만석의 얼굴을 시뻘겋게 물들였다.

"아까 찾아온 그 사람들, 믿을 수 있는 자들여?"

"글쎄요… . 아직 확신할 수는 없어요. 그렇지만 그런 생각을 했다는 것만으로도 기특하잖아요."

"그래서 젊은 혈기가 좋은 겨. 암튼 매사 조심혀. 사람을 너무 믿지 말고."

그새 어둠이 바닥을 기어 다니기 시작했다. 바람도 비로소 제 세상을 만난 듯 날을 세워 날아다녔다. 고만석은 몸을 잔뜩 움츠려 제움막 쪽으로 사라졌다. 김봉수는 그의 뒷모습을 지켜보았다. 아버지 같은 느낌이 가슴을 잔잔하게 파고들었다.

거처로 돌아오자 뜻밖에 강만추가 저녁밥을 지어놓았다. 참으로 모를 일이었다. 지금까지 한 번도 없었던 일이었다. 끼니때마다 김봉수가 차려주면 겨우 수저나 들던 그였다.

"갑자기 왜 이래?"

"내라꼬 몬 할 끼 머 있노. 그동안 봉수한테 미안했다 아이가."

"만추가 철든 거냐, 아니면 앓더니 정신이 이상해진 거냐?"

"아마도 철들었는갑다. 맛이 으떨는지 모리겄다. 대충 먹자, 고마."

그가 모처럼 차린 밥상이라고는 해도 특별한 게 올랐을 리 없었다. 늘 먹던 대로 콩 섞인 보리밥에 선짓국과 군내 나는 김치뿐이었다.

만추가 밥을 먹으면서 자꾸 김봉수 눈치를 보는 것 같았다. 박석호 일행이 궁금했을 것이다. 낯선 사람들이 갑자기 찾아와 셋이서 밀담 나누는 걸 목격했으니 그도 알고 싶을 만했다.

김봉수가 잠시 갈등에 빠졌다. 아직은 만추에게까지 얘기할 상황이 아니었다. 시작도 하지 않은 상태에서 말이 새기라도 하면 뜻하지 않은 낭패를 볼 수 있기에 그를 경계했다. 이런 일에 관심도 없을 그에게 노출하고 싶지 않았다. 김봉수가 그의 입을 미리 막을 심산으로 슬그머니 딴청을 부렸다.

"국 끓이는 솜씨가 괜찮구나. 그동안 너한테 괜히 밥상 바쳤잖어."

"참말로 먹을 만한 기가?"

"싱겁지도 짜지도 않은 것이 내 입에 딱 맞다."

"다행이구마."

"내일부터는 밥 당번을 번갈아 하자고."

"무안케 시리…. 알았다, 고마. 그건 그렇고 아까 봉수를 찾아온 사람이 누고?"

"… 서장대 백정들인데, 조금 아는 사이야. 그건 왜 물어?"

"일자리 구하러 온 기 아이고?"

"우리 도축장에서는 일꾼이 필요 없잖아."

"내 짐작이 맞구마. 만석이 아재가 내 대신 새 사람을 쓰는가 싶어 걱정했다 아이가."

"아저씨가 그렇게 야박한 사람이냐? 너는 걱정하지 말고, 일이나 열심히 해. 그러면 내쫓길 일은 없을 테니까."

"내도 그럴 생각인 기라. 그동안 내사 말썽만 안 부렸나."

"그걸 깨달았다니 다행이구나."

다행히 만추는 더 궁금해하지 않은 듯했다. 김봉수는 방에 군불을 넣는다는 핑계로 슬그머니 방에서 나왔다. 밤이 깊어지자 바람이 휘파람 소리를 내면서 도축장을 에워쌌다. 이곳저곳 틈새를 뚫고 황소바람이 들어왔다.

그는 불타는 아궁이에 장작을 넣으면서 너울너울 피어오르는 불꽃에 넋을 잃고 몰입했다. 그 불꽃에서 성난 백정의 분연한 궐기가 보이고 분노한 외침이 들리는 것 같았다.

그들 앞에 자신이 우뚝 서서 선동하는 모습도 보인다. 불꽃처럼 타오르는 백정의 분노 앞에 농청의 전열이 맥없이 무너지고, 정판구와 그 일당은 피를 토하며 쓰러진다. 그들 위로 백정은 전진하고 또 전진한다. 김봉수는 목이 터져라 외친다.

백정들이여. 침묵에서 깨어나, 넓은 세상으로 나오라.
백정들이여. 분노를 터뜨려, 힘껏 외쳐라.
백정들이여. 박해와 당당히 맞서라, 우리는 기필코 승리한다.

김봉수는 끊임없이 타오르는 불꽃에서 한시도 눈을 떼지 않았다. 불끈 움켜쥔 주먹과 팔뚝의 시퍼런 핏줄에서 피가 솟구치는 것 같았다.

　보라, 백정들이여. 우리는 승리했노라.
　승리의 나팔을 불어라. 힘차게 불어라. 더 힘차게 불어라.

　김봉수는 자신도 모르게 눈물을 주르르 쏟았다. 끊임없이 쏟아졌다. 어룽어룽하게 비치는 불꽃이 번지고 또 번져, 조선팔도가 온통 백정의 분노로 이루어진 화염에 휩싸인다. 거기에 문틈을 뚫고 들어온 차디찬 바람이 기름을 들어붓는다. 불길이 더욱 거세게 번진다. 조선이 온통 백정의 승리로 뒤덮인다.

5

　조해구를 데리고 주막에 당도한 최태수가 앉자마자 호기를 부려 안주를 마구 시켰다. 전과는 달리 술국에 생선전까지 추가했다.
　해구는 그런 태수를 바라보면서 대뜸 의심부터 했다. 자기에게 부탁할 것이 있으면서도 시치미를 떼는 게 분명했다. 부탁할 것이란 뻔하다. 복자를 다시 만날 수 있는 길을 열어 달라고 할 것이다. 그러나 그것만은 들어 줄 수가 없다. 아직 거웃도 나지 않은 계집애를 두 번씩이나 겁탈했다는 건 인두겁을 쓰고는 차마 못 할 짓이다. 그때는 순간적으로 눈이 뒤집혀서 그랬지만.
　술과 안주가 나오자 태수가 해구 잔부터 채웠다. 안주 접시도 해구에게 가깝게 밀어놓았다. 그것 역시 전에 없던 짓이라 그의 낯빛을 또 살폈다.

"해구야, 묵자."

"오늘이 태수 생일이가?"

"아이다."

"그란데, 와 안주를 마이 시키노? 술국 하나믄 됐제."

"아따, 벨스럽게 따진다이. 잔말 말고 마이 묵어라."

한동안 입에 빗장을 지르던 태수가 갑자기 입을 쩝쩝거렸다. 그러더니 엉뚱하게 농청의 정판구 얘기를 꺼냈다. 처음부터 그를 비난했다. 농청의 선임자인 자기와 해구를 무시한다며 투덜댔다. 그러면서 당연히 해구를 우두머리로 앉혀야 한다고 했다. 해구가 듣기에도 입에 발린 소리였다.

"아직 좆도 안 까진 기 우찌 대장 노릇을 하노. 안 그렇나?"

"내가 아나, 어데. 지 좆 꼴리는 대로 하는 기제."

"이기 다 장익이 그늠아가 죽으 삐서 이래 안 됐나. 빙신처럼 백정놈한테 당할 끼 머꼬. 해구 니 같으모 그래 안 당했을 기다. 내 말이 맞제?"

"디질(죽을) 운멩이모 내도 벨 수 읎는 기라."

"아이다. 이자 얘기지만도오 장익이 그늠아보다는 해구가 훨씬 야무지고 똑똑타 아이가."

"치아라, 고마. 죽은 친구를 그래 말하는 기 아이다."

"내는 사실을 말했을 뿐이다. 그건 그렇고 그 가스나 말이다."

태수가 드디어 검은 속내를 까놓을 모양이었다. 해구는 딴청 부릴 셈으로 슬그머니 얼굴을 밖으로 돌렸다. 그러고는 혼자 중얼거렸다.

"누이 올라 쿠나, 날씨가···."

태수도 덩달아 목을 빼 하늘을 올려다보았다.

"눈 올 날씨는 아이다."

"날씨와 가스나는 예측할 수 없다는 말또 모리나?"

"내도 안다. 그란데 그 가스나 말이다."

"그 가스나라니?"

"문디이, 그새 잊어뻤나? 죽은 오천복이 딸 말이다."

"또 그 소리가. 니는 지겹지도 않나?"

"그기 아이고···."

"그기 아이고 기고 간에, 내는 관심 음따. 알았나?"

해구가 눈을 사납게 부라리자 태수가 찔끔해서 목을 자라처럼 넣었다. 그러고는 알아들을 수 없는 말을 한참 구시렁댔다.

남자 화풍병花風病에는 여자와의 교접이 약이고, 계집의 화풍병에는 총각 말뚝이 약이라고 했다. 태수가 복자를 오매불망하는 것도 두 번의 겁탈에서 얻은 짜릿한 감정을 잊지 못하기 때문이다.

"사실은 우리 어무이가 내캉 그 가스나를 젤혼시킬라꼬 그 집에 찾아갔다 아이가. 비록 태짜(퇴짜)를 맞았지만도."

"그 가스나가 몇 살인데 젤혼을 한다 말이고."

"열세 살이라 쿠드라."

"니 어무이도 미쳤구마. 우찌 열세 살짜리를 메누리로 들이노?"

"어무이한테는 내가 열다섯으로 말했능 기라."

"퇴짜를 맞았으모, 이자 포기해야 안 되나."

"그리 몬 하니까 내사 죽겠는 기라. 해구 니가 쪼매 도와주라."

"멀 도와달라는 말이고."

182

태수 생각은 복자를 납치하는 것이다. 그러고는 외딴곳에 가서 둘이만 살겠다는 발상이었다. 해구는 기가 막혀 웃지 않을 수 없었다. 태수 머리가 돌아도 웬만큼 돈 것이 아니었다.

"그라모, 태수 니가 들치 업고 나오이라."

"내 혼자 우찌할 끼고. 밖에서 망은 내가 볼 테이깨네, 니가 그 가스나를 빼 오는 기라. 일이 성사되모 수고비로 십 원을 주꼬마. 꽤 큰돈 아이가."

"문디이, 지랄하는구마. 내가 돈에 한장한 줄 아나."

"참말로 거절하는 기가?"

"그라모, 니 말을 들어줄 걸로 알았나? 내사 갈란다. 이자부터는 니캉 내캉 모리는 사이로 하자이. 내 말 멩심하그라이."

6

이게 웬일인가. 이두영의 노점에 창원집 온순이 느닷없이 나타났다. 주모는 보이지 않고 그녀 혼자였다. 지나가다 들른 것이 아니라 아예 작정하고 온 것 같았다. 지난번 참빗을 만지작거리다가 주모 손에 이끌려 간 이후 처음 보는 모습이었다.

두영은 차마 그녀를 바로 볼 수가 없었다. 가슴이 뛰고 오금이 저려 눈길을 어디에 둬야 할지 갈팡질팡했다. 지난번 봉놋방에서 상상으로 간음했던 장면이 떠올라 마지 아궁이 속을 들여다보는 것처럼 얼굴이 화끈거렸다.

"이 참빗 을맵니꺼?"

"……."

"이거 을매냐꼬 안 묻심꺼."

"어? 시방 뭣이라 혔소?"

"이 참빗 을매냐고 물었으예."

"오, 오 전인디요."

"오 전이모 엄청시리 비싸예. 쪼매 깎아 주이소."

"그거이 갖고 잡소?"

"그래 안 왔심꺼."

"나가 아가씨헌테 돈 받겄소. 그냥 가지소."

"음마야. 이 비싼 걸 그저 준다꼬예?"

"우리 사이에 …."

두영은 다른 것을 더 얹혀 주지 못해 안달이 나는 판에 그까짓 빗 하나쯤 못 주랴 싶었다. 그런데도 그녀는 돈을 내려고 손수건을 풀었다. 두영은 받지 않겠다고 손사래를 쳤다.

"전부터 뭐든 하나 선사할 맴이 있었당게요. 긍께 오늘은 거저 가지쇼이."

"그럴 수는 읎지예."

"어허, 아니랑께요."

그녀는 기어이 돈을 내놓았다. 두영은 차마 받을 수가 없어, 그 돈을 되집어 그녀의 손에 쥐여 주었다. 얼떨결에 그만 처녀의 손을 잡아 버렸다. 그러자 그녀가 얼굴을 빨갛게 붉히며 재빨리 손을 뺐다.

"나도 모르게 그만 …."

무안해진 두영이 중얼거리며 함께 얼굴을 붉혔다.

"우야노. 돈을 안 내모 이모한테 혼날 낀데."

그런 중에도 그녀가 난감해했다.

"주모헌티는 말허지 마쇼이. 나가 혼낭께."

"그란데, 와 우리 집에서 밥 안 묵심꺼? 이모캉 싸웠으예?"

"싸웠다기보다는… . 아가씨는 몰라도 돼야."

그녀는 고개를 갸웃거리며 슬그머니 일어섰다. 두영은 오늘에서야 그녀의 얼굴을 자세히 볼 수 있었다. 상상의 간음에서 그녀 얼굴에다 입술 도장을 찍었던 광경이 어른거려 얼굴이 또 화끈거렸다.

그녀가 저만치 가다가 고개를 돌려 두영에게 묵례를 보냈다. 두영도 고개를 끄덕이면서 어정쩡하게 손을 흔들었다. 그녀가 다음에 또 온다면 그때는 예쁜 손거울을 선사할 작정이다.

두영은 그녀가 인파 속으로 완전히 사라질 때까지 눈길을 거두지 않았다. 나이는 어리지만 치마에 감춰진 엉덩이가 제법 펑퍼짐하게 보였다. 순간, 상상 속에서 그녀의 샅을 열던 장면이 떠올랐다. 그때 마음으로 세었던 거웃이 제법 풍성했다.

자기도 모르는 사이에 바지 속에서 육봉이 잠시 꿈틀대는가 싶더니 방망이처럼 금세 빳빳하게 섰다. 오줌도 잘금잘금 지렸다.

'이거이 꿈이여, 생시여?'

이때 뒤에서 그의 머리를 확 미는 자가 있었다. 마침 넋을 놓는 중이라 맥없이 앞으로 꼬꾸라지고 말았다.

"음마? 으떤 놈여?"

"성님이지, 누구여. 뭘 보구서 넋이 나갔다냐?"

서날수였다. 하긴 달수 아니고는 장난칠 사람이 없다. 두영은 그가 반가우면서도 한창 재미있는 꿈을 깬 것이 야속했다.

"아따, 사람 작작 놀래키쇼이. 간 떨어지는 줄 알았다요."

"깨구락지 사타구니라도 본 겨?"

"언청이 퉁소 부는구마. 엄동설한에 웬 깨구락지겠소."

"근디 왜 넋이 빠졌냐고."

"방금 하늘에서 선녀가 내려왔었지라."

"뭣이 내려왔었다고?"

"선녀."

"허어, 모기 다리로 족탕 끓여 먹은 게 목에 걸렸냐? 웬 헛소리여?"

"참말이랑께."

"게우, 미친년 고쟁이 보구서는 거시기 봤다고 허풍 떠는구마."

"믿지 못허믄 냅두쇼."

"아우가 뭣인가 보기는 본 모양인디 자초지종 야그를 하더라고."

두영이 박박 우기는 걸 보면 지나가는 애먼 처녀에게 눈독을 들였던 모양이다.

"온순이 처녀가 왔었지라."

"그 처녀가 뭣 땀새 왔다냐?"

"숫총각이 보고 잡아서 왔었제."

"지랄. 손목이라도 잡아본 겨?"

"말해 뭣허겠소. 입술 도장도 찍었는디."

"벌건 대낮에 입을 맞춰야? 꿈에 죽은 서방 안은 과부맨치로 헛소리허고 자빠졌네."

"히히. 입 맞춘 건 거짓말이고, 참말로 그 처녀가 왔었당게."

"설마 네놈 얼굴 보러 왔겠냐? 댕기 하나 사러 왔겠제."

"아녀라. 사실은 …."

두영이 그녀가 작심하고 왔었다는 것과 참빗을 거저 준 이야기를 살을 붙여 장황하게 늘어놓았다. 달수는 시답잖다는 표정만 지을 뿐 흥미를 보이지 않았다. 두영이 침을 튀겨가면서 재차 강조했다.

"애 못 낳는 년이 밤마다 태몽만 꾼다더니, 니가 그 짝이구마. 주모허고 이판사판으로 싸운 놈이 조카년을 탐내서 으쩌겠다는 것여?"

"근디, 나를 보는 처녀 눈빛이 예사롭지 않았당께."

"눈으로 흘레하는구마. 오냐, 잘해 봐라. 못 먹는 제사에 죽도록 절만 허지 말고. 나는 순찰 돌아야 헝께, 이만 가야 쓰겄다."

"주모헌티는 말하지 마쇼이. 처녀가 난처헐 팅게."

"그 꼴에 처녀 걱정은 끔찍허게 허는구마."

달수가 멀리 사라졌는데도 두영은 온순이 앞에서 느꼈던 흐뭇한 감정을 좀더 자세하게 말하지 못해 아쉬웠다.

그러면서도 독사 같은 주모 얼굴이 떠오를 때는 그만 맥이 탁 풀렸다. 사정이야 어찌 되었든 주모와 배를 맞췄다는 사실에 기가 팍 죽어 버렸다.

'어이구, 이놈으 팔자라니 … .'

온순은 주막이 가까워지자 두영에게 얻은 참빗을 재빨리 단속곳 주머니에다 감췄다. 이모가 알면 생난리를 칠 것이다.

근래에 와서 두영이 발길을 끊은 것과 이모가 그를 못마땅하게 생각하는 게 이상했다. 전에는 그렇지 않았다. 그가 나타나면 대개는 살갑게 굴었다. 그런 이모 마음이 돌변한 까닭을 알 수 없었다.

온순이 주막 문덕을 넘어섰다. 주모가 눈에 칼을 세웠다. 혹시 두영의 노점에 갔던 걸 아는가 싶어 가슴이 뜨끔했다.

"어데 갔다 오노?"

"… 바람 쫌 쐬다가 왔으예."

"이 추위에 무신 바람을 쏜다 말이고."

"우찌 방에만 있능교. 마이 갑갑해예."

"말만 한 가스나가 몬 하는 소리가 읎구마. 얌전히 있다가 시집가야제."

"누구한테 시집을 갑니꺼? 나 데꾸 간다는 사람이 있으예?"

"이모가 허락만 하모 남자가 쎄뺐다 아이가."

"거짓뿌리 마이소, 고마. 내는 시집 안 갈랍니더."

"와 시집을 안 간다 말이고. 이몽룡이 같은 사내라도 있나?"

"이모한테 궁금한 기 있으예."

"머시 궁금하다 말이고?"

"이모하고 그 사람캉 싸웠으예?"

"… 그 사람이 누고?"

"방물장시 말입니더. 와 우리 집에 발걸음을 안 합니꺼?"

"갑자기 그늠아 얘기는 와 끄내노?"

"그냥 궁금했으예."

"그늠아한테 음성시런 데가 있어가 몬 오게 했다. 그러이깨네, 니도 그늠아한테는 얼굴도 돌리지 말그래이. 알았나?"

"이모한테 나쁜 짓이라도 했으예?"

"와 자꾸 물어쌌노. 내가 그렇다모 그런 기제. 퍼뜩 드가그라."

온순은 이모가 너무 윽박지르는 바람에 물러나기는 했어도 의심의 끈을 놓을 수가 없었다. 얼굴색까지 변하면서 볼을 부르르 떠는 모습으로 보아 예삿일이 아닌 것 같았다. 두 사람 사이에 그녀가 모르는 일이 있었던 게 분명했다.

'참말로 이상타.'

온순은 방에 들어오자마자 두영에게 얻은 참빗을 만지작거렸다. 그녀는 조금 전 방물전에서 느꼈던 두영의 모습을 떠올렸다. 그가 얼떨결에 자신의 손을 잡았던 걸 무안해하면서 얼굴을 붉힌 게 예사롭지 않았다. 그는 나이가 많지만 사람이 착하고 무던해 보였다. 행동거지나 말투를 보면 대충 알 만했다.

'음마야, 지금 무신 생각을 하는 기고? 내야말로 음성시럽다 아이가.'

온순은 스스로 놀라 얼굴을 붉혔다. 만지작거리던 참빗이 갑자기 뜨거워, 내던지듯 놓아 버렸다.

7

박석호가 김봉수를 다시 찾아왔다. 이번이 세 번째였다. 그의 얼굴은 왠지 하얗게 굳었으면서도 한편으로는 흥분기가 돌았다.

김봉수는 그의 기분에 섣불리 편승하지 않으려고 황길천은 왜 오지 않았느냐고 의미 없이 물었다. 그가 중요한 인물이라 물은 게 아니라 박석호의 흥분을 가라앉히기 위해서였다.

"그늠아는 도축장 일이 엄청 바빠서, 내 혼자 온 기라예."

"그건 그렇고, 동지를 얼마나 모았수?"

"성공입니더. 헹님 말씸대로 열 밍이 넘었다 아입니꺼. 우찌 소식을 듣고는 지들도 끼 달라는 자가 많아예. 그렇지만도, 아무나 끼 주모 안 된다 아입니꺼."

"물론이우. 어중이떠중이 모여 봤자, 별로 도움이 안 될 테니까."

"헹님 쪽은 우예 됐심꺼?"

"우리도 여남은 명은 족히 되우."

"그라모 스무 밍이 넘는다 아입니꺼. 시작해도 되겠네예."

"일단 한자리에 모으는 것이 좋겠수. 그러려면 마땅한 장소가 있어야 하는데 ….."

"그렇지예? 헹님 생각에는 어데가 좋겠심꺼?"

"먼저, 경찰서와 농청놈들 눈에 띄지 않는 곳이어야 하는데 ….."

"그럴라 쿠모 깊은 산속으로 드가야 안 됩니꺼?"

장소가 문제였다. 백정 스무 명 정도가 모일 만한 곳이 마땅치 않았다. 단순한 놀이 모임이라면 어디든 상관없었다. 그러나 이번 경우는 농청을 성토하고 백정의 권리를 주장하는 목소리가 커질 게 분명한 만큼 다른 부류의 이목을 의식하지 않을 수 없다.

그들을 무시한 채 강행하면 농청이 시비를 걸 것이고 경찰서에서도 방관하지 않을 것이다. 그렇게 되면 계획이 초장부터 어긋난다.

"내 생각에는 ….."

"헹님한테 좋은 생각이 있능교?"

"농청이나 경찰서한테는 속임수를 써야 될 것 같수."

"우예 말입니꺼?"

"친목모임인 것처럼 위장하자는 거지. 일단 놀이판을 벌이는 척해서, 농청이나 경찰서의 의심에서 벗어나자는 거유. 그런 백정들 모임은 전에도 가끔 있던 일이니까 달리 의심하지는 않을 것 같고."

"장소는예?"

"우리 도축장이 어떨까 싶은데."

"헹님 생각이 개않십더. 그라모 은제가 좋겄심꺼? 헹님이 정하
모, 우린 무조건 따를 낍더."

"그럼 이렇게 합시다. 나도 이쪽 사람들과 상의를 할 테니까, 박
동지는 그쪽 사람들 의견을 물어보슈. 그런 다음에 양쪽 의견을 조
정하는 게 합당할 것 같수."

"지는 마 헹님이 시키는 대로 하겄심더."

김봉수는 해가 지자마자 보안대원을 죽은 오천복네 움막에 모았
다. 복자 모녀가 마침 무당집으로 이사를 하여 움막이 비었다.

김봉수까지 12명이 모였다. 모두가 스물다섯 안팎의 젊은 나이
였다. 이 중에 김봉수와 같은 나이가 하나 있고, 나머지는 김봉수
보다 네댓 살 아래였다.

김봉수는 본론으로 들어가기 전에 술잔부터 먼저 돌렸다. 고된
일 끝이라 배가 출출할 줄 알고 김봉수가 미리 마련했다.

술이 몇 순배 돌자 김봉수가 비로소 입을 열었다.

"우리 백정은 농청뿐만 아니라, 하다못해 거지에게까지 무시당
하고 있어. 그런데도 우리는 팔자로 알고 죽은 듯이 참고 살았단 말
야. 억울해도 대항할 만한 힘이 없었으니까. 그나마 우리 보안대가
이 마을을 지키니까 농청의 행패가 주춤해. 그래도 마음을 못 놓겠
어. 조직을 더 넓혀야 하는데, 마침 서장대 동지들이 찾아왔어."

김봉수는 오늘 박석호와 나눈 얘기를 밝히면서 모일 만한 적당한
장소와 시기를 정하지 못한 것도 털어놓았다. 그러자 이구동성으로
김봉수가 제안한 도축장이 좋다고 거들었다.

"장소와 시기는 박석호와 좀더 상의한 다음에 결정하는 게 좋겠

어. 그쪽 의견도 존중해야 하니까."

그러자 막내 격인 조돌석이 불쑥 나섰다.

"저쪽 사람들캉 같이 모이모, 대장은 당엔히 김봉수 헹님이 하는
기지예?"

"그런 건 중요하지 않아. 그게 무슨 벼슬이라고."

"즈그들이 몬저 찾아와 헹님으로 모시겄다고 안 했심꺼."

"그거야 내 나이가 위니까 그렇지."

이번에는 오천복의 사촌동생 오일복이 끼어들었다. 조돌석의 생
각이 옳다는 것이다. 그러면서 나머지 대원을 선동했다.

"봉수가 대장이 안 되믄, 우리도 끼지 않을 꺼구먼. 안 그려?"

"하모요. 우리가 와 대장 자리를 넘기 줍니꺼."

"허어, 참. 내 얘기 좀 들어 봐. 이번 모임은 대장을 뽑는 자리가
아니라니까. 백정 권리를 주장하려면 학식 있는 분을 모셔야 해.
우리처럼 무식한 것들이 나서 봐야 씨도 안 먹혀. 이런 마당에 대장
은 무슨 얼어 죽을….."

모두 고개를 끄덕였다. 그들은 이번 일을 마치 무슨 돌격대라도
결성하는 것으로 여기는 듯했다. 배우지 못하고 무식하기는 자기와
다를 바 없지만 생각이 너무 단순해서 가슴이 답답했다. 학식 있고
백정 처지를 이해하는 지도자를 만날 수 있을지가 불확실했다. 진
주 땅에 그런 사람이 있을지 알아보는 일도, 실은 막막했다.

김봉수는 오늘 모임에서 자신의 뜻을 옳게 전했음에 만족하기로
했다. 어쨌든 백정이 단결해야 한다는 의지가 분명하다는 것을 확
인하는 기회가 되었다. 그것만으로도 큰 수확이었다.

거처로 돌아오자 강만추가 자지 않고 우두커니 앉아 있었다. 김봉수를 보자 고개를 돌려 외면했다. 심사가 뒤틀린 표정이었다. 김봉수가 모르는 척하고 자리에 눕자 그제야 얼굴을 돌렸다.

　"어데 있다 오노?"

　"보안대원끼리 모여서, 이런저런 얘기하다가 온 거야."

　"내한테 숨기는 기 있제?"

　"숨기다니 뭘?"

　"내도 눈치는 있다 아이가. 머신가 일을 꾸미는 것 같구만은."

　"아무것도 아니라니까. 보안대원이 그저 모였던 거야."

　"니가 거짓말하는 기다. 박석호인지 머시깽인지 하는 자가 자주 오는 기하고 그때마다 봉수 얼굴이 심각한 걸 보모, 무신 일을 꾸미고 있는 기라. 맞제?"

　"네가 궁금한 모양인데, 나중에 얘기할게."

　"지금은 와 얘기 몬 하나?"

　"그럴 사정이 있어. 얘기는 나중에 들어라."

　김봉수는 만추로부터 등을 돌리고 억지로 잠을 청했다. 그도 대충 눈치챈 듯했다. 그래도 아직은 말할 단계가 아니었다. 그는 이곳에 온 지 얼마 되지 않은 데다가, 보안대원도 아니어서 자세하게 얘기해 줄 수 없었다.

　밤은 점점 깊어졌다. 김봉수는 내일 도축일을 생각해 잠을 불러오려고 억지를 썼다. 그런데도 좀처럼 잠이 오지 않았다.

　이때 도축장 문을 마+ 두드리며 '봉수 헹님여, 봉수 헹님여' 하는 다급한 목소리가 정적을 깼다. 김봉수가 놀라 뛰어나갔다.

　"이 밤중에 누구야?"

"돌석입니더. 퍼뜩, 문 여이소."

문을 열자 조돌석이 숨을 씩씩대며 들어섰다.

"무슨 일인데 그래?"

"순찰을 돌고 있는데예, 마을 입구에 횃불을 든 놈들이, 잔뜩 모여 있는 기라예. 그래서, 달려왔심더."

"그자들이 누군데?"

"내도 모립니더. 대원을 모두 깨웠으이깨네, 헹님도 퍼뜩 나가 보이소."

김봉수는 신발도 제대로 꿰지 못하고 뛰쳐나갔다. 움막에서 자던 사람이 모두 나와서 웅성댔다. 마을 초입에 횃불들이 모여 있었다.

"무슨 일로 왔다더냐?"

"지가 그걸 우찌 압니꺼?"

김봉수는 대뜸 불길한 예감이 들어 도축장으로 달려가 도끼부터 거머쥐었다. 그러고는 조돌석을 시켜 대원 모두 도끼와 칼을 들고 나오라고 했다. 아무래도 싸움이 크게 벌어질 것 같았다.

김봉수가 대원을 모두 이끌고 횃불 쪽으로 다가갔다. 스무여 명은 족히 되었다. 맨 앞에는 정판구가 눈을 부릅뜨고 섰다.

김봉수가 앞으로 나아가 무슨 일로 왔느냐고 물었다. 그러자 정판구가 앞으로 나섰다. 그는 바닥에다 침을 칵 뱉으면서 밑도 끝도 없이 누군가의 이름을 대며 당장 내놓으라고 악을 썼다.

"그 사람을 왜 여기서 찾는단 말이오?"

"다 알고 왔으이깨네, 시치미 떼지 말그라이. 여게 농청 회원 하나가 끌려왔다 아이가."

"아닌 밤중에 홍두깨도 유분수지, 누가 누구를 끌고 왔다는 말이오. 우리는 전혀 모르는 일이오."

"좋게 말할 때 실토하그라."

"글쎄 우리는 모르는 일이라고 하지 않았소."

"참말로 이럴 끼가? 당장 내놓지 않으모 지난번처럼 느그들 집을 몽조리 불태울 끼다."

"우리는 정말 모르는 일이오. 뭔가 잘못 알고 온 것 같수."

"이늠아들이 … . 죽고 싶나?"

"그렇게 믿지 못하겠거든 직접 찾아보시오."

그러자 정판구가 일행을 선동하여 움막으로 몰려가려고 했다. 김봉수가 도끼를 틀어잡고 그들의 앞을 가로막았다.

"두 사람만 와서 움막을 뒤지시오. 대신 횃불은 놓고 가야 하우."

"니가 지금 꼼수 부리나?"

"내 말을 믿으슈. 당신 신변은 내가 안전하게 책임지겠수."

그러자 정판구가 돌아서서 일행과 잠시 얘기를 주고받더니 횃불은 들겠다고 했다. 그래야 사람을 찾을 수 있다는 것이다. 김봉수도 하는 수 없이 그것만은 받아들였다.

김봉수는 대원들에게 나머지 농청 사람을 감시하도록 지시하고 자신은 조돌석, 오일복과 함께 정판구 일행을 따라붙었다.

그들 얘기로는 농청 회원 하나가 한낮에 행방불명되었다고 했다. 이곳 백정에게 납치당한 것으로 알고 왔다는 것이다.

정판구 일행은 움막마다 횃불을 들이대며 찾고자 하는 자의 이름을 불러댔나. 그 바람에 움막에 있던 아녀자들이 놀라 비명을 질렀다.

정판구는 눈이 뒤집혀 뒤진 곳을 또 뒤지기를 반복했다. 그러나 있을 리가 없었다. 그러자 정판구는 애먼 움막에다 발길질만 해댔다. 움막마다 불을 지르지 못해 안달이 나는 듯했다.

그러나 그를 바싹 따라붙은 김봉수 일행이 도끼와 칼로 무장하여
차마 실행할 수 없었다. 숨을 씩씩대며 시뻘겋게 충혈된 눈깔을 굴
리는 꼴이 꼭 굶주린 들짐승 같았다.

"내 오늘은 그냥 가겄지만도 나중에 밝혀질 일이다이. 그때는 모
두 죽는다이. 내 말을 멩심하그라."

이윽고 그들이 물러갔다. 김봉수 일행도 긴장이 풀리면서 그 자
리에 풀썩 주저앉았다.

8

진주 제 2 공립보통학교(초등학교) 교무실에 30대 중반의 사내가
어린 소녀와 함께 들어섰다. 그는 아이를 입구에 세워놓고 곧장 주
임교사를 찾아갔다. 선생이 자리에서 엉거주춤 일어나자 그가 성큼
다가가 허리를 깊이 꺾었다.

"어떻게 오셨나요?"

"어제 전화 올린 이학찬李學贊이라 쿱니더."

"아, 네에 …. 호적등본은 가져오셨지요?"

그는 안주머니에서 두툼한 봉투를 꺼내 겸손하게 내밀었다. 선생
이 호적등본을 들여다보는 동안, 이학찬이 아이를 돌아보며 손짓으
로 불렀다. 아이가 잔뜩 겁먹은 표정으로 주뼛주뼛 다가갔다.

선생이 이학찬에게 착 달라붙은 아이를 흘끔 바라봤다. 얽죽빼기
얼굴이었다.

"따님이 이 아입니까?"

"그렇심더. 금년 아홉 살이라예."

"아버지 직업이 도부로 되어 있군요. 아이의 입학은 어렵겠어요."

"와예? 지가 백정이라 캐서 그랍니꺼?"

"학교에서는 받아주고 싶지만, 학부형과 아이들이 거부합니다."

"지는 비록 백정이지만도, 이 아는 안 그렇다 아입니꺼."

"학부형과 아이들의 반발 때문에 그러는 거지요."

"그래가, 핵교에 기부금을 내겠다꼬 교장선상님께 말씀드렸다 아입니꺼."

"그럼 이렇게 하지요. 교장선생님과 의논할 테니, 오늘은 그냥 돌아가시지요. 결과를 전보로 알려 드리겠습니다."

"선상님만 믿겠심더."

그가 선생에게 인사를 깍듯이 차리자 아이도 허리를 깊게 구부렸다. 이학찬은 아이 손을 잡고 교무실을 가로질렀다.

운동장에서는 마침 체육수업이 진행 중이었다. 부녀가 걸음을 잠시 멈추고 학생들이 도수체조(맨손체조) 하는 모습을 지켜봤다. 이학찬은 자신도 모르게 한숨을 내쉬었다.

"체조 잘하제?"

"내도 배우모 잘할 수 있으예."

"하모. 우리 행수이도 잘할 끼다."

"아부지, 이 학교에서는 받아준다 캐예?"

"하모. 아부지가 단디 부탁했으이깨네 될 끼다."

"또 안 되모 우얍니꺼."

"꼭 된다 쿠이. 아부지를 믿그라."

자식 앞에서 큰소리는 쳤지만 실은 자신이 없어 마음이 무거웠다. 다른 학교에서도 백정의 자식이라고 거절한 것을 이 학교라고 순순히 받아줄 리 없었다. 그래서 기부금을 내겠다고 제의했다.

학교에 다니고 싶어 하는 어린 행순의 마음은 아비보다 더 간절했다. 아비가 보기에도 행순은 영특한 아이였다. 이미 여섯 살 때부터 야학에 다니기 시작해 지금은 거의 3학년 수준에 닿았다.

다른 아이보다 실력이 월등해서 야학에서는 더 가르칠 것이 없다고 했다. 아비로서는 기쁘기 그지없었다. 그래도 얽죽빼기 얼굴 때문에 늘 마음이 아팠다. 여러 해 전 천연두를 앓았던 것이 그만 평생 지울 수 없는 상처로 남았다. 그 얼굴로는 시집도 못 갈 것이다. 공부만이라도 원 없이 시키자는 게 아비 마음이었다.

이학찬도 원래는 재설꾼이었다. 그는 도축을 하면서 돈을 착실히 모아 중앙시장에 정육점을 차렸다. 장사도 잘해 돈을 많이 벌었다. 그래서 행순이를 입학시키는 조건으로 기부금을 내겠다고 제안했다. 딸이 학교에 다닐 수만 있다면 돈쯤은 아깝지 않았다.

"행수이가 핵교만 다니모 아부지는 원이 음따. 공부 잘할 수 있제?"

"하모요. 내사 일등 할 낍니더."

"우리 행수이는 일등 하고도 남을 끼다. 야학에서 다 배워가 눈 감고도 잘할 끼구만은."

"학교 다닐 생각을 하이깨네 가슴이 엄청 떨리예."

"핵교가 그래 좋나? 오야, 꼭 다니게 해 주꾸마."

행순이 천연두만 앓지 않았어도 남부럽지 않은 자식이었다. 착하고 기특한 건 물론이고 어린 나이치고는 속이 꽤 깊었다. 지난번 제1공립보통학교로부터 입학을 거절당했을 때도 투정 한번 부리지 않고 눈물만 조금 흘렸던 아이였다. 백정의 처지를 받아들이는 눈치였다. 이학찬은 그러는 딸이 마냥 고맙고 안타까웠다.

그로부터 열흘 만에 학교에서 전보가 날아왔다. 행순의 입학을 허가한다는 내용이었다. 아이는 말할 것도 없고 아비가 더 좋아서 덩실덩실 춤까지 추었다.

이학찬은 아이와 함께 학교로 달려갔다. 너무 기뻐서 몸이 허공을 떠다니는 듯했다. 딸에게 옷도 새로 사 입히고, 운동화도 새것으로 바꾸고, 가방도 제일 좋은 것으로 샀다. 도무지 아까울 것이 없었다.

기부금으로 200원을 쾌척했다. 매우 큰돈이지만 조금도 아깝지 않았다. 입학을 허가해 준 것만으로도 그저 고마울 뿐이었다.

이학찬은 딸이 학교에 잘 다니는 것으로 믿었다. 그러나 왠지 얼굴에 그늘이 지곤 했다. 얼굴에 핏기도 없고 밥도 잘 먹지 않았다. 아픈 곳이 있느냐고 물어도 그저 괜찮다고만 했다. 환경이 바뀌어 적응하는 데 힘들어 그러려니 했다. 아비는 그렇게 한 달을 무심했다. 그러나 시간이 흐를수록 딸의 얼굴에 근심이 자꾸 쌓였다.

"행순아, 어데 아픈 기 아이가?"

"……."

"와 밥을 안 묵노? 핵교 댕기는 기 힘드나?"

"학교 몬 다니겠으예."

"그기 무신 말이고? 선상님이 머라 쿠드나?"

"그기 아이고예, 아아들이 몬살게 굴어예."

"와 니를 몬살게 군다 말이고?"

"백정 딸이라꼬, 곰보딱지라꼬 놀리믄서 막 때린다 아입니꺼."

"으떤 놈이고? 아부지가 혼내줄 끼다. 선상님이 가만있드나?"

"선생님이 안 기실 때만 그래예. 그뿐이 아입니더."

"머시 또 있노?"

"아아들 어무이가 와서, 내보고 학교에서 나가라 캐예."

"머시라? 아아들 어무이까지 그칸다 말이가? 이런 나쁜 년들 …. 알았다. 아부지가 내일 핵교 가서 선상님한테 따질 끼다. 알았제?"

"하지 마이소. 내만 더 챙피하다 아입니꺼. 내사 안 다닐랍니더."

"그라모 안 된다. 참고 다니야제."

"우찌 매 맞고 학교를 다닌다 말입니꺼. 내사 야학에 다닐랍니더."

"어이구, 이늠으 세상 …."

이튿날, 이학찬은 학교로 달려갔다. 가슴이 떨리고 눈이 뒤집혀 학교까지 어떻게 갔는지 모를 정도였다. 마음 같아서는 학교를 왕창 때려 부수거나 불을 싸지르고 싶을 뿐이었다.

무법자처럼 교무실로 뛰어든 그는 대뜸 주임선생부터 찾았다. 그의 서슬에 놀란 선생은 당황하면서도 애써 태연한 척했다. 이학찬이 애써 흥분을 가라앉혔다. 선생은 여전히 태연했다. 이학찬이 거기에 또 화가 치밀었다.

"선상님요. 얼라한테 우찌 이럴 수 있능교."

"흥분하지 마시고 차근차근 말씀하세요. 무슨 일입니까?"

"몰라서 묻능교. 우리 아아가 핵교를 몬 다니겠다고 안 합니꺼."

"왜요?"

"얼라들이 백정 딸이라꼬 놀린다 쿠데요. 그뿐 아이라예. 툭하모 때리 팬다 쿱니더."

"나는 금시초문입니다. 담임선생도 그런 얘기 안 하던데요. 애들 장난이 좀 심해서 그런 거 아니겠어요? 애들 때는 다 그렇지요, 뭐."

"얼라들은 그렇다 치고예, 얼라 어무이들이 우리 아아를 보고 나가라 캤답니더."

"그런저런 이유로 입학시키기 어렵다고 말씀드리지 않았습니까. 학교 입장도 여간 난처한 게 아닙니다."

"우리 행수이를 우짜란 말입니꺼? 매를 맞아도 참으라고예?"

"학교 입장이 난처합니다. 따님 입학 때문에, 학교 전체가 시끄러워요."

"알았심더. 우리 아를 핵교 안 보낼낑깨네, 기부금 돌리 주이소."

"허어, 참. 교장선생님과 의논해야 하니 오늘은 돌아가십시오. 추후 연락하겠습니다. 사정사정해서 입학을 시켰더니, 원⋯."

이학찬은 눈물을 머금고 나왔다. 이 모든 게 결국 백정 탓이라고 생각하니 억울하고 분해서 견딜 수가 없었다. 백정의 자식은 학교도 다닐 수 없는 세상이 원망스러워 콱 죽고 싶었다.

기부금까지 받아먹고 아이를 그토록 방치하는 선생은 또 뭐란 말인가. 그래도 학교선생만큼은 믿었다. 다른 부류는 몰라도 선생만은 억울한 사람 편에 설 줄 알았다.

이학찬은 차마 집에 바로 들어갈 수가 없어 곧장 주막으로 갔다. 지금쯤 잔뜩 기가 죽었을 딸의 얼굴을 떠올리자 억장이 무너졌다.

'이늠으 세상, 홀랑 뒤집히야 헌다.'

백성만 빼놓고는 모두 죽이고 싶었다. 조선팔도를 온통 불바다로 만들고 싶었다. 그래야 이 나라가 좋은 세상이 될 것 같았다.

그는 주막 문턱을 넘자마자 대뜸 술부터 시켰다. 주모는 웬일인가 싶어 멀뚱하게 서 있기만 했다. 평소 그답지 않은 짓이라 슬그머니 겁이 났다.

"이 씨, 왜 그라요? 무신 일이 있었능교?"

"술이나 퍼뜩 내오소. 이늠으 세상, 불을 확 싸지르고…."

핏발이 선 눈에서 금방이라도 불이 쏟아질 것만 같았다. 오늘 저녁, 끔찍한 일을 저지르고 말 사람처럼 섬뜩했다.

이학찬은 술이 빨리 나오지 않자 갑자기 괴성을 지르며 탁자를 엎어 버렸다. 옆자리 손님도 보이지 않는 듯 개망나니처럼 굴었다. 주모가 서둘러 술을 내오자 그는 병째로 나발을 불었다. 미친 사람이 따로 없었다. 그 바람에 손님이 하나둘 주막을 빠져나갔다.

'이늠으 시상, 우야모 바꾸겠노.'

9

날이 어두워지자 박석호가 이끄는 서장대 백정들이 도축장으로 들어섰다. 드디어 옥봉의 보안대원과 서장대 백정이 한자리에 모였다. 둥그렇게 둘러앉은 인원이 모두 스물네 명이었다.

간단하게 술자리도 마련했다. 술은 박석호 쪽에서 가져오고 안주는 이쪽의 보안대원이 준비했다. 양쪽이 서로 낯선 얼굴이라 서먹서먹한 가운데 눈만 굴리고 앉았다. 김봉수가 헛기침을 두어 번 뱉으면서 자리에서 일어났다.

"우리 쪽 대원은 전원 참석했소만, 박 동지 쪽 대원은?"

"한 밍이 고마 몸살이 나가 몬 왔심더."

"하는 수 없지. 그럼 서로 인사부터 나누도록 합시다. 우리 쪽부터 먼저 소개하겠습니다. 저는 이 도축장에서 일하는 김봉수라고 합니다. 제 옆에 계신 분은 오일복 씹니다."

그러자 오일복이 벌떡 일어나 자기가 하는 일 역시 도축이라고 소개했다. 이어서 앉은 순서대로 일어나 한마디씩 했다.

보안대원의 소개가 끝나자 박석호가 일어났다. 인사 형식은 김봉수를 따랐다. 자기소개가 있고, 이어서 황길천과 그 외 사람들을 차례로 소개했다. 김봉수가 인사말을 하기 위해 다시 일어났다.

"서장대에서 오신 동지 여러분. 추운 날씨를 무릅쓰고 오시느라 고생하셨습니다. 그동안 우리 백정이 당한 서러움은 일일이 늘어놓을 수 없을 만큼 많고 많습니다. 이제는 더 당할 수만은 없습니다. 그렇다고 우리가 무슨 결사대를 조직해서 싸움질이나 하자는 게 아닙니다. 우리도 농청처럼 단체를 조직해서 백정의 권리를 당당하게 주장하는 겁니다. 부족하나마 이것으로 인사를 마치겠습니다. 그럼 박석호 동지께서도 한 말씀하시기 바랍니다."

박석호는 한참을 망설이다가 황길천이 떠미는 바람에 마지못해 일어났다.

"지는 마, 김봉수 헹님맨치로 말을 잘 몬 합니다. 중요한 얘기는 방금 봉수 헹님께서 말씀했으이깨네, 지는 간단하게 인사만 하겠심더. 헹님 말씀대로 우리가 농청놈들과 쌈이나 할라꼬 단체를 만드는 기 아입니더. 백정한테 무신 일이 일나모 즉시 모이가 대책두 세우고, 겡우에 따라서는 놈들에 맞서가 싸울 수는 있심더. 우리 백정도 함부로 깔보지 몬한다는 걸 알자 이깁니더. 여기 모인 사람이 일치단겔해야 됩니더. 이기 중요한 깁니더. 그라모 우리 건리

(권리)도 단디 지킬 수 있는 기라예. 지 얘기는 이걸로 마치겠심더. 다른 분도 좋은 생각이 있으모 주저하지 말고 얘기하이소."

박석호에게 박수를 보내고 잠시 침묵이 흐르자 황길천이 갑자기 손을 들어 자리에서 일어났다. 같은 일행 모두가 킥킥대며 시답잖은 표정으로 바라봤다. 그러자 황길천이 눈을 부라렸다.

"와 웃노?"

"아이다. 할 얘기 있으모 하그라."

"알았다, 고마. 에또오, 아까 인사드린 황길처입니다. 지 생각은 예…. 하야, 우찌 말해야 되노. 그러이깨네 지 생각은예, 우리도 힘을 길러야 한다 이깁니더. 무신 말인고 하모, 농청놈들이 우리한 테 쌈을 걸어오거나 이유도 읎이 때리 팰 때 가마이 있으모 안 된다 이기라예. 대가리가 깨지더라도 맞붙어야 합니더. 그럴라 쿠모 힘이 있어야 안 됩니꺼. 첫찌도 힘이고 둘찌도 힘입니더. 그래서 주장하는 긴데예, 틈틈이 무술을 배우는 기 으떻심꺼. 주먹도 단린(단련)하고 발 쓰는 법도 단린하자 이깁니더. 그건 마, 지가 자신 있심더. 배울라 쿠모 내사 공짜로 배워줄 낍니더. 이상 마치겠심더."

그러자 또 웃음이 터졌다. 이런 식으로 여남은 명의 얘기를 더 들었다. 맨 끝 차례로 보안대의 막내 조돌석이 이 모임의 대장을 뽑자고 건의했다. 그러자 황길천이 손을 들고 다시 일어났다.

"대장을 뽑자 쿠는데, 여게는 포도청이 아인 기라예. 그러이깨네 대장이 아입니더. 지도자라 쿠든가, 아이모 해장(회장)이나 으장(의장)이 좋겠심더."

"멩칭은 무엇이든 개않심더. 우리를 이끌어 갈 책음자를 뽑자는 깁니더. 지 생각에는 김봉수 헹님이 맡았으모 으떨까 싶습니더."

박석호가 일어나 자기들은 김봉수를 추대했다면서 조돌석의 제의를 거들었다. 옥봉과 서장대 사람들이 손뼉을 쳐 만장일치로 김봉수를 회장으로 뽑았다. 박석호는 자연스럽게 부회장이 됐다.

황길천이 다시 일어나 한참 곤댓짓을 하더니 목청을 가다듬었다.

"몬저 우리 조직의 멩칭부터 지어야 안 됩니꺼?"

"우리한테 딱 어울리는 명칭이 있으면 내놓도록 합시다."

"농청이 있으이께네 우리는 백동해白同會라 쿠모 으뗳심꺼?"

황길천이 좌중을 훑어보면서 어깨를 쟀다. 그러자 여기저기서 수군대며 그 의미를 궁금해했다.

"백동이 무신 뜻이고?"

"알아묵기 쉽다 아이가. 백정의 동지라는 뜻인 기라. 여게 모인 사람이 모두 동지 아이가."

"길처이 니 생각이가?"

"하모. 오래전부터 생각한 기다. 으뗳노. 개않제?"

김봉수가 고개를 주억거리며 황길천을 바라봤다. 매번 덜렁대던 그의 머리에서 나온 것치고는 기발한 제안이었다.

"백동회라…. 박석호 동지 생각은 어떻습니까? 나는 찬성입니다."

"해장님이 찬성이라 쿠모, 부해장도 찬성해야 안 되겠심꺼? 여러분은 우찌 생각합니꺼?"

전원이 이구동성으로 찬성한다고 외쳤다.

"길처이 머리에서 우찌 그런 생각이 나오노?"

서징대 사람늘이 놀렸다.

"문디이. 내 머리가 어데 몸띠이 구색 갖출라꼬 붙어 있나. 이럴 때 써묵을라꼬 있는 기라."

한바탕 웃음이 터졌고 회의는 술판으로 이어졌다. 서장대 사람은 술을 내놓았고, 보안대원은 일어나 안주를 날랐다. 안주는 강만추가 끓인 선짓국과 고만석의 아내가 장만한 돼지껍데기 볶음이었다.

회장이 된 김봉수와 부회장 박석호가 돌면서 백동회 회원의 술잔을 일일이 채웠다. 잔이 다 채워지자 김봉수가 잔을 높이 들었다.

"오늘 이 자리에서 드디어 백동회가 탄생했습니다. 참으로 감격스럽습니다. 자아, 백동회 발전을 기원하고 우리의 결의를 다지는 의미로, 다 같이 건배합시다."

이어서 김봉수가 큰 소리로 건배를 선창하자, 모두가 도축장이 떠나갈 듯이 건배를 외쳤다. 황길천이 또 일어났다.

"오늘 해장님과 부해장도 뽑았으이깨네 두 사람을 축하해야 안 됩니꺼. 다시 한 번 건배하입시더."

그의 제의로 도축장 천정이 또 한 번 들썩거렸다.

술잔을 서로 주거니 받거니 하는 동안 박석호가 김봉수 옆자리로 옮겨 앉았다.

"내가 잘 아는 백정 한 분이 메칠 전에 억울한 일을 당했으예."

"농청놈들한테 당한 거유?"

"그기 아이고예, 그 집 얼라가 핵교에서 쫓겨났다 아입니꺼. 중앙시장에서 정육점을 크게 하는 사람인데예, 돈도 마이 벌었다 쿱니더. 그란데 … ."

박석호는 이학찬의 딸이 학교에서 멸시당해 못 다니게 된 얘기를 꺼냈다. 충격을 받은 그는 거의 미치광이가 되었고 장사도 안 하고 매일 술만 마신다고 했다.

"애비는 비록 백정이지만도 자식한테까지 그라모 안 되지예. 핵교도 썩었능 기라예. "

박석호 얘기를 듣고 난 김봉수는 눈에 핏발을 세워 주먹을 부르르 떨었다. 백정이 당한 것치고는 별로 놀랄 일은 아니었다. 그보다 더 억울한 일이 수없이 많았다. 그러나 농청놈에게 당한 게 아니라 학교에서까지 멸시를 당했다는 사실에 분노가 더 치밀었다.

"박 동지, 이학찬이라는 분을 좀더 자세히 알고 싶습니다. "

"그 사람이 해장님보다 나이는 몇 살 위지만도 의리 하나는 알아줍니더. 그래서 그 사람을 백동해 해원으로 끌어들이모 으떨까 해예. 지 생각에는 엄청 좋아할 것 같심더. 해장님 생각은 으떻심꺼? "

"그런 억울한 일을 당한 사람이라면 우리의 좋은 동지가 될 겁니다. "

"해장님 생각도 그렇지예? 그라모 지가 그 사람을 만나 보겠심더. 이학차이가 우리 해원이 되모 부탁할 일이 많을 낍니더. "

각자 술이 웬만큼 들어간 것을 확인한 김봉수가 자리에서 일어났다. 더 취하기 전에 모임의 취지를 다시 다질 필요가 있었다.

"잠깐 여기를 보십시오. 오늘 우리가 모인 취지는 이미 말씀드렸기 때문에 마음에 새겼을 줄로 믿습니다. 그래서 오늘의 모임을 다시 축하하고 발전을 기원하는 의미에서 제가 구호를 선창하겠습니다. 여러분도 함께 복창해 주시기 바랍니다. "

백동회 앞에, 감히 나설 자 누구냐.
백동회 앞에, 감히 주먹 쥔 자 누구냐.
백동회 앞에, 감히 침 뱉는 자 누구냐.

김봉수의 지시가 따로 있었던 것도 아닌데 모두가 소매를 걷어붙였다. 그러고는 김봉수의 선창에 따라 목젖이 빠지도록 구호를 외쳤다. 도축장 천정이 곧 날아갈 것처럼 들썩거렸다.

이때, 밖에서 누군가 도축장 문을 요란하게 흔들었다. 문짝을 박살 낼 것처럼 흔들어댔다. 모두의 입이 닫히면서 눈길이 일제히 그리로 쏠렸다.

김봉수가 다가가 누구냐고 물었다. 그러자 대뜸 문부터 찼다.

"문 열그라. 겡찰서에서 나왔다."

"무슨 일로 오셨습니까?"

"이늠아가 말이 많다 아이가. 퍼뜩 문 열그라."

하는 수 없이 김봉수가 빗장을 풀었다. 그러자 문이 부서질 듯이 열리면서 일본헌병 하나와 조선인 순사 둘이 거친 몸짓으로 들어섰다. 그러고는 눈을 부라려 빙 둘러앉은 백동회 회원을 훑었다.

10

갑자기 들이닥친 일본헌병과 순사 둘은 붙박인 말뚝처럼 꼼짝 않고 계속 눈동자만 바쁘게 굴렸다. 무엇인가를 찾기 위해 급습한 듯했다. 김봉수는 불안한 중에도 백정이 여기에 모인 사실을 어떻게 눈치챘는지가 궁금했다. 정보가 새나간 게 확실했다.

'밀고한 놈이 있어.'

헌병이 순사에게 무엇인가 지시를 내리는 것 같았다. 그가 내뱉는 음절마다 날카로운 절도가 묻어났다. 그러자 순사 둘이 양쪽으로 나뉜 회원들을 한 줄씩 맡더니 곤봉으로 대원들 턱을 차례로 들어 올렸다. 이때 김봉수가 순사에게 성큼 다가갔다.

"순사 나리, 누굴 찾습니까요?"

"니는 알 꺼 음따."

"여기는 모두 백정뿐입니다요."

"무신 일로 모인 기고?"

"오랜만에, 술추렴을 하고 있었습니다요."

"이기 다 옥봉 백정들이가?"

"아닙니다. 이쪽은 옥봉이고 저쪽은 서장대 백정들입니다요."

"방금 술추렴이라 캤나?"

"그렇습니다."

"갑자기 와 술추렴을 한다 말이고."

"이웃끼리 우의를 다지는 겁니다요."

"백정 꼬라지에 우이를 다진다꼬? 먼 작당하는 기 아이고?"

"천하고 무식한 것들인데, 무슨 작당을 하겠습니까요."

"이늠으 자슥이 … ."

순사가 눈을 부릅떠 곤봉으로 김봉수 복부를 찌르더니 이어서 어깨를 사정없이 내리쳤다. 김봉수가 고통스러워하며 주저앉자 이번에는 등짝을 후려쳤다.

"이 문디 자슥이 누굴 쏙일라 쿠노. 바른대로 말 몬 하나. 겡찰서에서 다 알고 왔다이."

"나리께서 보시는 것처럼 술을 마시고 있지 않습니까요."

"하모. 처묵고 있제. 허지만도 이기 모두 위장이제. 니들이 작당을 해가 먼 조직을 만들라 쿠는 기라. 내 말 틀렸나?"

순사가 또 곤봉을 높이 쳐들었다. 이때 황길천이 황급히 뛰어나와 순사의 곤봉을 빼앗을 듯이 움켜쥐었다.

"벵수 아재요. 고마 참으이소. 백정끼리 모이가 술 쫌 묵었다 쿠
는데 와 이캅니꺼."

"이 자슥이? 니가 와 나서노?"

"내캉 헹님 아우 사이라예."

"그라모, 이늠아가 니 헹님이라 말이가?"

"고마 그래 됐심더. 그러이깨네, 오늘은 고마 눈감아 주이소."

"가마 보이, 길처이 니도 같은 작당질하고 있구마. 맞제?"

"아이라예. 내 겉은 무식한 놈이 무신 작당을 해예. 절대 아입니더."

"나중에 사실이 드러나모, 여게 있는 놈 모두 감옥 간다이. 길처
이 니도 마찬가지고. 그러이깨네, 사실대로 털어놓그라."

황길천은 그때까지 순사의 곤봉을 놓지 않았다. 이를 지켜보던
헌병이 빠른 걸음으로 다가왔다. 그가 권총을 뽑아 들더니 알아들
을 수 없는 말을 내뱉으며 총구를 황길천의 관자놀이에 들이댔다.
곧 방아쇠를 당길 기세였다. 황길천의 얼굴이 사색이 되어 황소숨
을 쉭쉭 내뿜었다.

"아재요, 이늠아 좀 말리주이소. 대가리에 구멍 낼라 안 쿱니꺼."

"살고 싶으모, 퍼뜩 무릎 꿇그라. 아이모, 정말 구멍 낸다이."

황길천이 마지못해 무릎을 꿇었다. 때맞춰 순사가 곤봉으로 그의
어깻죽지를 난타하기 시작했다. 황길천이 얼굴을 일그러뜨리며 고
통스러워하자 순사가 눈치를 주었다.

"이늠아야, 죽는시늉을 해야제."

그제야 황길천이 비명을 지르며 바닥을 이리저리 뒹굴었다. 헌병
이 무슨 말인가 계속 주절거렸다. 순사는 발길질을 몇 차례 더 하고

는 황길천의 얼굴에 침을 뱉는 것으로 끝을 냈다.

헌병이 비로소 물러섰다. 순사가 그에게 다가가 뭐라고 한참을 설명하자 고개를 갸웃거리며 도축장에서 나갔다. 그러자 황길천은 아무 일도 없었던 것처럼 옷을 툭툭 털고 일어났다.

박석호가 재빨리 달려가 문을 굳게 닫아 버렸다. 김봉수가 어리둥절한 표정으로 황길천을 한참 동안 바라봤다. 그런데도 그는 그 큰 몸집을 흔들며 걸걸걸 웃기만 했다.

"황 동지, 대체 어찌 된 거유?"

"꼼수를 부렸다 아이요. 그래 안 했으모, 큰 낭패를 봤을 끼구만은. 헌벵이 방아새를 당깄으모, 내사 죽는 기라예."

"그 순사가 정말, 황 동지 아저씨란 말이우?"

"어데예. 그늠아가 우리 도축장에 올 적마다 지가 살코기를 팍팍 끊어 준다 아입니꺼. 그래가 서로 아재 조카 하자꼬 꼬셨지예. 그래야 지도 고기맛을 본다 아이요."

"어쨌든, 황 동지 덕분에 우리 백동회가 위기를 모면했수. 그렇지 않았으면 초장에 박살이 났지. 고맙수. 그건 그렇고, 경찰서에서 무슨 냄새를 맡기는 맡은 모양인데…."

"내도 아까부터 그 생각을 했심더. 으떤 문디가 겡찰서에다 찌른 기 아잉가 해서예."

"내 생각도 그렇수. 혹시 짐작 갈 만한 자가 없수? 반드시 색출해서 혼을 내야 되우. 그대로 뒀다가는, 또 문제가 생길 테니까."

그러지 박석호가 고개를 갸웃거렸다. 짐작 가는 데가 있는 표정이었다. 황길천이 그에게 눈을 맞추며 "혹시 …" 하고 중얼거렸다.

"혹시, 최만돌 그늠아 짓이 아잉가 모리겠네."

"몸살이 있어가 몬 온다 안 캤나. 몸이 아픈데 겡찰서에 우찌 가 겠노. 도축장에 같이 있는 길처이 니가 와 모리노."

"우리가 오늘 모이기로 약속한 기 은제고. 여러 날 됐다 아이가. 그사이에 찔렀을지도 모리제."

"만돌이가 와 그런 짓을 한다 말이고. 순사라 쿠모 억수로 미버 (미워)하구만은."

"그럴시록 순사한테 잘 보이가, 공을 세울라 캤는지도 모리제."

"으쨌든 알아바야 되겠다. 그기 사실이모 단칼에 직이 삐리."

어렵사리 위기를 모면해 한숨 돌린 백정들은 저마다 가슴을 쓸어 내리며 술잔을 다시 잡았다. 오늘의 결의와 다짐은 여기서 끝내자 는 김봉수 제안으로 음주만 즐기기로 했다. 밖에서 안을 엿보는 자 가 있을지도 모른다는 우려 때문이었다. 순사일 수도 있고 정보를 입수한 농청 사람일 수도 있었다.

사흘이 지났다. 경찰의 감시는 더 없는 듯했다. 농청 사람도 가 끔 도축장 주변을 기웃거리기는 해도 이렇다 할 낌새는 보이지 않 았다. 아무래도 백동회가 결성됐다는 정보가 새기는 샌 것 같았다.

김봉수가 막 점심을 먹으려는데 박석호와 황길천이 숨이 턱까지 차서 나타났다. 이마에서는 땀이 줄줄 흘러내렸다.

"동지들이 웬일이우?"

"놈을 찾았심더."

"놈이라니?"

"겡찰서에다 우리 조직을 찔러 삔 놈을 찾았다 말임더."

"그게 누굽니까?"

“역시 최만돌이 그놈이라예. 그 자리에서 직이 삘까 하다가, 아무래도 해장님한테 알리야 될 것 같아서 막 띠왔심더.”

“자백을 했수?”

“하모요. 첨에는 아이라꼬 오리발을 낸다 아입니꺼. 그래가 이 황길처이가 한 방 조지이깨네, 고마 무릎을 꿇었심더. 우야모 좋심꺼. 산속으로 끌고 가 칵 직이 삘까예?”

황길천이 미리 소매를 걷어붙이며 흥분했다. 눈을 잔뜩 부릅뜬 그의 얼굴에 살의가 비쳤다. 김봉수가 급히 손사래를 쳤다.

“아니우.”

“와예?”

“백동회 회원이 모두 보는 앞에서 처리해야 되우. 그래야 배신자가 또 생기지 않을 테니까.”

“그라모 그늠아를 우야모 좋심꺼.”

“도망가지 못하게 단단히 묶어서, 눈에 띄지 않게 숨겨놓는 게 좋겠수. 그랬다가 전 회원이 보는 앞에서 혼낼 작정이니까.”

“맞심더. 그라모 이 길로 돌아가 그늠아를 단디 붙들어 놓겠심더.”

그들이 돌아가고 나서도 김봉수는 주먹 쥔 손을 한참 동안 떨었다. 지금 기강을 바로 세우지 않으면 배신자가 또 나올 수 있고 그렇게 되면 결국 조직 자체가 깨지고 만다. 밀고자를 엄단할 수밖에 없다. 김봉수는 이것이 또 고민이었다. 같은 백정 신분에 그를 정죄해야 할 일이 내내 가슴을 압박했다.

황길천과 같은 과격한 회원은 최만돌의 목을 끊자고 할 것이다. 그건 안 되는 일이다. 김봉수는 아직 그의 얼굴을 본 적 없지만 그 역시 서럽게 살아온 인생이었을 것이다.

이틀 후 해거름이 되면서 옥봉의 도축장 뒷산에 백동회 회원이 모여들었다. 박석호와 황길천이 몽둥이를 틀어쥐고 최만돌을 감시했다. 그는 수건으로 눈이 가려진 채 무릎을 꿇었다.

김봉수는 몸을 부들부들 떠는 최만돌을 내려다보면서 분노와 측은한 마음이 교차했다. 박석호와 황길천을 비롯한 몇몇 회원은 최만돌을 죽이자고 주장했다.

김봉수가 소란스러운 분위기를 가라앉히고 최만돌에게 물었다.

"네가 경찰서에다 우리 조직을 밀고했나?"

"내는 아입니더."

그러자 황길천이 눈을 부라리며 몽둥이를 높이 쳐들었다.

"이늠아가 한입 갖고 두말한다 아이요. 내한테는 분멩히 자백했심더."

"이런 놈은 칵 직이 뻐야 합니더."

박석호와 황길천이 길길이 뛰면서 당장 죽일 기세로 나왔다. 김봉수가 그들을 또 제지하며 최만돌에게 다시 물었다.

"정말 밀고하지 않았다는 말이지?"

"밀고한 기 아입니더. 순사가 우리 도축장에 와가 황길처이가 어데 갔느냐고 물었심더. 그래가 옥봉에 갔을 끼라고만 했심더. 그랬더이만 옥봉에 무슨 일로 갔느냐고 꼬치꼬치 물어예. 그래가 할 수 없이 백정이 모인다고 했심더. 자세한 얘기는 더 안 했으예."

"그럼 황길천 동지한테는 왜 자백했나?"

"황길처이 주먹이 무서바서 … ."

"에라이, 문디 자슥아."

황길천이 발로 그의 가슴팍을 사정없이 내질렀다. 그가 나무토막

214

처럼 뒤로 발랑 넘어갔다. 박석호가 또 걷어차려는 것을 김봉수가 말렸다. 그러고는 조돌석을 시켜 준비한 멍석을 가져오게 했다.

"너 같은 놈은 죽어 마땅하다. 허지만 같은 백정의 처지라, 목숨만은 살려 주겠다. 그 대신 … ."

김봉수가 박석호에게 눈짓을 보내 그를 멍석에 말도록 했다. 황길천이 최만돌을 번쩍 들어 멍석에 패대기를 쳤다. 회원들이 달려들어 그를 멍석에 둘둘 말기 시작했다. 그가 몸부림치며 발악했다.

"각자 한 대씩만 때려야 합니다."

김봉수 제안에 황길천을 빼고는 이의를 제기하는 사람이 없었다. 황길천은 그를 죽이자고 끝까지 고집을 부렸다. 그래도 김봉수가 안 된다고 하자 구시렁댈 뿐 더는 나서지 않았다.

멍석말이는 원래 노비에 대한 세도가의 사형私刑이지만 이제는 상민 사이에서도 공공연하게 행해졌다. 죄인을 멍석에 말아 넣고 주로 볼기 쪽을 집중적으로 때린다. 죽일 의도가 없으면 머리는 가격하지 않는다.

오늘도 그런 식으로 최만돌을 단죄했다. 한 대씩만 때리라고 지시했는데도 어떤 회원은 기어이 한두 대 더 때리려고 했다. 그때마다 김봉수가 눈을 부릅떠 제지했다. 매질이 끝나 최만돌을 멍석에서 빼냈다. 그는 이미 기절해서 주검처럼 뻗었다. 그에게 매질을 가한 회원들도 결국 고개를 돌려야 했다.

11

박석호가 정육점으로 이학찬을 찾아갔다. 이학찬은 외동딸의 등
교가 거부되자 지금껏 분을 삭이지 못했다. 이학찬은 한때 박석호
를 도축장에서 데리고 있었던 인연이 있어 서로 잘 알았다.

"석호가 우짠 일이고?"

"행수이가 핵교에서 쫓겨났다는 얘기를 지도 들었심더."

"백정 자석이라꼬 그카는데, 낸들 벨 수 있나 어데."

이학찬이 고기 썰던 칼을 내던지고 곰방대를 빼 물었다. 담배를
눌러 담는 그의 손끝이 바르르 떨렸다.

"그러이깨네, 우리 백정도 일치단곌해야 합니더."

"그기 무신 말이고?"

"농청맨치로 백정도 조직이 있어야 된다 이깁니더."

"낫 놓고 기역자도 모리는 것들이 무신 조직을 맹근다 말이고?"

"사실은 그거 때문에 헹님을 찾아온 깁니더. 헹님도 으향이 있심꺼?"

"치아라 고마. 반푸이들을 모아놓고 우찌 조직을 맹그노."

"지 말을 쪼매 들어 보이소. 사실은예 …."

박석호가 이학찬 옆에 바짝 붙어 앉아 백동회가 결성된 경위와
김봉수에 관해 장황하게 설명했다. 김봉수가 농청의 정판구 일당과
피 터지게 싸웠던 영웅담 편에서는 침을 튀겨가며 역설했다.

"그 사람 얘기는 내도 들어서 알고 있구만은. 소무이 짜악 났다
아이가. 그라모 그 사람이 바로 김봉수라 쿠는 사람이가?"

"하모요. 같은 백정이라 캐도, 우리보다는 엄청시리 똑똑해예."

"그건 그렇고, 내를 찾아온 이유가 머꼬?"

216

"학차이 헹님을 우리 조직에서 모실라 쿱니더. 김봉수 해장도 그리 하자꼬 했고예. 헹님 생각은 으떻심꺼?"

"내 겉은 기 무신 일을 하겠노."

"그기사 우리 해장을 만나가 얘기하모 안 됩니꺼. 우리 조직도 학차이 헹님맨치로 으지가 강하고 적극적인 사람이 필요한 기라예."

"내가 머시 으지가 강하다 말이고."

"지가 와 헹님을 모립니꺼. 으지가 강하이께네, 지금맨치로 잘산다 아이요."

"글쎄 … ."

"고마 겔심하이소. 그라모 우리 조직이 더 크게 될 낍니더. 영광은 말할 것도 음꼬예."

"내사 생각 쫌 해 바야 되겠다."

"알았심더. 겔심이 서모 지를 부르이소. 단심에 띠올 낍니더."

박석호는 정육점을 나서자마자 그길로 김봉수에게 달려갔다. 이학찬을 만난 사실을 빨리 전하고 싶었다. 그에게서 백동회에 들어오겠다는 다짐을 받은 건 아니지만 그런 분위기라도 미리 알려주지 않고는 안달이 나서 못 견딜 것 같았다.

김봉수가 건피장에서 가죽을 손질하고 있는데 박석호가 나타났다. 반갑기에 앞서 걱정부터 들었다. 불길한 소식을 전하러 온 건 아닐까. 멍석말이를 당한 최만돌의 얼굴이 대뜸 떠올랐다. 그가 앙심을 품고 백동회에 관해 경찰에다 신고했다면 백동회는 끝장이다.

"뭔 급한 일이라도 생겼수?"

"그기 아이고예 … ."

박석호가 얼굴에 웃음을 바르면서 방금 이학찬을 만나고 오는 길이라고 자랑했다. 김봉수는 비로소 안심하고 그의 손을 잡았다.

"박 동지가 참으로 애를 많이 쓰고 있수. 백동회는 박 동지가 있는 한, 절대로 무너지지 않을 거유. 정말 고맙수."

"벨 말씸을 다 하십니더. 지는 해장님 겉은 헹님이 있으이깨네 마음이 든든해예."

"그럼, 그분을 언제쯤 만날 수 있수?"

"겔심이 서모 연락한다꼬 했으이깨네, 곧 기벨이 있을 낍니더. 이학차이 그부이 백동회에 들어오모, 우리가 우찌 대우해야 됩니꺼? 나이가 많다꼬 해서 해장 자리를 넘기 줄 수는 없다 아입니꺼."

"박석호 동지, 나는 회장 자리에 연연하지 않아요. 그분이 원하면 회장 자리를 얼마든지 양보할 수 있어요. 진심이오. 그런 분을 모실 수만 있다면, 나는 그걸로 만족해요."

"우리 해원들이 반대할지도 모립니더. 우리는 봉수 헹님이 해장 되는 걸 원합니더."

"그건 중요하지 않아요. 우리의 백동회를 단단한 조직으로 만드는 게 무엇보다도 중요하니까. 박석호 동지도 그렇게 생각하슈."

"봉수 헹님은 참말로 특빌한 부이라예. 그래서 우리 모두가 봉수 헹님을 존겡하는 기라예."

"나 같은 사람을 존경하다니요. 앞으로 정말 존경해야 될 분이 나타날 겁니다. 우리는 그런 분을 맞이할 준비나 합시다."

도축장 일을 마무리 짓고 김봉수와 강만추가 밥상을 마주하고 앉았다. 김봉수가 이미 서너 숟갈을 떴는데도 만추는 왠지 숟가락조차 들지 않았다. 표정도 시무룩했다.

"만추, 왜 그러고 있어? 밥 안 먹어?"

"…… ."

"야, 내 말 안 들려?"

"니나 마이 묵어라. 내는 생각 음따."

"걱정거리 생겼나?"

"내 겉은 늠이 걱정하모 머하노. 사람 취급도 몬 받는 기."

"왜 또 그래? 나한테 못마땅한 거 있어?"

"김봉수처럼 훌링한 사람한테 몬마땅한 기 머 있겄노."

"이늠이 … ."

김봉수가 숟가락을 동댕이치듯이 내려놓고 그에게 눈을 부라렸다. 만추가 목을 외로 꼬면서 김봉수의 눈길을 슬그머니 피했다. 김봉수가 다시 이유를 물었다.

"니도 쪼매 생각해 보그라. 느그들 백동핸지 색동핸지 그거 맹글믄서, 내는 와 안 끼 주노? 내가 그리 빙신 같나?"

"그것 때문에 심술부리는 거냐? 이봐, 강만추. 너는 여기 사람도 아니거니와 부모 찾으면 언제고 떠날 사람 아니냐. 임시로 몸을 틀고 있는 뜨내기를 어떻게 가입시키겠어."

"그라모, 김봉수 니는 원래부터 여게 사람가?"

"나는 너하고 달라. 피붙이가 없는 몸이니, 나는 발 닿는 곳이 바로 고향이잖니."

"그래도 한 번쯤 내한테 물어볼 수 안 있나. 내를 싸그리 무시한다 아이가."

"만추를 위해서 그런 거야. 우리 조직이 경찰서에 발각되는 날에는 모두 곤장 맞고 옥살이를 해야 돼. 그런 위험한 일에 너를 왜 끌어들이겠냐. 오해만 하지 말고, 내 깊은 맘도 좀 알아주라."

"참말로 내를 걱정해가 그런 기가?"

"그렇지 않구. 다 같은 백정인데 잘나고 못나고가 어디 있겠냐. 나는 피붙이가 없는 몸이라 옥살이하다 죽으면 그뿐이지만, 만추는 언젠가는 가족과 만나서 행복하게 살아야지. 괜히 끼어들었다가 개죽음당해 봐. 만추한테는 너무 억울한 일이잖니."

"봉수가 참말로 내를 생각해서 안 끼 준 기가?"

"그렇다니까."

"그라모 미안쿠마. 봉수가 내를 무시하는 줄 알고 서운했다 아이가. 참말로 미안쿠마."

"알았으면 밥이나 먹어. 막일꾼이 밥이라도 배불리 먹어야지."

"하모. 묵어야제."

그제야 만추가 숟가락을 들었다. 김봉수는 어린애처럼 단순한 그가 안타까우면서도 한편으로는 부럽기도 했다. 무식하고 천한 인생은 등 따시고 배부르면 그만인 것을 쓸데없이 일을 만드는 자신이 한심하기도 했다. 그러나 이것도 팔자라면 마가 낀 것처럼 피할 수 없다.

'그래, 끝장을 봐야 해.'

감장새

1

이학찬이 박석호에게 사람을 보내 오늘 중으로 만날 뜻을 전했다. 박석호가 그의 정육점으로 들어서자 반가운 낯으로 맞아들였다.

"헹님, 벨고 읎능교?"

"내사 마 그렇다. 백동해 일은 잘 돼가나?"

"아즉까지는 그래예. 헹님은 으떻심꺼. 곌심했능교?"

"그래서 니를 보자 안 캤나. 일단 안으로 드가자."

그가 정육점에 딸린 안채로 박석호를 데리고 들어갔다. 방에는 술상까지 준비되었다. 넉넉한 살림이라 상에 오른 안주가 실했다. 몇 가지 전과 함께 정육점 주인의 술상답게 육회까지 올랐다.

"행수이는 그 후로 핵교를 영영 몬 다닙니꺼?"

"고마 치아 뺐다. 치사시러바 우찌 다니겠노."

"헹님이사 치아 뻰디 개도 어린 행수이 맴이 을매나 아픗것심꺼."

"그기사 지 팔자 아이겠나. 그래 받아들여야제 우야겠노."

이학찬이 한숨을 내쉬며 술주전자를 들어 박석호 잔을 채웠다.

그러고는 박석호가 채워준 잔을 단숨에 비웠다. 박석호가 다시 술을 붓자 또 단숨에 마셨다.

"헹님요. 일전에 말씸드린 우리 백동해에 들어오이소. 헹님 겉은 부이 있어야 조직이 더욱 커진다 아입니꺼. 우리 해원들 모두가 헹님을 기다립니더."

"내사 우찌 도우모 되겠노? 돈가, 아이모, 힘가?"

"당장은 돈또 아이고 힘또 아이라예. 고마 가입부터 하이소. 그런 담에 백동해 간부들과 해이(회의)를 해가 결정해야 안 됩니꺼."

"김 머시라 쿠는 백동해 해장은 으떤 사람가?"

"참말로 개않은 사람입니더. 어차피 헹님도 만나야 안 됩니꺼. 해장도 헹님을 하루빨리 만나고 싶다 쿱니더. 헹님도 그 사람이 마음에 들 낍더."

"그라모 석호 니가 그 사람을 내한테 데꾸 오이라. 내도 만나 보구 싶구만은."

"알었심더. 오늘 당장 달리가 헹님 뜻을 전하겄심더. 아무 때고 개않지예?"

"내사 정육점을 지키야 안 되겠나. 은제든지 오이라."

박석호가 가쁜 숨을 몰아쉬며 김봉수에게 나타났다.

"해장님한테 좋은 소식을 전하러 왔심더. 이학차이 그부이 승락했으예. 우리 백동해에 가입하겄다꼬 했심더."

"정말이우?"

"하모요. 지금 그분을 만나고 오늘 길이라예."

"기쁜 일이우. 박 동지가 이리 애쓰니, 고맙수."

"벨 말씸을…. 그부이 해장님을 만나고 싶다 캐예. 은제가 좋심 꺼? 그분은 아무 때고 좋다꼬 했으예."

"그렇다면 내일 당장 만나도록 합시다."

김봉수와 박석호는 석양을 바라보며 한참을 섰다. 김봉수가 눈물 을 글썽이자 박석호도 따라 눈시울을 적셨다. 김봉수는 한바탕 소 리를 지르고 싶도록 가슴이 벅찼다. 그건 박석호도 마찬가지였다.

박석호 소개로 김봉수와 이학찬이 인사를 나눴다. 장소는 이학찬 의 정육점이었고, 술상을 받은 곳도 지난번처럼 그의 안채였다.

"김봉수 해장은 조상 때부터 백정잉교?"

"부모 얼굴도 모르고 자라, 그 점은 아는 게 없습니다. 거렁뱅이 로 떠돌다가 정육점 주인 눈에 띄어, 그때부터 도축장에서 일하게 된 겁니다."

"그라모 백정이라꼬 단정할 수도 없구만은."

"현재 도축장에서 일하니, 백정이지 뭐겠습니까."

"하긴…. 그란데 무신 생각이 있어가 백동해를 맹글었능교?"

"저 혼자만의 생각이 아닙니다. 이심전심으로 박석호 동지 같은 사람이 있어서 만들었지요. 하늘 아래 모두 똑같은 사람인데, 백정 이라 해서 마냥 천대받고 살 수만은 없지요. 양반은 그렇다 치고, 일반 상민만이라도 우리를 차별하지 말라는 겁니다. 우리가 희생해 서라도 다음 세대가 떳떳하게 살 수 있도록 해야지요."

이학찬은 김봉수의 열변에 그만 마음을 홀딱 빼앗기고 말았다. 그가 분명한 어조로 정연하게 논리를 펴는 동안 이학찬은 마치 귀 신에 홀린 느낌이었다. 백정 중에 이렇게 똑똑한 사람이 있었다는 사실에 놀랐고, 그래서 그를 더욱 신뢰하고 싶었다.

"옳은 말이구만은. 애비가 백정이라 캐서 자슥이 핵교를 몬 다니는 이런 늠의 시상은 빨리 바꿔 삐야 되능 기라."

"따님 얘기는 박 동지한테 들어 알고 있습니다만 정말 안 됐습니다."

두 사람이 하는 얘기를 내내 듣던 박석호도 한마디 거들었다. 한껏 고조되는 분위기에 이학찬을 푹 빠뜨리고 싶었다.

"이런 더러분 시상은 밭갈이하듯이 홀랑 엎어 삐야 하는 기라예. 그럴라 쿠모 우리 백동해 기모(규모)를 더 키워야 할 꺼 아입니꺼. 학차이 헹님 겉은 부이 앞장서가 동지를 마이 모아야 됩니더. 그래야 농청도 우리를 함부로 대하지 몬할 끼고예."

"그건 박 동지 말이 맞습니다. 이학찬 동지께서 발이 넓다고 하니, 우리 백동회의 취지를 널리 알렸으면 합니다."

"발이 을매나 넓겠냐만도, 신문사에 있는 분들을 아능 기라. 그분들은 천민 얘기에도 귀를 기울여 주이깨네, 일단 만나는 바야제."

"그러기 전에 먼저 백동회 세력을 좀더 키워야 하지 않겠습니까?"

"내 생각도 그렇구만은. 게우 이십 밍 가지고는 조직이랄 수도 읎는 기라. 적어도 백 밍은 돼야, 그분들이 간심(관심)을 가질 끼구만은. 시작이 반이라꼬, 이 정도만 해도 출발이 좋은 기라. 내 주이(주위)에도 뜻 맞는 친구가 마이 있구만은. 내사 그 사람들을 불러 모을 테이깨네, 석호 니도 부지런히 다니믄서 마이 모으거라."

"알았심더. 으짰든 학차이 헹님이 동지가 돼서 기쁩니더."

"내사 큰 도움이 돼야 할 낀데⋯."

"이학찬 동지를 모시게 돼서, 마음이 여간 든든한 게 아닙니다."

"모신다는 생각은 가당찮고, 같이 힘을 합하는 기제."

"하모요. 학차이 헹님이 백동해에 가입했다 쿠모, 백정들이 서로 들어올라꼬 할 낍니더."

"으쨌든 힘을 모아 보자."

이학찬은 김봉수와 박석호의 손을 끌어 잡고 결의의 눈빛을 나눴다. 그러고는 곧 술잔을 채웠다.

이학찬과 작별한 김봉수는 박석호와 함께 중앙시장 한복판을 가로질렀다. 마을의 장날과는 비교가 안 될 만큼 인파가 장바닥을 가득 메웠다. 거래되는 물품도 산더미처럼 쌓였다.

주막이 즐비하게 늘어선 곳을 지날 때 박석호가 술 한잔 더 할 의향이 있느냐고 김봉수에게 물었다. 김봉수는 잠시 우물쭈물했다.

"다음에 합시다. 왠지 오늘은 ···."

"누가 우리한테 시비 걸까 바서 그랍니꺼?"

"건달패라도 만나면, 골치 아픈 일밖에 더 있겠수?"

"황길처이마 있으모, 누구도 시비를 몬 거는데 ···. 그늠아한테 한 대 맞으모 대갈통이 고마 박살이 난다 아입니꺼."

"전에 서달수라는 백정이 있었는데, 그 사람도 힘이 장사였지."

"그 사람은 어데 있능교?"

"마산에 있다는 얘기를 들었는데, 지금은 뭘 하는지 모르겠수. 서달수 그 사람은 주먹을 잘못 휘두르는 바람에 옥살이를 여러 번 했수. 황길천 동지도 주먹을 함부로 쓰지 않는 게 좋을 거유."

"그렇잖아노 멫 빈 사고 첬다 아이오. 힘이 좋아가 주먹이 근질근질하는가 바예."

호랑이도 제 말 하면 나타난다고, 뜻밖에 황길천이 이쪽으로 왔다. 인파 속인데도 워낙 큰 체구라 어깨에서부터 우뚝 솟았다. 느럭느럭 걷는 품이 딱히 누구를 찾는 것 같지는 않았다.

박석호가 인파를 뚫고 그에게 다가갔다. 김봉수도 그를 천천히 따라붙었다. 설사 그가 인파에 묻힌다 해도 높이 솟은 황길천 때문에 놓칠 염려가 없었다.

"길처이, 니 여게서 머 하노?"

"석호, 니는 으짠 일고? 어어? 봉수 헹님, 아니 해장님도 같이 있었심꺼?"

두 사람을 동시에 발견한 그는 반가워서 어쩔 줄을 몰랐다. 활짝 웃는 모습이 꼭 악동 같았다.

"학차이 헹님을 만내고 오는 길이다."

"그라모, 그 헹님이 백동해에 들어온다 쿠드나?"

"하모."

"축하주 한잔해야 되겠네."

"술값은 길처이가 낼 끼제?"

"공짜로 묵을 수 있구만은."

"단골집가?"

"우리 도축장에서 뻬다구와 선지를 대주는 주막 아이가."

"그렇다모, 해장님도 가입시더."

김봉수도 더는 몸을 뺄 수 없었다. 힘이 장사인 황길천이 있으니 웬만한 건달패를 만나도 낭패 볼 일은 없을 것 같았다.

황길천이 주막에 들어서자 안이 꽉 차는 느낌이었다. 그의 뒤에 붙어 선 김봉수와 박석호는 어미를 졸졸 따라다니는 강아지 꼴이었다. 주막 한가운데 앉아 술을 마시던 젊은 패들이 황길천을 보자 슬그머니 일어나 구석진 곳으로 옮겨 앉았다.

세 사람이 걸상에 궁둥이를 붙이자 황길천이 백동회 애기를 꺼냈다. 그러자 박석호가 눈을 부라리면서 서둘러 그의 입을 막았다.

"이늠아가⋯. 여게가 어덴데, 입을 함부로 놀리노. 조용히 술이나 처묵그라."

"알았다, 고마."

금세 기가 죽은 황길천은 애먼 주모를 닦달해 술과 안주를 시켰다. 바위만 한 체구가 무안한 표정으로 내려앉는 꼴이 어울리지 않아 김봉수가 웃음을 터뜨리고 말았다.

2

멍석말이를 당했던 최만돌이 끝내 말썽이었다. 앙심을 품은 그가 농청의 정판구와 내통한다는 소문이 돌았다. 그가 자발적으로 정판구를 찾아가지는 않았다. 백정이 무엇인가 단체를 조직한다는 걸 눈치챈 정판구가 최만돌에게 먼저 접근했다. 최만돌이 멍석말이를 당한 직후여서 접근하기 좋은 기회였고 그에게서 대략적인 백동회 정보를 입수한 듯했다.

정판구가 이 정보를 그냥 묻어둘 리 없었다. 죽은 마장익이 농청을 이끌던 시절보다 조직의 세가 많이 약화한 것도 김봉수가 전면으로 부상하고부터였다. 그를 제거하지 않으면 기세등등했던 농청의 옛 시절로 돌아가기 어렵다는 걸 깨달아 절치부심했다.

정판구는 곧장 경찰서로 달려갔다. 순사 중에 인척이 하나 있으니 그를 찾아간 것은 당연했다.

"판구가 우짠 일고? 또 사고 쳤나?"

"그기 아이고예, 백정놈들이 큰일을 낼 끼라서 달리 왔심더."

"그기 먼 소리고? 백정이 무신 큰일을 낸다 말이고?"

"지 얘기를 들어 보모, 아재도 놀랄 낍니더."

정판구는 그동안 백정의 동태에 관해 의심했던 점과 이번에 최만돌에게 입수한 백동회 정보를 살을 더 붙여 장황하게 늘어놓았다. 그런데도 순사는 별로 놀라는 기색을 보이지 않았다. 이미 안다는 투의 담담한 표정이었다. 맥이 빠지는 쪽은 당연히 정판구였다.

"아재, 놈들을 몽조리 잡아와가 조지야 안 됩니꺼?"

"증거 있나?"

"최만돌이 그늠아한테 분멩히 들었다 아입니꺼."

"그늠아 말만 듣고 마구 잡아들일 수 있나, 어데."

"짐승보다 더 천한 것들인데, 몬 할 끼 머 있능교."

"천민이기는 하지만도, 분멩한 증거도 읎이 우예 잡아들인다 말이고. 겡찰서라 쿠능 기 사람을 마구 잡아들이는 데가 아잉기라."

"그라모 저것들이 먼 작당을 해가 난리를 일으키도 개않단 말입니꺼? 아재는 갑오년 농민전쟁(동학 농민운동, 1894)도 모리능교? 그때처럼 피를 보모 우얄라꼬 그랍니꺼?"

"그라모 판구 생각은 머꼬?"

"지 생각은 이렇심더. 그러이깨네 … ."

정판구의 계획이란 조직에 가담한 백정을 일망타진하여 옥에 가두자는 것과 우두머리 격인 김봉수를 제거하자는 것이었다. 방관하면 후회할 일이 반드시 생긴다며 순사에게 은근히 압력을 가했다.

"후해할 일이 머꼬?"

"생각해 보이소. 김봉수 그늠아가 백정을 선동해가 폭동이라도 일으키모 우얄 낍니꺼? 더구나 옥봉이 아재 담당구역 아닙니꺼. 폭동이 일어나모 겡찰서가 아재한테 책음을 물을 끼 뻔한 기라예."

"내도 진작에 눈치챘다. 그러나 학실한 증거가 읎는데 우얄 끼고."

"최만돌이 그카는데 놈들이 옥봉 도축장에 자주 모인다 쿠데예."

"내도 안다. 그렇지만도 모이가 술 마시고 노래 부리는 거뿌이다. 그기 무신 작당이고?"

정판구는 계속 무심한 투로 나오는 순사가 답답해서 미칠 지경이었다. 말귀를 알아듣지 못하는 그가 더없이 미련해 보였다.

"속임수라예. 밖에 망보는 놈이 있어가, 누가 나타나모 술판으로 위장한다 아입니꺼. 김봉수 그늠아 대가리에서 나오는 깁니더."

"그늠아들이 무신 목적으로 작당한다 쿠드노? 역적모이 하나?"

"천대받는 기 서러버가 시상을 엎어 삔다 쿱니더."

"시상을 엎어 삔다 쿠모, 그기 역적모이 아이가."

"하모요. 그러이깨네 아재가 퍼뜩 손쓰이소."

"골치 아프구마. 그라모 그늠아들이 은제 또 모이는가 알아보그라."

이렇게 해서 정판구는 최만돌을 만났고, 백동회가 언제 다시 모이는지를 알아내도록 유도했다. 그건 쉬운 일이었다. 함께 일하는 황길천의 동태를 주의 깊게 관찰하면 알아낼 수 있었다.

지난번 김봉수와 이학찬이 만난 자리에서 백동회 회원이 적어도 백 명은 되어야 한다는 결론이 있었다. 이를 실천하기 위해 김봉수와 박석호가 주축이 되어 동지를 새로 모았다. 다행스럽게도 백정들의 호응이 의외로 뜨거워 백 명 가까운 인원을 끌어들였다.

김봉수와 박석호는 이들을 교육시키려 전처럼 회원 모두를 옥봉 도축장으로 모았다. 물론 이때도 친목을 위장한 술판을 만들었다.

이날은 정판구와 순사가 밀담을 나눈 때로부터 딱 열흘 뒤였다. 김봉수와 박석호가 신입회원을 상대로 막 연설하려는 때에 밖에서 망을 보던 회원이 헐레벌떡 달려왔다. 농청 회원 수십 명이 순사 10여 명을 앞세워 몰려온다는 것이다.

도축장에 모인 회원들은 재빨리 술판으로 분위기를 바꿨다. 도축장 문도 일부러 활짝 열어놓아 그들의 의심에서 벗어나고자 했다.

그러나 작심하고 급습한 순사들이 백정의 술수에 넘어갈 리 없었다. 난폭한 점령군처럼 들이닥친 그들은 도축장에 들어서자마자 일렬횡대로 늘어섰다. 그 뒤로 정판구가 이끄는 농청 회원 30여 명이 각목을 틀어쥐고 섰다.

서열이 높아 보이는 순사가 앞으로 나서며 대뜸 김봉수부터 불러냈다. 바로 정판구와 인척인 자였다. 김봉수가 당당한 모습으로 나서자 곤봉으로 제 손바닥을 탁탁 두드렸다.

"와 모있노?"

"순사 나리께서 보시다시피, 술판을 벌이고 있습니다요."

"느그들끼리 모이가 백동핸가 머신가를 만들었다 쿠데. 그기 머꼬?"

"친목회 이름입니다요."

"술이나 처묵으모 됐제, 멩칭은 머할라꼬 만드노?"

"백정끼리 친목을 다지자는 뜻으로, 그저 붙인 겁니다요."

"이늠아가 잘도 둘러댄다이. 겡찰서를 허수아비로 아나?"

기어코 곤봉이 김봉수의 어깨를 내려쳤다. 김봉수가 맥없이 무릎을 꺾자 이번에는 발로 가슴을 걸어찼다. 이때 황길천이 뛰어나와 순사 앞을 가로막았다.

"벵수 아재요. 와 이랍니꺼? 백정들이 모이가 술 마시고 노는 기라예."

"길천이 니가 와 또 나서노? 니도 한패이깨네 맛 좀 보그라."

곤봉이 황길천에게도 떨어졌다. 그가 매를 맞으면서도 얼굴만 찡그릴 뿐 꿈쩍도 하지 않자 곤봉이 또 높이 솟았다. 그러자 황길천이 눈을 부릅떠 곤봉을 움켜잡았다.

"벵수 아재요. 아무리 백정이라 캐도 죄도 없는데 와 이래 쌉니꺼?"

"시끄럽다, 고마. 오늘은 모두 겡찰서로 끌고 갈 테이깨네 모두 일나그라. 만약에 한 놈이라도 도망치모, 모가지 달아날 줄 알그라이. 그라고 이 도축장 주인이 어느 놈이고?"

김봉수가 맞아 죽을 각오로 순사 앞으로 나아갔다.

"그분은 우리 회원이 아니기 때문에, 이 자리에 없습니다요."

"불러오이라."

"그분은 정말 친목회원이 아닙니다요. 차라리 저를 죽이십시오."

"치아라, 고마."

순사가 또 곤봉을 쳐들었다. 하는 수 없이 막내 조돌석을 고만석의 집으로 보냈다. 김봉수가 순사에게 매달려 고만석은 아무 관련이 없다고 해도 막무가내였다.

잠시 후 고만석이 어리둥절한 표정으로 들어섰다. 순사가 그를 보자 장소를 제공한 쇠를 묻겠다면서 경찰서로 함께 끌고 갔다. 고만석의 얼굴은 이미 사색이 되어 몸을 부들부들 떨었다.

이날 저녁 백동회 회원 100여 명이 줄줄이 엮여 도축장을 나서야 했다. 10여 명의 순사가 앞뒤에서 호위하는 가운데 농청 사람들이 중간중간 끼어들어 순사를 거들었다. 농청 작자들은 그런 중에도 괜히 각목을 휘두르거나 발길질을 해대며 백정을 괴롭혔다.

경찰서까지 끌고 왔으나 많은 인원을 가둘 시설이 없었다. 주모자 격인 김봉수, 박석호, 황길천 등 몇몇만 옥에 가두었다.

나머지는 한구석에다 몰고는 하나씩 불러내 백동회의 성격을 물었다. 한결같이 '친목회'라 대답했다. 이미 그렇게 교육을 받았기 때문에 더 캐낼 것이 없었다.

이튿날, 김봉수와 박석호 등 주동자급만 제외하고 나머지 백정은 모두 훈방되었다. 고만석도 이들과 함께 풀려났으나, 문제는 옥봉의 도축장을 잠정적으로 폐쇄하는 조처가 내려졌다는 것이다. 이건 여간 큰일이 아니었다. 이 도축장이 문을 닫으면 이에 빌붙어 사는 백정의 생계가 막막해진다. 그러자 백정들이 김봉수를 원망하기 시작했다. 당장 입에 풀칠하기가 어려워졌으니 그들로서는 당연했다.

김봉수는 옥에 갇힌 동안 온갖 고초를 겪으면서도 도축장이 폐쇄된 것만 걱정했다. 그 원인이 자기에게 있어 고만석은 물론 그의 식솔과 여타 백정에게 차마 못 할 짓을 한 것 같았다.

경찰서에서는 백동회의 취지를 캐기 위해 주동자에게 온갖 수단을 다 동원했다. 곤장 치는 것은 기본이고 하루에도 몇 번씩 기절할 만큼 악독한 고문이 가해졌다. 황길천 같은 천하장사도 모진 고문 앞에서 맥없이 무너졌다.

3

김봉수 일행은 옥에 갇힌 지 두 달 만에 풀려났다. 증거도 없는데 그리 오래 붙잡을 사안이 아니었다. 나중에 안 사실이지만 경찰의 계획된 의도가 있었다. 백동회가 부활하지 못하게 한 것이다.

김봉수는 옥에서 풀려나자 도축장으로 달려갔다. 뜻밖에도 도축장 문이 열려 있었고 안에서 작업도 하고 있었다. 그동안 폐쇄조치가 풀렸는가 싶어 안심하면서 그 자리에 풀썩 주저앉고 말았다.

그러나 사정은 달라져 있었다. 재설꾼과 잡역부는 옛사람 그대로였으나 엉뚱한 사람이 도축장 주인으로 있었다. 일본사람이었다. 주인 고만석이 일본인 밑에서 재설꾼 노릇을 하는 게 아닌가.

"아저씨, 대체 어찌 된 일입니까?"

"… 도축장이 일본사람한테 넘어갔구먼."

"빼앗긴 겁니까?"

"그런 셈이지."

"그럼 순순히 내줬다는 말예요?"

"경찰서에서 시키는 일인 걸 백정 처지에 어쩌겠나. 도축장을 나한테 맡기면, 백동흰지 뭔가가 또 작당할 거라면서 빼앗았구먼."

"아저씨한테 제가 죽일 놈예요."

"그런 말 말어. 나는 봉수를 원망 안 해. 자네도 옳은 일 할라다가 이렇게 된 거잖어."

"앞으로 무슨 낯으로 아저씨를 보겠어요."

김봉수가 고만석 앞에 무릎을 꿇고 기어코 오열했다. 고만석은 그의 어깨를 두어 번 쓸어주고는 말없이 도축장 안으로 들어갔다.

그래도 울음을 멈추지 않고 더 서럽게 울었다. 이때 강만추가 슬그머니 다가와 김봉수 앞에 쪼그리고 앉았다.

"울모 머 하노. 이미 엎질러진 물 아이가."

"아저씨한테 미안해서 그래."

"그 백동핸지 머신지 시작하기 전에 내한테 말했으모 몬 하게 말렸을 끼구만은. 그 때문에 여러 사람 다쳤다 아이가."

"이렇게 빨리 무너질 줄 몰랐어."

"이참에 손 띠삐라. 백정은 백정 팔자로 살아가는 기 순리 아이가. 우리 같은 천민이 잘난 척 나서 바야, 바이(바위)에 개란(계란) 치기 아이가."

"아냐. 이대로 물러설 수는 없는 거다."

"그라모 백동해가 또 모인다 말이가?"

"당장은 어렵지만, 언제든 다시 시작할 거다."

"일본놈이 주인 됐는데 그리되겠나?"

"여기서는 안 되겠지."

김봉수는 그날로 고만석, 강만추 등 옥봉의 백정들과 작별했다. 도축장에 남을 수도 없었다. 고만석이나 강만추도 그를 붙들 처지가 아니었다. 일본인 주인이 김봉수만큼은 받아들이지 않겠다고 미리 선언해 버렸기 때문이다. 김봉수도 일본사람 밑에서 일할 생각은 추호도 없었다.

김봉수는 중앙시장의 이학찬을 찾아갔다. 자신의 거취 문제도 상의할 겸 백동회의 향후 문제를 의논하기 위해서였다. 이학찬은 김봉수를 보자 눈물을 글썽거리며 맞았다. 그는 김봉수가 옥에 갇힌 동안 서너 차례 면회를 왔었다.

"멘해(면회)도 자주 몬 가보고 … . 내사 미안구만은."

"자주 오셨잖습니까."

"옥봉 도축장이 일본늠한테 넘어갔으이, 김 해장은 앞으로 우짤 끼요? 당장 먹고 자고 할 데가 있어야 안 되능교."

"그렇기는 한데 … ."

"그라모 여게서 내랑 함께 일하입시더. 마침 우리 도축장을 맡아 줄 사람이 필요했던 기라."

"먼저 있던 사람은 어쩌고 제가 맡습니까?"

"내보냈다 아이요. 그늠아가 술을 억수로 먹는 바람에 일을 잘 몬 하구만은. 그러이깨네, 김 해장이 같이 있음서 백동해 일도 이논 (의논) 하는 기라."

"저야 좋습니다만, 폐가 될 것 같아서 … ."

"김 해장 같으모 개않소. 그라모, 그래 겔정 난 거로 하입시더."

"고맙습니다. 일은 열심히 하겠습니다."

김봉수에게는 아주 잘된 일이었다. 당장 숙식을 해결할 수 있고 장차 백동회 일을 그와 구체적으로 도모할 수 있어 안성맞춤이었다.

도축장이 일본인에게 넘어간 경우는 옥봉뿐만이 아니었다. 진주만 해도 여러 곳이 일본인에게 넘겨졌고, 전국 각지의 도축장이 막강한 일본 자본에 침식당하기 시작했다. 이때부터 일본인은 도축량을 멋대로 조절하고 가격도 자기들 마음대로 정하여 애먼 소비자만 골낭 먹었다.

도축장과 정육점에서 백정의 독점권이 위협받았다. 그들은 삶의 터전에서 쫓겨나거나 고만석처럼 하루아침에 재설꾼으로 전락했다.

이처럼 상황이 절박해지자 백정들은 드디어 자신의 이익을 지켜줄 '도수조합' 설립을 추진하기에 이르렀다. 이는 갑오개혁(1894) 때 해체된 백정들의 단체를 부활시키려는 의도였다.

예부터 '승동도가'承洞都家라는 전국적 조직이 백정에 관련된 업무를 관장했다. 승동도가는 서울의 승동承洞(지금의 인사동, 일명 개장수골)에 본부를 두고 전국에서 선발된 자에 의해서 운영되었다. 이 조직의 대표를 '영위'領位라고 불렀다. 그 밑에 도축사업과 정육사업에서 발생하는 각종 분쟁의 해결과 원만한 영업 등을 유도하는 직책이 있었다. 승동도가의 하부 조직으로는 평양에 '어가청'於可廳이 있었고, 기타 지역에서는 이를 '도중'都中이라 했다.

도수조합의 설립 추진은 진주에서도 있었다. 최용규崔鎔圭라는 사람이 이 조합을 세우기 위해 서울에서 내려와 의령 사람 장지필張志弼을 만났다. 진주에서도 일제의 비호를 받는 일본인이 대규모로 도수장 건립을 추진해 이에 맞서는 조직이 필요했다.

그러나 도수조합 설립은 실패했다. 장지필 등이 백정을 불러 모아 집회를 열고 조직 결성을 시도했지만 당국에서 허가하지 않았다.

도수조합 설립은 일본인의 농간이 있었던 데다가, 진주의 수구세력인 농청이 일본인과 연대하여 적극적으로 반대했기 때문에 실패했다. 농청에서는 백정이 파는 고기를 사지 말 것을 동맹할 뿐만 아니라, 남자 백정은 소가죽으로 갓끈을 매도록 하고 여자는 벳조각을 달고 다니도록 강요하는 행패까지 부렸다.

이렇게 도수조합 설립이 실패한 상황에서 일본인은 조선인과 연대하여 옥봉에 새로 도축장을 세웠고, 이를 조직화하려 '집성조합'

集成組合이라는 것까지 만들어 진주 백정이 운영하는 도축장과 정육점은 더욱 위기에 몰렸다.

이학찬이 백동회 활동에 적극 나선 것도 이런 위기의식 때문이었다. 그는 백동회 조직을 활성화하여 일본인의 거대 자본에 맞설 작정이었다. 김봉수의 뜻 역시 같았다.

"백동회 회원을 다시 모으려면, 경찰서와 농청의 감시를 피해야 하는데 …. 이 동지한테 좋은 생각이 있습니까?"

"당장은 없지만도, 어떻게든지 맹글어야 안 되겠소."

"옛날 동지를 모은다고 해도 그 많은 인원이 모일 장소가 없는 것도 문젭니다. 경찰에 발각되면 지난번처럼 끌려갈 것이 분명하고."

"내도 그걸 걱정하고 있는 기라."

"이 동지께서 신문사에 친한 분이 있다고 하셨지요?"

"백정 신분에 학식 높은 분들하고 우예 친할 수 있겠능교. 우리의 억울한 처지를 이해할라 쿠는 분들이라 얘기를 나눴다는 거뿌이지."

"지금 같은 절박한 처지에, 그런 분들을 안다는 것만으로도 큰 위안 아니겠습니까. 그러니 이 동지께서 그분들을 만나, 우리 생각을 의논하면 좋겠습니다만."

"김 해장 생각이 꼭 그렇다모 함 만나보는 것도 개않지."

이튿날, 김봉수가 박석호를 만나러 길을 나섰다. 감옥에서 함께 풀려난 이후 지금까지 만나지 못했다. 경찰서도 그렇거니와 농청의 감시를 받는 처지라 조심스러워 발걸음을 삼갔다.

박석호는 건피장에서 가죽을 널고 있었다. 그는 김봉수를 보자 대뜸 주위부터 두리번거렸다. 김봉수가 그에게 다가가 손을 잡으려 하자 손 내밀 생각은 않고 그를 도축장 뒤로 데리고 갔다. 얼굴에서 경계심을 풀지 않았다.

"해장님이 우짠 일잉교?"

"박 동지가 궁금해서 왔소. 그래 어찌 지내시우?"

"내사 마 그렇심더. 해장님이 이래 다녀도 되겠심꺼? 겡찰서는 몰라도, 농청놈들이 자주 와가 기웃거리는 기라예. 해장님한테는 안 그랍니꺼?"

"나는 지금 이학찬 동지의 도축장에 있다우. 박 동지도 소문 들어 알겠지만, 옥봉 도축장이 일본놈들한테 넘어갔잖수."

"그래 됐심꺼. 잘 됐네예. 학차이 헹님도 잘 있능교?"

"그분이야 뭐 …. 헌데 그분도 백동회를 다시 모으자고 합디다. 내 생각 또한 그렇고. 박 동지 생각은 어떻수?"

왠지 박석호가 선뜻 호응하지 않았다. 감옥에서 풀려난 지 얼마 되지 않아 아직껏 그때의 두려움이 가시지 않은 듯했다. 경찰이 풀어 주면서 단단히 못을 박았다. 백동회 모임을 또 가지면 모두 극형에 처하겠다는 협박이었다.

"지금은 쪼매 이험(위험)하지 않았심꺼? 내 생각에는 감시가 느슨할 때를 기다리는 기 좋을 것 같심더."

"물론 당장 모으자는 건 아니우. 우선 동지가 모일 장소도 마땅치 않고. 그래서 이학찬 동지더러 신문사에 있는 분들을 만나서 의논해 보는 게 좋겠다고 했어요."

"학차이 헹님은 머라 쿱니꺼?"

"그러겠다고 했어요. 그러니 좋은 날이 올 때까지, 마음 변치 말고 잘 계시우. 황길천 동지한테도 이 뜻을 전해 주고. 그런데 황길천 동지는 어떡하고 있수?"

"감옥에서 고문을 마이 당해가 기가 꽉 죽었심더. 그러면서도 아재 삼았던 그 순사를 죽이겄다꼬 이를 갑니더. 배신감이 들어서 그럴 낍니더."

"박 동지가 말려야 하우. 힘은 꼭 써야 할 때가 있는 법이니 경거 망동해서는 안 되우. 언젠가는 그 힘을 쓸 때가 꼭 있을 테니까."

"알았심더. 황길처이한테 해장 말씀을 꼭 전하겄심더."

"기회가 올 때까지 박 동지와 황 동지는 몸조심해야 하우."

"해장님도 몸조심 하이소."

박석호와 작별한 김봉수가 고만석을 만나러 곧장 옥봉으로 향했다. 옥봉으로 가면서 되도록 뒷길을 택했다. 농청놈들이 항상 눈에 불을 밝혀 마음에 걸렸다.

그가 옛 도축장으로 오르는 길로 접어들 때였다. 저만치 사내 서넛이 언덕을 내려오는 게 눈길에 잡혔다. 농청놈들임을 알 수 있었다. 그들의 손에는 여전히 몽둥이가 들렸다. 김봉수는 재빨리 숲속으로 몸을 피했다. 그들도 이쪽의 동태를 지켜봤던 모양이다.

"저 새끼, 김봉수 아이가?"

누군가의 입에서 고함이 터졌다. 이어서 "김봉수 맞다!"와 "저늠 아 잡아라!" 하는 고함을 내지르며 김봉수 뒤를 쫓기 시작했다.

김봉수는 사냥꾼에게 노출된 짐승처럼 냅다 뛰었다. 몸 숨길 곳이 없어 무작정 산꼭대기를 향해 뛰었다. 잡히면 죽는다.

힘이 달려 무작정 오르기만 할 수 없었다. 어디든 안전한 곳을 빨리 찾아야 할 판인데 깎아 세운 듯한 낭떠러지가 나타났다. 벼랑 아래로 뛰어내리든가, 놈들에게 잡히든가, 둘 중 하나를 선택해야 했다. 가마솥에 든 가물치 신세였다.

놈들이 근접한 거리까지 올라왔다. 이제 선택할 길은 하나뿐이었다. 맞아 죽지 않으려면 아래로 뛰어내릴 수밖에 없었다. 낭떠러지가 천 길처럼 보여 눈앞이 아찔하고 다리가 후들거렸다.

'오냐. 이판사판이다.'

김봉수는 눈을 딱 감고 뛰어내렸다.

4

뜻밖에 서달수 여자가 아이를 가졌다. 달수는 처음부터 여자가 필요했을 뿐이지 아이는 원치 않았다. 근본 없는 백정 출신에 자식은 당치 않다고 여겼기 때문이다. 아이가 세상에 나와 봤자 죽을 때까지 백정딱지를 떼지 못할 것을 굳이 대를 잇게 할 마음이 없었다.

어쩌다가 순사보 노릇을 하게 됐지만 언제 목이 잘릴지도 모를 일이고, 그렇게 되면 결국 동가식서가숙東家食西家宿하는 신세로 돌아갈 것이 뻔하다. 그런 처지에 자식이 웬 말인가.

며칠 전부터 여자가 갑자기 토악질을 해댔다. 처음에는 그저 음식이 체한 것이려니 했다. 그러나 구토가 자주 생기면서 조금씩 의심을 품기 시작했다.

여자는 다급한 마음에 창원집 주모를 찾아갔다. 그녀의 얘기를 자세히 듣고 난 주모가 대뜸 "얼라 가졌구마"를 거침없이 내뱉었다.

확신을 가진 여자가 그날 저녁 달수 눈치를 보며 이 사실을 털어놓았다. 자기 딴에는 남자가 매우 감격할 줄 알았다. 그러나 그의 얼굴에 금세 그늘이 졌다.

"안 좋심꺼?"

"첨부터 새끼를 바란 거이 아닌디, 뭣이 좋다요?"

"장차 아부지 될 사람이 우찌 그래 말합니꺼?"

"허어, 아부지? 참말로 징헌 소리구마이. 나는 첨부터 임자만 필 요했던 것이제, 은제 새끼 나라고 했간디?"

"그라모, 배 속에 든 걸 우짤 껍니꺼? 직일 수도 없다 아이요."

"그건 임자가 알아서 하소. 죽여 불든지 낳든지."

"고슴도치도 지 새끼 귀여버한다 쿠는데 우찌 이럴 수가 있능교."

"글씨, 나는 모른당께."

달수가 인정머리 없게 면박을 주고는 벽을 향해 돌아누웠다. 여자가 훌쩍훌쩍 눈물을 짜냈다. 달수는 울음소리를 들으면서 마치 가슴이 맷돌짝에 눌린 것처럼 답답했다.

이두영은 몇 달 전부터 노점상 신세를 면하고 고양이 낯짝만 한 가게 하나를 얻어 들어앉았다. 원체 돈 씀씀이가 헤프지 않은 데다가 장사를 착실히 해서 가능했다. 당장 예쁜 처녀 만나 장가들기는 틀린 것 같아 돈부터 모으자고 작심했다. 개장수도 올가미가 있어야 하듯이 수중에 돈이 있어야, 그나마 사람대접도 받고 여자도 얻을 수 있다고 판단했다.

두영이 이렇듯 돈 버는 일에 집착하는 것은 창원집 온순 때문이었다. 주모가 눈에 쌍심지를 세워 조카를 감시하는 중에도 온순은 틈틈이 두영의 전방에서 방물을 샀다. 그게 꼭 그의 전방에만 있는 것도 아닌데, 주모의 눈을 피해 군이 그에게 들르곤 했다.

그렇게 하기를 여러 차례 거듭되는 동안 자기도 모르게 두영에게 조금씩 정을 느꼈다. 볼때기에 심술이 덕지덕지한 이모만 아니었어도 그에게 노골적으로 정을 드러냈을지도 모른다. 그런 중에도 가진 것 없이 불알 두 쪽만 달랑 찬 것이 마음에 걸렸다.

밤마다 온순을 오매불망하던 두영이 마침내 그 눈치를 거니챘다. 어느 날이었다. 두영이 막 전방을 열 시각인데 그녀가 나타났다. 그는 장사치 본분을 잊고 그녀를 멍하니 바라보기만 했다. 그녀는 눈을 두리번댔지만 딱히 무엇을 사기 위해서 온 것 같지는 않았다.

"아침 일찍, 으쩐 일이다요?"

"댕기 하나 살까 해예."

"그러요? 쪼까 지둘리쇼이. 시방 전방을 여는 중이라, 아직 내놓지를 못했구만이라."

두영이 물건을 가지러 안으로 들어가려고 하자 왠지 그녀가 쭈뼛쭈뼛 따라붙었다. 그뿐만 아니라 얼굴에 홍조가 번지면서 입을 달싹거렸다. 따로 할 얘기가 있는 눈치였다.

"저어 …."

"나헌티 할 말이 있는 게라?"

"이따가 국밥 묵으러 안 올랍니꺼?"

"글씨 …. 주모 땀새 가겠습디여."

"이모가 어데 가고 읎어예."

"멀리 간 게라우?"

"야아."

"그라믄 아가씨 혼자서 장사허요?"

"이모가 저녁에는 오이깨네, 낮에만 해예."

"그렇다믄 가야제."

242

주모만 없다면 굳이 창원집에 안 갈 이유가 없었다. 더구나 그녀 혼자서 장사를 한다니 부락스러운 취객으로부터 보호해야 하지 않겠는가. 비록 뽕은 따지 못해도 그녀와 오랜 시간 마주할 수 있다는 것만으로도 가슴 벅찬 일이었다.

'이런 기회가 흔치 않은 일인디.'

점심때가 되려면 아직 멀었다. 그런데도 두영은 전방을 닫아걸고 창원집으로 달려갔다. 마음이 급해서 전방에 있을 수가 없었다.

마침 장날이 아니어서 주막은 한산했다. 손님은 두영 혼자였다. 덥지도 않은 날씨인데 온순이 이마에 땀을 줄줄 흘리며 국밥을 말았다. 두 사람뿐이라는 사실에 긴장하는 눈치가 역력했다.

그건 두영도 마찬가지였다. 그녀의 뒷모습을 흘끔거리면서 가슴이 두근두근했다. 오늘 자세히 보니 엉덩이가 상상보다 아주 커 보였다. '실제 젖가슴은 얼마나 클까?' 하는 생각에 이르러서는 다리가 후들거리고 사타구니가 뻐근했다.

그녀가 국밥을 내오면서 술도 한 사발 퍼왔다. 이마와 콧등에 여전히 땀이 송골송골 맺혔다. 두영은 이처럼 단둘이서 호젓한 시간을 갖기는 난생처음이라 모든 것이 안타까웠다. 긴장한 그녀 모습도 안타깝고 흘러가는 시간도 안타까웠다.

"지 땜에 장사를 몬 해서 우얍니꺼?"

"괜찮아라. 아가씨 혼자 있는디, 불한당이 오면 으쩔 것이오. 나가 보호해야 안 되겠소."

"그레서 인심인 기라예."

"나를 믿고 의지할 맴을 가졌다니, 고맙구만이라."

"아저씨가 착하이깨네 믿는 기라예."

"음마? 나가 으째서 아저씨다요? 엄연한 총각인디."

"그라모 머시라 부를 낍니꺼?"

"히히. 내 성이 이 가니게, 이 도령이라 부르면 으떻겠소?"

그러자 그녀가 키득키득 웃었다. 두영이 왜 웃느냐고 묻자 "그냥 우스바예" 하면서 또 웃었다. 그 모습이 어찌나 귀엽고 예쁜지 다가 가서 꼭 안아 주고 싶었다.

두영은 음흉한 욕심부터 품는 자신을 책망하며 슬그머니 고개를 돌렸다. 온순은 등을 돌린 채 손을 바삐 놀렸다. 그러나 손 가는 데 마다 허둥대는 것 같았다.

"온순 아가씨는 은제 시집간다요?"

"… 몰라예."

"맘에 품은 사내가 따로 있는 갑소이?"

"아이, 몰라예."

"나가 뭣 쪼까 물어봐도 되겠소?"

"먼데예?"

"나가 돈을 많이 불먼, 나헌티 시집오겠소?"

"옴마야. 그런 걸 우찌 그래 쉽게 말합니꺼?"

"나가 아가씨 땀시로 매일 밤잠을 설치구만이라."

"거짓뿌리도 잘해예."

"참말이랑께."

"사내 맘을 우예 믿심꺼?"

"온순 아가씨만은 나 말을 믿고 돈 벌 때까정 지둘리시오. 꼭 지 둘리쇼이."

두영은 수저를 국밥에 꽂아놓고는 그녀의 손을 덥석 끌어 잡았다. 차마 안지는 못하고 손아귀에 힘만 주었다. 그러자 그녀는 화들짝 놀라서 손을 빼고는 뒤꼍으로 내뺐다.

두영은 그녀가 보여준 반응을 멋대로 해석하여 자신의 뜻을 받아들인 것으로 확신했다. 그뿐만이 아니라 그녀가 자신의 아내 될 여자로 확정된 것처럼 못을 박아 버렸다.

그는 비로소 삶이 즐겁고 희망이 넘쳐흐르고 살아온 보람을 밤낮으로 느끼며 살기 시작했다. 이런 기회가 생기려고 그토록 오랜 세월을 견뎠나 싶어 자신도 모르게 눈물을 글썽거렸다.

달수는 순찰을 나가면서 두영에게 먼저 들렀다. 여자가 임신했다는 말을 듣고 밤새 잠을 설쳤던 터라 답답한 심정을 털어놓을 상대를 찾아 나선 셈이다.

두영의 전방이 가까워지자 그가 어떤 꼴을 하는지 살폈다. 두영은 어제도 그러더니 오늘도 또 싱글싱글 웃었다.

"대갈빡에 지렁이 든 놈처럼, 왜 혼자 웃는다냐?"

"성님 왔구만이라. 순찰 도요?"

"보믄 모르냐? 장사는 잘돼야?"

"그저 그렇소. 형수, 잘 계시지라?"

"형수고 나발이고, 느 성님 환장허겄다야."

"고것이 또 허고 잡아서 그러요?"

"염병 앓는 소리 허고 자빠졌구마. 나가 시방 죽을 맛이랑께."

"뭣 땀시 우거지 상이다요? 어젯밤, 형수가 속곳을 안 벗읍디여?"

"지랄… . 이 일을 으쩌믄 좋다냐? 새끼를 뱄단 말이시."

"뭐, 뭣이라고라우? 성님이 애를 배야?"

"염병헐 늠아, 나가 으떻게 애를 배야. 그년이제."

"으매, 으매. 성님은 좋겄소이. 드디어 아비가 되았으니, 을매나 좋을 것여."

그러자 달수가 눈을 하얗게 뒤집으면서 갑자기 방물 중에 빨랫방 망이를 집어 들었다. 곧 머리통을 내려칠 기세였다.

두영은 그의 느닷없는 행동에 놀라 그만 걸상 아래로 나뒹굴고 말았다. 달수가 눈을 하얗게 뒤집어 놓고 숨을 씩씩댔다. 그 모양 새가 꼭 빙판에 나자빠진 황소 같았다.

"성님, 왜 이러요?"

"으째야? 시방 나보고 아비라고 혔냐? 그년이랑 짜고 허는 소리 같구만이라. 넘 쏙 터지는 것도 모르고."

"그라믄 성님은 아아가 싫다는 것여?"

"나가 은제 새끼 바란 것이냐? 기집과 고것이나 허문서 살라 혔제."

"고슴도치도 지 새끼 귀엽다고 헌다는디 사람이 그라믄 쓰간디?"

"음마? 이 연놈들이 …."

"연놈이 으째야. 누구누구가 연놈이다요?"

"어젯밤 그년허고 똑같은 소리를 해싸니께 그라제. 가만 …. 이 것들이 나 몰래 정 통헌 거 아녀?"

달수가 또 눈을 부릅떠 이번에는 곤봉을 쳐들었다. 두영은 그 꼴 이 우습고 기가 막혀서 헛웃음만 내뱉었다. 남이 눈 똥에 주저앉고 애매한 두꺼비 떡돌에 치인다더니, 두영이 그 꼴이 된 듯해서 어처 구니가 없었다.

"서갑이을恕甲移乙이라고 허드만, 기가 차구만이라."

"뭣여, 서갭이가 으째야?"

246

"무식허기는…. 서갑이을이라 혔소. 형수헌테 구박 맞구서 왜 나헌티 분풀이를 허냔 말여. 나가 뭣 땀시 형수를 만날 것여?"

"아니믄 되얐고. 나가 으짜믄 좋겄냐?"

달수는 주먹을 날리지 못해 안달하는 표정으로 눈만 부라리고는 일어났다. 담벼락 같은 등짝으로 돌아서는 그의 모습이 오늘따라 몹시 쓸쓸해 보였다.

자식을 갖게 됐는데도 기뻐하지 않는 그의 속내가 어떤 것인지는 몰라도 똥 깔고 앉은 기분인 것만은 분명했다. 사내에게는 욕정의 대상이 따로 있고 여편네 될 여자가 따로 있다더니, 달수를 보면 그런 모양이다.

두영은 그가 사라진 뒤에도 왠지 마음이 쓸쓸하면서 그의 단순함에 연민마저 들었다. 밥 먹고 생각하는 건 오로지 개 흘레하듯 계집과 뒹구는 것뿐이니 어쩌겠는가. 그에게 애가 생겨 미래가 암담한 것은 결국 무식한 도깨비가 부적을 모르는 것과 다르지 않았다.

'온순이, 나는 안 그럴 것여.'

5

며칠 후 서달수가 순사 둘과 함께 어디론가 바삐 갔다. 뛰다시피 걸었다. 이두영의 가게 앞을 지나가면서도 왠지 고개조차 돌리지 않았다. 그리는 딜수가 마치 생면부지의 사내처럼 보였다.

두영은 그게 또 궁금해서 전방을 뛰쳐나와 달수의 소매 끝을 잡아 흔들었다. 그는 눈길만 한번 줄 뿐 그대로 지나치려 했다.

"으디를 이리 바삐 간다요?"

"너는 몰라도 돼야."

"말해 주믄 입에 부스럼 나요?"

"순사가 허는 일에 장사치가 뭣 땀시 끼어드냐. 우리 임무가 바빵
게 말 걸지 말어라이."

"어따, 순사짓 한번 대단허요이."

두영이 그의 소맷귀를 놓고 구두덜대는 동안 그는 이미 저만치
사라져 버렸다. 아무래도 심상찮은 일이 벌어진 듯했다. 어디선가
패싸움이 벌어졌을 것이다. 요즘 들어 저잣거리 불량배와 백정이
떼를 지어 싸우는 일이 잦았다. 진주에서도 보던 일이다.

이곳 마산의 백정은 그저 맞기만 하지 않았다. 도축용 도끼와 칼
을 휘두르며 당당히 맞섰다. 그러다 보니 양쪽에서 비슷한 숫자로
사상자가 나오곤 했다.

두영의 짐작이 딱 맞았다. 저잣거리 불량배와 백정 여남은 명이
줄줄이 오라에 묶여 끌려갔다. 양쪽 다 옷이 갈가리 찢긴 채 다리를
절거나 얼굴에 피를 흘렸다.

행인이 구름처럼 몰려들어 그들 모습을 지켜봤다. 그런 중에 어
떤 자는 무리에서 뛰어나와 백정을 향해 욕을 해대거나 침을 뱉기
도 하였다. 그때마다 달수가 곤봉을 높이 쳐들어 눈을 부라렸다.
그래도 누구 하나 투덜거리는 자가 없었다. 그도 그럴 것이 달수가
성을 내면 그의 무쇠주먹이 얼마나 무서운지 잘 알기 때문이다.

언젠가 이런 일이 있었다. 양반집 한량들이 자기 집 배경만 믿고
달수에게 순사대접을 안 하고 감히 주먹으로 대들었다. 달수는 그
들이 하는 꼴이 아니꼽고 가소로워 주먹 한 방으로 버릇을 고쳐놓

았다. 그의 주먹에 당한 자마다 개구리처럼 뻗어 버려 한동안 주검처럼 널브러졌다. 그 후부터는 한량들이 달수를 피해 다녔다.

두영도 사건의 전말이 궁금해 달수에게 묻고 싶었으나 그러기에는 그의 얼굴이 너무 굳어 있었다. 물어보나 마나 '시방, 공무 중인 거이 안 보이냐?' 하고 통박을 줄 게 뻔했다.

해거름이 되자 달수가 순사복을 벗어 버리고 두영의 가게로 찾아왔다. 죄수들을 어떻게 다뤘는지는 모르나 어깨를 재는 품이 꽤나 의기양양해 보였다. 두영에게라도 으스대고 싶은 것 같았다. 틀림없이 미친개 패듯 불량배들에게 곤장맛을 먹였을 것이다.

"또 패싸움한 게라우?"

"썩을 늠들이 툭하면 싸움질 아니냐."

"이번에는 뭣 땜시 싸웠다요?"

"불한당들이 아무 잘못도 읎는 백정을 두들겨 패는 바람에 일어난 것이제."

"그 썩을 인간들을 반 죽여 불지."

"순사가 그러믄 쓰간디? 어디까정이나 공정해야 되는 것여."

"그랴도 가재는 게 편 아녀라우? 성님도 한때는 백정이었는디."

"다른 순사들이 보는 디서 으떻게 그러겄냐. 다만 똑같이 때려도 백정헌테는 주먹에 힘을 안 주는 것뿐이제."

"그라믄 되얐소. 근디 형수는 으띠시요? 배가 많이 부르다요?"

내내 목에 힘을 주던 달수가 제 여자 얘기를 꺼내자 시무룩해서 금세 낯빛이 하얗게 바뀌었다. 그런데도 겉으로는 태연한 척했다. 두영은 그 속을 훤히 꿰뚫었다.

"지랄. 애를 몇 달 만에 내지르는지 몰러서 그러냐? 암시랑토 안 해야."

"애를 배믄 먹고 잡은 거이 많다는디 …. 맛난 것 좀 사다 주지 그러요."

"네늠이 시방, 나 약 올리자고 허는 소리제? 놀부맨치로 애 떨어지라고 발길질을 허고 잡아도 차마 못 허는 심정인디 뭣이 으째야?"

"성님은 결자해지라는 말도 모른다요?"

"… 뭔 해지라고?"

"결자해지結者解之! 끈은 동여맨 자가 푼다는 뜻인 게라. 다 성님 땀시 생긴 일인디, 으째서 형수만 원망허요? 월담헌 사내늠 애를 배도 성님처럼 매정허지는 않을 것이구마. 부지깽이로 아궁이 쑤시듯이 밤마다 고걸 박아댄 거이 누구간디?"

"네늠이 시방, 이 순사를 훈계허는 것여?"

"하도 인정머리 없는 소리만 해싸니께 안 그러요. 그러믄 벌 받소."

"썩을 늠…. 오냐. 너는 새끼 많이 많이 내질러서, 굴비처럼 줄줄이 엮어 부러. 고것들을 허리춤에 꿰고 다니믄 잘 어울리겄다이."

"걱정 붙들어 매소. 그리 헐 팅게."

"그럴 기집이나 있어야?"

"걱정 붙들어 매랑께."

"쥐뿔도 읎는 것이 큰소리는…. 기집이나 읃어놓고 그런 소리 혀라이."

"나헌티도 다 생각이 있지라."

"뭔 생각? 미친년 치마나 들추고 다니것제. 혹시 모르제. 그러믄 속곳 까 내리고 덤빌란지."

"악담을 허는구마."

달수는 두영과 온순과의 은밀한 관계를 몰랐다. 성님 아우 하는 사이기는 해도 아직은 밝힐 단계가 아니었다. 소문이 일찍 나면 주모 귀에 들어갈 것이 뻔하고, 그렇게 되면 다 쑨 죽에 코 빠뜨리는 꼴이 된다. 온순과도 그렇게 약속을 했기에 함구해야 할 처지였다.

오늘도 달수는 위로를 받지 못하고 가슴에 불만 활활 피운 셈이었다. 왠지 두영이 자기를 대하는 태도가 예전 같지 않았다. 자기 말고 따로 믿는 구석이 있는 것만 같아 때로 배신감이 들었다.

두영과 헤어진 달수는 곧장 창원댁 주막으로 갔다. 술 몇 사발 들이키지 않고는 집으로 갈 수가 없었다. 여자가 애 가진 것이 여전히 부담스럽고 방금 두영과 입씨름한 것이 마음을 더 무겁게 했다.

주모는 달수를 보자 대뜸 입부터 찢었다. 그 꼴이 괜히 밉살스러웠다. 돌아갈까 망설이다 엉덩이가 이미 걸상에 붙었다. 주모가 생긋 웃으면서 다가와 서슴없이 달수와 마주 앉았다.

"서 순사 신수가 갈수록 좋아지구만은."

"그게 뭔 소리다요?"

"곧 얼라를 보게 됐으이, 안 좋응교?"

"씨잘디 읎는 소리 그만 허고, 싸게 술이나 내 오소."

달수의 심사가 꼬인 줄도 모르고 그녀가 일어설 기미를 보이지 않았다. 그러고도 그의 얼굴을 요리조리 뜯어보며 연신 입을 달싹거렸다. 달수가 기어이 소리를 버럭 질렀다.

"술 달라 안 혔소!"

"와 이래 썽을 내능교? 애 떨어지겄소."

"음마? 주모도 애 밴 것여?"

"흉칙한 소리만 골라서 허는구마. 내가 우찌 얼라를 배능교."

"그랑께 술이나 싸게 내오란 말이시."

주모가 볼을 부르르 떨면서 탁자에다 술병을 동댕이치듯 내려놓았다. 달수는 사발을 둔 채 병을 입에 틀어박았다. 주모는 그제야 달수의 심기가 불편함을 깨닫고는 입에 빗장을 질렀다. 더 건드렸다가는 무쇠주먹으로 탁자 몇 개 부숴 버리고 말 것 같아 두려웠다.

"주모. 으떡하믄 배 속에 든 새끼를 띠 분다요?"

"오늘은 우찌 흉칙헌 소리만 하능교. 천벌 받겠구마."

"천벌 아니라, 만벌을 받아도 좋구만이라."

"참말로 얼라가 싫응교?"

"그렇당께."

"아이고야, 이를 우야모 좋노."

주모가 갑자기 눈을 하얗게 뒤집더니 바닥에 풀썩 주저앉았다. 그러고는 표독스러운 눈빛으로 달수를 노려봤다. 달수도 그 서슬에 놀라 슬그머니 눈길을 내렸다. 두영이 주모를 꺼리는 이유를 조금은 알 것 같았다.

"주모, 왜 그런다요? 누가 죽었소?"

"서 순사 생각이 와 그리 모징교? 여자가 얼라 갖능 기 시운 줄 아요? 남자캉 잠만 잔다꼬 얼라 서는 게 아이라예. 삼신할매가 점지를 해가 되능긴데 그라믄 우짜요."

"그 삼신할맨지 머시깽인지 당장 불러오소."

"와예?"

"와서 배 속에 있는 아를 도로 가져가라고 하소."

"참말로 이상타. 서 순사를 다시 바야 되겠구만은. 사람이 그라 믄 못 쓰능기라예. 하늘이 무섭지도 않능교?"

"주모도 쪼까 생각해 보소. 쥐뿔도 가진 거 읎이 애를 으떻게 키 운다요. 이리된 것이 여자가 잠자리를 너무 밝혀서 그렇지라."

"옴마야…. 여자만 불쌍타. 이러이깨네, 시상 남자 모두가 도적 놈인 기라."

주모가 입술을 파르르 떨며 달수를 도끼눈으로 노려봤다. 눈에서 독기가 뚝뚝 떨어졌다.

'지년 애를 긁어내라는 것도 아닌디, 지랄하는구마.'

6

김봉수는 다리가 부러져 일은 고사하고 꼼짝 못 하고 누워만 있 었다. 농청놈들에게 쫓겨 낭떠러지에서 뛰어내리는 바람에 한쪽 발 목이 부러졌다.

이학찬의 도축장을 맡아 일하기로 한 처지에 벌써 보름째 누워 밥만 축냈다. 다행히 목숨은 부지했지만 그 대신 다리병신이 되었 으니 어느 것이 행이고 불행인지 판단할 수가 없었다.

이학찬이 김봉수 처소로 찾아왔다. 그동안 수시로 들르곤 했었 다. 그가 하루 일을 마치고 나면 가끔 술과 안주를 들고 와 둘이서 대작할 때가 있었다.

"마이 갑갑하겠소."

"갑갑한 거야 제 탓이지요. 그보다는 이 동지한테 미안스러워 죽을 맞입니다."

"벨소리를…. 몸이나 잘 돌보소."

그가 김봉수 잔에 술을 따르며 얼굴에 그윽한 웃음을 실었다. 이학찬은 비록 재설꾼 출신이기는 해도 여느 백정과는 다른 데가 있었다. 천자문까지는 잘 몰라도 언문이 트인 것만큼은 확실했다. 그의 입에서 나오는 말을 주의 깊게 들어 보면 유식한 구석이 있는 데다가 때로는 논리도 있었다. 김봉수는 그런 점에서 더 믿음이 갔다.

"김 해장. 조만간 신문사 사람을 만나볼라 쿠는데….'"

"백동회 취지를 잘 말씀드려 주십시오."

술잔을 몇 번 더 비울 때쯤 밖에서 김봉수를 찾는 사람이 있었다. 문을 열자 박석호와 황길천이 서 있었다. 문병차 온 그들은 이학찬도 함께 있는 것을 보고는 금세 입이 벌어졌다.

"학차이 헹님도 있었능교?"

"오야. 느그덜 우짠 일고?"

"해장님 문병 안 왔심꺼. 해장님 다리는 으떻심꺼?"

"조금씩 나아지고 있소만, 이 동지한테 미안해서 죽을 맛이우."

황길천이 김봉수 다리를 만져 보면서 농청 사람들을 싸잡아 욕했다. 그러자 박석호가 맞장구치며 정판구를 죽여 버리자고 했다.

"그놈 하나 죽인다고, 농청이 해체되는 건 아니잖수."

"판구 그늠아만 직이 뻬모 농청 새끼들이 우리를 무서버할 끼요."

"그건 무모한 짓이우. 정판구를 없애는 일도 중요하지만, 그 전에 백동회를 다시 살리는 게 더 급하우. 이학찬 동지께서 신문사 분들을 만나시겠다니까, 그분들 의견부터 들어봅시다."

"학차이 헹님, 그기 사실입니꺼."

"그렇다."

"헹님요, 박석호가 이자 힘이 납니더."

"알았으이 술이나 묵자."

이학찬은 그의 아내를 불러 술과 안주를 더 가져오도록 일렀다. 그러자 황길천이 콧구멍을 후비적거리며 술상 앞으로 다가앉았다.

고만석은 요즘 매일 술에 취했다. 일본인에게 도축장 운영권을 넘겨준 그때의 충격에서 벗어나지 못했다. 그에게 얼마나 소중한 도축장이었던가. 전 재산인 동시에 유일한 삶의 터전이었다.

도축장을 손에 넣은 일본인은 일대의 푸줏간까지 인수하면서, 정육의 공급량과 판매가 등을 멋대로 조정하여 시장질서를 어지럽혔다. 그들의 횡포는 여기에서 그치지 않았다. 힘없는 백정의 약점을 악용하여 노동혹사와 임금체불, 그리고 그것도 부족하여 인격적 멸시까지 서슴없이 자행했다.

구복이 원수라 고만석과 도축장에서 그와 함께 일했던 옥봉의 백정들도 이 수모를 참고 견뎠다. 일본인이 헌병의 보호를 받아 과격한 행동은 차마 할 수가 없었다.

이러한 가운데 요즘 강만추의 태도가 전 같지 않았다. 마음이 바뀌어도 아주 많이 바뀌었다. 오랫동안 고만석에게 신세를 졌던 그는 도축장이 넘어가기 전까지는 고분고분했지만 이제는 그렇지 않았다. 새 주인에게 아주 뻣뻣하게 굴었다. 뼈에서 살코기를 저미는 그의 기술은 누구도 따라올 사가 없어 일본인도 마구 대하지를 못했다. 만추는 그걸 믿었다.

일본인 수족 노릇을 하면서 통역을 맡은 안짱다리 김 씨가 그에게 다가와 이것저것 참견을 해댔다. 뼈에서 살을 남김없이 발라내라는 주문이었다. 묵묵히 듣던 만추가 갑자기 칼을 도마에 팍 꽂더니 눈에 불을 활활 피웠다.

"내 하는 일이 그래 몬마땅하모, 김 씨가 하소."

"이놈이 감히 누구한테 눈을 부라려?"

"머시라? 내한테 이놈이라 캤나?"

"그래. 어쩔래? 백정 주제에 ‥‥ ."

"백정? 애놈(왜놈) 한테 빌붙어가 먹고사는 김 씨는 머꼬? 도축장에서 일하이깨네, 겔국 백정 아이가."

"이 자식이 ‥‥ ."

김 씨가 만추에게 따귀를 냅다 올려붙였다. 약이 오를 대로 오른 만추가 따귀까지 맞았으니 가만있을 리 없었다. 그가 바닥에다 침을 탁 뱉더니 도마에서 칼을 뽑아 들었다. 숨을 씩씩대며 김 씨를 노려보는 그의 눈빛이 곧 칼부림하고도 남았다. 그제야 고만석이 달려와 칼을 빼앗았다.

"내사 일을 잘하고 있는데, 갠히 잔소리한다 아입니꺼. 애놈한테 도축장 빼앗긴 것도 고마 분해 죽겄는데."

"정작 분한 사람은 나여. 그리고 김 씨헌티 왜 그려?"

"지도 조선사람이모, 우리 펜에 서야 안 되능교."

"주인이 그리 시키는 걸 어쩌겄어."

고만석의 중재로 더 큰 싸움은 일어나지 않았으나, 그때부터 두 사람 가슴에 쌓인 앙금은 좀처럼 풀릴 것 같지 않았다. 여차하면 또 붙을 험악한 분위기가 불씨처럼 남았다.

며칠 후 만추가 김봉수를 찾아갔다. 일본인 밑에서 벌어지는 분하고 서러운 일을 하소연도 할 겸 다른 일자리를 알아보기 위해서였다. 그는 김봉수가 다친 사실을 전혀 몰라, 뻣정다리로 앉은 모습에 놀라서 눈을 부릅떴다.

"니 다리가 와 그렇노? 다쳤나?"

"그렇게 됐어."

"누구한테 맞은 기고?"

"맞은 게 아니라….."

　김봉수는 그가 되물을 것이 귀찮아 그날 있었던 일을 간략하게 설명했다. 그러자 만추가 구체적으로 어떤 놈들이냐고 캐물었다. 그건 김봉수도 모르는 일이었다. 멀리서 발견하고 도망치는데 정신이 나가 미처 알아볼 새가 없었다. 박석호와 황길천은 주범으로 정판구를 지목했지만 그건 확실치 않았다.

"여러 놈이라, 나도 모른다니까."

"내 생각이 틀림없을 끼다. 그늠아가 아이모, 그래 악착같이 쫓아올 수가 읎는 기라. 정판구 그늠아를 우야모 직이 뻴고."

"그건 그렇고, 만석이 아저씨는 잘 계서?"

"말또 말그라. 쏙이 상해가 맨날 술을 마신다 아이가. 아예 술도가지에 빠졌다."

"내가 죄인이지."

"애늠 밑에서 일할라 쿠이 몬살겄다. 무신 일이 있었나 쿠모….."

　만추는 며칠 전에 김 씨와 다퉜던 일을 무용담처럼 장황하게 늘어놓았다.

"목구멍이 포도청이니 어쩌겠냐. 참어야지."

"그래서 말인데, 일자리 쫌 알아바 도라. 애늠 밑에서는 참말로 몬 있겄다."

"나도 신세 지는 처진데, 무슨 수로 일자리를 알아보겠냐. 그리고 만석이 아저씨를 생각해서라도, 같이 있어야 되잖니. 너마저 없으면 아저씨가 더 힘들잖어."

"그라모 아저씨랑 같이 일할 수 있는 데를 알아보모 안 되나."

"그러면 안 돼. 괴롭지만 도축장을 되찾을 때까지 아저씨가 끝까지 남으셔야 해."

"어느 천년에 그리되겄노."

"백정이 힘을 모아 큰 조직을 만들기만 하면 도로 빼앗을 수 있어."

"그라모 그 백동핸지 머신지를 또 맹근다 말이가?"

"그래야지."

"그것 때문에 옥살이까지 안 했나. 그라고 겡찰서에서 가마있겄나."

"기회를 엿보는 중이다. 어쨌든 꼭 만들어야 해."

"참말로 질기다, 질기. 그래 고생하고도⋯. 그때는 이 강만추도 끼 도라."

"감옥에 가면 어쩔라고?"

"사람이라 쿠는 기 한 번 죽지, 두 번 죽나 어데."

그의 결심이 의외로 굳어 보였다. 그의 하소연대로 일본인 밑에서 일하는 것이 마땅치 않은 게 사실인 듯했다.

김봉수는 고만석이 술독에 빠졌다는 말에 오랫동안 가슴이 아팠다. 백동회 모임을 도축장에서 갖지만 않았어도 그의 가슴에 못을 박지는 않았을 것이다.

이학찬은 명월관에 일찌감치 도착해 〈조선일보〉 진주지국장 신현수申鉉壽를 기다렸다. 그가 당도하려면 아직 30여 분이나 남아서 잘 정돈된 관상수를 구경하며 시간을 보냈다. 마침 2월 끝 무렵이라 화목 가지마다 꽃망울이 수줍게 얼굴을 내밀었다.

기생 가향佳香이 안에서 기다리라고 권했지만 백정 신분에 진주 유지인 신현수를 차마 들어가 기다릴 수 없었다.

약속시각에 맞춰 신현수가 두루마기 차림으로 당도했다. 기름이 반드르르 흐르는 하이칼라 머리에 구레나룻 없이 콧수염만 단정하게 붙었다. 아직 서른의 나이라 다부진 체구에 걸음걸이가 씩씩했다.

이학찬은 그를 보자 앞으로 냉큼 달려가 허리를 낫처럼 꺾었다. 그러자 신현수는 대뜸 악수를 청했다. 이학찬은 선뜻 손을 내지 못하고 한동안 머뭇거렸다.

"어허, 내 손이 부끄러버한다 아이가."

"국장님 손을 우예 잡심꺼."

"개않다, 고마."

이학찬이 그제야 그의 손끝만 겨우 잡고는 서둘러 길을 터주었다. 대청으로 올라서는 그의 뒷모습에서 높은 학식이 안개처럼 퍼지는 느낌을 받았다.

신현수가 보료에 앉자마자 이학찬이 깍듯하게 예를 올렸고, 이어서 가향이 큰절로 안부를 물었다. 그가 헛기침을 내자 가향이 밖에 대고 찻상을 들이도록 일렀다.

"날씨도 추분데, 뵙자 캐서 죄송합니더. 그간 벨고 읎심니꺼."

"내는 그저 그렇구만은. 장사는 으떻노?"

"맨날 똑같심더."

"무신 일로 내를 보자 캤노?"

"약주부터 올리고, 차차 말씸 드리겠심더."

이때 문이 열리면서 찻상이 들어왔다. 두 사람이 차를 마시는 동안 잠시 침묵이 흘렀다. 그러자 이학찬이 가향을 향해 턱을 들어 신호를 보냈다. 술상을 들이라는 뜻이었다.

"애놈들이 정육점까지 손아구에 넣었다 쿠든데 학차이는 개않나?"

"지한테까지는 그래 몬 할 낍니더. 중앙시장에서는 터줏대감 아입니꺼."

"하기사 …. 작년에 백정이 머신가를 맹글다가 겡찰서에 발각 안 됐나. 그 뒤로 무신 소식 몬 들었나?"

"사실은 그것 때문에 국장님을 뵙자 캤심더."

이때 문이 열리면서 술상이 문지방을 넘었다. 교자상까지는 아니지만 육고기와 생선전, 그리고 술국 등 맛있는 안주만 올랐다. 가향이 신현수에게 선뜻 다가앉아 술병을 들었다.

그때까지 이학찬은 입에 빗장을 질렀다. 가향이 술잔을 차례로 채우자 잠시 자리를 비켜 달라고 눈짓을 주었다.

"내한테 할 얘기라는 기 머꼬?"

"지금은 겡찰서 감시가 있어가 백정이 조용히 있지만서도, 은젠가는 조직을 다시 맹근다 쿱니더."

"겡찰서에서 가마있겄나. 또 잡아들일 낀데."

"백정들이사 이판사판 아입니꺼. 농청놈들이 몬살게 구이깨네 악만 남았다 쿱니더. 그래서 힘을 모아가 붙어 보자 쿠는 기라예."

"백동핸지 머신지 그기가?"

"그렇심더."

신현수는 술잔을 입에 붙이려다 말고 굳은 표정으로 이학찬을 바라봤다. 그의 얼굴에 어떤 결의 같은 게 있었다. 그는 여느 백정과는 다른 면이 많아 멀리서나마 지켜보는 중이었다.

"그라모, 학차이도 가담할라 쿠나?"

"지도 백정 아잉교. 그래서 국장님한테 여쭐라 쿠는 깁니더. 우야모, 우리도 농청 같은 조직을 합법적으로 맹글 수 있심꺼?"

"그기사 법을 어기지 않으모 되는 기제. 백정이 모이가 패쌈을 하거나 난동을 부리모 법을 어기는 기다."

"우리는 그럴 생각이 추호도 없심더. 농청놈이 갠히 백정을 뚜드리 패이깨네, 이에 맞서가 단결하자 쿠는 깁니더. 백정도 사람 아잉교. 우리도 상민맨치로 사람대접을 해 달라 쿠는 깁니더."

"내도 안다. 그란데, 지난번에는 몇 밍이나 모있다 쿠드노?"

"백 밍이 넘었다 쿱니더."

"백 밍이라… ."

"겡찰서에서 우리 조직을 법적으로 인정한다 쿠모, 백정이 모두 가입할 낍니더. 소문을 들으이깨네, 다른 지방에서도 백정이 조직을 만든다 쿠데예. 그기 참말잉교?"

"내도 들었구만은. 헌데 백동해 주동자는 누고?"

"첨으로 시작한 기 김봉수라 쿠는 백정인데예, 야무지고 이협심 (의협심)이 강한 기라예. 그라고 엄청 똑똑합니더."

이학찬이 김봉수를 소개했다. 신현수는 듣기만 할 뿐 이렇다 할 반응은 보이지 않았다.

"일본에도 백정이 있을 낀데 그 사람들도 우리맨치로 천대받능교?"

"그렇다고 들었다."

"그라모 일본백정들은 즈그덜 조직이 있심꺼?"

"맹근다 쿠는 소문은 들었지만도, 구체적인 건 아직 모린다."

"국장님요. 우리를 쪼매 도와주이소. 지도 그렇지마는 백정이 모두 무식해가, 우찌해야 힘 있는 단체를 맹그는지 모린다 아입니꺼."

"시운(쉬운) 일은 아이지."

"그러이깨네, 국장님이 그 방법을 갤쳐 주이소."

이학찬이 갑자기 무릎을 꿇어 머리를 조아렸다. 신현수가 한숨을 내쉬며 고개를 끄덕였다. 갑작스러운 주문이 황당했지만 그의 표정이 너무 진지해, 차마 면전에서 거절할 수 없었다.

"내사 우예 도와주모 좋겠노?"

"농청 같은 단체 맹그는 방법을 갤쳐 달라는 기라예."

"학차이 뜻은 충분히 알겠구만은. 내도 생각해 보겠다. 이런 일은 내 혼자 할 수 있는 일이 아잉기라. 조만간 〈동아일보〉 초대 지국장을 했던 강상호姜相鎬 선생을 만나가 의논해 볼 끼다."

"고맙심더. 정말 고맙심더."

이학찬이 눈물을 글썽이며 일어나더니 큰절로 감격과 고마움을 표했다. 신현수가 그를 앉게 하고는 술잔을 건넸다.

정판구 일당은 백정의 정육점에서 고기를 사지 말라고 종용하고 다녔다. 이는 백정이 예전 같지 않은 저항을 보이면서부터 비롯됐다.

그뿐만 아니라 정판구가 일본의 앞잡이가 됐다는 소문이 파다한 가운데, 그들의 도축장과 정육점 횡포에 적극적으로 동조했다. 백정의 도축장에서 생산되는 정육과 가죽, 선지 따위의 판로를 노골적으로 방해했다. 백정의 아내가 고기를 머리에 이고 다니다가 이들의 눈에 띄는 날에는 물건을 빼앗기는 것은 물론이고 온갖 수모를 당하기 일쑤였다.

이들의 횡포로 백정의 피해는 물론이고, 그동안 백정에게 뼈와 선지 등을 사던 국밥집이나 주막도 손해를 봤다. 일본인이 멋대로 정한 비싼 값에 구매해야 하기 때문이었다.

이학찬 역시 피해를 많이 봤다. 도축량은 일정한데 고기나 가죽, 뼈 등의 판로가 거의 막히는 바람에 손해가 이만저만 아니었다. 정판구 일당이 그의 도축장과 정육점 주위를 돌면서 구매자의 발길을 돌려놓았기 때문이다. 이학찬의 분노가 하늘을 찔렀지만 맞서 싸울 수 없었다. 그 옆에서 김봉수가 주먹을 불끈 쥐었다.

"정판구 저늠아 때문에 돌아 버리겠네. 저늠아를 우예 직이 삐노."

"혹시 경찰서에 아는 사람 없습니까?"

"있으모 머하능교. 그늠아들도 정판구맨치로 애놈들과 한패 아이요. 일러바치도 소용없구만은. 옛날에 '도수조합'이라 쿠는 기 있었지만도, 진주에서는 몬 한 기라."

"진주에서는 왜 못 했지요?"

"겡찰서에서 설립 허가를 내주지 않은 기제."

갑자기 집 밖이 소란스러웠다. 여럿이 실랑이를 벌이는 소리였다. 이학찬과 김봉수가 뛰어나갔다. 정육점 앞에 사람들이 하얗게 모여 있았나.

서로 대치해서 언성을 높이는 패는 정판구 일당과 이학찬에게 단골로 선지와 뼈를 사 갔던 국밥집 주인들이었다. 이들이 선지와 뼈를 이학찬에게 사겠다는 것을 정판구가 가로막자 시비가 붙었다.

황길천이 장사치들 틈에 끼어 싸움을 구경했다. 장사치들은 정판구 패가 아무리 눈을 부라려도 조금도 기죽지 않고 맞섰다.

"내 돈 가지고 사겠다 쿠는데, 느그덜이 와 막노?"

"백정 물건은 사지 몬하도록 농청이 겔정했다 아이요."

"백정한테 안 사모, 애놈한테 산다 말이가?"

"그기사 알아서 하이소. 으쨌든 백정 꺼는 안 되구만은."

"우리가 미쳤나. 애놈 삐다구와 선지가 여게보다 훨씬 비싼데."

국밥집 주인들이 정판구 일당을 무시하고 정육점으로 몰려들었다. 정판구는 각목을 높이 쳐들면서 눈을 부라렸다. 장사치들도 만만치 않았다. 사내들은 삿대질로 맞섰고, 여자들은 악다구니를 있는 대로 퍼부었다.

"여게서 물건을 사모 농청 회원들이 국밥집에 발을 딱 끊을 끼요. 그뿐이 아잉기라. 다른 사람들도 몬 드가게 할 끼고."

"문디이, 지랄하네. 애놈 앞잽이 주제에 부끄럽지도 않나?"

그들이 정육점 안으로 들어가자 정판구 일당이 정육점 간판을 떼어 내고, 한 패는 문짝을 마구 부수기 시작했다. 이학찬과 김봉수가 놈들에게 달려들어 제지하려고 안간힘을 썼다. 그러자 이번에는 몽둥이가 두 사람에게 떨어졌다.

황길천이 이를 보고 가만있을 리 없었다. 놈들로부터 각목 하나를 빼앗더니 정판구에게 달려가 그의 잔등을 무자비하게 팼다. 정판구가 비명을 지르며 쓰러지자 황길천은 각목 대신 주먹을 휘두르기 시작했다. 그의 주먹 한 방에 나가떨어지지 않는 자가 없었다.

순사들이 호각을 불며 황망히 달려왔다. 정판구 일당이 하나같이 죽은 꼴로 쓰러진 모습을 보고는 눈이 휘둥그레졌다.

순사 하나가 황길천과 이학찬, 김봉수를 번갈아 훑어 내리면서 사건의 전말을 물었다. 황길천이 숨을 씩씩거리며 나서려는 걸 이학찬이 가로막아 싸움이 일어난 정황을 설명했다. 순사들은 그의 말을 믿지 않고 이학찬과 김봉수, 황길천의 허리춤을 움켜잡았다.

그러자 장사치들이 순사들에게 항의했고 여기에 구경꾼들까지 동조했다. 그뿐만이 아니었다. 언제 나타났는지 인근의 주막과 국밥집 주인 십여 명이 합세하여 순사들을 에워쌌다. 그러고는 일본인이 운영하는 도축장과 정육점의 폭리와 정판구 일당의 행패를 낱낱이 지적했다.

순사들이 눈을 부릅떠도 조금도 두려워하지 않았다. 오히려 서슬이 시퍼레서 삿대질까지 해댔다.

"이참에 우리 모두 겡찰서로 가입시더. 가서 애놈들의 행패를 몽조리 알립시더."

"옳구만은. 모두 가입시더. 우리도 단겔하는 모습을 뵈 줘야 할 끼요."

"자아, 같이 가입시더."

"그라고 행패 부린 애늠 앞잽이들을 단디 묶으이소. 콩밥을 멕이야 될 끼구만은."

금세 수십 명으로 늘어난 무리가 악을 써대며 순사들에게 종주먹을 댔다. 사태의 심각성을 깨달은 순사들이 어찌할 바를 모르고 전전긍긍했다. 사건을 얼버무렸다가는 무슨 일이 일어날지 모를 만큼 분위기가 아주 험악했다.

8

〈조선일보〉 지국장 신현수와 〈동아일보〉 초대 지국장이었던 강상호가 명월관에서 마주 앉았다. 강상호는 언론인이면서 '일신고보기성회', '노동공제회', '공존회' 등에서 지역의 교육발전과 노동운동을 주도하는 사회운동가였다.

그는 정해丁亥(1887) 생으로 계사癸巳(1893) 생인 신현수보다 여섯 살이나 위였다. 그래서 신현수는 언론계 선배인 그에게 언제나 깍듯했다. 이날 자리는 신현수가 강상호를 초대하는 형식으로 이뤄졌다.

찻상을 들여놓은 기생 가향이 잠시 자리를 비우자 강상호가 만나고자 한 연유를 물었다. 신현수는 즉답을 미루고 얼마 전 이학찬을 만난 사실부터 서두로 내놓았다. 이학찬이라면 강상호도 두어 번 만난 적이 있어 낯선 사람이 아니었다.

"그 사람 만난 지 오래됐네. 그 사람은 우찌 지내노?"

"여전히 정육점을 열고 있심더."

"애놈들이 도축장과 정육점을 장악해가, 어려움이 많을 낀데."

"하모요. 놈들이 막대한 자본을 앞세워가, 행포(횡포)가 이만저만이 아이라 쿠데예."

"그럴 끼구만은."

"이학차이가 지를 보자 캐서 만냈더이만 ⋯."

문이 열리면서 주안상이 들어왔다. 신현수는 헛기침을 뱉으며 말꼬리를 내렸다. 안주는 몇 가지 안 되지만 음식마다 정갈했다.

가향이 두 사람 잔에 차례로 술을 채웠다. 잠시 침묵이 갈라지면서 두 사람이 날씨와 세상 돌아가는 얘기로 딴전을 피웠다. 가향이 두 사람의 표정을 곁눈으로 살피다 슬그머니 문을 열고 나갔다.

"이학차이하고 무신 얘기가 있었는 갑네?"

"강 선배님도 백정들이 백동해를 조직해가 겡찰서에 끌리갔다는 소식은 들으셨능교?"

"내도 들었제. 그라모 이학차이도 거게 연루된 기가?"

"아직은 안 드가 있지만도, 조만간 그리될 듯싶네예. 세상이 변하이께네 백정도 앳날처럼 만만치가 않은 기라예. 저번에 이학차이를 만냈더이만 백동해 얘기를 꺼내믄서, 농청처럼 합법적 단체를 맹글 수 있는 방법을 묻는다 아입니꺼."

신현수는 잠시 말을 끊고 술로 입을 축였다. 강상호도 그를 따라 천천히 술을 흘려 넣었다. 신현수가 지난번 이학찬에게 들었던 얘기를 큰 대목마다 살을 조금씩 붙이며 늘어놓는 동안 강상호는 말없이 그저 듣고만 있었다.

"강 선배님 생각은 으떻심꺼?"

"오히려 늦은 감이 있지만도, 이제나마 다행이다 싶구만은."

"그라모, 선배님도 찬성하심꺼?"

"백정의 권익을 위해서도, 먼 방법을 모색해야 안 되겠나."

"맞심더. 지 생각도 바로 그깁니더."

강상호가 고개를 끄덕였다. 그의 뜻은 이미 결연한 듯 보였다. 진주에서 3·1만세 시위를 주도했다가 1년 동안 감옥에 갇힌 이력을 가진 그로서는 당연한지도 모른다.

강상호는 외모부터 의지가 굳은 사람으로 보이는 인물이었다. 단정한 하이칼라 머리를 한 신현수와는 달리 늘 '이부가리' 짧은 머리에, 콧수염만 기른 준수한 그의 외모에서도 느낄 수가 있었다.

강상호의 뜻을 어느 정도 확인한 신현수가 분위기의 고삐를 바짝 틀어줘었다. 그의 반응이 의외로 적극적이라 안심이 되었다.

"백동해든 머시든, 단체를 합법적으로 맹글라 쿠모 겡찰서 허가를 받아야 안 됩니꺼. 그늠아들이 허가를 내줄까 싶지 않아서 말씸드리는 기라예."

"찾으모 방법이야 있겠제. 이런 일은 여러 사람의 뜻을 모아가, 합리적 방법을 도출해야 되는 기라. 좀더 궁리를 해 보자. 당장 생각나는 사람으로 '진주 금주단연해' 천석구千錫九가 있고, 진주에서 도수조합을 조직할라 쿠다가 실패한 갱험(경험)이 있는 장지필 선생이 있는 기라."

"그라모 선배님이 그분들을 만나실 낍니꺼?"

"그래야 안 되겠나."

신현수는 크게 안도하면서 서둘러 그의 잔을 채웠다. 천석구와 장지필까지 가세한다면 천군만마가 될 것이다.

이학찬이 김봉수를 시켜 박석호를 은밀히 불러들였다. 신현수가 자기를 대신하여 강상호를 만날 시각에 한가히 있을 수가 없었다. 이쪽에서도 나름대로 어떤 준비를 해야 할 것 같았다.

박석호는 자신을 갑자기 불러들인 이학찬의 속내를 몰라 묵묵히 눈만 껌벅거렸다. 오는 길에 김봉수에게 물었으나 그 역시 모르쇠로 일관했다. 오늘따라 술상도 들이지 않아 꾹 다문 입에 구린내만 쌓였다. 이학찬은 눈을 감은 채 좌우로 어깨만 흔들었다.

이때 문밖에서 "술상 볼까예?" 하는 그의 아내 목소리가 들렸다.

그제야 이학찬이 눈을 뜨고 "가 오이라" 하고 무뚝뚝하게 대꾸했다.

이학찬은 술상이 들어오고도 입을 열지 않았다. 박석호가 말없이 술상 앞으로 다가앉으며 주인의 표정을 흘끔흘끔 곁눈질했다. 입을 자주 달싹대는 것으로 보아 그가 먼저 입을 뗄 것 같았다.

"학차이 헹님여. 지를 와 오라캤능교?"

"우선 목부터 축이그라."

이학찬이 박석호와 김봉수 잔에 차례로 술을 부었다. 그러자 박석호가 빼앗다시피 술병을 넘겨받아 이학찬의 잔을 채웠다. 묵묵히 건배하고 나서야 이학찬이 비로소 입에 빗장을 풀었다.

"지금쯤 신헨수 국장님이 강상호 공존해(공존회) 해장님캉 만나고 있을 끼구만은."

"그라모, 우리 조직에 대해서 이논하는 깁니꺼?"

"그래서 박석호 니를 보자캤는 기라. 그분들이 우리 백정의 단체를 합법적으로 맹글어 주기 위해 애쓰는데, 우리가 가마있으모 안 된다 아이가."

"그라모, 지가 할 일이 머십니꺼?"

"지난번 백동해 해원들을 다시 모아야 될 끼구만은. 그래가 그분들의 지시가 떨어지모 바로 한자리에 모일 수 있도록 해야 되능 기라."

"겡찰서에서 가마있겠심꺼?"

"그러이깨네 합법적으로 조직해도 좋다는 허가를 받을 때까지 비밀히 해야 되능 기라. 백동해 해원들을 몰래 만나가 이런 뜻을 전하그리. 이 밀이 새시 않도록 입조심을 단디 시키고. 첫찌도 입조심, 둘찌도 입조심이다. 알았나?"

이학찬이 박석호 앞에 주먹을 쥐어 보이며 입단속을 거듭 당부했다. 박석호는 그 분위기에 눌려 자신도 모르게 어금니를 물었다.

"염려 마이소. 맹심 또 맹심할 낍니더."

"그라모 됐다. 술 묵자."

이학찬의 제안으로 김봉수와 박석호가 술잔을 높이 들었다. 어금니를 굳게 문 세 사람의 눈빛이 불똥을 튀기며 부딪쳤다. 박석호가 눈물을 글썽대자 김봉수도 주먹 쥔 손을 부르르 떨었다. 이학찬은 결의에 찬 두 사람의 표정을 확인하고는 거푸 두 잔을 자작했다.

이튿날 아침, 신현수가 이학찬을 찾아왔다. 어제 강상호를 만나 나눈 얘기를 이학찬이 목을 빼놓고 기다릴 것 같아 말해주러 온 것이다. 마침 정육점 걸상에 걸터앉아 생각에 잠겨 있던 이학찬이 그를 보자 황망히 일어났다.

"아이고, 국장님. 우찌 기별도 읎이 오싰습니꺼."

"지국으로 가는 길에 잠시 들렀구마는. 벨일 읎나?"

"하모예. 어제 강상호 해장님은 만나싰습니꺼?"

"그래 안 왔나. 아무래도 학차이가 기다릴 것도 같고."

"실은 궁금했심더. 누추하지만도 잠시 안으로 드시이소."

"여게도 개않다. 어제 강 선생을 만나가 자세히 얘기했구만은."

이학찬은 그를 정육 비린내가 풀풀거리는 곳에 세워두는 것이 송구해서 안절부절못했다. 머리에 두른 수건을 풀어 걸상을 닦고 또 닦고, 둘둘 말아 올린 소매를 풀어 옷매무새를 단정히 하려고 무진 애를 썼다.

"그 어른께서는 머라 하싰습니꺼. 우리를 도와주신다 쿱니꺼?"

"원체 신중하신 부이라, 멫 사람 더 만나가 이논한다 쿠드라."

270

"그분들이 누굽니꺼?"

"천석구 선생하고, 장지필 선생이다."

"아이구야, 그렇심꺼?"

"그러이깨네 쪼매 더 기다려 보능 기라. 좋은 소식이 있을 끼다."

"알았심더. 지들도 은밀하게 앳날 백동해 동지들을 다시 모으기로 했심더. 그래가 겔정적인 날에 대비할라 쿱니더."

"겡찰서에 새나가지 않도록 해야 할 끼다."

"염려 마시이소. 입조심하라꼬 단디 일렀심더."

"학차이도 그리만 알고 있그라. 나중에 기별할 끼다. 나 간다."

"살피 가시이소."

이학찬은 신현수를 큰길까지 배웅하고는 곧장 도축장으로 달려갔다. 이 소식을 김봉수에게 알리고 싶어 안달이 솟았다.

9

드디어 서달수 여자가 아들을 낳았다. 달수는 막상 자식을 안고 보니 생각이 달라져 싱글벙글했다. 순찰을 돌거나 이두영과 마주할 때마다 여자 사타구니를 훔쳐본 벙어리마냥 노상 웃음을 흘렸다.

그 꼴을 두영이 그냥 둘 리가 없었다. 꼭 딴죽을 걸어 그의 부아를 채우곤 했다. 그렇게라도 해야 하루 사는 맛을 느낄 수 있었다.

오늘도 달수가 순찰을 돌면서 어김없이 두영의 전방에 들렀다. 예전에는 으레 "장사 잘혀라이"를 툭 던지던 그가 자식을 본 이후부터는 "은제 장가가냐?" 하고 약을 올렸다. 으스대고 싶을 것이다.

"우엑! 작년 추석에 먹은 송편이 되올라오겄소."

"지랄. 송편이나 처묵고 그런 소리 혀라이. 나가 아들을 봉께 배아프제? 긍께 너도 각시를 얻으란 말이시."

"배는 안 아픈디, 걱정이 앞서요."

"님 자석 두고, 네늠이 뭣 땀시 걱정이냐?"

"성님 닮았을까 봐서 안 그러요."

"나가 으째서야? 엄연히 순산디."

"산불 난지도 모르고 꿀통만 핥는 곰 같응께 안 그러요. 그런 아비를 닮아 불먼 으쩐다요? 애고 불쌍혀라, 애고 불쌍혀라."

"시방, 보리 뜨물 처묵고 주정허냐? 염려 붙들어 매라이. 내 아덜은 어사또 시킬랑게. 아암. 어사또제."

"순사가 아니고라우? 아님, 재설꾼이든가."

"이 염병헐 늠이 …."

달수가 기어이 곤봉을 높이 쳐들었다. 그러자 옆에서 허리를 비틀며 웃던 동행한 순사가 달수의 허리춤을 잡아당겼다. 한가하게 농이나 내뱉을 시간이 없다는 뜻이다.

"순찰 도는 걸 잊었나?"

"아이고, 깜빡했구만이라."

그제야 달수가 정신이 들었는지 두영 앞에 침만 뱉어놓고 떠났다.

달수가 아들을 얻은 이후 두영은 온순을 부쩍 그리워했다. 자기도 그녀와 결혼했으면 떡두꺼비같이 실팍한 아들 하나쯤 얻었을 것이다. 어디 하나뿐이랴. 둘도 좋고 셋도 좋다. 아니 흥부네처럼 열을 못 낳을 법도 없다.

며칠 전, 주막이 장사를 파할 시각에 두영이 그 앞에서 서성댔던

적이 있었다. 먼발치에서나마 온순의 얼굴을 보기 위해서였다. 우선 주모가 있는지부터 살폈다. 한참 동정을 살폈는데도 왠지 주모는 눈에 띄지 않고, 온순의 모습만 잠깐씩 비쳤다. 그녀가 바삐 움직이는 것으로 보아 주모 대신 마무리 설거지를 하는 것 같았다.

두영이 좀더 가까이 다가가 주막 안을 엿보았다. 역시 주모는 보이지 않았다. 두영은 차마 문지방은 넘지 못하고 주막에다 목만 겨우 넣고는 작은 소리로 온순을 불렀다. 그녀가 깜짝 놀라 손으로 가슴을 덮었다.

"옴마야, 놀래라 …. 우짠 일입니꺼?"

"아가씨 혼자 있는 게라우?"

"이모는 서 순사 집에 마실 갔으예."

"그럼, 잠깐 들어가도 되겠소?"

"장사 마쳤다 아입니꺼."

"뭣이 먹고 잡아서 온 거이 아니라, 온순 아가씨를 보러 안 왔소."

"… 지를 와예?"

"그냥 보고 잡아서 왔지라. 아가씨는 나가 안 보고 싶었능갑소?"

"부끄럽그러. 처녀가 그런 말을 우찌 해예."

"서 순사는 아들을 낳았는디, 우리는 은제 혼인헌다요?"

"옴마야. 그걸 와 지한테 묻십니꺼?"

"아가씨 말고 누구헌티 묻겄소. 주모는 나를 똥 찌른 꼬쟁이 보듯 싫어하는디. 긍께 온순 아가씨가 잘 말해 주쇼이."

"사람이 죽을라 카모, 부신 짓을 몬 해예. 지는 그래 몬 합니더. 이모한테 맞아 죽어예. 우리 이모 씽질을 잘 알믄서, 그런 말을 합니꺼?"

"하아, 이 답답헌 맴을 누구헌티 사정해야 쓰겄소, 온순 아가씨."

'에라, 모르겄다.'

두영이 기어이 문지방을 넘어가 그녀의 손을 덥석 끌어 잡았다. 바로 이때였다. 재수 없는 포수는 곰을 잡아도 웅담이 없고, 뒤로 넘어져도 코가 깨진다고 했다. 하필 그때 주모가 들어서는 게 아닌가.

등짝이 꼿꼿해진 두영은 마치 덜미에 사잣밥을 짊어진 것처럼 옴짝달싹 못 하고 눈만 치떴다. 그렇기는 온순도 마찬가지였다. 얼굴이 새파랗게 질려 꼭 바람에 부대끼는 사시나무처럼 어깨를 떨었다.

기가 딱 막힌 주모의 눈에서는 이미 불이 활활 탔다. 무슨 말이든 내뱉어야 하는데 문장이 떠오르지 않는 듯 새파랗게 죽은 입술을 파르르 떨기만 했다.

"이 쳐죽일 늠이 … ."

겨우 정신을 수습한 주모가 대뜸 식칼부터 집어 들었다. 두영은 줄행랑 외에는 다른 방도가 없었다. 주모가 칼을 휘두르며 쫓아왔다. 그러나 젊은 사내를 잡을 수는 없었다. 주모가 결국 힘에 부쳐서 길바닥에 주저앉아 고래고래 악담만 내질렀다.

두영은 그로부터 사흘이 지날 때까지 전방을 열지 못했다. 악에 받친 주모의 행패가 두려워 차마 얼굴을 내비칠 수가 없었다. 칼부림을 하지 않으면 얼굴을 박박 할퀴고도 남을 여자였다. 어쩌면 온순도 머리카락이 몽땅 뽑혔거나 삭발을 당했을지도 모를 일이었다.

그래도 두영을 제일 먼저 찾아온 사람은 달수였다. 사흘씩이나 전방을 열지 않자 궁금했던 모양이다. 두영이 머리에 수건을 싸매고 누운 모습을 보고는 놀라서 눈을 부릅떴다.

"장사는 안 허고, 왜 자빠져 있다냐?"

"장사고 뭣이고, 낭패를 봐 부렀소."

"뭔 낭패?"

"그런 일이 쪼까 있었구만이라."

"그런 일이라니? 처녀 불알이락도 본 것여?"

"그거이 아니라⋯."

두영이 주막에서 있었던 사건을 중간중간에 살을 붙여가며 늘어놓았다. 얘기를 다 들은 달수가 웃는 것만으로는 그냥 넘길 수 없었던지 몸피에 어울리지 않게 방바닥에서 데굴데굴 굴렀다. 두영은 그 꼴이 야속해서 목침으로 달수 엉덩이를 냅다 갈겼다.

"시방, 성님은 재밌어서 그요?"

"그럼 울어야 쓰겄냐?"

"나는 쏙이 상해서 미치겄구먼."

"그 처녀한테 장가가기는 틀려부렀다. 주모 성질에 허락하겄냐?"

"성님, 나가 으짜믄 쓰겄소? 뭔 좋은 방도가 읎는 게라?"

"딱 한 가지 방도가 있제."

"그게 뭣이다요?"

"맨입으루 말해야? 한창 출출헐 시각인디."

"그 방도가 뭣인지, 그것부터 말허소. 쓸 만한 방도 같으믄 술을 말로 대접헐 팅게."

"그려? 그게 뭣인고 허니, 일단 그 처녀를 콱 올라타 부러. 그러믄 결국 애를 배지 않겄냐. 주모도 지 조카가 애를 뱄는디, 나 몰라라 히겄이?"

"예끼⋯. 성님 대갈빡에는 그저 좆 박는 생각밖에는 안 들었소? 그랬다가는 처녀 겁탈죄로 옥살이밖에 더 허요? 아우헌티 그게 헐

소리다요?"

"싫으믄 냅두고. 평생 지 좆만 주무르다가 죽는 일만 남았어야."

"이거이 다 성님 땀새 그르친 일이랑께."

"지랄. 왜 나 때문이냐?"

"성님이 그날 형수를 들이는 바람에 주모 그년이 지랄병이 나서 나를 덮친 것여. 그래 안 했으믄, 온순 아가씨는 내 것이나 다름이 읎을 거인디."

"그거이 니 팔자제. 차라리 주모랑 붙어사는 거이 으떻겄냐?"

"뭣여? 나가 미치는 꼴 보고 잡아서 그려요, 시방?"

"미치거나 말거나…. 이 성님은 장차 어사또 될 아들 보러 가야 쓰겄다. 너는 자빠져 있거라."

"으이그, 저 인간을 콰악…."

두영은 웃음을 실실 흘리며 나가는 달수 뒤에다 주먹감자를 훌떡 먹이고는 이를 드으득 갈았다. 분한 마음 같아서는 그의 뒤통수에 다 목침을 던졌으면 딱 좋겠지만 그저 생각뿐이었다.

달수는 집으로 가던 길을 꺾어 창원집으로 방향을 틀었다. 두영 의 하소연이 자꾸 마음에 걸렸다. 친동기간이나 다름없이 의지하는 사이에 차마 모르는 척할 수가 없었다.

해 떨어진 지 한참 된 시각이라, 주막에는 마침 손님 하나만 앉아 서 늦은 저녁을 먹고 있었다. 주모가 곰방대를 물고 쪼그려 앉았다 가 달수를 보더니 반색했다. 그러나 얼굴에는 수심이 가득 찼다. 필시 제 조카딸에게 보인 두영의 소행을 곱씹고 있을 것이다.

"청승맞게 왜 그러고 있다요? 걱정거리라도 있소?"

"그 문디이 자슥만 생각하모, 복재(복장)이 터진다 아이요."

"그 늠이 누구다요? 술값 떠묵고 도망간 늠이 있어라? 나가 순산디, 가만있을 수 읎제."

"내사 술장시 십 년이구만은. 감히 술값을 안 내고 도망가겄소?"

"그라믄 뭣 땀시 속을 끓인다요?"

"그 문디이 자슥이 감히 내 조카딸을 넘본다 아이요."

"음마? 그게 누구다요? 누군디 감히 주모 조카딸을 넘본다는 것여?"

달수가 시치미를 뚝 떼고 짐짓 엉너리를 쳤다. 속으로는 자꾸 웃음이 나왔다. 분을 삭이지 못하는 주모가 담뱃대를 탁탁 털며 입술을 파르르 떨었다. 아직도 가슴에 칼을 품은 듯했다. 속이 오죽 타랴 싶어 안 되기는 했지만 달수는 오로지 두영 편이었다. 달수 속내를 까맣게 모르는 주모는 애먼 곰방대만 털어댔다.

"누구긴, 서 순사 동상인지 머신지 하는 놈이제."

"나헌티 뭔 동생이 있겄소. 원래 혈혈단신인디."

"참말로 모리요? 그늠아캉 성님 아우 해쌈서."

"이두영이 그 썩을 늠을 말허요, 시방?"

"하모. 그 반푸이제."

"그러요? 그 썩을 늠이 요 며칠 안 보이든디? 장사도 안 허고, 으딜 갔는지 모르겄소. 주모랑 뭔 일이 있었능갑소?"

"애고, 내 쏙이야."

주모가 곰방대에 담배를 다시 비벼 넣으면서 한참 만에 입을 열었다. 두영에게 들은 얘기와 비슷했다. 두영의 얘기와 조금 다른 점은 그가 온순을 끌어안으려고 했다는 것이다. 주모가 거짓말을 더 보탤 생각이었으면, 끌어안고 입을 맞췄다고 했을지도 모른다. 달수로서는 누구 얘기가 맞는지 판단할 수 없었다.

"썩을 늠이 그런 못된 짓거리를 했단 말이시? 나헌티 당장 보고허지 그렸소? 그런 늠은 옥살이를 혀야 쓰제. 근디 온순 아가씨 몸은 성합디여?"

"그기 먼 소링교? 몸이 성치 않으모?"

"그늠이 혹시 벌 받을 짓거리는 안 혔는지, 걱정되아서 허는 소리구만이라. 처녀가 애라도 배는 날이믄 큰일 아닙디여."

"지금 머라 쿠능교? 얼라를 배다니 … ."

"그 썩을 놈이 원체 음침헝께, 걱정이 되야서 그라제."

"서 순사는 와 복재이 터지는 소리만 골라서 하능교?"

"나가 주모 맴을 위로헐라고 그라제."

"시끄럽소, 고마."

주모가 달수를 노려보며 또 입술을 떨었다. 눈에서 독기가 뚝뚝 떨어져 달수가 슬그머니 고개를 돌려 버렸다.

달수가 그녀의 화를 누그러뜨릴 양으로 술부터 시켰다. 그러자 주모가 앞치마를 푸르르 털며 달수 앞에 술사발을 동댕이치듯이 내려놓았다. 달수가 어금니를 물어 웃음을 참았다.

"근디, 주모."

"와요?"

"이두영이 그늠아가 정말 밉상인 게라우? 싸가지가 읎기는 해도, 천성은 착헌 늠인디."

"머라 쿠노. 칵 직이 삐모, 내 쏙이 씨원할 끼구만은."

"그러요? 그놈은 주모를 장모처럼 깍듯허게 뫼시고 싶다던디? 요즘 시상에 그런 사웃감 보기 어려울 것여. 온순 아가씨 맴은 으떨는지 모르겠구만이라."

그러자 주모가 눈에 불을 지피면서 칼로 도마를 쾅쾅 내리쳤다. 여차하면 그 칼끝이 달수를 향해 돌진할지도 모를 만큼 서슬이 퍼랬다. 그럴수록 달수는 재미가 있어 발을 구르고 싶을 지경이었다.

하긴 두영을 먼저 올라탄 처지에 조카딸을 내놓을 리가 없다. 그게 자기 낯짝에 똥칠할 일이니까.

'이두영이 이늠아. 냉수 처묵고 쏙 차려라이.'

10

이학찬, 강상호, 신현수 세 사람이 명월관에 모였다. 이 자리에 김봉수도 동석했다. 강상호가 천석구와 장지필을 만나고 나서 갖는 첫 모임이었다.

이학찬이 강상호에게 인사하는 동안 김봉수는 방 한구석에 무릎을 꿇고 앉았다. 그가 기생집에 와 보기는 태어나서 처음이었다. 천한 신분에 기방에까지 발걸음을 하리라고는 상상조차 못 했다.

아직 여염집 방이나 살림도구조차 구경한 적이 없는 그로서는 그저 놀라울 뿐이었다. 화려한 가구며 장식들, 그리고 기생이 뿜어내는 화장품 냄새가 진동하여 머리가 어질어질했다. 오늘의 자리가 마련된 목적을 깜빡 잊은 채 연신 두리번댔다.

이학찬이 김봉수를 가까이 오도록 손짓했다. 강상호와 신현수에게 인사하라는 뜻이었다. 김봉수가 자리에서 벌떡 일어나 두 사람에게 큰절로 인사를 차렸다. 강상호와 신현수는 약속이나 한 듯이 김봉수를 바라보기만 할 뿐 말이 없었다.

그러자 이학찬이 김봉수를 다시 소개했다. 그제야 신현수가 고개를 끄덕이며 강상호 앞으로 목을 늘였다.

"강 선배님이 천석구 선생과 장지필 선생을 만나싰다 캐서, 이래 모신 깁니더. 그분들 생각은 으떻심꺼?"

그러자 이학찬이 바싹 긴장한 낯빛으로 강상호를 바라봤다. 김봉수도 이학찬 옆으로 바싹 붙어 앉아 침을 삼켰다.

"장지필 선생도 그 백동해를 이미 알고 있더마는."

"그렇심꺼? 우찌 알았다 쿱니꺼?"

"장지필 선생도 실은 백정 출신인 기라."

"그래예? 그분으로 말할 꺼 같으모 일찌기 일본 멩치(명치)明治대학에서 공부한 분 아입니꺼. 백정 출신이 우찌 유학을 갔능교?"

"신분을 쏙이고 갔던 기라. 그러나 귀국해가 조선총독부에 치직(취직)을 할라꼬 호적을 띠 보이깨네, 직업란에 '도부'라꼬 적혔던 기라. 그래서 치직을 포기하고 백정 문제에 간심을 갖게 된 기라."

"애놈들 행포 때문에 백정 피해가 크다는 것도 알고 있심꺼?"

"그걸 모리는 사람이 어데 있겄노. 그래서 장지필 선생이 백정 해방에 간심을 가졌다 쿠는 기라."

"그라모 천석구 어르신도 같은 생각입니꺼?"

"선생은 지금도 사해(사회) 운동에 힘쓰는 부이니깨네, 당엔하구만은. 장지필 선생 뜻에 적극 찬성한다 캐."

그러자 이학찬이 슬그머니 김봉수의 손을 잡아 힘을 주었다. 김봉수는 감격을 이기지 못해 안간힘을 쓰는 표정이었다.

이때 가향이 문을 열고 들어서면서 술상이 따라붙었다. 앳된 기생 하나가 그 뒤를 이어 들어섰다. 이를 보고 김봉수가 황급히 구석진 곳으로 물러났다.

술이 몇 순배 돌면서 신현수가 김봉수를 가까이 다가앉도록 했다. 그러나 그는 꼼짝도 하지 않았다. 이학찬이 손짓으로 제 옆자리를 가리켰다. 그제야 김봉수는 흘끔흘끔 눈치를 보며 이학찬 뒤로 숨듯이 다가왔다.

신현수가 김봉수 얼굴을 한참 뜯어보더니 그에게 술잔을 불쑥 건넸다. 김봉수는 황감한 표정으로 어찌할 바를 모르고 있었다. 그로서는 감히 술잔을 받기가 어려웠다.

"잔 받그라."

"감히, 어르신 잔을 어찌 받겠습니까."

"어허, 받으라 쿠이. 이 자리에서는 신분을 따지지 않는 기라. 그라고, 백동해 사람들 얘기를 소상히 말해 보그라."

신현수 옆에 앉은 가향이 그의 잔을 넘겨받아 김봉수에게 내밀었다. 그러고는 술을 가득 채웠다. 술병을 기울이는 그녀의 손이 백설처럼 눈부시게 빛났다. 또 눈이 어질어질했다. 김봉수가 술을 마시지 못하고 한참 뜸을 들이자 이학찬이 눈짓을 보냈다. 김봉수가 마지못해 술잔에 입술만 댔다.

"백정들이 몇 밍이나 모있다 캤나?"

"현재 백이십오 명입니다요."

"백이십오 밍이라⋯. 지난번 겡찰서에 끌리가 욕 마이 봤을 낀데, 모두 개않다 쿠드나?"

"모두가 죽기로 결심한 사들입니다요."

"조직을 맹글어가 머할라 쿠는데?"

"백정도 사람대접받을 권리가 있다는 걸, 당당하게 주장할 작정입니다요. 어르신께서도 아시다시피, 백정을 마치 짐승처럼 취급하지 않습니까요. 억울하게 차별하는 일이 한두 가지가 아닙니다. 백정을 차별하는 것도 그렇지만, 왜놈들 횡포가 극심해서, 마음 놓고 생업에 종사할 수조차 없습니다요."

"그건 내도 알고 있다."

"어르신들께서 저희를 이끌어만 주신다면, 목숨을 내놓고 따를 것입니다. 맹세하겠습니다요."

이때 두 사람 얘기를 묵묵히 듣던 강상호가 갑자기 김봉수에게 술잔을 내밀었다. 김봉수가 잔을 받지 못하고 또 망설이자, 눈을 부릅떴다. 이번에도 그 옆에 앉은 기생이 대신 잔을 받아 그에게 건넸다.

"참말로, 죽기로 겔심했다 말이가?"

"어르신께 어찌 거짓을 아뢰겠습니까."

"작당을 했다가 죽으 삐모, 무신 소용이 있겠노."

"저희는 희생되어도, 다음 세대 백정은 지금 같은 수모를 당하지 않기 바랄 뿐입니다. 그렇게만 된다면, 이 천한 목숨이 뭐가 아깝겠습니까."

"말은 그럴듯하지만도, 막상 목이 달아날 지경이모 모두 꽁무니를 뺄 끼구만은."

"어르신, 제 말씀을 믿어주십시오. 하늘에 맹세하겠습니다. 제발 백정들의 처지를 불쌍하게 여기시어 이끌어 주십시오."

김봉수가 눈물을 글썽거리더니 자리에서 일어나 강상호 앞에 큰절을 올렸다. 그리고도 어깨를 들썩거리며 오랫동안 체읍했다.

그러자 이학찬이 소매로 눈물을 훔치고, 기생들도 돌아앉아 웃고름을 들었다. 한동안 분위기가 숙연하게 흘렀다.

신현수는 김봉수의 결심이 굳은 것을 보고 흐뭇했다. 기방에나 출입하는 어설픈 지식인보다는 백 배 나은 청년으로 보였다. 이학찬이 그를 적극 추천하는 이유를 이제야 알 것 같았다.

김봉수 얘기를 다 듣고 난 강상호가 고개를 끄덕이더니 술을 한 모금 흘려 넣었다. 그러고도 김봉수를 또 훑어봤다.

"백정들이 으지를 굳게 가지모, 장차 몬 할 끼 없는 기라. 이미 1901년 2월에 있었던 일이제. 겡상북도 애천(예천) 군수가 백정한테 강제로 간청(관청) 일을 시키자, 백정들이 반발한 적이 있었능 기라. 그러자 군수 그늠아가 이를 거부하는 백정 세 밍을 수개월 동안 감옥에 가둔 기라. 이걸 알게 된 문갱(문경)에 한 백정이 서울 내부內部에다 탄원서를 냈제. 그래가 이를 시정하라는 훈렝(훈령)이 떨어진 기라. 그란데도 애천 군수가 훈렝을 가지고 내려온 백정을 두들겨 패고 돈까지 뺐었다 아이가. 이 소식을 들은 서울 재설꾼들이 다시 탄원서를 냈제. 겔국 감옥에 갇힌 백정이 모두 풀려나고, 돈도 다시 찾은 기라."

"용기가 대단한 백정입니더."

"그뿐이 아이다. 그해 5월, 비슷한 사건이 항해도(황해도) 해주에서 있었능 기라. 몬된 간리(관리)들이 신분 해방을 미끼로 백정들한테 돈 오만 냥을 요구한 일이 있었제. 물론 백정들은 이를 거절했제. 그러자 간리들이 백정들을 감옥에 가두 삐맀어. 이때도 백정들이 들고일어나 서울 농부農部에다 진정을 한 기라."

"돈만 있으모, 백정에서 벗어날 수 있었심꺼?"

"하모. 재산을 모은 백정이 마이 생기믄서, 길영수라 쿠는 백정

은 겡상도 상주 군수까지 지냈다 아이가. 간리들이 그만큼 썩었다
는 뜻이제."

"그뿌이 아이지요. 1900년경 〈독립신문〉이나 〈황성신문〉을 보
모, 간리들 행패가 말또 몬 합니더. 충청도 아산 군수가 가축을 잡
으라꼬 부당하게 요구하는 걸 백정들이 거절하자 매를 때리가 협박
하고, 겡기도 장단 군수는 지멋대로 도축장 주인을 갈아치고, 음축
군수는 도축장 주인을 무조건 감금해가 고기를 강탈했다 쿱니다."

그러자 강상호가 한숨을 내쉬며 머리를 절레절레 흔들었다.

"일일이 엘거(열거)하자모 끝도 한도 읎능 기라. 내사 백정 심정
을 알았으이깨네, 힘닿은 데까지 도울 끼다."

"어르신, 고맙습니다요. 정말 고맙습니다요."

신현수가 김봉수에게 다시 술잔을 건네자 강상호도 제 술을 급히
털어 넣고 김봉수 앞에 잔을 내밀었다. 김봉수는 자꾸 고이는 눈물
을 닦을 생각도 않고 술 두 잔을 거푸 받아마셨다.

이튿날, 이학찬이 김봉수를 시켜 박석호와 황길천을 급히 불러들
였다. 어제 강상호에게 들은 고무적인 얘기도 전할 겸 나름대로 앞
으로의 대책을 세울 심산이었다.

김봉수에게 강상호를 만났다는 얘기를 대충 들은 박석호는 이학
찬을 보자마자 좋은 소식부터 물었다.

"무신 겔정이 난 건 아이고, 그분들이 힘껏 돕겠다고만 했다."

"백동해를 은제 모이라 쿠는 기 아이고예?"

"대사를 그리 쉽그로 겔정할 수 있겄나. 심사숙고해가, 개핵을
잘 짜야 되는 기라."

284

그러자 시무룩해진 황길천이 힘 빠진 목소리로 물었다.

"그라모, 오늘 와 보자캤심꺼?"

"머든 겔정되는 거에 대비해가, 백동해 해원들한테 정신무장을 단디 시키야 안 되겠나."

"정신무장을 우예 시킵니꺼? 무술 가르치능교? 무술이라 쿠모… ."

박석호가 그의 입을 틀어막고는 대뜸 통박을 주었다.

"문디이 자슥. 길처이 니는 주먹 쓰는 거밖에 모리나. 정신무장 시키자 쿠는데 웬 무술이고. 백동해가 먼 군대가?"

"알았다, 고마. 그래도 농청 그늠아들과 붙을라 쿠모 주먹 쓰는 법도 익히야 안 되겠나. 정신무장도 몸땡이가 건강해야 되능 기라. 안 그렇심꺼, 학차이 행님."

"길처이 말또 아주 틀린 기 아이다. 그러나 내가 말하는 건 개핵을 실행할 때까지 비밀을 지키믄서 각오를 단디 하자는 뜻잉 기라. 그러이깨네, 박석호캉 길처이는 내일부터 해원들을 하나씩 만나가 내 말을 가심(가슴) 속에 단디 심으라는 기다. 내 말 알겠나? 첫찌도 비밀, 둘찌도 비밀이라 쿠는 걸 멩심 또 멩심해야 된다이. 지난번 최만돌이맨치로 입조심 몬 하는 놈들이 있으모, 아예 빼 삐라."

"알겠심더."

이때 이학찬의 아내가 술상을 들이면서 밖에 김봉수를 찾아온 사람이 있다고 전했다. 그가 누구냐고 물었다.

"잘 모리는 얼라가 왔심더."

문을 열자 뜻밖에 고만석의 아들 우돌이가 있었다.

"네가 웬일이냐?"

"봉수 아저씨, 큰일 났어요. 아부지가 많이 다쳤어요."

"어디를 어떻게 다쳤다는 거냐?"

"팔도 부러지고, 얼굴도 많이 다쳤어요."

"누구한테 맞은 거니?"

"농청놈들이 … ."

"만추 아저씨는 그 자리에 없었어?"

"만추 아저씨도 아부지랑 같이 맞았어요. 봉수 아저씨, 빨리 가요."

"알았으니 먼저 가거라. 내 곧 뒤따라갈 테니까."

"싫어요. 아저씨랑 같이 갈래요."

"그럼 잠시 기다려라."

마음이 급해진 김봉수는 이학찬에게 사정을 얘기하고 떠날 채비를 서둘렀다. 그러자 이학찬이 박석호와 황길천으로 하여금 김봉수를 따라붙게 하였다. 농청의 짓이라면 김봉수 또한 안전치 못할 것으로 알고 두 사람을 붙였다.

김봉수는 옥봉으로 달려가면서 우돌에게 다시 물었다. 현장을 목격하지 못한 아이의 대답은 똑같았다. 갑자기 들이닥친 농청놈들이 각목을 휘둘러 당할 수밖에 없다고 하면서도 이유는 전혀 몰랐다.

일본인에게 도축장을 빼앗긴 이후 애초부터 일했던 재설꾼과 일본인 사이에 크고 작은 마찰은 종종 있었다. 시비가 일어날 때 가끔 농청 패가 일본인 사주를 받고 동원되기도 했다.

김봉수 일행이 도축장에 당도했을 때는 상황이 이미 끝난 후였다. 도축장 주변에는 부러진 각목과 핏자국이 바닥 곳곳에 흩어져 당시 상황을 짐작게 하였다.

박석호와 황길천이 분해서 이를 갈았다. 성질 급한 황길천은 대뜸 도끼를 집어 들고는 당장 정판구에게 가자고 길길이 뛰었다. 그걸 김봉수가 말렸다.

"지금은 그자가 범인이라는 증거가 없으니, 상황을 자세히 알아봅시다."

"그늠아가 아이모, 누가 이런 짓 할 낍니꺼?"

김봉수는 고만석의 상태부터 알아보기로 했다. 고만석은 강만추 처소에 누워 잡역부의 간호를 받고 있었다. 그 옆에 만추도 신음하며 길게 뻗어 있었다. 두 사람 다 몰골이 말이 아니었다. 고만석은 머리가 터져 피가 얼굴을 새빨갛게 덮었다. 팔과 다리도 부러진 듯했다.

만추도 결코 덜하지 않았다. 퉁퉁 부은 얼굴은 피범벅이고, 옷은 갈기갈기 찢겨져 그때의 상황을 능히 짐작게 하였다. 김봉수는 아직 의식이 완전히 돌아오지 않은 고만석을 놔두고 만추에게 물었다.

"만추야, 대체 어찌 된 일이냐?"

"농청 새끼들이 갑자기 치들어왔다 아이가."

"이유가 뭔데?"

"애놈 주인이 시켜서 온 기라. 문디들이 우리 보고 도축장을 떠나라 안 쿠나. 그래서 이래된 기라."

"놈들이 행패 부린 이유가 있을 게 아니냐?"

"주인 그늠아가 우리한테 자꾸 시비를 건다 아이가. 하도 더러버서 일 몬 하겠다꼬 모두 도축장을 나와 뻤다 아이가. 그랬더이만 농청 새끼들이 갑자기 들이닥친 기라."

결국 만추가 주동하여 일꾼들을 도축장에서 모두 끌고 나오는 바람에, 주인이 농청에다 도움을 청해서 벌어진 일이었다.

"만추 네가 또 원인이었구나! 어차피 참았어야 할 일인데, 네가 앞장서면 어떡하니. 너 때문에 만석 아저씨가 이렇게 다친 거 아니냐."

김봉수가 그를 향해 소리를 버럭버럭 지르자, 그도 지지 않고 대들었다. 왜 자기에게만 책임을 묻느냐고 따졌다.

"백정이 당하는 서러움을 몰라서 이러는 거야? 누구는 등신이라서 참고 사는 줄 알어? 힘없는 신분이니 어쩔 수 없이 참는 거지. 그걸 몰랐어? 그런데 여기 보안대원들은 그때 뭘 한 거니? 그저 보구만 있었단 말야?"

"보안대원은 몇 밍 읎었다."

"모두 어디 갔는데?"

그러자 치료를 거들던 잡역부가 당시 상황을 목격한 대로 전했다. 보안대원 대부분이 다른 도축장에서 일하고 있어, 당시 상황을 전혀 몰랐다 했다.

"농청놈들 중에 정판구도 있었냐?"

"잘 모리겠다. 갑자기 치들어와가 두들기 패는 바람에, 누가 누군지 알 수가 읎능 기라."

내내 얘기를 듣던 황길천이 갑자기 주먹으로 애먼 벽을 난타했다. 숨을 쉭쉭 내뿜는 것이 꼭 미친 소 같았다. 박석호가 말려 간신히 흥분을 가라앉혔다. 김봉수는 눈물만 하염없이 흘렸다.

"해장님요. 이래 당하고도 가마이 있을 낍니꺼?"

"모두 줄행랑을 쳤으니, 지금으로는 누구 소행인지 모르잖소."

"뻔한 거 아입니꺼? 정판구 그늠아 아이모, 이래 몬 합니더."

박석호는 그 옆에서 눈에 핏발만 세운 채 숨만 씩씩댔다. 그러자 황길천이 무슨 말이든 하라며 그를 호되게 몰아붙였다.

　명월관 가향은 며칠 전부터 넋을 놓은 채 자주 한숨을 내쉬었다. 동료 기생들이 다가가도 의식하지 못했다. 걱정거리가 있느냐고 물으면 고개만 저을 뿐이었다.

　"귀신한테 얼을 빼앗긴 표정이잖니. 어떤 남정네를 흠모하는 거 아니니? 그게 사실이라면, 그 사내가 대체 누굴까?"

　"너희는 몰라도 돼."

　"그건 그렇지 않단다. 만약에 가향이 흠모하는 남정네가 우리들 마음에도 들어 있다면, 서로 거북한 일이니까. 안 그래?"

　"그럴 일은 없을 터이니, 염려 붙들어 매거라."

　"그러니까, 가향이가 상사병이 든 건 분명하구나."

　그들의 어림은 사실이었다. 얼마 전 이학찬, 신현수, 강상호, 김봉수가 다녀간 후부터 김봉수가 가향의 마음을 흔들었다.

　비록 입성은 꾀죄죄했지만 강렬한 그의 눈빛과 굳은 의지가 마치 비수처럼 그녀의 심장을 찔렀다. 백정이 단결해야 하는 이유를 역설하던 그때의 모습이 강한 인상으로 남았다.

　그가 백정이기는 해도 도축이나 하면서 목숨을 연명하는 여느 축과는 사뭇 달랐다. 그는 다수를 이끌 만한 선동과 지도력, 그리고 의지를 실천하려는 자신감으로 뭉친 사내였다.

　'그 사람을 다시 볼 수 있었으면 ….'

　그건 쉽지 않을 것이다. 지난번에 왔던 사람들과 함께라면 몰라도 혼자서 올 리 만무했다. 백정 신분에 기방출입은 당치도 않았다. 도축장과 정육점을 가져 돈을 많이 번 이학찬도 혼자서는 명월관에

온 적이 없었다. 하물며 그 밑에서 일을 거들며 밥술이나 얻어먹는 처지로는 어림도 없다.

'다시 보기는 어려울 거야.'

그렇게 단정하자 안타까움이 이내 절망이 되어 가슴을 마구 휘저었다. 문득 죽은 아비가 떠올랐다. 생전에 그 역시 재설꾼이었다. 가족 모두가 밑이 빠지게 곤궁했던 생활은 돌이키기도 싫었다. 그러나 비참하게 죽은 아비의 마지막 모습은 그녀의 가슴속에 항상 옹그렸다.

예나 지금이나 백정이 천대받기로는 다를 것이 하나도 없었다. 가향이 열 살 때 아비가 죽었다. 어느 토호의 주문을 받아 아비가 소를 잡았고, 그걸 부위별로 저미는 과정에서 고기 두어 근을 따로 숨겨둔 것이 발각되어 개죽음을 당했다. 제사를 며칠 앞둔 시점이어서 욕심을 냈던 모양이다.

가향의 아비는 집사에게 멱살이 잡혀 토호 앞에 끌려갔고 거기서 머슴의 몽둥이질로 숨졌다. 어미는 남편을 땅에 묻자마자 자식 남매를 이끌고 부랴부랴 마을을 떠났다. 정처 없는 여정 도중에 가향의 남동생이 추위와 굶주림을 못 견디고 일찌감치 생을 마감했다.

그 후 모녀가 여기저기를 떠도는 동안 어미는 딸을 어느 주막에 맡겨놓고 통곡으로 이별했다. 모녀가 이틀씩 굶는 것이 예사여서 어미는 딸자식이나마 굶기지 않으려고 주막에다 넘겨 버렸다. 그후 지금까지 어미 소식을 모른다.

가향이 성장하면서 얼굴이 반반해지자 주막에서 그녀를 간판 계집으로 활용했다. 그녀는 만신창이가 되었다. 세상에 눈을 뜨게 된 가향은 주막에서 도망쳐 스스로 기생학교를 찾았다.

그날 김봉수를 처음 봤을 때는 정말이지 하찮은 천민으로만 봤다. 잔뜩 주눅이 든 모습이 그랬다. 그런 사람이 신현수, 강상호 같은 진주의 저명인사를 따라 방에까지 들어오는 것이 이상했다. 그들의 대화에 귀를 열어놓지 않았으면 김봉수를 하찮게 여겼으리라.

가향은 자신의 삐뚤어진 안목을 부끄러워했다. 김봉수를 다시 만나면 무엇을 어찌하겠다는 생각은 없었다. 깊은 정이 있어 그리움에 사무친 것도 아니었다. 단지 그를 다시 볼 수 없을지 모른다는 아쉬움에 안달 날 뿐이었다. 여자는 한 남자를 운명적으로 만날 때를 기다린다. 가향에게는 그가 바로 김봉수였다.

'인연이 있다면, 언젠가는 만나게 되겠지.'

고만석과 강만추가 병석에서 겨우 일어났다. 그러나 도축장에는 나갈 수 없었다. 도축장을 인수한 일본인의 사주를 받아 농청 패가 앞을 가로막았고 함부로 들어갈 수 없었다.

갑자기 일터를 잃은 고만석은 당장 살아갈 일이 막막했다. 그건 만추도 마찬가지였다. 이렇게 된 데는 백동회를 조직하는 과정에서 발단했으므로 김봉수의 책임이 컸다.

도축장을 되찾는 일은 나중 문제였다. 당장 일자리를 찾아야 했다. 딱한 처지를 의논할 사람이 이학찬이었다. 사정을 털어놓자 이학찬이 고개를 끄덕이며 두 사람을 자신의 도축장으로 불렀다.

"고맙습니다."

"어려울 때 서로 돕는 기세. 밥은 묵어야 될 거 아잉교."

"백동회를 조직한 것이 발단이라 내 책임이 커요."

"뜻있는 일을 하다가 그리된 긴데, 와 김 해장 책음잉교."

"허지만 사실인 걸요."

"그라모, 다른 사람들은 그냥 남게 되능교?"

"잡역부들이라, 계속 일할 수 있는 모양입니다."

"다행이구만은."

어쨌든 고만석과 만추가 다시 일자리를 얻어 천만다행이었다. 고만석과는 달리 만추만은 오히려 잘된 일이라고 했다. 왜놈 밑에서 일하지 않는 것과 김봉수와 함께 있는 것이 좋은 모양이었다.

고만석과 강만추가 이학찬 밑으로 들어와 일한 첫날, 이학찬이 그들을 위해 술자리를 마련했다.

"일자리를 준 것만도 고마운 일인데, 술자리까지 마련하다니 …. 고맙구먼."

"하모요. 참말로 고마운 기라요."

김봉수는 아까부터 고만석 앞에서 고개를 들지 못했다. 그때 백동회 회원들을 도축장에 끌어들이지만 않았어도 고만석이 이 같은 피해는 보지 않았을 것이다.

"만석이 아저씨한테는 정말 면목이 없습니다."

"봉수 탓만은 아니지. 근본적으로 왜놈들 때문이잖어. 봉수는 백동회를 다시 만들 생각인가?"

"물론입니다. 여기 이학찬 동지가 앞장서서 추진하고 있어요. 지난번처럼 오합지졸은 아닐 겁니다."

"그때 가서, 회원을 새로 뽑게 되믄 나도 끼워 줄라나?"

"아저씨도 들어오신다구요?"

"못 헐 것두 읎잖어."

"봉수야, 이 강만추도 끼 주라."

김봉수는 고만석의 결심을 듣고 적이 놀랐다. 만추는 젊은 혈기에 그렇다 치고, 고만석까지 나설 줄은 짐작하지 못했다.

"내야 나이를 먹었으니 젊은 사람처럼 앞장설 수는 없지만, 뒤에서 궂은일은 할 수 있을 꺼."

"아저씨처럼 각오만 굳게 서면, 무슨 일도 할 수 있어요. 결심 잘하셨어요. 만추도 생각 잘했어."

"독립운동이사 몬 해도, 백정들의 건리(권리)를 찾는 일이라 쿠모 내사 마 목심도 바칠 수 있능 기라."

방문이 열리며 안주 두어 가지가 더 들여졌다. 그러자 이학찬이 술잔을 높이 들어 건배를 제안했다. 술잔 네 개가 일제히 솟아올랐다. 김봉수와 고만석의 눈에 물기가 돌았다.

술자리 분위기가 무르익었다. 고만석이 갑자기 젓가락을 두드려 장단을 만들면서 나직하게 노래를 불렀다. 뜻밖이었다.

감장새 작다 하고 대붕大鵬아 웃지 마라
어라 어라 어허라
장공長空을 너도 날고 저도 난다
어라 어라 어허라
두어라 일반 비조飛鳥이니 네나 제나 다르랴
어라 어라 어허라

눈을 지그시 감은 그의 볼에 기어이 눈물이 흘러내렸다. 눈물은 골이 깊은 주름을 타고 턱 밑으로 낙수처럼 떨어졌다. 그가 애절하게 내뱉는 소리와 눈물이 결국 모두를 울리고 말았다.

감장새(굴뚝새)는 백정을 비유한 것이고, 대붕은 양반과 상민이다. 감장새나 대붕이나 새이기는 마찬가지듯이 사람은 다 평등하다는 뜻이다.

고만석이 노래를 다시 반복해 부르자 이학찬도 김봉수도 강만추도 그를 따라 목청을 높였다.

진혼무

1

가향은 해가 중천에 걸리자 외출할 작정으로 경대 앞에 다가앉았다. 여염집 처녀티를 내려고 얼굴 화장을 일부러 옅게 했고 머리도 대충 틀어 올렸다. 옷을 수수하게 차려입고 장옷마저 벗어 버리자 누구도 기생으로 볼 사람은 없을 것 같았다.

가향은 정원을 가로질러 대문을 나섰다. 눈을 들어 하늘을 올려다보니 구름 한 점 없이 청명하여 눈이 부셨다. 가까운 야산도 온통 신록으로 덮여 그 싱싱한 내음이 코끝을 간질이는 것만 같았다.

저잣거리를 중간쯤 걷는데 한 주막 앞에 사람이 잔뜩 몰려 있었다. 누군가 욕지거리를 섞어 고함을 질러대는 것으로 미루어 싸움이 터진 모양이었다. 보나 마나 술 취한 자들끼리 시비가 붙었을 것이라 그냥 지나치려 했다.

둘러싸인 무리 한가운데서 애소 섞인 여자의 비명이 터져 가향의 발목을 잡았다. 어린아이까지 자지러지게 울어댔다. 어떤 여자가 모진 매타작을 당하는 듯했다.

가향이 무리 틈에다 얼굴을 디밀었다. 짐작한 대로 여인 하나가 두 사내에게 난장을 맞는 중이었다. 머리는 산발이고, 보기에 민망하게 풀어진 옷도 곳곳이 찢어져 있었다. 그 옆에서 겨우 돌이나 지났을 아이가 사지를 버둥대며 울어댔다. 가향이 옆에 있는 노인에게 내막을 묻자 주막 음식을 훔쳐 먹다가 주인에게 들켰다고 했다.

"무엇을 얼마나 훔쳤기에, 저 지경이 되도록 때립니까?"

"저기 소쿠리에 담긴 부침개를 훔쳐 묵었다 쿠요."

가향이 잠시 망설이다가 구경꾼들을 헤치고 들어가 여인에게 다가갔다. 그러자 발길질을 해대던 두 사내가 주춤했다. 가향은 그들을 무시하고 주막 주인이 누구냐고 물었다. 그러자 두 사내 중 하나가 한 발 나섰다.

"훔쳐 먹은 값이 얼마나 되우?"

"십 전어치는 될 끼요."

가향이 입술을 파르르 떨며 그를 매섭게 노려봤다. 겨우 십 전 때문에 연약한 여자를 그 지경으로 때린 그를 짐승보다 못한 놈으로 여겼다. 주인은 서슬이 퍼런 가향의 눈초리를 슬그머니 피했다.

"옜수. 거스름돈으로 저 음식들을 싸주오."

가향은 사내의 발 앞에 엽전 몇 개를 동냥하듯 내던졌다. 그가 돈을 주우려고 허리를 구부린 위에다 침을 뱉지 못해 안달이 솟았다.

"얼마나 배가 고팠으면, 죽기를 각오하고 훔쳤겠수. 더구나 저 아이가 눈에 안 보이우?"

"그쪽이 누군지는 모리겠지만도, 이년은 백정 거지인 기라요. 직이 뻬도 개않소."

"대체, 누구 허락을 받고 사람을 죽인단 말이우? 내 마음먹기에 따라서는 임자들을 경찰서에다 고발할 수도 있수."

그제야 주인이 찔끔해서 목을 외로 꼬았다.

잠시 후 구경꾼이 모두 떠났다. 방금 떠난 사람 중에 웬 사내 하나가 걸음을 멈추고 두 번이나 뒤를 돌아봤다. 먼 거리이기는 해도 가향에게는 낯이 익었다. 직감에 김봉수가 아닌가 싶었다.

무리가 모두 흩어졌는데도, 여인 둘이 가지 않고 아이 어미에게 쭈뼛쭈뼛 다가갔다. 입성으로 보아 그들 역시 거지가 분명했다.

"수고롭지만, 이 사람을 냇가로 데려가 씻기는 게 좋겠수. 좀 도와주오."

그들이 고개를 끄덕이며 한 사람은 시신처럼 뻗은 어미를 부축해 일으켰고 하나는 아이를 안았다. 이때 주막 여인이 거스름돈만큼의 부침개를 싸 들고 가향에게 내밀었다. 가향이 눈을 표독스럽게 만들어 그녀를 노려보았다. 그러자 그녀가 고개를 숙여 외면했다.

"참으로 몹쓸 사람이우. 같은 여자끼리 이럴 수 있소? 더구나 저 어린 것이 안 보이우? 주막네도 자식이 있을 거 아니우. 언젠가는 천벌을 받게 될 터이니, 그리 아우."

"저런 것이 한두 년이모, 내도 저리는 안 했을 끼요."

"가난한 양민에게는 누구나 한 번쯤 있는 일인 것을⋯."

아이 어미를 부축하는 여인이 힘이 달리는지 그녀를 둘러업지 못하고 쩔쩔맸다. 냇가는커녕 한 발짝도 옮길 수 없었다. 가향도 난감해 전전긍긍했다.

이때였다. 젊은 사내 하나가 갑자기 불쑥 다가왔다. 뜻밖에 김봉수였다. 조금 전 뒤를 돌아보던 그가 다시 나타났다.

김봉수는 말없이 아이 어미를 업더니 어디론가 앞장서 갔다. 가향을 비롯한 여자 셋이 영문도 모른 채 그를 따라붙었다. 김봉수는 말을 한마디도 내지 않았고 뒤도 돌아보지 않았다.

어디로 데려가는지 방향을 묻고 싶어도 그의 걸음이 너무 빨라 기회가 없었다. 그는 마치 화난 사람처럼 묵묵히 걷기만 했다.

중앙시장통으로 들어선 그가 한 정육점 앞에서 걸음을 멈췄다. 마침 문이 열리며 사내 하나가 목을 내밀었다. 순간, 가향은 그만 소리를 지를 뻔할 만큼 놀랐다. 다름 아닌 이학찬이었다. 그가 정육점 주인이라는 사실은 알았으나 바로 이곳일 줄은 몰랐다.

이학찬이 가향을 먼저 알아보고는 눈을 크게 벌렸다. 가향은 얼굴을 붉히며 눈인사만 보냈다. 이학찬은 김봉수 등에 업힌 여인을 바라보며 한동안 멀뚱히 섰다. 김봉수가 간략하게 전후 사실을 말하고는 안으로 들어갔다.

방에다 여인을 내려놓은 김봉수가 가향을 흘끔 바라보면서 나머지 일은 여자들이 알아서 간호하라고 했다. 그러고는 이내 사라졌다.

도축장으로 돌아온 김봉수는 일이 손에 잡히지 않았다. 가향을 그렇게 만난 것은 뜻밖이었다. 지금까지도 그날 명월관에서의 눈같이 흰 손등이 눈에 삼삼하고, 분내가 코끝에 남았는데 저잣거리에서 마주치다니 …. 더구나 주막 앞에서 그녀가 보여준 당당하고 인정이 깊은 모습은 그의 심금을 울렸다.

얼굴 고운 사람에게 미운 데 없다더니 바로 가향을 두고 하는 말 아니겠는가. 그래서 가던 길을 돌아왔다. 숨어서 지켜보니 여자 셋이서 아이 어미 하나를 두고 쩔쩔매는 모습이 안타까워 차마 모른 척할 수 없었다. 가향의 착한 심성에 그만 감동했다.

가향은 아이 어미를 두 여인에게 맡기고 정육점으로 돌아왔다. 김봉수는 안 보이고 이학찬만이 고기를 썰고 있었다.

"소란을 피워서 죄송합니다. 냇가로 가서 씻기기만 할 참이었는데, 그분이 업고 오는 바람에 이렇게 된 거예요. 그러니, 아이 어미가 기력을 찾으면 내보내세요."

"그건 내가 알아서 할 테이께네, 염려 마이소."

"아까 그분은 어디 계시나요? 미처 고맙다는 인사도 못 했어요."

"뒤로 돌아가모 도축장이 있소. 거기 있을 끼요."

그러나 가향은 도축장으로 가지 않았다. 마음 같아서는 직접 인사를 차리고 싶었지만 여자로서 얌전하지 못한 짓이다 싶어 그냥 돌아섰다.

가향은 저잣거리로 들어서서야 조금 전의 일들이 어젯밤 꿈처럼 되살아났다. 주막 앞에서의 일은 순간적인 충동이었다. 아이 어미가 매를 맞고 아이가 우는 모습에서 자신의 지난날을 봤다. 세 식구가 타향 여기저기를 떠돌면서 굶주렸던 시절이 떠올랐다.

김봉수의 갑작스러운 출현은 기적 같았다. 만신창이 여자를 주저하지 않고 업는 용기와 말없이 실천하는 성격은 정말 사내다웠다.

가향은 갑자기 마음이 흐뭇해지면서 몸도 깃털처럼 가벼워졌다. 걸음걸이에 흥이 솟았다. 하늘은 아까보다 더 맑아진 듯하고, 햇살은 새삼 따사롭고, 나뭇잎마다 윤기가 자르르 흐르고, 이 가지 저 가지를 옮겨 다니면서 끊임없이 재잘대는 새들까지 그녀의 마음을 행복하게 하지 않는 것이 없었다.

가향은 아이 어미 손에 십 전을 쥐여 주고 나왔다. 가향이 한창

굶주렸을 때 지금의 자기와 같은 사람을 몇 차례 만났다면 고통이
덜했을 것이다. 오죽하면 동생이 배를 곯아 죽었을까.

가향은 어미에게 매달려 자지러지게 울어대던 아이를 생각하면
서 이젠 기억이 희미해진 동생을 가물가물 떠올렸다. 피골이 상접
해서 팔과 다리에 붙은 살은 가죽처럼 주름지어 뒤틀리고, 옆구리
에 갈비뼈가 앙상하게 드러나고, 먹은 것도 없는데 배는 소쿠리처
럼 부르고, 두상은 괴물 대가리처럼 좁은 어깨에 위태롭게 얹혔다.

'차라리, 일찍 죽은 게 잘된 일인지도 몰라.'

가향은 버드나무 밑으로 숨어들어 눈물을 펑펑 쏟았다.

2

서달수는 자식을 얻고부터 완전히 다른 사람이 되었다. 틈만 나
면 술을 마시지 못해 안달을 부리던 그는 주막 출입조차 삼갔다. 집
에 돌아와 아이 재롱을 보는 맛에 푹 빠졌고, 그런 아들을 낳아 준
여자가 고맙고 기특해서 다른 것에는 마음 쓸 새가 없었다.

이두영은 방물 앞에 쪼그리고 앉아 저자를 오가는 행인을 맥없이
바라보다가 때로는 하늘도 올려다보고, 멀리 산자락에 눈길을 걸어
놓아 눈이 시리도록 화사한 신록을 보기도 하면서 한숨만 내쉬었다.

'젠장, 날씨 한번 드럽게 좋구마이.'

이럴 때 달수가 나타나 시비라도 걸었으면 마음이 덜 허전할 것
같았다. 개똥도 약에 쓰려면 보이지 않는다고, 요 며칠 코빼기도
내비치지 않았다.

저자를 순찰하는 순사 둘을 보자 두영이 자리를 박차고 나가 그들에게 다가갔다.

"요즘 서달수 순사를 통 못 보겠습디여."

"메칠 치사(취사) 당번한다 아이가."

"승진한 게라우?"

"부엌데기가 먼 승진이겠노. 담당자가 상을 당한 기라."

"그랬구만이라. 아우헌티 쪼까 들르라고 말 좀 전해 주쇼이."

달수가 큰 덩치로 부엌일을 하는 모습을 상상하니 저절로 웃음이 나왔다. 다 된 밥솥에 코나 빠뜨리지 않을는지 걱정도 되었다.

해거름이 되자 달수가 나타났다. 취사 일이 고달팠던지 파김치였다. 두영은 마치 죽은 서방을 꿈에서 만난 것처럼 반가웠다.

"뭣 땀시 나를 보자고 혔냐?"

"오랜만에 와서 헌다는 소리가 고작 그것이여? 반갑지도 않소?"

"지랄! 자다가 봉창 두드리구마. 내 각시가 헐 소리를 니늠이 왜 헌다냐?"

"나가 을매나 궁금혔는지 아요? 참말로 섭하요이."

"섭이고 고름이고, 나가 시방 죽을 맛이랑께. 천하의 이 서달수가 게우 밥이나 짓고 있다니, 말이 되는 소리냐? 사내가 부엌 출입 헐라믄 불알을 떼놓으라고 혔는디, 나가 시방 그 신세가 되얐다."

"배고픈 시절 생각혀서 참어야제. 밥은 배 터지게 먹을 것잉게."

"으떻게 된 늠이 허구헌 날 밥 타령이냐? 장사혀서 번 돈 으따 쓸 것여? 그랑께 네늠 쌍펀이 맨닐 낙내헌 괭이 상이제."

"사돈 남 말허고 있구마. 자기 얼굴부터나 들여다보고 그런 소리 허쇼."

"나야 아들놈과 각시를 못 봐서 그런 것이제. 집에 못 간 지 발써 이레나 되었당게. 나는 그만 가야 쓰겄다. 수고 허드라고."

"으매. 오늘 밤 구들장 내려앉것구마이."

"부럽제? 긍게 아무 년이나 데리고 살란 말이시."

"그런 말 마쇼이. 내헌티는 온순 아가씨가 있응게."

"으이그, 등신. 눈먼 괭이 달걀 어루고 있구마. 그 각시헌티 시방 혼담이 오가는 줄도 모르제?"

"시방, 풍년거지 쪽박 뿌사요? 그런 일은 절대루 읎을 것이구마."

"봉사 머루 씹는 소리 허고 있네. 주모가 가랭이 찢어지도록 싸다 니는 걸 모르고 허는 소리제. 냉수 먹고 쏙 차려라이."

두영은 온순의 혼담이 오간다는 말에 그만 숨이 탁 막혔다. 달수가 이미 사라지고 없는데도 두영은 아직도 그가 앞에 있는 것처럼 "참말여? 참말여?"를 큰소리로 내뱉는 것이었다. 그의 눈에 물기가 찐득하게 배어났다.

두영이 간신히 정신을 수습하고 바삐 전을 걸었다. 서두르는 품 이 아무래도 무슨 일을 저지르고 말 것만 같았다. 손에 잡히는 일마 다 허둥지둥했다.

'아녀, 아녀. 그릴 리가 읎어.'

불과 엊그제 온순이 왔었다. 와서 댕기도 사고 분도 사 갔다. 두 영은 거기에 예쁜 골무를 두 개나 선물로 얹어 주었다. 그때 고맙다 는 말만 했을 뿐 그 외 어떤 낌새도 보여주지 않았다. 그런 여자에 게 혼담이 오가다니 말 같지도 않은 소리였다.

'그럼 분을 사간 거이 모냥낼라고 그런 것여?'

두영은 전을 걷다 말고 우두커니 서서 온갖 상상을 다 했다. 혼담

상대가 창원집을 드나들었던 사내 중 하나라면 예쁘게 보여야 했을 것이다. 어떤 사내인들 온순에게 호감을 갖지 않겠는가.

'내 마음을 아는 온순이가 그럴 리가 없어.'

그러나 자신 있게 단정할 수가 없었다. 뱀 굴과 여자 속은 그 깊이를 모른다고 했다. 재산 있고 인물 웬만하면 온순인들 마음이 왜 흔들리지 않겠는가. 방물장사쯤 비교가 안 된다. 더구나 주모가 눈을 부라려 윽박지르면 그녀로서도 버텨 볼 재간이 없을 것이고.

'환장허겠네. 이를 으쩐다냐.'

두영은 어둠이 내려앉기를 기다려 창원집 근처로 가서 동정을 엿보기로 했다. 주모가 없다면 온순을 붙잡고 단도직입으로 물을 작정이었다.

그는 창원집에서 멀리 떨어져 주막 안을 염탐하기 시작했다. 들어가고 나오는 작자를 일일이 눈여겨 살폈다. 그들 중 온순의 짝이 될 만한 인물이 있는가를 점치기도 했다. 아직은 그런 위인이 눈길에 잡히지 않았다.

손님이 많은지 주모의 몸놀림이 매우 부산했다. 온순의 모습은 좀체 드러나지 않았다. 한참 혼담이 오가는 중이라 술청에는 얼씬대지 못하게 하는지도 모른다.

'쏙이 타서 미치겠구마.'

얼굴을 슬쩍 가리고 창원집을 비스듬히 지나가기를 여러 차례 반복했는데도 그녀가 보이지 않았다. 방에 처박혀 몸단장 연습을 하는가 싶어 입술이 바짝바짝 탔다.

두영이 기어이 창원집 뒤로 돌아갔다. 그녀가 혹시 뒤뜰을 서성

대고 있을지도 모른다고 희망을 걸었다. 그러면 담 너머로 그녀를
볼 참이었다.

상현달이 반쯤 익어가는 때여서 주위는 그다지 어둡지 않았다.
두영은 담 너머로 동정을 살폈다. 그들이 거처하는 곳으로 짐작되
는 방 창호지에 불빛이 어른어른했다. 소리는 새 나오지 않았다.

'어떻게 불러내지?'

머리를 이리저리 굴려 꾀를 짜내느라 한참을 고심했다. 언감생심
소리를 내 부를 수는 없었다. 제 발로 걸어 나오면 좋으련만 아무런
기척도 들려주지 않았다.

'에라, 모르겠다.'

그는 손마디만 한 돌 하나를 주워 방문을 향해 던졌다. 그러나 날
아간 돌이 빗나가는 바람에 벽을 때렸다가 툇마루로 또르르 굴렀
다. 그제야 방문이 조금 열리더니 온순이 얼굴을 내밀었다. 두영이
그녀를 나직하게 불렀다. 그러나 목소리가 너무 작았는지 그녀는
듣지 못하고 방문을 닫아 버렸다. 안달이 난 두영이 돌을 또 던졌
다. 그제야 그녀가 툇마루로 나섰다.

"온순 아가씨, 나랑께."

두영이 손을 들어 신호를 보냈다. 그녀가 발소리를 죽여 다가와
술청 쪽으로 고개를 돌렸다.

"옴마야. 이 밤중에 무신 일잉교?"

"급히 할 야그가 있응게, 내일 전방으로 오더라고. 알았제?"

두영은 그녀의 대답도 듣지 않고 어둠 속으로 재빨리 몸을 숨겼
다. 밤길을 더듬어 나오는 동안 등짝에 식은땀이 흥건했다. 아랫도
리까지 척척했다. 땀이 아니었다. 어찌나 긴장했던지 오줌 지리는

것도 깨닫지 못했다.

　이튿날, 온순이 정말 두영을 찾아왔다. 두영은 고마운 마음보다
는 어제 달수에게 들은 얘기를 확인하는 게 더 급했다.

　"어젯밤, 그기 무신 짓잉교. 우리 이모가 알았다가는 내사 죽어
예. 할 얘기라 쿠는 기 멉니꺼?"

　"가만!"

　하필이면 이때 주모가 멀리서 저잣거리를 두리번거렸다. 아무래
도 온순을 찾아 나선 것 같았다.

　"쪼까 몸을 숨겨야 쓰겄소. 주모가 아가씨를 찾는 갑소."

　"옴마야, 이를 우짜노."

　두영이 거침없이 그녀의 손목을 낚아채 자신의 골방에 처넣었다.
고무신도 들여놓았다. 잠시 후 주모가 그의 가게 앞에 이르렀다.
그러나 선뜻 다가서지는 못하고 주뼛거리며 동정만 살폈다. 두영은
그녀를 못 본 척 고개를 잔뜩 숙이고는 애먼 방물만 만지작거렸다.

　그녀가 한참을 서성거렸으나 아무런 단서도 찾지 못하자 슬그머
니 사라졌다. 두영이 서둘러 방으로 들어갔다. 온순은 고무신을 가
슴에 품고 오돌오돌 떨고 있었다.

　"이제는 괜찮아라."

　"무신 일잉교. 간 떨어지는 줄 알았으예. 내를 와 보자 캤으예?"

　두영은 어제 달수에게 들은 얘기를 들려주면서 사실이냐고 다그
쳤다. 그녀의 낯빛이 빨개지면서 고개를 폭 수그렸다.

　"지는 시집 안 간다 캤으예. 그란데도 이모가 중매재이를 만나는
갑데예."

"그건 안 되지라."

두영이 눈물을 주르르 쏟으면서 그녀의 손을 끌어 잡아 제 가슴에 안았다. 눈물이 계속 흘러내렸다.

"바보맨치로 와 울기만 합니꺼. 우리 이모를 만내가 사정해 보이소. 그래야 이모가 중매재이를 안 만난다 아입니꺼."

"그라믄, 다른 사내헌티 시집갈 수도 있다는 말인 게라?"

"이모가 가라 쿠모 가야지 우얍니꺼. 그러이깨네 좋은 방뻡을 생각하이소."

그녀도 기어이 눈물을 찍어 냈다. 두영이 그녀의 어깨를 우악스럽게 잡아 품에 안았다. 그녀는 빠져나가려고 안간힘을 쓰다가 결국 울음을 터뜨리고 말았다.

"둘이서 멀리 도망가 불면 으떻겠소?"

"그리는 몬 해예. 비록 이모지만도 내한테는 어무이나 한가지라예."

그녀가 두영의 품에서 빠져나와 더 서럽게 울었다. 그 옆에서 두영도 끼욱끼욱 울어댔다.

3

명월관에서 신현수, 강상호, 이학찬, 김봉수가 다시 만났다. 장지필만이 아직 당도하지 않았다. 그리고 새 인물로 정찬조가 합석했다. 그는 강상호가 데리고 온 자로 중앙시장에 큰 정육점을 가졌다. 같은 시장통이라 이학찬도 그를 잘 알았다. 그는 백정 신분인데도 당당하게 성안에 살았다.

진주성은 안성(내성)과 바깥성(외성)으로 구분되었다. 백정이 일반인과 함께 성안에 거주하는 걸 금했으므로 모두 외성 밖 나불천 주변과 옥봉 마을에 모여 살았다. 정찬조가 내성에 사는 것은 그만큼 재력가라 유지들과 잘 통했기 때문이었다.

명월관이 기방이기는 해도 이들의 주안상은 늘 조촐했다. 매번 이학찬이 술값을 부담하여 신현수가 그렇게 못을 박았다. 그래서 기생들이 참석은 해도 간단한 시중만 들었다.

좌장 격인 장지필이 도착하지 않아 다탁 앞에서 가벼운 얘기만 나눴다. 김봉수는 지난번처럼 구석진 자리에 앉았다. 이학찬은 같은 백정이니 무람하지만, 신현수나 강상호 같은 이는 진주에서 저명한 언론인으로 통하는 인물이므로 감히 나란히 앉을 수가 없었다.

강상호가 일행에게 정찬조를 소개했다.

"학차이는 알고 있겠지만도, 내하고 이웃인 기라. 백정이 모이가 조직을 맹근다 캤더니 지도 끼 달라 캐. 그래서 같이 나왔구만은."

그러자 정찬조가 자리에서 일어나 허리를 꺾었다. 모두가 박수로 환영했다.

잠시 후 장지필이 들어섰다. 숨을 가쁘게 쉬는 것으로 보아 급히 걸어온 것 같았다. 기름이 반드르르한 하이칼라 머리에 양복 입은 모습이 아주 멋쟁이였다. 위엄도 있었다. 외모로 봐서는 그가 백정 출신이라는 게 믿어지지 않았다.

"마이 늦었제? 천석구하고 얘기가 많아가 늦은 기라."

그가 강상호와 악수하면서 무안한 표정을 지우지 못했다. 그러자 강상호가 아직 닫히지 않은 문 쪽으로 목을 늘였다.

"여게 같이 오기로 안 돼 있심꺼?"

"그카기로 했는데 금주단연회禁酒斷煙會 일이 많아가 몬 빠지는 기라. 다음 모일 때는 꼭 참석하겠다 캐. 차라리 오늘은 잘된 기라. 그 사람 있으모 술 마시믄서 눈치 보인다 아이가. 담배도 몬 피우고."

"하기사 그렇네예."

가향이 들어와 술상을 들여도 되겠느냐 물었다. 이학찬이 고개를 끄덕였다. 방문이 활짝 열리면서 곧바로 술상이 들어왔다.

모두가 상 앞으로 다가앉았다. 그때까지 김봉수는 앉은 자리에서 꼼짝도 하지 않았다. 신현수가 손짓해 다가앉도록 하고는 장지필에게 그를 소개했다. 김봉수가 일어나 그에게 큰절을 올렸다.

가향이 술병을 들어, 앉은 순서대로 그들의 잔을 채웠다. 김봉수는 이학찬 뒤에 숨은 듯이 앉아서 고개를 숙이고 있었다.

"가까이 다가앉으셔요."

가향이 잔을 내밀었다. 그가 주뼛거리며 선뜻 잔을 받지 못하자 이학찬이 냉큼 몸을 틀어 자리를 만들어 주었다.

"자아, 우선 목부터 축입시더."

강상호의 제의로 일제히 술잔을 들었다. 잠시 얘기가 끊기고 안주 먹는 일에 손길들이 바쁘게 움직였다. 장지필이 신현수에게 빈 잔을 불쑥 건넸다.

"이 가스나를 보이깨네 생각나구만은. 신 국장도 대구에서 있었던 '백정 야유회' 사건을 알고 있제?"

"하모요. 여러 신문에서 다뤘다 아입니꺼."

"그 사건이 있었던 초파일에, 내가 마침 대구에 있었은 기라."

"아하, 그렇심꺼?"

지난 사월 초파일, 경북 대구에서 백정 몇이 기생들을 데리고 금

호강변으로 야유회를 갔다. 옛날 같으면 도저히 있을 수 없는 일이다. 이 사실이 알려지자 이른바 '기생조합'이 야유회에 동참했던 기생들에게 그들의 영업장을 회수하는 징계를 내렸다. 같은 천민계급이면서도 기생조차 백정과는 어울릴 수 없다는 경고였다.

옆에서 그들의 얘기를 듣던 가향이 얼굴을 붉히며 고개를 숙였다. 그러자 강상호가 그녀에게 잔을 내밀었다.

"니도 알고 있었나?"

"소문을 들었습니다."

"그 일을 우찌 생각하노?"

"제 짧은 소견으로는, 조합의 징계가 옳다고는 보지 않습니다."

"백정이라 쿠는 기 천민 중에 천민 아이가."

"기생도 천민이기는 마찬가지 아닙니까."

"니 생각이 그렇다 쿠모, 기특하구만은."

내내 잠자코 있던 이학찬이 한무릎 다가앉으며 입을 달싹댔다. 할 말이 있는 듯싶었다. 신현수가 그에게 잔을 건넸다.

"소인이 한 말씸 올리도 되겠심꺼?"

"무신 얘기고?"

"메칠 전 이 처자가 아주 좋은 일을 했심더."

"좋은 일을 해? 그기 머꼬?"

"저자에서 있었던 일입니더."

이학찬이 며칠 전 주막에서 음식을 훔쳐 먹다가 들켜서 몰매 맞은 거지에게 가향이 베푼 온정을 이야기했다.

"참으로 기특한 일을 했구만은."

얘기를 듣고 난 장지필이 그녀의 등을 토닥거렸다.

"이 아를 다시 바야 되겠다이. 애러분(여러분), 안 그렇소?"

"하모요."

"듣기 민망합니다. 오히려, 저분이 ···."

그녀가 턱을 들어 김봉수를 가리켰다. 그러자 이학찬이 화제를 김봉수에게 돌렸다. 무안한 김봉수가 이학찬의 허벅지를 쿡 찔렀다. 이번에는 장지필이 술잔을 김봉수에게 넘겼다.

"두 사람 모두 좋은 일을 했어. 멩얼간(명월관)에 이런 가스나도 있었나?"

더 앉아 있기가 민망했던지 가향이 슬그머니 자리를 떴다. 그녀가 나간 후에도 한동안 그 일로 얘기가 계속되었다. 김봉수도 안절부절못하여 슬그머니 일어나 방문을 열고 나갔다.

김봉수가 대청에서 내려서는데 가향이 마침 뜰에 서 있었다. 눈이 서로 마주치자 동시에 고개를 숙였다. 김봉수는 그녀를 외면한 채 뒷간 쪽으로 몸을 틀었다.

"저기 ···."

이때 가향이 김봉수의 발목을 잡았다.

"지난번에는 고맙다는 인사도 못 하고 왔어요."

"할 일을 했을 뿐이오."

그러고는 내빼듯이 뒤꼍으로 사라졌다. 가향은 할 말이 더 있는 듯 그 자리를 뜨지 않았다. 잠시 후 김봉수가 다시 나타났다. 그녀가 조심스럽게 한 걸음 다가갔다.

"비슷한 신분에, 너무 내외하지 마셔요."

"당찮소. 나 같은 백정이 처자하고 어떻게 비슷한 신분입니까."

"남정네 술 시중이나 드는, 천한 계집입니다."

그녀가 조심스럽게 주위를 살피더니 갑자기 목소리를 낮췄다.

"실은, 이년의 아비도 백정이었어요."

김봉수가 숨을 딱 끊고는 그녀를 뚫어지게 바라봤다. 아무리 보아도 그녀에게는 천한 구석이 한 군데도 남아 있지 않았다. 필시 상대방의 마음을 떠보려는 수작이라 짐작했다.

"백정의 딸이라니요? 사람을 놀리지 마시오."

"사실인 걸요. 그 대신, 그쪽만 알고 있었으면 해요."

"…… 알았소."

김봉수는 남의 눈에 띄는 것이 부담스러워 그녀를 세워둔 채 서둘러 대청으로 올라섰다. 방문 앞에서 그녀를 흘끔 돌아봤다. 그녀는 그때까지 고개를 숙이고 있었다. 느닷없이 연민이 솟구쳤다.

'백정의 딸이라고?'

문을 열고 들어서자 얘기가 한창 무르익고 있었다. 모임이 모임인지라 역시 백정의 조직 결성에 관한 의견을 나누는 중이었다. 신현수의 얘기가 이어졌다.

"백동해건 머시건, 맹칭이 그다지 중요치 않은 것 같심더. 문제는 겡찰서로부터 우리 조직의 합법성을 받아내는 깁니더."

"신 국장 말이 맞구만은. 우리 조직의 순수성을 겡찰서에다 옳게 알려야 되는 기라. 애놈들이 제일 갱개(경계)하는 건 어떤 단체든 그것이 사해주이(사회주의)로 발전하는 것이라."

"우리는 사해주이가 아이고, 백정들의 펭등권과 헹펭성(형평성)을 찾자는 치지인 기라예. 일본에서도 백정이 이런 움직임을 보이니께네, 겡찰서에서도 벨로 문제 삼지 않을 것 같심더."

"우리가 몬저 할 일은 백정한테 이러한 뜻을 바르게 전달하는 기라. 은밀하게 만나가 우리 치지를 설득하는 기라. 마이 참석해야 조직 겔성이 쉽지 않겠나. 학차이나 봉수 생각은 으떻노?"

"지들 생각도 그렇심더. 그래가 백동해 해원이 백 밍이 넘는다 아 입니꺼."

"뜻만 같으모 마이 모일수록 좋은 기라. 그래야 우리들의 세를 과 시할 수 있제."

"알았심더. 그 문제는 김봉수 해장과 강구하겠심더."

오늘 모임은 이 정도로 마감하고 술 몇 잔을 더 마시고는 자리를 파했다. 하루라도 일찍 가시적인 성과를 기대했던 이학찬이나 김봉 수로서는 아쉬운 점이 있지만 장차 지도자가 될 인사의 의견에 따 르지 않을 수 없었다.

4

옹망추니 조해구 집에 느닷없이 최태수 어미가 나타났다. 그냥 들른 것으로 보기에는 너무 이른 시각이었다. 들어서자마자 대뜸 해구를 찾는 그녀의 얼굴이 붉으락푸르락했다.

"태수 안 왔나?"

"안 왔는데예."

"어제도 몬 봤나?"

그녀는 해구 어깨 너머에 눈길을 던져 이 방 저 방에 의심을 들여 놓았다. 그뿐만 아니라 신발이 어지럽게 흩어진 섬돌도 꼼꼼히 훑었다. 태수의 흔적을 찾는 눈치였다.

"태수 몬 본 지 여러 날 됐심더. 와 그랍니꺼? 무신 일 있으예?"

"문디이가 이틀째 안 들어온다 아이가. 참말로 몬 봤나?"

"지가 와 쏙이겠능교."

"참말로 이상타."

"은제부터 집에 없었능교?"

"고마 됐다. 보거들랑 퍼뜩 집에 오라 캐라. 이 문디 자슥이 ···."

그녀는 더 머물 필요가 없다고 판단했는지 집 둘레를 한 번 더 살피고는 그길로 휙 나가 버렸다. 해구는 그녀를 건성으로 배웅하면서 복자가 퍼뜩 떠올랐다.

'그렇다면?'

해구 마음이 갑자기 바빠졌다. 밭에 나가 김을 매야 하는데도 그 일은 뒷전으로 밀리고 오직 태수와 복자 얼굴만 떠올랐다. 따분했던 차에 이 소식은 '마른 논에 소나기'나 다름이 없었다. 태수가 복자를 납치해서 도망쳤다면 더없이 흥미로운 얘깃거리다.

그는 아침을 먹는 둥 마는 둥 하고는 삽을 들고 급히 집을 나섰다. 그러나 곧장 밭으로 가지 않고 반대쪽 농청으로 발길을 꺾었다. 자신도 모르게 휘파람이 나왔다.

농청에는 정판구 일당이 모여 무엇인가 숙의하고 있었다. 해구가 들어서자 일시에 입이 닫혔다. 비밀스러운 얘기가 있던 분위기였다. 정판구가 입을 쩝쩝거리며 해구를 비스듬히 바라봤다.

"해구 헹님이 우짠 일잉교?"

"일들 안 하고 머 하노?"

"오늘은 특벨히 할 일이 없는 기라요. 헌데 우짠 일로 왔능교?"

"느그들 혹시 태수 몬 봤나?"

"오늘은 몬 봤는데예."

일행 중 하나가 고개를 삐딱하게 꼬면서 '오늘'에 힘을 주었다. 순간 해구가 침을 삼키며 그에게 바짝 다가섰다.

"그라모 어제는 봤다 말이가? 어데서 봤노?"

"선학산 가는 길에 서낭당 안 있심꺼. 거기 서 있던데예."

"그늠아가 와 거기 있노?"

"물어보이깨네, 내보고 그냥 가라 쿠데예."

"그뿌이가?"

"내도 그냥 왔심더. 무신 일 있능교?"

"그늠아 어무이가 내를 찾아왔는데, 어제부터 집에 안 들어왔다 쿠는 기라. 혹시 그늠아를 보모 어무이가 마이 기다린다 캐라."

그는 더 알아낼 것이 없는 같아 삽을 장난스럽게 흔들며 농청에서 나왔다. 어쩌면 자신의 짐작이 맞을 것 같았다. 태수가 서낭 앞에 서 있었다면 무엇인가를 노린 셈이다. 혼자 있거나 지나가는 복자를 납치했을 것 같았다.

'하아, 이늠아가 기어이 일을 저질렀구마.'

해구는 두 번에 걸쳐 복자를 윤간했던 장면을 떠올리며 자기도 모르게 고개를 저었다. 사람으로서 차마 못 할 짓을 했다.

'그때 미치도 단디 미친 기라.'

해가 아직 선학산을 넘지 않은 이른 시각, 무당과 복자 어미가 서낭당을 향해 황망히 걸었다. 무당은 볼을 부르르 떨었고 복자 어미는 연신 눈물을 훔쳐냈다.

서낭당에 간다고 어제 낮에 혼자 집을 나선 복자가 지금까지 감감무소식이었다. 간혹 엉뚱한 짓을 하는 아이라 혹시 서낭당에 들어가 잠이 든 게 아닐까 해서 찾아 나서는 길이었다. 그러나 복자는 거기에 없었다. 서낭당 문도 굳게 잠겼다. 인근을 샅샅이 뒤졌으나 복자는 어디에도 없었다.

"대체, 어디로 간 거예요?"

"애비가 아직도 구천을 떠돌고 있구만은. "

얼굴이 백지처럼 하얗게 변한 무당이 머리를 간들간들 흔들며 혀를 찼다. 그러자 복자 어미가 그녀를 멀뚱히 바라봤다.

"그게 무슨 말씀이래유? 저번에 오구굿 해서 애비 길닦음을 해 줬잖어유. "

"그래도 몬 떠나고, 딸년을 데리고 간 거 같다이. "

"그럴 리가 읎어유. 이년이 엉뚱한 곳을 헤매고 있을지도 몰라유. "

"어데를 헤맨다 말이고?"

"그걸 알믄 찾아 나섰지유. 혹시 옥봉에 지 살던 데를 갔을지 모르겠네유. "

"그라모 이러고 있을 기 아이다. 퍼뜩 가 보자. "

무당과 복자 어미가 옥봉 마을을 향해 뛰듯이 걸음을 재촉했다. 어미는 거의 울부짖는 목소리로 애먼 곳에 대고 딸 이름을 불러댔다. 그 소리가 곧 메아리가 되어 돌아왔다.

저만치서 웬 여편네 하나가 바삐 걸어오고 있었다. 이쪽과 거리가 좁혀지면서 낯이 익은 여자임을 알아볼 수 있었다. 그녀가 무당 앞에서 갑자기 반색했다. 태수 어미였다.

"아이고야, 무당님 아잉교? 지를 한 번 만났지예? 내 자석놈 때문에 찾아갔던 기라예."

"… 생각나구만은. 그라모, 지금 나를 찾아 나선 기가?"

"하모요. 내 자석놈이 집을 나가가 이틀째 소식이 읎는 기라예. 그래서 무당님한테 물으러 가는 길입니더. 이를 우야모 좋응교?"

"급히 갈 데가 있어서, 지금은 안 된다이."

"그라모 은제 갈까예?"

"내일 오이라."

무당은 태수 어미를 떠밀 듯이 제치고 걸음을 재촉했다. 복자 어미가 뒤를 돌아보며 고개를 갸웃거렸다.

"저 여편네가 누구였지유?"

"복자를 메느리 삼겠다고 온 적이 안 있었나. 바로 그년이구만은."

"미친년."

해구가 밭에서 한창 일하는 중에 여자 둘이 바삐 걸어갔다. 그중에 하나는 주위를 두리번거리며 누군가를 애타게 불렀다. 분명히 복자를 부르는 소리였다.

해구가 덩달아 몸이 달았다. 그들에게 자신의 짐작을 말하지 못해 입이 간지러웠다. 그러다가 이내 고개를 저었다. 자신도 복자를 겁탈한 놈이라는 사실이 가슴을 압박하여 목을 꺾고 말았다.

복자는 옥봉에도 온 적이 없었다. 복자 어미가 주저앉아 통곡했다. 영영 찾을 길이 없다는 확신이 들기 시작했다.

하는 수 없이 무당과 함께 옥봉 길을 내려왔다. 그녀는 울음을 멈추지 못했다. 내려오는 길에 숲속에서는 새 지저귀는 소리가 요란했다. 그 소리가 마치 복자가 무엇인가 애원하는 소리처럼 들렸다.

순간, 복자가 귓갓길에 두 사내에게 끌려가 산속에서 겁탈을 당했다는 말이 불쑥 떠올랐다. 그녀는 앞서가는 무당을 불러 세웠다.

"잠깐 저 숲에 좀 가 봐유."

"거기는 와 가노?"

멀뚱하게 선 무당에게 지난번 일을 대충 얘기했다. 무당도 답답한 처지라 그녀 뜻에 순순히 따랐다. 복자 어미는 딸이 또 납치당했다가 산속에 버려진 것이 아닐까 하는 의구심을 품었다.

두 여자가 숲을 구석구석 뒤졌으나 복자는 어디에도 없었다. 없는 것이 다행이었다. 있다면 그건 복자가 죽은 거나 마찬가지다.

산에서 내려와 막 길로 들어서는데 마침 고만석을 만났다. 복자어미는 그를 보자 마치 남편이 살아서 돌아온 것만큼이나 반가워그만 울음이 터졌다.

"복자 엄니가 여긴 웬일이래요? 어째 산에서 내려와요?"

"우돌이 아부지, 이를 으쩌믄 좋대유? 우리 복자가 … ."

그녀가 울음을 그치고 전후 사정을 얘기하면서 숲에서 내려온 이유까지 숨김없이 털어놓았다. 그러자 고만석이 고개를 갸웃거리며 뭔가 짚이는 데가 있는 듯한 표정을 지었다.

"혹시, 그놈들 짓 아녀?"

"누구 말여유?"

"옛날 예배소 난리 때 복자를 들쳐 메고 도망갔던 놈들 말이우."

"그놈들이 누군 줄은 아셔유?"

"그 일로 감옥에 갔다가 풀려나온 놈들을 내가 알고 있수. 하나는 조해구라는 놈이고, 또 하나는 최태수라는 놈인데 … . 이거 안 되겠구먼. 어떻게든 알아봐야 되겠수."

"제발 그래 주세유."

복자 어미는 길을 내려오면서 아까 서낭당 길에서 마주친 그 여자를 다시 떠올렸다. 왠지 그 여자가 머리에서 떠나지 않았다. 복자 어미가 무당의 옷소매를 잡아끌었다.

"성님. 아까 서낭 길에서 만난 그 여편네 말여유."

"그년은 와?"

"그 여편네가 내일 다시 오믄, 자식 이름을 슬쩍 물어보세유."

복자 어미와 헤어진 고만석은 김봉수를 만나러 곧장 중앙시장 쪽으로 달려갔다.

5

고만석에게 복자 실종사실을 전해 들은 김봉수가 이학찬과 대책을 상의했다. 몹시 분개한 이학찬이 그 이튿날 아침 신현수를 찾아갔다. 백정이 또 사건을 일으켰나 싶어 신현수도 긴장했다.

"급히 상이(상의) 드릴 말씸이 있심더. 지국장님 힘이 필요한 기라예."

"백정 일이가?"

"그기 아이고예 …."

이학찬이 어제 김봉수에게 들은 복자 얘기를 설명했다. 복자가 두 번씩이나 윤간을 당한 대목에 이르러서는 눈에 핏발을 세웠다. 그도 그럴 것이 자신의 딸 행순이를 생각하지 않을 수 없었다.

"그런 일이 있었드나. 내가 우찌 도와 주모 되겠노?"

"겡찰서에다 사실을 애기(얘기)하고, 범인을 찾아 달라 캐야 안 되겠심꺼?"

"그라모 그 조해구와 최태수라 쿠는 놈들은 지금 어데 있노?"

"조해구는 집에 있심더. 그란데 태수라 쿠는 놈이 집을 나가 이틀째 안 들어온다 캐예. 지는 그기 수상타 말입니더."

"머시 수상타 말이고?"

"복자하고 그눔아가 비슷한 시간에 행방불밍됐나 이깁니더."

"그라모, 태수 그눔아가 가스나를 납치했다 이기가?"

"잘은 모리지만도, 그런 생각이 드는 기라예. 그러이깨네 국장님이 힘써 주이소. 복자도 꼭 찾으야 되고, 범인도 찾아가 사행(사형)을 시키야 됩니더."

"고마 알았으이, 가서 기다리고 있그라."

신현수는 이학찬이 나가자마자 급히 전화기를 끌어당겼다. 어쩌면 이번 사건이 백정의 분노를 더욱 부채질하고, 그들을 결집하는 큰 계기가 될 기회일 듯했다. 그뿐만 아니라 이런 기회는 경찰서를 압박할 빌미가 될 수 있다.

이튿날 아침 일찍, 태수 어미가 무당집을 찾아왔다. 태수가 어제도 들어오지 않았다는 뜻이다. 물론 복자도 들어오지 않았다.

태수 어미는 무당과 복자 어미의 속내를 까맣게 모른 채 제 자식 애기만 장황히 풀어놓았다. 복사 어미는 무낭 옆에 바싹 붙어 앉아 그녀가 내뱉는 말을 토씨 하나 흘리지 않고 주워 담았다.

그러면서 무당의 허벅지를 자꾸 찔렀다. 자식 이름을 알아내라는 신호였다. 그 이름이 어제 고만석에게 들은 최태수라면 당장 어미부터 요절을 낼 작정이었다.

"자석의 나이와 시는 그렇고 … . 이름이 머꼬?"

"누구 이름 말잉교?"

"집 나간 자석놈 말이다. "

"태수라 쿱니더. 성은 최 씨고예. "

"머시라? 다시 말해 보그라. "

"최태수예? 와 그랍니까? 점깨(점괘)가 나쁘게 나왔십니꺼?"

이때 복자 어미가 "네 이년!" 하고 소리를 지르더니 눈을 하얗게 까고 뒤로 넘어갔다. 무당이 놀라서 물을 머금어 그녀 얼굴에 확 뿜었다.

"천벌을 받을 놈!"

소리를 버럭 질렀다. 그 눈에 살기가 활활 타올랐다. 태수 어미의 낯이 하얗게 굳었다.

" … 누가 말입니꺼?"

"느그 자식놈 말이다!"

"와예? 우리 아가 와 천벌을 받능교?"

태수 어미가 손을 바들바들 떨며 무당 눈치를 살폈다. 옆에서 그녀를 바라보는 복자 어미의 눈빛이 예사롭지 않았다. 눈에서 곧 불길이 튀어나올 것 같았다. 숨소리도 매우 거칠었다.

"무당님요. 우리 아가 우찌 됐능교? 죽기라도 했으예?"

"사지를 찢어 죽일 놈! 감옥에 간 적이 있제?"

"점깨에 그래 나와 있능교?"

"어린 가스나를 겁탈했제? 그래서 감옥에 갔고. 맞나?"

"그기 … ."

"시끄럽다, 고마. 이번에는 능지처참당하게 돼 있다이."

"아이고야, 무당님요. 우야모 좋십니꺼? 우리 아를 살리 주이소. 우야모 됩니꺼?"

이번에는 태수 어미가 눈을 뒤집었다. 무당은 무당대로 복자 어미 손을 끌어 잡고 어깨를 부들부들 떨었다.

"찢어 죽일 놈!"

복자 어미가 갑자기 뛰어나가더니 식칼을 들고 왔다. 그러고는 곧 찌를 듯이 칼을 높이 들었다. 무당 얼굴이 새파랗게 질려 그녀 손에서 재빨리 칼을 빼앗아 치마폭에 감췄다.

"이깟 년 죽이고, 니도 개죽음당하고 싶나?"

"아니구먼유! 모자를 함께 죽여야 해유."

"무당님요, 이 여자가 와 이카능교?"

태수 어미가 잔뜩 겁을 먹고 뒤로 물러앉았다. 그러자 복자 어미가 칼을 찾으려고 눈을 희번덕거렸다. 사태가 심상치 않게 돌아감을 깨달은 태수 어미가 슬그머니 일어섰다. 복자 어미가 그녀 앞을 딱 가로막았다.

"그냥은 못 가. 내 딸을 찾아내."

"머시라 쿠노 … . 니 딸을 와 내한테 찾노?"

"니 자식놈이 끌고 간 게 분명하단 말여. 어여 내 딸 찾아내!"

"무당님요. 이 여자가 와 이랍니꺼? 말 쫌 해주이소."

그러자 무당이 혀를 차며 태수 어미를 노려봤다. 그녀는 도무지 영문을 알 수가 없어 입술만 파르르 떨었다.

"니가 메느리 될 가스나 보겠다고 왔던 날, 내 무릎에 앉은 어린 가스나를 두 눙깔로 밨제? 그년을 네 자식놈이 겁탈했어. 한 번도 아니고 두 번씩이나. 갈가리 찢어 죽이도 시언찮은 놈이구만은."

"아이고야 … ."

태수 어미가 실신하고 말았다. 복자 어미가 그 얼굴에다 침을 각 칵 내뱉었다. 무당도 태수 어미를 요절내지 못해 안절부절못했다.

복자 어미가 한동안 깨어나지 못하는 태수 어미에게 달려들어 머리채를 우악스럽게 거머쥐었다. 그러고는 마치 빨래를 헹구듯이 이리저리 흔들었다. 그녀 손에 머리카락이 한 움큼 뽑혔다. 그래도 분이 풀리지 않은 듯 그녀의 복부에 올라타더니 손톱으로 얼굴을 박박 긁었다. 금세 상처가 시뻘겋게 드러났다.

그날 오후, 순사 둘이서 조해구를 앞세워 태수 집에 들이닥쳤다. 오라에 묶인 해구를 보고 태수 어미가 몸을 부들부들 떨며 누구를 찾느냐고 물었다. 순사가 태수를 내놓으라고 윽박질렀다.

"최태수 이늠아 어데 있소?"

"내도 모리요. 사흘째 안 들어왔으예. 우리 아를 와 찾능교?"

"그건 알 꺼 읎꼬, 최태수가 어데 있는지만 말하소."

"참말로 모리요."

"그라모, 집을 디지(뒤져) 봐야 되겠제."

순사 하나가 신도 벗지 않고 마루로 성큼 올라갔다. 그러자 태수 어미가 가슴을 부여잡고 뒤로 넘어갔다. 그러거나 말거나 방으로 들어간 순사가 벽장을 비롯한 방 구석구석을 뒤졌다. 태수는 없었다. 헛간에도 가 보고 뒤꼍도 돌았으나 거기에도 없었다.

한참 만에 태수 어미가 깨어났다.

"아들이 돌아오모, 곧장 겡찰서에 와서 자수하라 쿠소. 어차피 잡힐 끼구만은."

"우리 아가 무신 죄를 짓능교?"

"어린 가스나를 겁탈했다 아이요. 그것도 두 번씩이나."

"증거 있능교?"

"증거? 이늠아가 다 불어 뺐소. 야아, 조해구. 니가 말하그라."

해구가 고개를 꺾은 채 사지만 떨었다. 그러자 순사가 그의 정강이를 차면서 고개를 들게 했다. 입술이 새파랗게 질려 있었다. 태수 어미가 맨발로 내려와 해구 멱살을 잡았다.

"해구야, 순사 말이 참말이가? 우리 태수가 참말로 가스나를 욕보있나?"

"… 맞심더."

"아이고야, 이를 우야모 좋노."

그녀가 또 기절해 스르르 무너졌다. 순사가 그 모양을 내려다보며 혀를 찼다. 해구가 죽은 닭모가지처럼 고개를 떨궜다.

이틀이 지난 깊은 밤, 태수네 집 주변에 사내 셋이 숨어 안의 동정을 살폈다. 김봉수와 죽은 오천복의 사촌인 오일복, 옥봉 보안대의 막내 조돌석이었다. 태수가 어둡기를 기다려 집에 잠입할 것 같아 감시하는 중이었다. 그가 언젠가는 나타날 것으로 믿었다.

두 시간쯤 지난 시각, 갑자기 동네 개들이 여기저기서 짖어댔다. 인기척을 느낀 것 같았다. 김봉수 일행도 바싹 긴장했다.

어둠 속에서 사람 하나가 희미한 윤곽으로 다가왔다. 최태수일 거라 단정하고 김봉수 일행이 몸을 더 낮춰 눈을 부릅떴다. 그와의

거리가 점점 좁혀졌다. 키 큰 사내가 주위를 살피며 태수 집을 향해 오고 있었다. 체형으로 가늠해서 태수가 분명했다.

김봉수와 나머지 둘이 달려 나가 그를 둘러쌌다. 그가 흠칫 놀라 달아날 자세를 취했다. 역시 최태수였다.

"니들 머꼬?"

"이 문디 자슥!"

오일복이 그의 주둥이에 주먹을 날렸다. 태수가 비명을 지르며 고꾸라졌다. 조돌석이 허리춤에서 수건을 뽑아 재빨리 그의 입을 틀어막았다. 김봉수도 머릿수건을 풀어 그의 눈을 가리고 밧줄로 묶었다. 태수가 몸부림치자 조돌석이 그의 옆구리를 걷어찼다.

그날 밤, 김봉수 일행이 태수를 옥봉 마을로 끌고 왔다. 김봉수는 그를 빈 움막에 꿇어앉혔다. 그가 사지를 바들바들 떨면서 몸부림을 쳤다. 김봉수가 그의 눈을 가린 채 입 막은 수건만 풀었다. 김봉수가 각목을 틀어쥐고 그에게 다가갔다.

"복자, 어딨냐?"

"내는 모린다."

"이 새끼 봐라?"

김봉수가 각목으로 그의 어깨를 사정없이 내리쳤다. 태수가 앞으로 팩 고꾸라졌다. 그 위로 오일복과 조돌석의 발길이 무수히 떨어졌다.

"여기서 맞아 죽고 싶지 않으면, 바른대로 말해. 경찰서에 끌려간 조해구가 이미 모든 걸 자백했다. 복자를 어디다 숨겼어?"

"내는 모린다."

"더 맞아야 되겠군. 돌석아, 이놈 아가리를 다시 틀어막아."

조돌석이 그의 입이 찢어지도록 수건을 쑤셔 박았다. 태수가 다시 몸부림을 쳤다. 김봉수가 각목으로 그의 등짝을 후려 팼다. 그가 짐승의 소리를 내며 바닥을 뒹굴었다. 화가 머리끝까지 뻗친 김봉수가 개 잡듯이 몽둥이질을 해댔다. 그가 그토록 화를 내는 것을 본 적이 없었다. 태수를 아예 죽일 작정인 것 같았다.

"그래도 말 안 해?"

"이런 새끼는 더 맞아야 됩니다."

조돌석이 그의 옆구리를 모질게 걷어찼다. 비로소 태수가 머리를 흔들며 무슨 말인가 할 뜻을 비쳤다. 계속되는 매질을 견딜 수 없는 것 같았다. 김봉수의 신호로 그의 입에서 수건을 빼냈다.

"복자, 어딨어?"

"… 산에다 두고 왔심더."

"살아 있어?"

"그건 모림더."

"죽였어, 안 죽였어?"

"죽이지는 않고, 굴속에다 그냥 두고 왔심더."

"어느 산이냐?"

"여게서 멉니더."

"어느 산인지, 빨리 말해."

김봉수가 각목으로 태수 가슴을 쿡쿡 찔렀다. 그가 잔뜩 겁에 질려 몸을 떨었다. 그새 오줌을 지려 아랫도리가 흥건하게 젖었다.

"어느 산에 있는지, 빨리 말 못해?"

"… 선학치仙鶴峙 너머에 있심더."

"어린 애를 멀리도 끌고 갔구나. 이 새끼 앞세워 당장 떠나자."

"지금 나서면, 야경꾼들한테 들키는데."

"산을 타고 가면 괜찮아."

김봉수는 보안대원 둘을 더 보태 다섯이서 태수를 앞세워 옥봉을 나섰다. 다섯 명 모두가 도끼와 칼로 무장했다. 조돌석에게만 횃불을 들게 했다.

고만석이 따라나서겠다는 것을 김봉수가 간신히 말렸다. 그러자 고만석은 최태수를 죽이지 말고, 경찰서에 넘길 것을 간곡하게 당부했다.

한밤중의 산길은 험하고 멀었다. 중간중간에 가시덤불이 많아 그걸 헤쳐 나가기에도 힘이 들었다. 옷이 찢기고 살도 찢겨 곳곳에서 피가 흘렀다. 그러나 모두가 마음에 독기를 품어 그쯤 개의치 않았다.

태수가 길을 잃었는지 자주 다른 길로 들어섰다. 그때마다 김봉수가 그의 엉덩이를 걷어찼다. 옥봉에 오래 살았던 보안대원들도 처음 와 보는 길이었다. 이런 험한 산길을 그가 어떻게 알았는지 모를 일이었다. 미리 답사하지 않고는 쉽게 발견할 길이 아니었다.

6

막 동이 튼 이른 시각이었다. 남자 이십여 명이 경찰서에 가는 길로 들어섰다. 모두 옥봉의 백정이었다. 표정은 하나같이 침통하고 분노에 찼다.

고만석이 맨 앞에서 죽은 복자를 안고 갔다. 그 뒤를 김봉수가 최태수의 허리춤을 움켜잡고 따랐다. 그들 옆으로 사진기자를 대동한 신현수가 나란히 걸었다.

경찰서 앞에 이르자 위병이 긴장하는 낯으로 방어 자세를 취했다. 신현수가 일행을 세워두고 위병에게 다가가 찾아온 목적을 설명했다. 그러자 위병이 안에 대고 누군가를 불렀다.

잠시 후, 헌병 하사관이 나타났다. 신현수가 그에게 또 설명했다. 헌병이 고개를 끄덕이더니 일행을 안으로 들여보냈다.

경시가 집무실에서 나와 신현수를 보고 악수를 청했다. 신현수가 손을 내밀면서 그와 한참 얘기를 주고받았다. 경시는 고만석이 안고 있는 복자 시신을 보자 얼굴을 일그러뜨리며 태수를 노려봤다.

"능지처참할 놈!"

태수의 정강이를 냅다 걸어찼다.

경시는 군의관을 불러 복자의 죽음을 확인했다. 군의관이 복자의 목과 가슴을 열어보고는 얼어 죽었다고 보고했다.

신현수가 김봉수에게 그간의 경위를 상세하게 얘기하라고 했다. 김봉수는 하나도 빠뜨리지 않고 낱낱이 설명했다.

어젯밤, 태수를 앞세워 선학치로 찾아든 김봉수 일행은 날이 어슴푸레 밝은 시각에 복자가 있는 곳에 도착했다. 복자는 그리 깊지 않은 굴속에 갇혀 있었다. 손과 발이 칡넝쿨로 묶인 채 누워 있었고 이미 숨도 끊어진 뒤였다.

김봉수는 그녀의 죽음을 확인하고는 태수의 낯짝에 주먹을 날렸다. 이어서 오일복이 도끼를 높이 쳐들었다. 순간, 그를 죽이지는 밀라고 당부하던 고만석의 얼굴이 떠올라, 김봉수가 재빨리 도끼를 빼앗았다.

복자는 산속 추위에 얼어 죽었다. 태수 변명으로는 복자에게 먹일 것을 가지러 내려왔다가 김봉수 일행에 잡혔다고 했다.

복자를 아비 오천복 옆에 묻었다. 그녀의 어미가 오열하는 가운데 무당이 눈물을 쏟았다.

"지 애비가 데려간 기라."

옥봉의 백정이 모두 모였다. 이들뿐만 아니라 이학찬을 비롯해서 신현수와 강상호도 장례에 참석했다. 박석호와 황길천도 와서 울분을 터뜨렸다.

백정들은 분을 삭이지 못한 채 태수를 자기들 손으로 죽여야 한다고 흥분했다. 그걸 강상호가 나서 그럴 수 없음을 장황한 설명으로 이해시켰다.

그날 밤, 최태수와 조해구 집이 연달아 불에 탔다. 사람은 다치지 않았으나 집이 전소하여 폭삭 주저앉아 버렸다. 방화범은 오일복과 조돌석이었다.

그들은 순사가 범인을 찾아 나서기 전에 일찌감치 자수했다. 그들은 농청까지 불 질러 버릴 계획이었다며 조금도 후회하는 빛이 없었다. 경찰에서도 백정의 분노를 이해하는 쪽으로 기우는 듯했다.

이번 사건을 계기로 백정의 결집이 더욱 활기를 띠기 시작했다. 그들 앞에 조금도 거칠 것이 없어 보였다. 한데 모일 기회만 주어진다면 순식간에 운집할 것 같은 분위기가 고조되었다. 이 기회를 잡아 경찰서로부터 백정의 단체를 허가받는 데 그리 어렵지 않을 듯했다.

결국 어린 복자의 희생이 백정이 빨리 결집하는 데 기폭제가 된 셈이었다. 상황이 이쯤에 이르자 농청은 한동안 숨을 죽였다. 정판구 일당도 전처럼 자주 보이지 않았다. 따라서 백정이 운영하는 정육점이 고기를 파는 데 전처럼 방해받지 않았다. 주막이나 국밥집에서도 자유롭게 물건을 사 갔다.

그러자 정판구 일당이 속을 끓이며 안달을 부렸다. 태수와 해구를 도마에 올려놓고 연일 난도질을 했다.

"문디 자석들 때문에, 농청 꼬라지가 이래 안 됐나."

"하모. 백정놈들 활개 치는 거 눈꼴 시서 몬 본다 아이가."

"태수 그늠아는 정신빙잔 기라. 사타구니에 털또 안 난 가스나를 우예 따묵는다 말이고. 한 번도 아이고 두 번씩이나. 으이그 빙신."

정판구는 바닥을 각목으로 쾅쾅 찧으며 어디에든 분풀이를 못 해 얼굴이 붉으락푸르락했다. 누구든 시비 거는 놈이 있으면 당장 요절을 낼 표정이었다.

"우리가 은제까지 이래 죽어지내야 되노? 이번 사건으로 겡찰서에서도 우리한테 등을 돌렸다 아이가. 내가 진작 알았으모, 태수 그늠아 좃대가리를 핵(확) 뽑아 비렀을 기다."

"해구도 마찬가지 아이가. 어디 따먹을 가스나가 읎어, 그런 쪼맨 년을 번갈아 조진다 말이고. 남자 망신 그늠아들이 다 시킨 기라."

"시끄럽다, 고마. 지금 그기 중요한 기가? 농청이 힘을 쓸 수 있는 방뻡이나 생각해라. 맨날 가스나 따묵는 얘기만 하지 말고."

"우리사 그동안 판구가 시키는 대로 안 했나. 좋은 방뻡도 판구니가 찾그라."

"이린 뜰때가리들하고 같이 일 몬 하겠네. 백지장도 맞들어야 가벼븐 긴데."

"이라모 으떻노?"

"머꼬?"

"이번 기해(기회)에 농청 해원을 전부 모이라 쿠자. 그래가 단디 뭉치자고 호소하는 기라. 이대로 눈치나 보고 있으모, 백정놈들 기세만 키워주는 기 되는 기라. 내 말이 틀렸나?"

"소문 들으이깨네, 김봉수캉 이학차이가 신문재이 신헨수를 자주 만난다 캐. 그뿐이 아이다. 전에 〈동아일보〉지국장 했던 강상호도 만내고, 금단해 해장하는 천석구도 만난다 쿠더라. 백정 새끼들이 진주 유지들을 업고 무신 음모를 꾸미는 거 아이가?"

"사실이 그렇다모, 몬 하게 막아야 된다. 진주 유지들이 모두 사해운동(사회운동)을 하는 치들이라, 단체를 맹글모 무시 몬 한다."

"그러이깨네, 우리가 몬저 선수를 치야 된다."

"그럴라 쿠모 꼰장들은 빼 삐라. 와가 잔소리만 해싸모, 골치만 아픈 기라."

"개않은 생각이다. 그라모 힘 쓰는 놈들만 따로 모이야 안 되나?"

"당엔히 그래야제."

그들이 갑자기 의기투합했다. 나날이 달라지는 백정의 동태에 위기를 느낀 건 분명했다. 그중에도 정판구가 제일 불안했다.

신헨수가 강상호, 장지필, 천석구, 이학찬 등을 지국장실로 불러 모았다. 왜 명월관으로 가지 않느냐고 이학찬이 묻자 신중하게 논의할 일이므로 술자리를 피하는 것이라고 했다. 천석구가 옳은 생각이라고 맞장구를 쳤다.

오늘의 자리를 만든 신헨수가 먼저 입을 열었다.

"이래 초라한 데로 오시라 캐서 미안합니더. 지난번 소녀 강간사

건에서 보여준 백정의 단합된 모습에서 많은 걸 느꼈심더. 힘을 합하모 우리 개핵 실천에 벨 어려움이 없을 것 같았심더. 오늘은 좀더 구체적인 논이(논의)가 있어야 될 것 같아가, 이래 모인 깁니더."

"구체적인 논이 사항이 머꼬?"

"단체를 조직적으로 맹글라 쿠모 해칙(회칙)도 있으야 하고, 강렝(강령) 같은 것도 있으야 안 됩니꺼."

"그래야제."

"그라모 해칙과 강렝을 어떤 내용으로 맹글모 좋을지, 의겐(의견)을 말씸하시는 게 좋겠심더."

"내 생각은 해칙과 강렝도 중요하지만, 먼저 맹글어야 하는 기 발기 총해(총회) 때 낭독할 선언문이 아이요. 그기 그럴듯해야 모인 사람들한테 공감을 줄 수 있을 끼고."

"좋은 말씸임더. 그라모 어떤 내용이 좋겠심꺼?"

"백정들도 일반 펭민들과 똑같이 인간의 펭등과 공펭(공평)한 대우를 강조하는 기제."

"누가 초안을 작성할 낍니꺼?"

"글쎄 …. 신 국장이나 강 선생이 하모 어떻겠능교?"

신현수가 급히 손사래를 쳤다. 본사에 올려다 보낼 기사 때문에 몹시 바쁘다는 것이다. 강상호가 고개를 끄덕였다.

"아무래도 강 선생께서 맡는 기 좋겠심더. 어디까지나 초안이니 만큼 너무 부담 갖지 마이소."

"애러분 뜻이 그렇다모 …."

발기인 총회에서 낭독하고 배포할 주지문主旨文은 강상호가 맡기로 했다. 강령 초안은 장지필에게 돌아갔다. 그러자 신현수가 이학찬에게 눈길을 돌렸다.

"이제부터 학차이 할 일이 많아진다. 김봉수와 상이해가 느그 동지들한테 이 같은 뜻을 잘 전해야 되능 기라. 그래야 일시에 모이가 조직적으로 행동할 수 있구만은."

"알았심더. 지난번 사건이 터진 후에 백정들이 분기탱천해 있심더. 이럴 때 한자리에 모이기만 하모, 누구도 우리 단체를 무시 몬할 낍니더. 특히, 농청놈들의 기가 팍 꺾일 기 분맹합니더."

"그라모 됐고…. 더 하실 말씸은 없으싱교?"

"초안이 되는 대로 다시 모입시더."

고만석과 김봉수는 선학산 서낭길로 들어섰다. 복자 어미가 딸을 그렇게 여의자 앓아누웠다는 소식을 듣고 위로하러 가는 길이었다.

태수가 잡혔다는 소식을 들은 그녀가 낫을 들고 경찰서로 달려갔다. 눈에 칼을 세우고 뛰어가는 그녀의 모습은 미치광이 같았다. 산발한 채 옷매무새도 보기 흉하게 흐트러졌다. 그녀의 입에서는 거품이 흐르고, 핏발이 선 눈에서 곧 불이 쏟아질 것 같았다. 그러나 경찰서 위병이 그를 받아줄 리 만무했다. 미친 여자로 알고는 총검으로 위협해 쫓아 버렸다. 그러자 그 자리에서 실신하고 말았다.

죽은 오천복과 유독 가까웠던 고만석은 그 얘기를 듣고 마음이 천근만근으로 무거웠다. 살아 있는 친구가 복자 하나 지켜주지 못한 것이 죄가 되어 매일 밤잠을 이룰 수가 없었다.

서낭이 저만치 보이는 길에서 마침 무당과 복자 어미가 서낭당 앞에 나란히 선 것이 눈길에 잡혔다. 두 여자가 연신 허리를 굽히는 것으로 보아 어떤 의식을 치르는 것 같았다. 알아보나 마나 원통하게 죽은 복자의 영혼을 위로하는 것이다.

　고만석과 김봉수는 두 여자에게 접근해서도 차마 먼저 말을 걸 수가 없었다. 표정과 자세가 몹시 진지했다. 두 여자는 그들이 다가왔음을 알면서도 잠시도 고개를 돌리지 않았다.

　그로부터 한참 만에 의식이 끝났다. 복자 어미는 고만석을 보고 대뜸 눈물부터 쏟았다. 죽은 남편과 딸의 영혼을 위로하는 마당에 고만석을 보자 그만 자기도 모르게 울음이 터졌다.

김봉수

1

이두영은 아까부터 안절부절못하고 제자리를 맴돌았다. 장사도 건성으로 했다. 손님이 와서 방물 앞을 기웃거리거나 만지작거려도 반색하지 않았다. 마치 소 닭 보듯 무심했다.

'정말 시집을 가 불면 으쩐다냐?'

온순을 생각하기만 하면 금세 하늘이 노래지고 입안에 쓴 물이 고였다. 혼담이 오가는 것을 그녀가 부인하지 않는 것을 보면 사실인 게 분명했다.

'그날 주모한테 겁탈만 안 당했어도….'

그날 밤, 헛간에서 얼떨결에 당한 것도 결국은 자신의 무른 성격 탓이었다. 주모와 일 치른 것이 지금껏 찝찝해, 마치 불알에 똥칠만 당한 기분이었다.

여자와 성교하는 맛은 일도一盜, 이비二婢, 삼첩三妾, 사기四妓, 오처五妻라고 했다. 첫째가 유부녀와 밀통하는 것이고, 둘째가 계집종이고, 셋째가 첩이고, 넷째가 기생이고, 다섯째가 아내라는 뜻이다. 그런 식으로 따진다면, 당시는 주모에게 서방이 있을 때였으니 유부녀임은 틀림없다. 그러나 꽃도 십일홍十日紅이면 오던 나비도 아니 온다고 했다. 하물며 사십 넘게 먹은 주모에게 무슨 맛이 있었겠는가. 그런 주제에 자기 처지는 깜빡 잊고 '꼴도 보기 싫은 년이 속곳 벗고 덤비는 격'으로 두영에게 앙탈 부린 걸 생각하면 작년에 먹은 국밥이 넘어올 판이었다.

'염병할 년!'

두영은 억지로 침을 짜내 퉤퉤 뱉었다. 그러고도 계속 꺼림칙해서 바닥을 빡빡 문질렀다. 이때 무엇인가 둔탁한 것이 뒷머리를 두드렸다. 뒤에서 서달수가 싱글싱글 웃고 있었다.

"비 맞은 중처럼, 혼자서 뭐라고 중얼댄다냐? 염병할 년은 또 누구고?"

"누구긴 누구겠소. 주모 그년이제."

"허어. 장차 조카사우되겠다는 늠이 그러믄 쓰간디?"

"조카사우는 발써 물 건너가 부렀소."

"이러믄 으떻겠냐? 주모헌티 조건을 다는 겨. 저번처럼 헛간에 가서 한 번 더 해줄 팅게, 그 대신 온순이를 달라구 허능 겨."

"시방 그걸 말이라고 씹어 뱉으요?"

"혹시 아냐? 주모가 궁헌 판에 그렇게락도 헐지?"

"성님 대갈빡에 든 건 오로지 박아대는 거밖에 읎제?"

"지랄. 그랑께 장군 겉은 아들을 을었제. 너처럼 맨날 꿈속에서만 홀레혀 봐라. 아들은커녕 오줌에 씻겨 나온 보리알도 읎을 팅게."

"시방 내 쪽이 새까맣게 탔응게, 약 올리지 마쇼. 그란디, 성님."

"니 아가리에서 성님 소리 나오능 거 봉께, 나헌티 부탁 있제?"

336

"부탁은 아니고 ···. 나가 온순이랑 도망을 가 불면 으떻겠소?"

달수는 두영이 생뚱맞은 소리를 내뱉는 바람에 자기도 모르게 엉덩방아를 찧었다. 그의 발상으로 믿을 수가 없었다.

"시방 뭐라고 혔냐? 기집을 꿰차고 도망쳐야? 죽을라믄 뭔 짓인들 못 허겄냐. 순사헌티 잽히는 날에는 곤장 백 대에 콩밥 먹어야."

"야반도주혀서, 전라도 깊은 산골에 가서 사는디 으떻게 잡소?"

"저번에도 말혔듯이, 온순이를 산속에 끌고 가 구멍을 내 부러. 그라믄 주모도 벨 수 있간디? 처녀에 빵꾸가 나 부렀는디, 다른 놈헌티 시집보낼 수 있남?"

"처녀 겁탈죄로 나를 잡아넣을라고?"

"나는 모르는 척할 팅게, 한번 혀 보더라고."

달수가 그렇게 사라진 뒤에도 그는 멍하니 서서 한숨만 내쉬었다. 말 같지도 않은 소리만 듣다 보니 정신이 더 혼란스러웠다.

'강간을 해 버릴까?'

마음만 단단히 먹으면 할 수 있다고 생각하자 금세 자신감이 붙었다. 그러면 주모가 눈을 하얗게 뒤집어 기절할 것이다. 눈을 뒤집거나 말거나 온순만 아내로 들일 수 있다면 ···.

주모가 경찰서에 고발할지 모른다. 그렇게 되면 곤장 몇십 대 맞겠지. 감옥에도 갇힐 테고. 그래도 온순이 자결만 하지 않는다면 출옥해서 둘이 알콩달콩 살 수도 있다. 그렇게라도 그녀와 부부로 살 수만 있다면, 곤장도 두렵지 않고 콩밥도 두려울 게 없다.

두영은 그러자고 결심을 굳혀가면서도 까마득하고 험난한 길을 상상하자 이내 기가 죽어 버렸다. 첫째로 온순이 이목이 부끄러워 기어이 자결할 것만 같았다. 온순이 죽어 버리면 감옥까지 간 보람을 어디에서 찾겠는가. 자기도 끝내는 그녀를 따라 죽는 길밖에 없을 것이다.

'젠장. 다른 방법은 없을까이?'

그가 주모의 마음을 설득할 길만 있다면 그게 제일 지름길일 것이다. 그러나 그것 역시 어렵다. 주모 스스로가 낯이 부끄럽고 조카에게는 양심에 찔려 차마 못 할 짓이다. 제일 쉬운 길은 주모가 어찌어찌 하여 죽어 없어지는 것이지만 그건 기대하기 어렵다.

주모가 장사를 끝내고 온순과 함께 설거지를 하고 있었다. 술꾼이 있을 때는 온순을 나오지 못하게 했다. 죽은 제 어미 대신 어렵사리 키워온 조카딸을 못된 놈들의 희롱받이로 버려둘 수가 없었다.

요즘 혼처가 들어오기는 해도 모두가 마땅치 않았다. 혼처라는 것이 높게는 중인계급이고 낮게는 장사치였다. 중인계급이 천한 장사치보다는 낫지만 재산이 없었다. 장사치는 돈은 좀 모았으나 상스럽기가 그지없고.

"온순아. 들어오는 혼처마다 마땅치 않으이, 우야모 좋노?"

"이모는 지를 와 빨리 시집보낼라 쿱니꺼? 지가 미버예?"

"내가 와 니를 미버하겠노. 어차피 갈 시집, 나이 더 들기 전에 가야제. 여자는 딱 한때 이쁜 기라. 바로 지금 니 나이라."

"내사 시집 안 가고, 이모랑 이렇게 살랍니더."

"거짓말또 잘한다이. 좋은 신랑 나타나모, 뒤도 안 돌아보고 갈 끼구만은."

"지는 안 그래예. 이모가 억수로 좋은 기라요."

"됐다, 고마. 입술에 침이나 바르거라."

온순은 이모에게 혼처 얘기를 들으면서도 마음속으로는 두영을 그리워했다. 혼처가 마땅치 않다는 얘기를 들을 때마다 한편으로는 잘된 일이라고 생각했다. 이럴 때 그가 당당하게 나타나 청혼하면 좋으련만 그에게는 그럴 용기가 없는 듯했다.

주모가 문을 잠그기 전에 담배 한 대 피울 요량으로 곰방대를 뽑아 들었다. 이때 웬 사내가 문지방을 불쑥 넘었다.

"누구 … ?"

"장사 끝났어라우?"

뜻밖에도 두영이었다. 주모는 깜짝 놀랐다. 그가 나타나리라고는 상상도 하지 않았다. 더구나 그가 의외로 당당했다. 주모는 그게 또 이상했다.

"무신 일이고? 장사 끝났다. 안 끝났어도 니한테는 안 팔 끼고."

주모가 빈 담뱃대로 애먼 탁자를 탁탁 두드리며 눈꼬리를 추어올렸다. 그런데도 두영은 조금도 주저하지 않았다. 이미 견원지간이 된 둘의 관계를 생각하면 그렇게 떳떳할 수가 없었다. 무엇인가 결심을 단단히 한 것 같았다.

2

최태수가 감옥에 갇히고부터 그의 어미는 조금씩 이상한 짓을 하기 시작하더니 완전히 미친 사람이 돼 버렸다. 평소 깔끔을 떨었던 그녀의 행동과 입성이 달라져, 전혀 다른 사람으로 보였다. 눈의 초점이 흐릴 뿐만 아니라 자주 헤실헤실 웃거나, 아니면 울거나,

갑자기 고함을 질러댔다.

마을 사람들에게 차츰 경계의 대상이 되었다. 짓궂은 아이들은 놀림의 대상으로 삼았다. 집이 불에 타 버려 주거지도 없었다. 돌아다니다 지치면 쓰러져 자는 곳이 곧 그녀의 거처였다. 그러면서도 자식의 면회는 한 번도 거르지 않았다.

태수는 그러한 어미를 보는 것이 괴로워 면회를 오지 말라고 했다. 그런데도 어미가 너무 애절하게 굴어 하는 수 없이 만나보곤 했다. 아들이 곧 교수형에 처한다는 사실을 전혀 몰라, 간수에게 며칠 있으면 나오느냐고 묻곤 했다. 간수도 입장이 난처해 그녀가 가까이 다가오면 슬그머니 피했다.

"어무이, 제발 외가에 가 계시이소."

"이늠아야, 집이 불탔다 아이가."

"그러이깨네 외할무이한테 가라 안 했심꺼. 내 말 들으이소, 야?"

"싫다. 니도 없는 집에 머 한다꼬."

"어무이 …."

태수도 더는 마주 볼 수가 없어 등을 돌려 오열하고 말았다.

태수를 교수형에 처했다. 시신은 어미가 보는 앞에서 정판구 패거리가 불에 태웠다. 마을 어른들이 어미는 모르게 하자고 했으나 정판구가 듣지 않았다.

그의 생각은 다른 데 있었다. 태수를 납치해 경찰서에 인계한 김봉수 일당에 대한 복수심을 농청 사람들에게 불러일으키겠다는 속셈이었다. 태수의 죄를 돌아보기보다는 백정에게 보복하겠다는 일념이 앞섰다.

태수의 유골을 산에 뿌리고 내려온 정판구가 패거리를 동원해 농청 사람을 회관으로 모았다. 노장은 빼고 청년에게만 연락했다.

회관에 모인 청년은 거의 백여 명이나 되었다. 그들 앞으로 나선 정판구가 숨을 씩씩대며 단상으로 올라갔다. 그의 눈에 살기가 끓었다.

"방금 우리 농청의 최태수 해원(회원)을 화장하고 돌아오는 길입니더. 물론 최태수 해원한테도 잘못은 있심더. 그렇다꼬 백정놈이 감히 농청 해원을 납치할 수 있는 깁니꺼? 이건 분멩히 농청에 대한 도전인 기라. 백정의 어린 가스나 하나 죽었다 캐서, 최태수 해원이 교수형을 당해야 되겠심꺼? 지금 백정놈들이 진주 유지들을 앞세워가 작당을 모이한다는 얘기가 돌고 있심더. 사정이 이런데, 우리가 가마이 구겡만 하고 있을 수는 없는 깁니더."

정판구가 침을 쏘아가며 열변을 토했다. 그의 가슴속은 백정의 두목 격인 김봉수에 대한 복수심으로 가득 찼다.

그의 추종자들이 앞으로 뛰어나가더니 각목을 높이 쳐들어 환호를 유도했다. 박수가 일제히 터졌다. 정판구가 용기를 얻어 목에 더욱 힘을 주었다.

"우리가 일치 단겔하모, 그까짓 백정놈들을 몰아내기는 식은 죽 묵기라예. 이참에 진주 땅에서 놈들을 몽조리 내쫓이야 합니더. 다시는 진주에 발을 몬 붙이도록 하자 이깁니더. 그래야 진주를 깨끗하고 살기 좋은 도시로 맹글 수가 있는 깁니더. 애러분, 지 생각이 으떻심꺼? 찬성하모 박수 치이소."

정판구 패가 다시 뛰어나와 환호했다. 회원들의 박수가 또 요란하게 터졌다. 정판구가 흐뭇한 표정으로 주먹을 들어 흔들었다.

이때 문이 거칠게 열리면서 느닷없이 일본헌병과 순사들이 들이닥쳤다. 내내 시끄럽던 장내가 물을 뿌린 듯이 조용해졌다. 눈을 잔뜩 부릅뜬 헌병과 순사들이 출입구를 딱 막아섰다.

한 순사가 절도 있게 앞으로 나아가 정판구에게 다가갔다.

"오늘 와 모있노?"

"벨기 아입니다. 농청이 단합하자꼬 해이하는 중입니다."

"해이는 조용히 하는 기제, 소리는 와 질렀노? 말해 보그라."

"맴을 단디 무장시킬라 쿠모, 그리해야 안 됩니꺼."

"지랄헌다이. 머신가 선동하는 기제?"

"아입니다."

"백정들 때리잡자꼬 선동하는 기 맞제? 바른대로 말하그라."

"그기 아이고예, 우리도 단합해가 농청 활동(활동)을 할발히 하자 쿠는 깁니다. 그란데 농청을 와 감시하능교? 백정들은 진주 유지들을 앞세워가 작당한다 쿠는데, 그늠아들은 와 가마이 둡니꺼?"

"진주 유지들이 어떤 사람들인지 몰라서 그라나? 니겉이 무식헌 놈이 그 사람들캉 맞묵겠다는 기가? 니는 그 사람들 발구락 때만도 몬 한 놈이라 쿠는 걸 아나, 모리나? 산이 우니까 멧대지가 우는 거 맹크로, 까불지 말그라. 알았나?"

"공펭하지 몬하다 아입니꺼."

"시끄럽다, 고마. 만약에 앳날(옛날) 맹크로 말썽을 또 일으키모 그때는 끝장이다. 농청이고 머시고 모두 해체시킨다 말이다. 알겠나?"

"… 알았심더."

"헌벵이 보는 앞에서 당장 해산시키그라."

"할 애기가 쪼매 더 있는데예."

"시끄럽다, 고마. 당장 해산시키라!"

일본헌병이 또 눈을 부라리며 권총을 만지작거렸다. 그걸 보고 하나둘 자리를 뜨기 시작했다. 정판구도 아쉬운 표정만 남기고 일행에 묻혀 갔다. 그제야 헌병과 순사들이 철수했다.

회관에서 빠져나온 정판구와 그 일당이 슬그머니 샛길로 빠져 숲속에 다시 모였다.

정판구가 주먹을 불끈 쥐었다. 김봉수가 활개 치는 한 자신들의 활동이 순조롭지 못할 것 같았다. 더구나 이학찬과 서장대에 있는 박석호, 황길천까지 한패가 돼 백정의 세가 부쩍 강해졌다.

"김봉수, 그늠아를 감쪽같이 해치울 방뻡이 음껬나? 내사 마 미치겠다."

"그럴라 쿠모 야음을 틈타야 안 되겠나. 우리가 노출되모 안 된다 아이가."

"물론이제. 겡찰서에서 알모, 그때는 우리 모두 교수행이다. 내 생각에는 겔사대를 맹그는 기다."

"누가 겔사대 할 끼고? 판구는 꼭 드가야 하고."

"마이도 필요 음꼬, 딱 셋이모 되는 기라. 재처이 니는 으떻노? 니는 깡다구가 안 있나. 주먹도 쎄고."

"그라모, 맨주먹으로 해치운다 말이가?"

"꼭 그런 건 아이다. 겡우에 따라서는 칼또 써야제. 으떻노?"

"좋다, 고마. 내사 할 끼다."

"그라모 누구 또 없나? 풍익이 니는 으떻노?"

마풍익. 그는 옛날, 도끼에 목이 끊겨 죽은 굴젓눈이 마장익의 동생이다. 정판구가 그 점을 노렸다. 자기 형의 원수 갚을 기회를 주겠다며 전부터 유혹했다.

"좋다. 이 기해(기회)에 장익이 헹님 원수를 갚을 끼다."

"만에 하나, 겡찰서에 잡히모 죽는 기다. 그래도 개않나?"

"사람이 한 번 죽지 두 번 죽나, 어데."

"바로 그기다. 백정놈들의 씨를 말리기 위해서는 그런 희생이 있어야 되는 기라."

이렇게 해서 김봉수를 비밀리에 죽이기 위한 결사대가 만들어졌다. 정판구, 홍재천, 마풍익 셋이 손을 서로 포개 결의를 굳게 다졌다.

3

주막 설거지를 마친 온순이 방으로 들어가려 문고리를 잡으려는 순간, 술청으로부터 사내 음성이 들려왔다. 장사를 끝낸 이 시각에 누군가 싶어 귀를 한껏 열었다. 또렷하게 들리지 않았지만 목소리가 귀에 익었다. 그녀는 문고리를 놓고 술청 쪽으로 조금 다가갔다.

'옴마야, 저 사람이 우짠 일이고?'

이두영이었다. 술이나 국밥을 먹기 위해서라면 더 일찍 왔어야 했다. 온순은 궁금해서 벽에 붙어 서서 술청에 귀를 열었다. 이모는 두영에게 계속 통박을 주었다. 내뱉는 말마다 험했다.

"내는 니하고 헐 얘기 음따."

"나헌티도 중요한 야그지만, 주모헌티도 매우 중요하지라."

"시끄럽다, 고마. 오줌에 씻기 나온 반푸이헌테 먼 중요한 얘기가 있겄노."

"주모허고 담판 지러 왔구만이라."

"머시라? 나허고 담판을 진다꼬?"

"온순 아가씨를 나헌티 줘야 쓰겄소."

순간, 온순의 가슴이 철렁 내려앉았다. 저 사람이 기어이 일을 저지르는구나 싶어 심장이 바싹 오그라들었다. 그러면서도 한편으로는 기대감에 가슴이 벌떡벌떡 뛰었다.

"머시라? 누구를 누구헌티 준다꼬?"

"온순 아가씨 말여라우."

"이 문디 자석이 뜨물 처묵고 주정하는구마."

주모가 담뱃대를 내던지고는 대뜸 식칼을 집어 들었다. 그런데도 두영은 태연했다. 놀라기는커녕 오히려 싱글싱글 웃는 게 아닌가. 대체 뭘 믿고 저러는가 싶어 주모는 손바닥에 침을 탁탁 뱉었다. 칼을 단단히 틀어쥐었다.

"그 아가리 다시 한 번 놀리 보그라. 누구를 돌라꼬?"

"그렇게 허는 거이 주모헌티 좋을 것여. 그라 안 허믄 동네방네 나발을 불 팅게."

"멀 분다꼬?"

"서 순사네 헛간에서 나허고 주모랑 거시기 혔다고 나발 불 것여."

"이 썩을 늠이 … ."

"소문이 나 불면, 주모가 으떻게 얼굴을 들고 다니겄소. 소문이 나도 나는 남자니께 괜찮아라."

"지금 헵박하나?"

"잘 생각해서 결정하는 거이 신상에 좋을 것여."

주모가 뒤꼍에다 눈길을 흘끔 던지고는 볼을 부르르 떨었다. 손

에서 칼도 떨어뜨렸다. 온순이는 그가 내뱉은 말을 똑똑히 듣고서
도 자신의 귀를 의심했다.

'헛간에서 거시기를 했다니?'

금방 이해가 되지 않았다. 두영과 이모가 헛간에서 거시기 했다
는 말이 무슨 뜻일까? 이모가 당황해서 칼을 떨어뜨렸다면 결코 떳
떳치 못한 짓이 분명하다.

'남녀가 헛간에서 만나 거시기를 했다…? 옴마야!'

온순이 그 자리에 풀썩 주저앉아 가슴을 움켜쥐었다. 어떻게 그
런 일이 있을 수 있나. 이모와 두영이 그렇고 그런 관계였다니 도무
지 믿어지지 않았다. 환청이었나 싶을 만큼 믿을 수가 없었다.

"아무래도 안 되겄지라? 사람들이 죄다 알어 불면, 치마 두른 주
모가 챙피헌 일이제. 온순 아가씨까지 알어 불면 으쩐다요?"

"아이고, 저 문디이….."

주모가 다시 칼을 집어 들었다. 그 눈에서 살기가 뚝뚝 떨어졌
다. 그래도 두영의 얼굴에 긴장하는 빛이 조금도 없었다.

"긍께 온순 아가씨를 달란 말이시. 그렇게만 허든, 나가 주모를
장모로 떠받들 것이구만이라. 이자 으떡허겄소?"

"사지를 찢어 죽일 늠!"

주모가 기어이 그에게 칼을 휘두르기 시작했다. 그러나 여자 몸
놀림으로는 어림도 없었다. 번번이 헛칼질이었다. 결국 두영에게
칼마저 빼앗기고, 바닥에 엉덩방아 찧는 꼴만 보였다. 주모는 차마
소리 내어 울지는 못하고 훌쩍대기만 했다. 크게 울었다가는 온순
이 놀라서 달려 나올 게 두려웠다.

"나가 오늘은 이만 가겄소. 밤새 잘 생각혀서, 내일 전방으로 오

쇼이. 기다릴 팅게."

"이 썩을 늠아. 나발을 불든지 피리를 불든지 맘대루 하그라. 내
도 나발을 불 끼다."

"허어, 주모가 나발을 불어야? 뭣이라고 불 것여? 총각맛이 좋았
더라고? 하긴 좋았것제."

"반푸이는 알 꺼 음따."

"흥, 그렇게 못 헐 거인디? 주모가 음충스럽다는 걸 모르는 사람
이 읎는디, 믿어 주겄소? 나 말을 더 믿을 것여."

"염병 든 놈, 지랄하는구마. 절이 싫으모 중이 떠난다꼬, 온순이
데꾸서 이사 가모 된다."

"이사를 가야? 나가 거기까지 따라갈 텐디? 거기서 또 나발을 불
것이고. 잘 생각허쇼이. 나는 이만 가야 쓰겄소."

두영이 콧노래까지 부르며 주막을 빠져나갔다. 주모는 그의 뒷모
습을 멀거니 바라보며 끝없이 눈물만 찍어냈다.

이튿날. 두영이 기다리는 주모는 안 오고, 뜻밖에 온순이 나타났
다. 그녀의 얼굴에 검은 구름이 잔뜩 끼었다.

"일찌감치 뭔 일이다요? 혹시 주모가 가라 헙디여?"

"어제 이모한테 한 얘기를 다시 해 보소."

"… 뭔 야그요?"

"내도 다 들었으예. 서 순사 헛간에서 이모하고 머를 했다고예?"

"온순 아가씨 … ."

두영은 마치 뜨거운 물을 뒤집어쓴 것처럼 놀라 그 자리에 맥없
이 주저앉고 말았다. 어제 주모와 나눈 얘기를 온순이 엿들은 게 분

명했다.

"밑도 끝도 없이, 뭔 소리다요?"

"이 기(귀)로 똑똑히 들었으예. 참말로 음성시런 사람이라. 그카고도 내캉 혼인을 해예?"

그녀의 눈에는 증오가 끓고, 비웃는 입가에서는 경멸이 엿물처럼 흘렀다. 그 표정이 칼을 들이대는 것보다 더 섬뜩했다.

"이 씨는 사람도 아이요."

"나는 참말로 억울하당께. 그날 주모가 말이시 ….."

온순은 그의 변명을 더 들으려고도 않고 그길로 가 버렸다. 두영이 재빨리 따라가 그녀의 손목을 낚아챘다. 그러자 그녀가 획 돌아서더니 두영의 얼굴에 침을 탁 뱉었다.

"음마? 내 말을 더 들어 보랑께?"

"짐승 같은 놈!"

그녀가 이번에는 고무신 한 짝을 벗어 그의 볼때기를 후려쳤다. 눈에 살기까지 돌았다. 그녀의 얼굴에서 처음 느끼는 독기였다.

이때 서달수가 다가와 코웃음을 쳤다.

"꼴 좋구만이라. 어린 기집한테 볼때기나 맞고. 으찌 된 일인지 자초지종 야그를 혀 봐라. 대체 저 각시가 왜 그런다냐? 혹시 조져 불라다가, 치마도 올리지 못허고 망신만 당한 거 아녀?"

두영이 그를 전방으로 끌고 가 어제 있었던 일을 이실직고했다. 그러자 달수가 배를 움켜잡고 한참을 낄낄댔다.

"으이그, 등신아. 누울 자리를 보고 다리 뻗으랬다고, 이악시런 주모헌티 그게 먹힐 거라고 내뱉었냐? 그년은 단속곳 벗고 삼십 리를 뛰고도 남을 년인디. 챙피헌 걸 아는 년이 너를 겁탈했겄냐?"

"성님, 나 으쩌믄 좋겄소?"

"뭘 으째야. 이왕 꺼낸 나팔인디, 동네방네 불고 다녀야제."

"온순 아가씨헌티 걷어채고, 그게 뭔 소용이다요?"

"하긴 …. 쥐도 괭이헌티 몰리믄, 콧등을 물어 분다고 안 혔냐. 오히려 주모 그년이 동네방네 나발 불 것이다."

"지년 뒤가 구린디, 뭣이라고 나발 분다요?"

"거 뭣이냐, 적반하장인지 적반된장인지, 그런 게 있제? 그년이 되래 네늠헌티 뒤집어씌우먼 으쩔 것여?"

"내헌티 뒤집어씌울 게 있간디?"

"니가 겁탈할라고 지를 헛간으루 끌고 갔다고 허믄, 사람들이 누구 말을 믿겄냐? 기집 말을 믿지, 좆대가리 달린 사내 말을 믿겄어? 주모가 참말로 그래 불면, 네늠은 경찰서에 끌려오기 십상이제."

두영이 낙담해서 바닥에 철퍼덕 주저앉고 말았다.

"성님헌티 뭔 좋은 방도가 읎겄소?"

"있제."

"그게 뭐이다요?"

"쌍나발을 부는 것이제. 그년이 외나발을 불면, 네놈은 나팔 두 개를 불어 부러. 이 성님은 뒤에서 북 쳐줄 팅게."

"시방, 나를 가지고 노요?"

"그게 바로 맞불작전이라는 것여."

"시끄럽소."

"으쨌든, 아우가 경찰서에 끌려오는 일은 읎어야 되겄다이. 나가 심히 곤란헝께."

달수가 곤봉으로 두영의 머리를 톡톡 두드리며 자리를 떴다. 싸

움 말리는 시어미가 더 밉다고 약만 잔뜩 올려놓고 가 버리는 그가
오늘따라 더 야속하고 밉살스러웠다.

4

아니나 다를까. 주모가 기어이 공작을 꾸몄다. 장사는 뒷전이고
이웃 주막을 돌며 여편네들에게 나발을 불고 다녔다. 방물장사 이
두영이 한밤중에 월담해서 자기를 겁탈했다는 것이다. 옆에서 자던
조카딸까지 덮치려는 걸 결사적으로 막았다고 해 더욱 기가 찼다.
콧물을 훌쩍대며 눈물을 찍어내는 그녀의 연기는 배우 빰쳤다.

주모의 연극에 놀아난 여편네들 입에서 '사지를 찢어 직일 놈',
'좆대가리 토막 낼 놈', '지 에미하고도 붙어먹을 놈', '개하고 흘레
할 놈'이라는 욕설이 쏟아졌다.

그런 험담이 저잣거리를 도는데도 두영은 쌍나발은커녕 얼굴을
들고 다닐 수조차 없었다. 나다니기는 고사하고 전방조차 지킬 수
가 없었다. 그에게는 방물을 사지도 않을뿐더러, 어떤 여편네는 전
방 앞에다 침을 뱉어놓고 갔다.

'이러다가 경찰서에 끌려가는 거 아녀?'

적반하장도 유분수지 이렇게 억울할 데가 또 어디 있겠는가. 장
사는 진작 걷어치워 벌써 나흘째 머리 싸매고 누웠다.

'아무래도 여기를 떠야 할 모양여.'

그렇게 단정하자 눈물이 비 오듯 쏟아졌다. 주모에게 억울한 것
보다는 이 지경으로 내몰린 자신의 신세가 처량했다. 재수 없는 놈

은 접시 물에 코 박혀 죽는다고, 자신이 꼭 그 짝이 난 셈이었다.

　해거름에 서달수가 와서 큰 소리로 두영을 불렀다. 순간, 반가움
보다는 겁부터 났다. 혹시 경찰서 명을 받고 온 것이 아닌가 싶었
다. 그가 두영의 꼴을 보고는 대뜸 혀부터 찼다.

　"염병 들었냐? 머리는 왜 싸매고 있어?"

　"그렇게 됐구만이라. 성님은 소문 못 들었어라?"

　"주모와 조카딸을 쌍겹탈했다는 소문 말이시? 삼척동자도 알아
부렀다."

　"으매, 환장허겄네. 긍게 나를 잡아갈라고 온 것여, 시방?"

　"눈치 한번 빠르구마이."

　"그란데, 왜 혼자 오요? 순사랑 같이 왔어야제."

　"음마? 나는 순사 아녀? 너 겉은 앤생이 하나 잡아가는디, 순사가
둘씩이나 필요허겄냐? 어여 일어나. 쌍겹탈한 주제에 마냥 누워 있
으면 쓰겄냐."

　두영이 낯빛이 하얘가지고 이불을 부둥켜안았다. 그러곤 끼욱끼
욱 울음을 터뜨렸다. 그런데도 달수는 싱글싱글 웃기만 했다.

　"어여 일어나더라고. 밥은 처묵어야제, 굶어 뒈질 것여?"

　"그것도 인정머리라고⋯. 밥은 멕여서 옥에 처넣겄다고?"

　"그래야 안 되겄냐. 마지막 가는 길인디, 성님이 밥은 멕여야제."

　그의 완력에 두영이 억지로 일어났다. 겁이 많이 났던지 다리를
후들후들 떨었다. 그 꼴을 보고 달수가 한참을 낄낄댔다. 그의 뒤
를 따라붙는 두영에게 주막 여편네들이 목을 빼놓고 욕질을 해댔
다. 두영은 겁을 먹고 달수 옆에 바싹 붙어 갔다.

달수는 두영을 달고 주막도 아니고 국밥집도 아닌, 자기 집으로 들어갔다.

"성님 집에는 왜 데리구 온다요?"

"너는 굿이나 보고 떡이나 먹더라고."

"굿은 뭣이고, 떡은 뭣이다요?"

"그럴 일이 있어야."

문을 열고 들어서자 그의 처가 부엌에서 얼굴을 내밀었다. 그 뒤로 자식놈이 아비를 보고는 폴짝폴짝 뛰어나왔다.

"어이구, 내 새끼. 잘 놀았는감?"

그가 두영에게 시위하듯 아이에게 목말을 태워 덩실덩실 얼러주었다. 두영은 죽고 싶을 만큼 심란한 판국에도 부자가 어울리는 모습이 보기 좋았다.

방으로 들어가자 한가운데 큰 음식상이 있었다. 그 위에 반듯하게 놓인 음식이 이것저것 가득했다. 두영의 눈이 확 뒤집혔다.

"성님, 오늘이 뭔 날이다요? 혹시, 아그 돌이라도 되는 것여?"

"지랄. 돌 지난 지가 은젠디 …. 니 성님, 귀빠진 날이니라."

"참말여라? 진작 야그를 허지 그랬소. 아우 된 처지에, 빈손으로 와서야 쓰겄소? 참말로 낯이 안 서는구만이라."

"지금이라도 갈비 한 짝 사오지 그러냐?"

"내 꼬라지가 이런 판에 성님이 부럽구만이라."

그건 사실이었다. 백정질에서 손을 씻고 산전수전 다 겪으면서 그는 순사가 되고 두영은 방물장수가 되었다. 그런 중에도 한 사람은 여자를 만나 자식까지 얻었으나 두영은 '개하고 흘레할 놈' 소리를 들으며 주막거리에서 손가락질이나 받았다.

두영이 서러움을 이기지 못해 기어코 눈물을 글썽거렸다.

"성님 생일에 노래는 못 헐망정, 눈물은 왜 짠다냐?"

"정승 팔자가 안 부러울 성님에 비허믄, 나가 너무 한심시러워서 그러요."

"아우가 잠시 재수가 읎어서 그런 것여. 오늘은 다 잊어 불고 음식이나 배불리 먹더라고. 나가 이런 호강을 허는 것도 다 아우 덕잉께."

"그란디도, 나를 경찰서에 넘긴다고?"

"지랄, 이 성님을 그럴 사람으로 봤다냐? 잠시 놀려 먹은 것여."

"음마, 참말여라? 경찰서에 안 가도 된다 말이시?"

"아우 앞날이 걱정이구마. 여그서 장사해 먹겄냐? 주모 땀시 여편네들이 너를 똥 친 막대기로 보고 있으니 말여."

달수는 진정으로 두영의 앞날이 걱정되어 맥 빠진 한숨을 내쉬었다. 쇳소리 같은 그 한숨에 두영도 금세 풀이 죽었다.

"이참에, 마산을 떠불라요."

"뭣이라고? 이 성님을 두고 떠나야?"

달수가 황소눈깔을 만들어 소리를 버럭 질렀다. 그에게 뾰족한 수가 있는 것도 아니면서 성을 내는 것이 고마웠다.

"여자를 상대허는 방물장사가 으쩌겠소. 그 후로 여자들이 내 전방에는 얼씬도 않는다요. 그러니 떠나야제."

"으디로 갈 것여?"

"정처가 따로 있겄소? 뜨내기 인생인데, 발 가자는 대로 가야제."

"너 읎이, 성님 혼자서 으떻게 산다냐?"

"왜 혼자여? 형수가 있고, 떡두꺼비 겉은 아들이 있는디."

"아녀, 아녀. 우리 사이는 그런 게 아니랑께."

그의 눈에 눈물이 그렁그렁하면서 두영의 어깨에 팔을 둘렀다.

이때 달수 처가 아이를 데리고 들어왔다. 그녀는 두 사내가 눈물로 엉겨 붙은 모습을 한동안 지켜보고만 있었다. 아이가 아장아장 다가오더니, 아비 어깨를 흔들어 두 사람을 떼어놓았다. 그제야 달수 처가 다가앉으며 물었다.

"두 부이 와 그랍니꺼?"

"아우가 여그를 떠난다고 안 허요. 우리가 으떻게 만난 사인디."

"와예? 소문 때문에 그랍니꺼?"

두영이 눈물을 닦으며 고개를 비틀었다. 주모가 퍼뜨린 소문이 그녀에게도 이미 닿은 것 같아 얼굴을 들 수가 없었다. 가재는 게 편이라고, 같은 여자 입장에서 주모 말을 믿을 것 같았다.

"여자들 손가락질이 무섭구만이라."

"그라지 마이소. 주모가 음충헌 여자라 쿠는 걸 알 만한 사람은 다 알고 있으예. 대개는 주모 말을 안 믿심더."

달수와 두영의 귀가 번쩍 뜨였다. 두영은 그녀가 주모 편이 아닌 것 같아 우선 마음이 놓였다. 더구나 저잣거리 여자 대개가 주모 말을 믿지 않는다는 사실이 무엇보다도 반갑고 안심이 되었다.

"임자, 그게 사실여?"

"하모요. 이 씨 총각이 착실하다 쿠는 건 다 알고 있다 아입니꺼."

두영이 또 눈물을 글썽거렸다. 달수 처만큼은 확실하게 자기편이라는 걸 알고는 감동했다.

"형수님, 나가 엉겁결에 주모헌티 겁탈은 당혔어도, 둘이서 거시기 헌 건 사실이지라. 그걸 온순 아가씨가 알어 부렀으니, 으떻게

354

남겼소. 조용히 떠나야제."

"온수이 처녀도 이 씨 총각을 은근히 좋아했으예."

"임자가 그걸 으찌 안다요?"

"말 안 해도, 여자들은 느낌으로 알아예."

"아우야, 아까워서 으쩐다냐. 그런 처자한테 모든 게 들통나 부렸으니."

"온순 아가씨는 이자 물 건너갔지라."

그가 소매로 눈물 훔치는 걸 보고 달수 처도 눈물을 글썽거렸다. 달수가 자작해서 거푸 두 잔을 마셨다.

"주모 이년을 그냥⋯."

그러고는 애먼 방바닥에다 주먹질을 해댔다.

"주모는 죽일 년이지만, 온순 아가씨헌티는 미안시럽구만요. 나를 짐승처럼 여기고 있을 것여. 나 같애도 그럴 것이고."

"그 각시를 쏙인 건 미안허지만, 아우가 주모허고 하고 잡아서 그 짓을 헝 게 아니잖어."

"아녀라. 주모 말대로, 나가 오줌에 씻겨 나온 반푼이가 되야서 그리된 것여. 나가 쪼까 야무졌어도, 피헐 수 있는 일이었어라."

"주모가 원체 음탕헌 년이라, 나 같았어도 당했을 것여. 어이그, 이악스런 년. 귀신은 저런 년을 안 잡아가고 뭣헌다냐? 지 서방도 잡아묵은 년인디."

"다 지나간 일잉게, 속 끓이지 마소. 모든 게 나 탓잉게."

두영이 술잔을 연거푸 꺾었나. 볼에 회한의 눈물이 하염없이 흘렀다. 달수 내외는 두영의 처지가 딱해서 말없이 한숨만 내쉬었다.

　농청의 정판구, 홍재천, 마풍익 등 이른바 결사대가 은밀하게 모였다. 김봉수를 제거할 시기와 장소를 의논하기 위해서였다. 홍재천은 원체 독종에다 싸움을 잘했고, 마풍익은 형 마장익의 원수를 갚지 못해 절치부심했다. 정판구가 이 점을 때맞춰 이용했다.

　"그늠아를 은제 해치우모 좋겠노?"

　"날을 딱 정하기는 어려불 끼다. 몬저 동태를 잘 살피야 안 되겄나. 그늠아가 잘 댕기는 길목을 지키야 되는데, 그기 어느 쪽인지 모린다 아이가. 그라고, 시간또 깜깜한 밤중이야 된다. 이런 조건이 딱 맞아야, 지(쥐)도 새도 모리게 직이 뻴 수 있는 기라."

　"그늠아가 자주 댕기는 길을 알아둘라 쿠모 디를 밟아야 안 되겄나?"

　"하모. 그래야 길목을 지킬 기 아이가. 그늠아가 눈치 몬 채게 디를 밟아야 쿠는데, 그기 어려불 끼구만은."

　"그늠아가 도축장 뻬다구와 선지를 넘기 주러 단골 주막이나 국밥집으로 갈 끼다. 그 길목을 알모 되는 기라."

　"꼭 그늠아 일이가? 다른 잡부도 있을 낀데."

　"잡부가 있어도, 그런 일은 으레 주인이 믿을 만한 놈한테 맡기는 기다. 물건값을 띠묵으모 우야노."

　"그건 풍익이 말이 맞다. 이학차이가 단골로 물건 대주는 주막이 '마산집'인데 ….."

　"그라모, 그늠아가 댕기는 길은 오릿골뿐인 기라."

　"거기는 사람들이 마이 댕기는 길이다."

　"그러이께네, 한밤중을 노리자는 기 아이가."

"지금부터 각자 흩어지가 디를 밟는 기라. 그라다 보모, 그늠아가 오릿골을 지나가는 시간또 알게 될 끼고."

"그 대신, 그늠아가 조금도 눈치채모 안 된다이."

이들 셋은 즉시 흩어져 각기 맡은 장소로 이동했다. 정판구가 마산집 쪽을 맡았다. 홍재천은 오릿골을, 마풍익은 이학찬네 정육점 주위를 감시했다.

그날은 셋 다 김봉수를 보지 못했다. 도축이 없었던 모양이다. 그다음, 다음 날에도 김봉수를 발견하지 못했다. 소를 잡았다면 그 즉시 뼈와 선지통을 짊어지고 나타났을 것이다.

나흘째가 되어도 김봉수가 나타나지 않자 초조해진 정판구가 마풍익과 홍재천을 마산집으로 불러 모았다. 그는 술 한 되와 선짓국을 시키면서 주모 마음을 슬쩍 떠봤다.

"아지매요, 방금 받은 새 선지를 묵을라 쿠모 은제 오모 됩니꺼?"

"오늘 저녁이나 내일 올 끼구만은."

정판구 눈에 광채가 돌았다. 홍재천과 마풍익도 그의 눈빛을 보고는 고개를 끄덕이며 빙긋이 웃었다. 거사가 곧 시작될 것처럼 자신감에 찬 표정이었다. 특히 정판구의 얼굴이 흥분에 들떴다.

주모가 술과 선짓국을 탁자에 내려놓고는 고개를 갸웃거렸다. 정판구가 회심의 미소를 흘리며 앞에 앉은 두 사람을 향해 턱을 흔들었다. 빨리 먹고 나가자는 신호였다.

김봉수는 잡뼈가 든 자부와 선지통을 지게에 올릴 준비를 했다. 이학찬이 저물녘이라 내일 가라고 했는데도 선지는 신선할 때 공급해야 한다며 김봉수가 굳이 우겼다.

"그라모 혼자 가지 말고, 강만추와 같이 가소. 그래야 안심이 되구만은."

"그러지요. 이걸 갖다 주고, 옥봉에 들렀다 오겠습니다."

"옥봉에는 무신 일로?"

"만석이 아저씨가 아파서 못 나왔잖아요."

"밤길에 개않겠소?"

"별일이야 있겠어요?"

김봉수와 강만추가 뼈와 선지를 나눠 지고 떠났다. 이학찬은 왠지 오늘따라 마음이 꺼림칙했다. 요즘 정판구 일당이 백정에게 악에 받쳐 있다는 걸 잘 알고 있었다. 특히 김봉수를 표적으로 삼아 불안했다. 만추가 동행하지만 마음이 놓이지 않았다.

"마이 늦으모, 옥봉에서 자고 내일 오소."

"그러지요."

이학찬은 그가 골목을 꺾어 돌 때까지 서서 지켜봤다. 무거운 짐을 지고도 김봉수의 걸음은 빨랐다. 이학찬은 그가 늘 믿음직스러웠다.

서둘러 마산집을 나온 정판구 일당은 바로 갈라지지 않고 길 건너 주막으로 들어갔다. 그러고는 마산집이 비스듬히 보이도록 자리를 잡았다. 김봉수가 나타나기를 지켜보려는 속셈이었다.

한 시간쯤 지나자 김봉수가 지게를 지고 나타났다. 기대와는 달리 혼자가 아니었다. 삐쩍 마른 만추가 따라붙었다.

"김봉수 혼자가 아이네. 우짜믄 좋노."

"걱정할 꺼 음따. 강만추 저늠아는 허깨빈 기라. 주먹 한 방이모

뻗는다.”

정판구가 어깨를 바르르 떨었다. 홍재천과 마풍익은 입술에 혀를 두르며 주먹을 불끈 쥐었다. 뉘엿뉘엿하던 해가 선학산 봉우리를 간들간들 넘어갔다.

김봉수와 만추가 물건을 주막 안으로 들여놓고 주모와 얘기하는 모습이 이쪽에서 아주 잘 보였다. 잠시 후, 그들이 빈 지게를 지고 나왔다.

그러나 예상과는 달리 김봉수가 오릿골 쪽으로 가지 않고, 그 반대로 방향을 틀었다. 예전에 살았던 옥봉 쪽이었다.

정판구가 홍재천과 마풍익 앞으로 목을 뽑고는 주위를 둘러봤다. 목소리도 한껏 낮췄다.

“저늠아가 옥봉으로 갈 끼 분멩하다.”

“잘 됐다 아이가. 옥봉으로 갈라 쿠모, 산을 끼고 가야 안 되나?”

“하모. 그러이깨네 우리는 샛길로 띠 가서 길목을 지키는 기라. 칼을 단디 챙기라이. 첫찌도 조심, 둘찌도 조심이다이.”

“그란데, 누구부터 해치우는 기 좋겠나. 김봉수? 강만추?”

“그거야 당엔히 김봉수 아이가. 그 담에 강만추다.”

정판구가 술값을 후딱 치르고는 주막 옆으로 난 지름길로 잽싸게 빠졌다. 그 뒤를 홍재천과 마풍익이 바람을 일으키며 따라붙었다.

이튿날 아침, 왠지 고만석이 김봉수도 없이 혼자서 도축장에 나타났다. 이학찬은 대뜸 불길한 생각이 들어 고만석을 다그쳤다.

“와, 아재 혼자 오능교?”

“… 무슨 말이우?”

"아재 문뱅하겠다꼬, 김봉수하고 강만추가 어제저녁에 옥봉으로 갔다 아이요."

"무슨 소린지 원 … . 오지 않았는걸."

"우찌 된 일입니꺼? 혹시, 사고 난 기 아인가 모리겠네."

"설마 … ."

이학찬이 젊은 잡역부 하나를 급히 불렀다.

"니는 빨리 서장대로 띠 가그라. 박석호를 찾아가 김봉수가 오지 않았는지 물어 보그라. 거기에도 오지 않았다 쿠모, 박석호와 황길처이를 데꾸 오이라."

한참 만에 박석호와 황길천이 달려왔다. 이학찬이 전후 사정을 애기하자 박석호와 황길천이 얼굴을 하얗게 굳혔다.

"김봉수 해장이 다른 데로 갈 리가 없다 아입니꺼. 분멩히 무신 일이 난 기라예. 이를 우야모 좋심꺼?"

"당장, 옥봉으로 가야 되겠구만은."

"몬저 겡찰서에 신고부터 해야 안 됩니꺼?"

"그라모 너무 늦다. 우리가 찾아 나서능 기 빠를 끼다."

즉시 이학찬이 앞서고 그 뒤를 고만석, 박석호, 황길천 그리고 잡역부가 따라붙었다.

옥봉으로 가는 길에 오른쪽으로 숲이 무성한 산이 있었다. 그들은 무작정 숲으로 올라갔다. 이들 다섯이 각자 흩어져 숲을 뒤졌다. 이윽고 황길천이 짚신 한 짝을 발견하고 모두를 불러 모았다.

그러나 그 짚신이 누구의 것이라고 단정할 수 없을 만큼 비슷해서 모두 고개만 갸웃거렸다. 김봉수 것이라는 흔적을 발견할 수 없었다. 뒤늦게 온 고만석이 눈을 부릅떠 신을 잡아챘다.

"아니, 이건….."

"와 그러능교? 눈에 익심꺼?"

"허어, 이건 김봉수 신이구먼."

그가 짚신에 달린 가죽끈을 흔들더니 실신하듯 그 자리에 풀썩 주저앉았다. 그가 잡은 것은 짚신 허리에서 발등에 매는 들메끈이었다. 백정이 가죽신을 신지 못하게 해 김봉수처럼 들메끈을 매고 다니는 경우가 있었다.

"만석이 아재요, 와 그랍니꺼? 정신 차리이소."

박석호가 고만석의 얼굴을 흔들며 그의 손에서 짚신을 빼앗아 살폈다. 그러고는 그마저 엉덩방아를 찧으며 맥없이 무너졌다.

"이 사람들이 와 이카노?"

이학찬이 그의 손에서 신을 뽑아 한참을 들여다봤다. 마침 고만석이 정신을 차리고는 이학찬으로부터 짚신을 도로 빼앗았다.

"이건 우리 형님이 만든 걸 내가 봉수헌테 준 것이구먼. 이 들메끈을 보니께 알겠어."

"그란데, 이게 와 여기 떨어져 있능교?"

그러자 박석호가 또 주저앉으며 "누구한테 끌리갔구만…"을 중얼거리며 눈물을 주르르 쏟았다.

"대체, 누구한테 끌리갔다 말이고?"

그러자 황길천이 나섰다.

"정판구 그눔아 아이모, 누구 짓이셨심꺼. 틀림없는 기라예."

그들이 김봉수와 만추의 흔적을 더 찾으려 나섰다. 한창 숲을 더듬는 중에 잡역부가 일행을 급히 불렀다. 새로운 걸 발견한 듯했다.

피 묻은 무명수건이었다. 누군가 살해된 게 분명했다. 범인은 혼자가 아닐 것이다. 정판구 짓이라면 그 일당이 합세했을 것이다.

그들은 산길을 샅샅이 뒤지며 나아갔다. 더 발견한 건 없었다. 산 중턱을 겨우 넘자 그리 높지 않은 절벽에 다다랐다. 언젠가 김봉수가 농청 패들에게 쫓겨 뛰어내렸던 바로 그곳이었다.

절벽 아래에 사람 둘이 엎어진 채 누워 있었다. 김봉수와 만추가 확실한 것 같았다. 누군가 그들을 살해하고는 절벽 아래로 던져 버린 듯했다. 모두가 절벽 아래로 달려갔다.

역시 김봉수와 만추였다. 만추는 전신이 칼로 난자당한 모습이었고, 김봉수는 얼굴이 심하게 긁힌 채 엎어졌다.

이학찬이 그들을 바로 눕히고는 가슴에 귀를 붙였다. 김봉수는 심장이 미약하게 뛰었고, 코에서 숨소리도 새어 나왔다. 그러나 만추는 의식이 전혀 없었다. 심장도 뛰지 않았고 숨소리도 들리지 않았다. 황길천과 박석호가 서둘러 두 사람을 둘러멨다.

6

이튿날, 백정 수백 명이 경찰서로 통하는 길을 가득 메웠다. 옥봉과 서장대 백정이 거의 다 모였다. 이들의 손에는 각목이나 어떠한 흉기도 들리지 않았다. 소매를 걷어붙인 채 주먹만 움켜쥐었을 뿐 침묵으로 일관한 채 걸었다.

이학찬과 신현수가 나란히 선봉에 섰고 그 뒤를 고만석, 박석호, 황길천 등이 멘 들것이 따랐다. 들것에는 계속 신음하는 김봉수와 강만추 시신이 참혹한 꼴 그대로 누워 있었다.

만일의 사태에 대비해 순사들이 호위하듯 이들과 나란히 걸었다. 백정의 수가 워낙 많아 순사도 입을 다문 채 눈만 부릅떴다.

들것이 경찰서 앞에 다다르자 경시가 이미 정문 앞에 나와 있었다. 신현수와 이학찬이 앞으로 나아갔다.

"신 국장, 무슨 일이오?"

"여기 들것을 보소. 처참하게 살해된 시신이 있고, 또 한 사람은 사경을 헤매는 부상자올시다. 김봉수와 강만추라는 재설꾼이오. 경찰서에서 살인자를 색출해가 우리한테 넘기주야 되겠소."

이학찬은 숲에서 발견한 피 묻은 무명수건을 경시 앞에 증거물로 내놓았다. 경시가 그것들을 꺼림한 표정으로 내려다봤다.

"범인을 우리한테 넘기주야 합니더. 우리 요구를 들어주지 않으모, 여게서 한 발짝도 물러서지 않을 끼요."

경시가 주먹을 잔뜩 움켜쥔 백정 무리를 쭈욱 훑었다. 강제로 해산하기에는 수가 너무 많았다.

"범인은 반드시 잡겠지만, 그자를 민간인한테 넘겨줄 수는 없소. 죄는 경찰에서 물을 것이고, 적법한 절차를 거쳐 처리하는 것이오."

"정 그렇다면, 범인은 반드시 진주시민과 백정이 보는 앞에서 공개처형할 것을 약속해 주이소."

"고려하겠소. 그러니 오늘은 자진 해산하시오. 시신은 경찰서에서 검시한 후에 돌려주겠소."

신현수가 고개를 끄덕이고는 이학찬과 박석호와 황길천 등에게 경시의 뜻을 전했다. 그러자 고만석과 박석호가 단호하게 거절했다. 범인을 백정에게 넘겨 달라고 고집을 부렸다.

"애러분 뜻은 충부이 이해하구만은. 허지만도 법 집행상 범인을 민간인한테 넘기줄 수 없다는 경시 뜻을 거절할 수가 읎는 기라. 그 대신 공개처형할 것을 고려하겠다고 했으이깨네, 이 점은 우리가 양보해야 될 끼구만은."

결국 신현수의 설득을 받아들여 삼삼오오 무리를 지어 흩어지기 시작했다. 이들 중에는 눈물을 뿌리는 자도 있었고, 당장 농청을 쳐부수자고 주먹을 흔드는 자도 있었다.

이들을 말없이 지켜보며 눈물을 흘리는 여인이 있었다. 명월관 가향이었다. 백정 하나가 참혹하게 살해됐다는 소문을 듣고 달려 나왔을 때만 해도 들것에 김봉수가 누워 있을 줄은 몰랐다. 신현수 가 경시에게 들것 중 하나를 가리키며 그가 김봉수라고 밝히는 순 간에 비로소 알았다. 그는 아직도 송장처럼 널브러져 있었다. 숨도 안 쉬는 것 같았다.

가향은 자신의 귀를 의심했다. 처음에는 잘못 들었으려니 했다. 그래서 옆에 있던 사람들에게 그의 이름을 다시 확인하기까지 했다.

형평사

1

이학찬의 제안으로 신현수, 고만석, 박석호, 황길천, 오일복 등이 마산집에 들어섰다. 주모는 이학찬을 보자 울음부터 터뜨렸다. 바로 어제 본 김봉수와 강만추가 처참한 모습으로 돌아온 사실이 믿어지지 않았다.

길 건너에 늘어선 주막을 하나하나 훑던 신현수가 뭔가 짚이는 게 있는 듯 자리에서 벌떡 일어났다.

"나머지는 여게 있고, 학차이는 내를 따라 오이라."

"어데 가십니꺼?"

"와 보이라."

신현수가 길 건너 맞은편 주막으로 불쑥 들어갔다. 그러고는 어제 농청 사람들이 오지 않았냐고 물었다. 주모는 신현수를 경계하는 눈치였디.

"내는 〈조선일보〉 지국장, 신헨수라예."

"안 왔었는데예."

그다음 주막으로 갔으나 거기도 오지 않았다고 했다. 세 번째 주막으로 들어가자, 주모가 신현수를 보고 반색했다. 그가 자주 들르던 주막이었다.

"하이야, 지국장님 아잉교? 오랜만에 오셨으예."

"주모, 잘 있었소? 엊저녁에, 혹시 농청 사람들이 왔었능교?"

"하모요. 셋이 와가, 술만 한 되 묵고는 바로 가데예."

"그중에 정판구라 쿠는 자도 있었능교?"

"있었심더. 풍익이라카는 자하고 홍재처이도 있었능 기라요."

신현수는 이학찬에게 물었다.

"풍익이? 학차이도 아는 놈이가?"

"하모예. 옛날 오천복이가 죽인 마장익 동생임더."

이학찬이 주모의 얼굴을 보며 묻는다.

"아지매요. 그자들이 무신 얘기를 했는지 들었심꺼?"

"쏘곤쏘곤 얘기해가, 몬 들었으예. 그란데 와 그랍니꺼? 그 사람들이 머를 우쨌능교?"

"아지매는 몰라도 되능 기요. 그라모 여게서 나가, 어데로 갔는지 압니꺼?"

"딧길(뒷길)로 띠 가던데예."

그러자 이학찬이 신현수를 바라보며 고개를 끄덕였다.

"내 짐작이 맞심더."

옥봉으로 가는 지름길로 먼저 가서 김봉수를 기다렸다는 뜻이다.

신현수가 이학찬을 데리고 경찰서로 달려갔다. 경시에게 그동안 추리했던 내용을 소상히 설명하고는 정판구와 마풍익, 홍재천을 잡아다가 문초할 것을 요구했다. 경시도 고개를 끄덕였다.

김봉수는 보름째 누워 있었다. 다행히 차도를 보여 얼굴에 핏기도 돌았다. 가끔 말도 했다. 고만석이 사고 당일의 상황을 묻자 더듬더듬 털어놓았다. 모두가 짐작한 대로, 정판구 일당에게 쫓겨 절벽 아래로 뛰어내렸다고 했다.

만추는 그로부터 한참 후에 떨어졌다고 했다. 살해해서 던져 버린 게 분명했다. 김봉수와는 달리, 평소 굼뜬 탓에 놈들에게 걸려든 모양이었다.

만추 시신이 경찰서로부터 인계되었으나 장례를 치르지 못했다. 정판구 일당을 내놓기 전에는 장례를 치르지 않겠다고 백정들이 맞섰다. 정판구는 체포했으나, 마풍익과 홍재천이 종적을 감췄기 때문이라는 경찰서의 해명이 있었는데도 받아들이지 않았다.

신현수의 요구대로, 경찰서에서 정판구를 문초했으나 그는 범죄를 완강하게 부인했다. 그뿐만 아니라 공범들의 이름을 대지도 않았다.

경찰에서 이렇게 해명하는데도 백정들은 납득하지 않았다. 정판구를 자기들 앞에다 끌어내라고 요구하면서 썩어가는 만추 시신을 경찰서 정문 앞에 내려놓고 시위했다. 그 수가 지난번보다 더 많아 곧 폭동이라도 일으킬 분위기였다.

그러나 경찰도 정판구만큼은 내줄 수 없다고 완강히 버텼다. 자칫 그들에게 살해될 수 있다는 우려 때문이었다. 법을 집행하는 경찰 입장에서는 그럴 수밖에 없었다. 그렇게 연 이틀째, 쌍방이 팽팽하게 내치했다.

이때였다. 박석호와 황길천이 백정 십여 명을 이끌고 뒤늦게 경시 앞에 나타났다. 그들뿐만 아니었다. 밧줄로 꽁꽁 묶은 사내 하나를 끌고 왔다.

"밧줄에 묶여 있는 자는 누군가?"

"이늠아가 바로 마풍익입니더."

경찰도 찾지 못한 자를 끌고 와 경시가 놀랐다. 마풍익의 얼굴이 피로 얼룩진 것으로 보아 몹시 맞은 것 같았다. 그의 집 뒷산에 숨어 있다가 밤에 내려오는 것을 잡았다고 박석호가 밝혔다. 마풍익은 박석호에게 모든 걸 실토했다고 했다. 물어보나 마나 그들의 매를 견디지 못해 자백했을 것이다. 무쇠주먹 황길천이 그를 곱게 다뤘을 리가 없다. 죽일 작정으로 팼을 것이다.

마풍익이 잡히자, 정판구가 그제야 범행 일체를 자백했다. 아직 홍재천만 잡히지 않았으나 곧 체포될 것으로 믿었다.

이학찬이 김봉수와 함께 명월관에서 신현수를 만났다. 김봉수가 사고를 당한 지 꼭 한 달 만이었다. 완쾌되지는 않았지만 마냥 누워 있을 수가 없었다. 잠시 후에 강상호, 장지필, 천석구 등이 오기로 했다.

"김봉수 해장이 그만한 기 다행이구만은. 내가 심부름시킨 게 잘 못잉 기라."

"제가 운이 나빴지요. 강만추한테 죄를 져서 죽을 지경입니다. 그때 나만 살겠다고, 먼저 도망쳤으니까요."

"하는 수 없다 아이요. 그 사람 명이 그것밖에 안 되니 우짜것소."

"이번 일로 학차이가 수고 마이 했구만은."

"어데예. 국장님께서 앞장서지 않았으모, 아직 범인도 몬 잡았을 낍니더. 국장님이 직접 나서이깨네, 겡찰에서도 적극적이었다 아입니꺼."

약속한 시각이 되자 강상호가 당도했고, 이어 장지필과 천석구가 들어섰다. 그들도 침통한 표정으로 이학찬을 위로했다.

"농청의 청년 지도부라 쿠는 놈들은 와 하나같이 망나니들이고?"

"씨가 그런 놈들 같구만은."

강상호가 정판구 일당을 지목해서 하는 말이었다. 그러자 천석구가 몸서리를 치며 그들의 잔인성을 성토했다.

"망나니야 어느 시대에든 있었다 아입니꺼. 오죽하모 범죄자들 얼굴에다 겡(黥)을 치겠심꺼. 옛날에 마장익이라 쿠는 놈이 백정들을 하도 몬살게 해가, 겔국 참혹하게 복수당했다 아입니꺼. 그러드마는 정판구 그늠아까지 전철을 밟은 기라요."

"이번에 그늠아들을 공개 처행(처형)해가, 망자의 넋이 조금은 위로가 됐을 끼요."

"어데 그뿐입니꺼. 하마터모 폭동이 일어났을 낀데, 다행히도 그기 막아진 깁니더."

그날 홍재천까지 잡혔다. 정판구 일당의 공개처형은 백정의 묘지가 밀집한 곳에서 있었다. 이학찬과 고만석을 비롯한 백정 모두의 뜻에 따른 것이었다. 경찰에서도 차마 막을 수 없었다. 백정의 분노가 하늘을 찔러 불가항력이었다.

원래는 그들 셋을 화형에 처하자고 주장했다. 옛날부터 온갖 수모를 겪었던 백정의 분노가 드디어 한계에 이른 것이다. 그러나 신현수와 상상호의 간곡한 만류로 화형 대신 교수형에 처했다.

백정들이 돌을 쌓아 단두대를 만들고, 경찰서에서 준비한 교수형 틀에 매달아 죽였다. 그러고도 시신을 닷새 동안 매달아 두었다. 가족들이 사체를 찾아가지 못하도록 백정 수십 명이 교대로 지켰다.

정판구 일당이 처형되던 날, 상민 수십 명과 백정 수백 명이 모였다. 특히, 경찰서 측은 농청 회원 모두를 집합시켜 교수형 장면을 목격케 하였다. 일벌백계의 현장을 보여주기 위함이었다. 그들은 농청 회원의 처형을 안타깝게 여기면서도, 백정들이 구름처럼 모인 마당이라 내색조차 할 수 없었다.

"농청에서도 그늠아들이 처행되는 걸 똑똑히 밨으이깨네, 앞으로는 백정한테 함부로 몬 할 끼구만은."

"당분간은 그럴 낍니더. 허지만도, 앞으로 정판구 같은 악질분자가 또 나타나지 않는다는 보장이 읎는 기라예."

"그러이깨네, 우리가 개핵했던 일을 서둘러야 되구만은."

"하모요. 그래가 오늘 모있다 아입니꺼. 강 선배님이 맹글기로 한 주지문 초안은 우예 됐심꺼?"

"대충 작성했는데, 으떨는지 모리겠네."

"장 선생님 강렝 초안도 됐심꺼?"

"내도 대충 맹글기는 했지만도 … ."

"그라모, 그걸 돌리 가믄서 읽어 보입시더."

그들이 주지문과 강령을 서로 돌려 읽는 동안, 김봉수가 밖으로 나왔다. 가향이 문밖에 서 있다가 그와 마주쳤다.

"어찌 나오셔요?"

"바람 좀 쐬려구요."

"지난번 사고에, 어떤 말로 위로해야 좋을지 모르겠어요."

"말씀만으로도 고맙습니다. 하지만 강만추 그 사람의 죽음이 백정의 힘을 모으는 계기가 됐습니다. 그것을 위안으로 삼을 수밖에요."

"제 생각도 그래요. 아무쪼록, 그분의 죽음이 헛되지 않았으면 좋겠어요. 그리고 몸이 다 나으시면, 한번 들르셔요. 제가 대접하고 싶어서 그래요."

"대접이라니요? 천만의 말씀입니다."

"꼭 오셔요."

가향의 눈에서 빛이 부서져 나왔다. 김봉수가 슬그머니 외면하고는 다시 방으로 들어갔다. 이어서 술상이 들어왔다. 주지문과 강령 초안 읽기를 마치자 그들은 비로소 술잔을 들었다. 가향이 돌아가며 잔을 채웠다. 그러자 신현수가 잔을 높이 들었다.

"자아, 우리 겔이(결의)를 다지는 으미에서 건배하입시다."

"그란데, 멩칭을 머로 할 끼요? 그냥 백동해로 할 낍니꺼?"

"글쎄 …. 백동해 뜻도 개않기는 하지만도, 더 좋은 이름이 있으모 바꾸능 기 으떻심꺼? 학차이 생각은 어떻노? 백동해가 좋나?"

"어데예. 더 좋은 멩칭이 있으모, 바꾸는 기 좋겠심더."

"그렇나?"

신현수가 고개를 끄덕이며 한동안 입을 달싹거렸다. 특별한 명칭을 제안할 뜻이 있는 눈치였다. 모두의 시선이 그에게 쏠렸다. 이학찬은 죽은 만추를 추모해서 그냥 백동회를 고집하고 싶었다. 그러나 신현수의 견해가 다르다면 굳이 고집하고 싶지 않았다.

"지가 오랫동안 생각해 둔 기 있는데 …."

"그기 머십니꺼?"

"헹펭사(형평사衡平社)는 으떻겠심꺼?"

"헹펭사라 쿠모 …?"

"저울 헹 자에, 펭등할 펭 자를 쓰는 깁니더. 저울맨치로 모든 기

펭등하자는 뜻이라예. 백정이 항상 쓰는 기 저울 아입니꺼. 말하자
모, 인간의 펭등성을 백정한테 구헨(구현)하자 쿠는 깁니더. 일본
에도 백정들이 있어가 수펭사(수평사水平社)를 조직했다는 건 신문
을 바서 다 아는 거 아입니꺼."

"헹펭사라…. 그기 개않은 것 같구만은. 일본에는 수펭사, 우리
는 헹펭사라. 다른 분 생각은 으떻심꺼?"

"내도 개않소."

"모두가 좋다꼬 하이깨네, 가칭 헹펭사로 하입시더."

"학차이도 개않나?"

"지 맘에도 쏙 듭니더. 헹펭사…."

강상호가 가향에게 고개를 돌리며 명칭이 어떠냐고 물었다. 그녀
도 아주 좋은 이름이라고 맞장구를 쳤다. 그러고는 달리 할 말이 있
는 듯이 입을 달싹거렸다.

"제가 주제넘은 말씀 하나 드려도 되겠는지요."

"그기 머꼬?"

"형평사를 조직할 때, 저도 일조하고 싶습니다."

"일조를 한다꼬? 우찌 한다 말이고?"

"큰일을 하자면 돈이 필요하겠지요. 조금 보탤까 합니다. 제 성
의로 받아주시면 영광이겠습니다."

"그야 누가 마다하겠노. 을매나 내놓을 끼고? 십 원? 아이모 이십
원가? 그것도 큰돈이구만은."

"오십 원(약 천여 만 원)은 내놓을 수 있겠습니다."

"머시라, 오십 언? 그래 큰돈을 내놓을 끼가?"

"적다고, 흉이나 보지 마셔요."

372

"아이다, 아이다. 참말로 기특하구만은. 자아, 내 술 한잔 받그라."

강상호가 감동하여 그녀에게 술이 넘치도록 잔을 채웠다. 그러고도 입에 침이 마르도록 칭찬을 계속했다. 이학찬도 그녀의 제안에 깜짝 놀랐다. 그토록 통이 큰 여자인 줄은 미처 몰랐다.

"헹펭사 전망이 매우 밝다이. 가향이까지 응원군이 댔으이, 아주 잘될 끼요. 안 그렇심꺼, 애러분?"

"하모요. 잘돼고 말고요. 자, 그런 으미에서 다시 건배하입시더."

2

그로부터 한 달쯤 지나 김봉수와 가향이 우연히 만났다. 김봉수가 명월관 앞을 지날 때 가향이 밖으로 나오다가 마주쳤다. 뜻밖이라 서로 놀랐다.

김봉수가 가향에게 먼저 묵례를 보냈다. 가향이 그제야 허리를 반쯤 꺾어 인사를 차렸다.

"어디 가시는 길이셔요?"

"형평사에 가는 길입니다."

"일전에 말씀드렸는데, 왜 안 오셔요? 기다렸습니다."

"제 처지로는 어려운 일입니다. 형평사 어르신들 편에 묻혀 가면 몰라도."

"이해는 하지만, 식사도 못 할 것까지는 없지 않겠어요?"

"그게 좀 … ."

"그러면, 제가 조만간 그 기회를 만들겠습니다. 그때는 꼭 오셔요. 기다리겠습니다."

서로가 얼굴에 홍조를 바르며 헤어졌다. 가향은 그의 뒷모습을
지켜보면서 오랫동안 가슴이 뛰었다. 김봉수 역시 눈앞이 어질어질
해 발을 자주 헛디뎠다. 방금 헤어졌으면서도, 오래전에 본 것처럼
현실 같지가 않았다. 밝은 낮에 마주친 그녀의 얼굴이 새삼 아름다
워 꿈을 꾼 것만 같았다.

1923년 4월 25일, 진주 대안동의 진주청년회관에서 '형평사 발기
총회'가 열렸다. 임시 의장 강상호의 사회로 창립취지를 담은 주지
主旨, 사칙社則, 교육기관 설치 등 주요사항을 결정했다.

서울 중앙지는 이 같은 사실을 크게 보도했다. '진주에 형평사 발
기'라는 제목 아래에 '계급타파를 절규하는 백정사회'라는 것이 주
제였다. 그리고 형평사 위원, 간사, 이사, 재무, 서기 등의 명단도
실었다. 위원으로는 강상호, 신현수, 천석구, 장지필 그리고 이학
찬 등이 거명됐다. 김봉수는 이학찬을 보좌하는 임무를 맡았다.

이날 장지필이 낭독한 '형평사 주지'에는 백정의 인간적 평등과
해방을 주창하는 취지가 담겼다.

형평사 발기총회를 계기로 수백 년 동안 굴욕적으로 불리던 '백
정'이란 호칭을 버리고 서로를 '사원'社員으로 부르기로 했다. 이는
백정 스스로 통한의 호칭에서 벗어나고 싶은 몸부림이기도 했다.
강한 공동체 의식 속에서 단결하여 인간다운 삶을 추구하려는 의
지였다.

이날 행사는 축하연까지 해서 거의 자정이 될 때까지 계속되었
다. 그만큼 백정에게는 감격스러운 날이었다.

이튿날, 가향이 이학찬을 찾아왔다. 형평사 창립을 축하한다며 이번 일에 애를 많이 쓴 인사들을 명월관으로 초대했다.

"헹펭사에 기부금까지 내싰는데 초대까지 할 필요가 머 있능교?"

"아니에요. 저도 감격스러워서 그러는 거예요. 꼭 와 주십사 전해 주셔요. 김봉수 사원도 같이 오시게 하면 좋겠구요."

"자꾸 패(廢)를 끼치모 우얍니꺼?"

"그럼, 그리 알고 가겠습니다."

이학찬은 그녀가 모퉁이를 꺾어 사라질 때까지 지켜보면서 감동했다. 술이나 따르고 화대나 받으면 그만일 여자로만 알았던 자신이 부끄러웠다.

그날 저녁, 이학찬을 비롯해서 신현수, 강상호, 장지필 등이 명월관으로 들어섰다. 김봉수가 뒤에 주뼛주뼛 따라붙었다.

올 만한 사람이 다 모이자 술상이 금세 들여졌다. 큰 교자상에 음식이 가득했다. 신선로를 비롯하여 두부와 닭살, 버섯 등을 양념하고 찜통에 쪄낸 두부선, 대하찜, 사태와 내장을 삶은 사태찜 등이었다.

"하이야, 이건 임금님 수라상에나 오르능 기 아이가?"

"대체 가향이가 와 이라노? 미안시러버, 이걸 우찌 먹겄노."

"소찬입니다. 기쁘게 드시면, 이 계집 또한 흡족할 것입니다."

가향이 술병을 들었다. 앉은 순서대로 잔을 채웠다. 뒤로 물러난 김봉수에게는 손수 잔을 건넸다. 손이 미세하게 떨렸다. 그런 중에도 김봉수를 흘끔흘끔 훔쳐봤다.

"발기총회를 축하드리고자, 조촐하게 마련한 자립니다."

"참말로 고맙구만은. 가향이 같은 응언구이(응원군이) 있으이 힘이 더 솟는다이."

"하모, 하모. 가향이가 참말로 여장부다이."

강상호의 제의로 모두 술잔을 들면서 가향의 환대를 거듭 치하했다. 그러자 그녀가 잠시 입을 달싹였다. 할 얘기가 더 있는 눈치였다.

"제가 이런 말씀을 드리면, 혹 실망하지 않으실는지요? 처음으로 밝히는 일이라 … ."

"가향이한테 실망할 끼 머 있겄노."

"제가 형평사 창립에 관심을 두는 이유는 따로 있습니다. 실은, 제 아비가 백정이었습니다."

"하아, 그렇나?"

"제가 열 살 먹었을 때, 아비가 죽었지요."

가향은 한숨을 토하고는 잠시 뜸을 들이다가 자신의 과거를 털어놓았다. 아비가 토호 머슴들에게 맞아 죽고, 어미와 고향을 떠나 동생과 구걸을 했던 일, 동생이 굶어 죽어, 자신은 기생학교에 들어간 사실 등을 숨김없이 밝혔다.

가향은 얘기하는 도중에 그때가 또 서러워 옷고름을 자주 들었다. 분위기가 너무 숙연해 다들 간혹 헛기침만 뱉을 뿐이었다.

"하아, 가향이한테 그런 사정이 있었어. 고생 마이 했구만은."

"그래서, 백정이 수모당하는 모습을 차마 볼 수가 없었습니다. 그러던 중 지난번 강만추 사원의 장례식 날 백정들이 구름처럼 몰려든 광경을 보고 감탄했습니다. 형평사가 만들어진 것을 보고는, 제 아비의 한이 풀리는 것 같은 마음이었습니다. 제가 백정의 딸이라고 업신여기셔도, 이제는 도리가 없게 되었습니다."

"아이다, 아이다. 와 니를 업신여기겄노. 절대 아이다."

"하모, 하모. 이제부터는 백정이고 머시고, 다 같은 나라의 인민잉 기라. 내 말 알겠나?"

내내 얘기를 듣던 이학찬이 기어이 눈시울을 붉혔다. 그녀가 새삼 돋보였다. 그저 기생이 아니었다.

가향이 분위기를 바꿀 뜻으로 조용히 시조 한 수를 읊었다.

말하면 잡류라 하고 말 안 하면 어리다 하네
빈한을 남이 웃고 부귀를 새우는데
아마도 이 하늘 아래 살 일이 어려웨라

그러자 강상호가 그녀에게 화답했다.

일생에 얄미울손 거미 외에 또 있는가
제 배알 풀어내어 마냥 그물 널어두고
꽃 보고 춤추는 나비를 다 잡으려 하네

몇 차례 술잔이 더 돌면서 모두가 취하기 시작했다. 가향도 취하는 기색이었다. 그러면서도 눈길을 자주 김봉수한테 던졌다. 그걸 이학찬이 거니챘다. 그녀가 김봉수를 흠모하는 눈치였다.

'둘이 짝을 지어 주면 어떨까?'

이학찬이 갑자기 일행의 시선을 불러 모았다.

"개않으시모, 지가 노래 한마디 하겠심더. 이건 고만석 아재가 잘 부리는 깁니더."

"오야. 학차이 노래 한 번 들어보자."

감장새 작다 하고 대붕아 웃지 마라
어라 어라 어허라

그가 한 소절을 마치고 다음으로 넘어가려 할 즈음에 가향이 끼어들더니 첫 소절을 되받아서 낭랑하게 풀어놓았다. 그렇게 소절마다 모두 따라 했다. 그녀의 목소리는 청량하기 이를 데 없었다. 정말 은쟁반에 옥구슬이 구르는 소리 같았다. 김봉수는 목이 간지럽고 다리가 저렸다. 그러면서도 차마 그녀를 바로 볼 수가 없었다. 그게 또 안타까웠다.

장공을 너도 날고 저도 난다
어라 어라 어허라

두어라 일반 비조이니 네나 제나 다르랴
어라 어라 어허라

3

진주에서 형평사가 창립되었다는 소식이 전해지자 전국 각 지역의 백정들이 놀라고 흥분했다. 같은 처지의 백정들이 이런 엄청난 조직을 만들었다는 소식에 자신의 귀를 의심했다.
형평사 창립에 용기를 얻은 전라북도 김제에서는 '서광회'曙光會가, 이리에서는 '동인회'同人會가 독자적으로 탄생했다. 각 언론사가 형평사 소식을 크게 다루면서, 그 지역 사회운동가와 백정이 자극받은 듯했다.

형평사 파급은 여기서 그치지 않았다. 이 소식은 일본에까지 전해져, 조선유학생들의 단체인 '북성회'北星會가 그들의 기관지인 〈척후대〉斥候隊에 "굳세게 전진하라"는 제목으로 논평을 실었다. 형평운동이 백정의 지위향상에 머무르지 않고, 불공평한 자본주의 체제를 무너뜨려 사회주의 사회건설에 매진하기 바란다는 취지였다. 이렇게 형평사 창립은 백정뿐만 아니라, 국내외 많은 평민에게 용기와 격려가 되었다.

4

이학찬은 형평사 일이 워낙 바쁘다 보니 도축장과 정육점에 전적으로 매달릴 수가 없었다. 그래서 정육점과 도축장 일을 고만석에게 일임하려 했다. 그러자 고만석이 펄쩍 뛰며 사양했다. 큰일을 맡을 주제가 못 된다고 했다. 그러면서 김봉수를 천거했다.

"김봉수 그 사람에게 큰일을 맡기시이소. 도축장에서 썩게 하기엔 아까분 인물이라예."

"그렇기는 해."

"그란데 아재요. 지 생각인데예. 김봉수캉 멩얼간 가향이를 엮어주모. 으떻십니꺼? 지가 주선하모 아재가 도와주소."

"언젠가 여기서 잠깐 얼굴을 비쳤던 그 여자를 말하는 겨?"

"맞십니더. 지가 보기에 개않은 여자라예. 김봉수 짝이 되모 잘 어울릴 끼고."

"그렇게만 되믄 반길 일이지."

농청 대표자들이 형평사 반대를 기어이 결의했다. 소고기를 사먹지 않기로 다짐했다. 특히, 형평사 사원이 운영하는 정육점에서 사지 말자고 선동했다. 이뿐만이 아니었다. 이들 수백 명의 무리가 진주 시내를 돌면서 '형평사 공격하자!'와 '신백정新白丁 강상호, 신현수, 천석구'라고 쓴 깃발을 흔들고 다녔다. 이날 거론된 신현수, 강상호 등이 비록 백정은 아니지만, 백정을 돕는 만큼 새로이 백정이 됐다는 주장이었다.

이 시위가 형평사 운동에 큰 걸림돌이 되었다. 농청의 형평사 반대운동은 한 번으로 끝나지 않았다. 그 이튿날에는 소고기 불매운동을 본격적으로 벌여 감시조까지 만들었다. 불매운동의 취지를 어기는 집에는 보복이 있을 것이라고 협박까지 했다. 음식점마다 돌아다니며 소고기가 있는지를 점검하는 극성도 부렸다.

크고 작은 마찰이 끊이지 않았다. 1923년 6월 경남 울산에서 한 사원은 경찰당국의 허가를 받아 소를 잡았는데도, 술에 취한 순사가 허가 없이 도축했다고 사원을 구타했다.

그해 8월, 김해에서도 집단 폭력사태가 있었다. 형평사를 옹호하는 동경 유학생들의 순회강연이 청년회관에서 있었다. 그러자 일부 학생과 주민이 청년회관에 돌을 던지고, 청년회관에서 운영하는 야학교 유리창을 박살냈다. 폭력사태는 이튿날까지 이어졌다. 농민들은 청년회나 형평사원을 무차별 구타했다. 또 형평사 분사의 사원 집으로 몰려가 가재도구를 부수는 등 난동을 부렸다.

형평사원들 역시 마냥 당하지만은 않았다. 울산에서는 행패 부린 순사를 고발하여 경찰서장의 사과를 받아내기도 했다.

이학찬이 신현수, 강상호, 장지필 등 형평사 수뇌부 인사들을 명월관에 초대했다.

"모두 고생을 마이 해가 대접하고 싶었심더."

"학차이도 고생을 마이 했제? 고기 판매량이 마이 줄었제?"

"차차 좋아지지 않겠심꺼."

"그리 맘먹는 기 쏙 펜하제."

가향이를 앞세워 술상이 들어왔다. 그녀는 이들을 늘 반겼다. 여자만 아니었어도 형평사에 벌써 가입했을 것이다. 그렇지 못해 안타까운 마음에 측면으로 지원했다.

이때였다. 갑자기 문밖이 소란스러우면서 이학찬을 찾는 다급한 목소리가 들렸다. 도축장 잡역부 하나가 와 있었다. 농청 사람이 떼로 몰려와 정육점을 때려 부순다는 것이다.

이학찬은 정육점으로, 신현수는 경찰서로 달려갔다. 농청이 집단으로 폭력을 행사한다면 순사들을 데리고 갈 필요가 있었다.

이학찬이 당도해 보니 정육점 출입문과 간판이 바닥에 떨어져 이미 박살이 났다. 안에 있는 기물도 죄다 부서져 꼭 전쟁을 치른 것처럼 난장판이었다. 그뿐이 아니었다. 저장해놓은 소고기와 잡뼈가 거리 한복판에 나뒹굴었다.

고만석은 실신한 채 누워 있었다. 몽둥이에 휘둘렸는지 얼굴에 아직도 피가 흐르고 옷은 걸레처럼 찢어졌다. 강상호와 장지필이 망연자실한 동안 이학찬이 고만석을 부축해 벽에 기대 앉혔다.

정육점 앞에서는 농청 패가 그때까지도 구호를 외치며 시위 중이었다.

"소고기 사 묵지 말자!"

"백정은 진주를 떠나라!"

"헹펭사 해체하라!"

강상호와 장지필이 그들 앞으로 나아갔다. 그러자 청년 둘이서 앞을 가로막으며 눈을 부라렸다. 강상호가 대표자를 찾았다.

"당신은 머꼬?"

"헹펭사 위원 강상호요. 주모자가 누구요?"

"헹펭사 위원이라 쿠모 똑같은 백정잉 기라. 우리는 백정하고 상대 안 할 끼요."

"그렇다모, 당신들을 모두 겡찰서에 고발할 수밖에 읎는 기라."

"고발을 한다꼬? 맘대로 하소."

그러고는 강상호 앞에 침을 탁 뱉었다. 이때 신현수가 순사 다섯 명을 이끌고 나타났다. 그러자 농청 패는 여태껏 외쳐대던 구호를 딱 끊고 웅성대기 시작했다. 신현수는 순사들과 함께 참상을 꼼꼼히 살폈다. 순사들도 기가 찼던지 농청 패를 무섭게 노려봤다.

"이늠아들이 완전히 미쳤구만은. 여게 주모자가 누고?"

잠시 후, 강상호를 가로막았던 두 청년이 주눅이 든 얼굴로 나섰다. 그러자 순사가 곤봉으로 그들의 어깨를 내려쳤다. 그들이 얼굴을 오만상으로 찡그리며 고통스러워하자 한 차례 더 때렸다.

"문디이 자석들. 와 난동 부리노?"

"소고기를 팔지 말라꼬 했는데도, 말을 안 듣는다 아입니꺼."

"느그들이 머신데, 팔라 말라 한다 말이고? 정육점이 니 끼가?"

"농청에서 그래 겔정한 깁니더."

"시끄럽다, 고마. 느그 농청 때문에 골치가 아프다 말이다. 툭하모 사람을 때리 패고."

순사의 곤봉이 또 높이 솟았다. 그러자 패거리가 일제히 구호를 외쳤다. 예전처럼 순사를 무서워하는 기색이 없었다.

"문디들, 지랄 안 하나. 한 놈이라도 내빼모 죽을 줄 알아라이."

"순사는 공펭해야 안 됩니꺼?"

"머시라, 공펭? 지랄하구마. 니들 하는 짓은 공펭해?"

"하모요. 우리는 잘몬한 기 없심더."

"터진 아가리라고, 잘도 주저린다이. 에라이 문디이."

순사가 곤봉을 휘둘러 닥치는 대로 두들겨 팼다. 그제야 움찔해서 하나둘 뒷걸음질 쳤다.

난동을 부렸던 농청 패 모두 경찰서로 끌려갔다. 그들은 의외로 당당해, 가는 도중에도 구호를 외쳤다.

농청 패를 끌고 간 순사 중 상사가 경시에게 상황을 보고했다. 뒤이어 신현수와 강상호가 앞으로 나아가 피해상황을 더 상세하게 설명했다. 그리고 농청이 피해를 보상토록 하는 것은 물론, 주모자를 형사처벌할 것을 강한 어조로 요구했다.

경시가 눈을 부릅뜨며 주모자를 끌어내라고 호령했다. 순사가 청년 둘을 끌어다 경시 앞에 무릎을 꿇렸다. 잠시 그들 주위를 한 바퀴 돌던 경시가 갑자기 '나쁜 놈들!'을 내뱉으며 그들 가슴팍을 냅다 걷어찼다. 그러고도 화가 안 풀리는지 순사에게 곤봉을 빼앗아 이깨를 사정없이 내려쳤다.

"그 꼬라지에 시위를 주동해?"

그러고는 또 곤봉을 쳐들었다. 화가 단단히 난 것 같았다. 여차하면 권총을 뽑아 들 기세로 숨을 씩씩거렸다.

5

이학찬이 그의 집으로 박석호와 황길천을 불러놓고 술자리를 만들었다. 이 자리에 고만석이 동석했다. 지난 백동회 때에는 박석호와 황길천이 꽤 적극적이었으나 요즘에 와서 갑자기 풀이 죽었다. 형평사가 신현수, 강상호 등 지식인에 의해서 운영되자 자신들은 무용지물이 된 것처럼 생각했다.

"학차이 헹님이 우리를 다 부르고…. 우짠 일입니꺼?"

"느그들 본 지 오래됐다 아이가. 와 헹펭사에 놀러 안 오노?"

"낫 놓고 기역 자도 모리는 지 겉은 것이 가서 할 일이 머 있심꺼."

"문디이. 내는 배운 기 있어가 일하나. 어데 핵심적인 일이사 지국장이나 강상호 선상 같은 부이 하는 기고, 우리는 궂은일이나 거들모 되는 기라."

"학차이 헹님은 당당한 이원(위원) 아잉교. 김봉수 해장도 중요한 자리에 있고."

심사가 꼬인 말투였다. 황길천도 고개를 숙인 채 입을 굳게 닫고 있었다. 박석호와 같은 심정일 것이다. 이학찬은 이미 그걸 알았다.

"그라모, 헹펭사 사원을 안 할 끼가?"

"그런 기 아이라, 우리 할 일이 음따는 뜻인 기라요. 헹펭사에서 모이라 쿠모 모이고, 해산하라 쿠모 해산하는 일뿐이 더 있심꺼?"

이학찬이 그들 잔에 술을 채우면서 장차 할 일을 설명했다. 그들의 강한 의협심을 활용할 생각이었다.

"지금은 치아 뺐지만, 겔사대를 다시 맹글 생각인 기라. 으떻노? 느그들도 겔사대에 들어올 생각 읎나?"

결사대라는 말에 황길천의 눈이 황소눈깔처럼 벌어졌다. 박석호 역시 술상 앞으로 바싹 다가앉았다.

"노동공제해 요구가 있어 할 수 읎이 겔사대를 해체시켰능 기라. 그란데도 농청의 행패가 조금도 수그러들지 않았다 아이가. 메칠 전 그늠아들이 우리 정육점을 박살 낸 거 알고 있제? 보상은 받았지만도, 은제 또 몰리올지 모린다. 그래가 우리도 그늠아들을 상대할 만한 조직을 다시 맹글기로 한 기라."

얘기를 듣고 난 황길천의 얼굴에 희색이 가득했다. 드디어 형평사에서 한자리할 수 있다는 희망을 느낀 듯했다.

"겔사대를 맹글모, 우리는 무신 일을 하능교?"

"헹펭사 반대운동에 대비하는 기제. 헹펭사 간부나 사원한테 행패를 부리모 그걸 몬 하게 하는 기라. 그럴 때, 우리 힘이 약하모 안 된다 아이가."

"하모요. 그런 일이라 쿠모, 이 황길처이 나서야 안 되겠심꺼?"

"바로 그기다. 그래가 오늘 느그들을 부른 기라."

"알았심더. 그런 일이라 쿠모…. 겔사대는 은제 맹그능교?"

"지금 헹펭사 이원들이 상이를 하고 있으이 곧 될 끼다."

이학찬은 그들에게 차례로 잔을 건네며 술이 넘치도록 따랐나. 비로소 그들의 표정이 밝아져 독한 소주를 주는 대로 마셨다.

"그라고, 할 얘기가 또 있다. 느그들이 지금 일하는 도축장은 으떻노? 할 만하나?"

"도축장 일이사 어데 가든 똑같지 않심꺼? 그란데 그건 와 묻능교?"

이학찬이 술잔을 기울이고는 말을 아끼듯이 잠시 뜸을 들였다. 그가 너무 오래 뜸을 들이자 박석호와 황길천이 다리를 오그렸다 폈다를 반복하며 안달을 부렸다. 무엇인가를 기대하는 눈치였다.

"석호캉 길처이 느그들, 우리 도축장에 와서 일하모 안 되겠나? 정육점은 만석이 아재가 맡아가 있다 아이가. 아까도 말했지만도, 지난번맨치로 농청놈들이 은제 또 습객(습격) 할지 모리는 기라. 그래가 석호하고 길처이가 같이 있으모, 내사 마음이 든든하다 아이가. 느그들 생각은 으떻노? 같은 도축장이라도, 일본늠 밑에서 일하는 것보다는 안 낫겠나."

한동안 생각에 잠겼던 박석호가 황길천의 의중을 물었다.

"길처이 니 생각은 으떻노?"

"석호 니는 으떻노? 내사 마, 애놈 밑에 있기보다는 학차이 헹님 캉 일하는 기 좋겠다. 애놈 얼굴만 보모 재수가 없다 아이가."

"그렇나? 내도 같은 생각이구만은. 우리가 애놈들 꼬수까이(심부름꾼) 노릇만 해서야 되겠나. 학차이 헹님요, 그리 하입시더. 그 대신 겔사대에 꼭 끼 주야 됩니더."

"하모, 하모. 겔사대에는 석호나 길처이 같은 사람이 있으야 되는 기라. 그래야 내 맘이 든든해."

"그라모 댔심더. 지금 있는 도축장에서 밀린 임금을 받아가, 즉시 오겠심더."

"길처이 니도 그랄 끼제?"

"하모. 남아일언 중천금이라 안 캤나."

황길천이 바위 같은 몸집을 흔들며 웃는 입이 개구리처럼 찢어졌다. 박석호도 마찬가지로 입 끝이 귀에 걸렸다.

이틀간의 숙직에서 풀려난 서달수가 이른 아침인데도 왠지 집으로 곧장 가지 않고 창원집 주막으로 갔다. 그는 들어서자마자 대뜸 술부터 시켰다. 주모가 반색하며 맞는데도 얼굴조차 돌리지 않았다. 화가 나거나 근심거리가 있는 눈치였다.

주모가 술을 내오자 그는 아예 병나발을 불었다. 술국이 나왔는데도 거들떠보지 않고 술만 마셨다.

"숙직 선다꼬 애 엄마가 그카든데, 지금 끝났능교?"

"…….."

"숙직을 했으모 집으로 바로 가야제, 아침부터 웬 술잉교?"

그래도 달수가 입에 빗장을 풀지 않았다. 계속 굳은 표정이 심상치 않아 보였다. 주모는 이유가 궁금해 안달이 솟았지만 차마 말을 붙일 수가 없었다.

이때 온순이가 들어섰다. 그녀는 달수를 보고는 바로 외면했다. 달수도 말을 걸지 않았다. 주모는 예전 같지 않은 그의 태도가 궁금해 가슴이 답답했다.

잠시 후, 달수가 말없이 술값만 탁자에 던져놓고 나갔다. 문지방을 넘는 그의 뒷모습이 주모의 눈에는 왠지 쓸쓸해 보였다.

'벵신, 육갑 안 하나.'

집에 당도한 달수가 그의 처에게 대뜸 이부자리를 펴라고 했다. 속 모르는 아내가 눈을 흘겼다.

"얼라가 깨 있는데, 꼭 할 낍니꺼?"

"눙깔 먼 것이 앞장서는구마. 허기는 뭘 혀? 피곤혀서 자것다
는디."

그녀가 무안해서 얼른 방으로 들어갔다. 며칠 전만 해도, 집에
들어서자마자 치마부터 걷어 올리던 그였다. 애가 빤히 보는 앞에
서도 그 짓을 꼭 하고 말았다. 오늘은 완전히 다른 사람이 되었다.

달수가 이불 속으로 기어드는 것을 보고 여자는 아이를 업고 창
원집으로 달려갔다. 입에서 술내가 풍기는 것으로 미루어 주막에
들렀던 것 같았다.

"아지매요. 방금 애 아부지가 왔다 갔능교?"

"하모. 아무 말또 안 하고, 술만 묵고 간 기라."

"이상타…. 집에 오자마자, 잔다 아입니꺼. 전 같았으모….“

"전에는 우쨌는데?"

그녀가 주위를 살피며 전에는 오자마자 치마를 들쳤다는 얘기를
귓속말로 들려주었다. 귀가 간지러운 주모 얼굴이 금세 벌게졌다.

"아침부터 음성시럽기는…. 똥 마려운 가스나, 국거리 썰 듯했
것구만은."

"그런 사람이 오늘은 이상타 아입니꺼."

"그라모, 니는 고걸 기대렀나?"

"옴마야, 그기 아입니더."

"내도 이상타 했다. 말을 붙이도, 기머거리(귀머거리) 맨치로 들
은 척도 안 하더라."

"겡찰서에서 먼 일이 있었능가?"

"언청이 아가리에 콩가루 들러붙듯이, 배냇 빙신 짓은 감출 수가

388

없다이."

"옴마야, 냄펜을 우찌 그래 말하능교?"

"서 순사가 그렇다는 기 아이고 반푸이들이 그런다는 기제. 혹시 어데 아픈 기 아이가? 항우장사도 댕댕이 넝쿨에 넘어진다 쿠더라."

"설마…."

한 이불 속에서 붙어 뒹굴었으면서도 한 번도 생각한 적이 없었다. 바위같이 단단한 남편이 병이 든다는 건 있을 수 없는 일이다.

'깻묵에도 씨가 있다 쿠든데, 고것을 너무 밝히가 그런가?'

6

오늘도 마산 곳곳에서 싸움이 일어났다. 진주에서 그런 것처럼 마산도 예외가 아니었다. 형평사원과 농청 패가 하루가 멀다고 싸움질이었다. 농청에서는 백정을 잡아먹지 못해 눈에 칼을 세웠고, 형평사는 형평사대로 그들에게 저항하면서 한 치도 물러서지 않았다. 그러나 당하는 쪽은 항상 형평사 백정이었다.

그때마다 순사가 출동했다. 이제는 경찰서에서도 어느 한쪽만 옹호할 수 없었다. 그만큼 형평사의 저항이 만만치 않았다. 특히, 형평사는 운동을 지지하는 언론사를 배후에 두어 신중하게 처리해야 했다.

서달수는 오늘도 중앙동으로 출동했다. 형평지사가 농청의 습격을 받아 기물이 파손되고 사원 여러 명이 쓰러졌다는 신고가 들어왔다.

그가 사건현장에 도착했을 때는 싸움이 거의 끝나고 있었다. 농

청의 몇몇 극성패만이 구호를 외치며 날뛰었다. 형평지사 현판이
여러 쪽으로 토막 났고, 부서진 사무실 기물들이 어지럽게 널렸다.
한쪽에는 부상당한 형평사원들이 바닥에 누워 신음했다. 머리가 깨
져 피를 흘리거나, 팔과 다리가 부러져 운신을 못 했다.

　순사들은 계속 구호를 외치는 농청 패부터 끓어앉혔다. 그중 항
의하는 자도 있었다. 달수가 그 꼴을 지나칠 리 만무했다. 그런 자
에게는 곤봉이 필요 없었다. 주먹 한 대만 먹이면 그 자리에서 팩
고꾸라졌다.

　그러자 농청의 무리 어디에선가 돌이 날아왔다. 그것이 하필 그
의 이마를 명중시켰다. 금세 피가 터졌다.

　달수가 완전히 이성을 잃었다. 돌을 던진 자를 확인할 수는 없었
다. 그는 무리로 달려가 닥치는 대로 곤봉을 휘두르고 주먹을 날리
고 발로 사타구니를 사정없이 내질렀다. 꼭 미친개처럼 광기를 부
렸다. 어느 놈이든 하나쯤 죽이고 말 것 같았다.

　순사들이 달려가 그를 제지했다. 그러나 그가 순사들에게까지 눈
을 부라리는 걸 보면 눈에 보이는 게 없는 듯했다.

　"말리지 마쇼이! 모두 죽여불 팅게."

　"서 순사, 와 이카노? 니는 순사 아이가."

　"순사고 뭣이고, 필요 읎당게! 내 이마를 보쇼이. 감히 순사헌티
돌을 던져라? 이 썩을 놈들을 모두 죽여불 것여."

　그러고는 닥치는 대로 주먹을 날리고 곤봉을 휘둘렀다. 미쳐도
이만저만 미친 게 아니었다. 그를 말리던 순사도 지켜볼 뿐이었다.

　순사들이 난동 주모자와 형평사 대표들을 똑같이 오라로 묶어 경
찰서로 끌고 갔다. 농청 패는 끌려가는 도중에도 순사의 과잉진압

을 항의했다. 달수가 그들을 가만두지 않았다. 주먹으로 입을 강타해 앞니 네댓 개가 빠져 버렸다.

순사 하나가 달수 옆에 바싹 붙어 지켰다. 또 주먹을 휘두를까봐 안절부절못했다. 이런 사실을 경시가 알았다가는 자신들이 문책당할 것이고, 순사보를 단속하지 못한 책임을 물을 것이 뻔하기 때문이다.

달수는 자진해서 순사옷을 벗었다. 지난번의 과잉진압 때문에 경시에게 욕을 바가지로 먹고 이틀간 옥에 갇히는 신세가 되었다. 그뿐만이 아니었다. 한 달간 외박을 금지시켜 영내에서 근신토록 했다. 농청의 대표자들이 경찰서에 몰려와 달수를 처벌하라는 항의를 그치지 않아 경시로서도 어쩔 수가 없었다.

옥에 처박히게 된 달수는 생각할수록 화가 치밀어 견딜 수가 없었다. 순사보 역할을 충실히 했을 뿐인데 옥에까지 처넣는가 싶어 억울하고 분했다.

옥에 갇혔으면서도 발광을 멈추지 않았다. 간수를 불러 고래고래 소리를 지르고, 다른 수감자들에게 심술을 부리며 주먹을 휘둘렀다. 그의 상사인 김 순사가 와서 꾸짖는데도 막무가내로 굴었다.

"이 바라, 서 순사. 니 자꾸 이카모, 겡시 어른한테 혼난다이."

"경시고 좆이고 나를 풀어주더라고. 나가 뭣을 잘못했다요? 농청 놈들이 하도 지랄헝께 다스린 거밖에 더 있습디여? 그란디도 나를 옥에 가둬야?"

"농청에서 겡시 어른한테 항이하는 걸 우짜노. 니 주먹 맞고 이빨 부러진 놈들이 을매나 많은지 알기나 하나? 그놈들이 치료비 내라고 아우성이다이. 그카는 바람에 갱시 어른도 골치 아프다 안 하나.”

“그놈들을 내헌티 데리고 오더라고. 대갈통을 뿌사불 팅게.”

“흥분하지 말고 참그라. 그래야, 니 신상에 이롭다이.”

“필요 읎응게 빨리 풀어주더라고. 이자 순사 안 헐 것여.”

김 순사도 더는 말릴 수가 없다 싶어 슬그머니 자리를 떴다. 그러자 뒤에 대고 또 악을 썼다. 그 바람에 간수가 접근을 못 하고 멀찍이서 지켜야 했다.

경찰에서도 달수의 광기를 더는 말릴 수가 없어 고심했다. 그는 경찰서에서 꼭 필요한 인물이라 직위 해제도 어려웠다.

김 순사가 경시한테 청을 넣어 옥에서만 풀어주기로 했다. 그래도 근신처분만은 풀지 않았고 외박도 허락하지 않았다.

그러자 달수가 즉시 순사복을 벗어던지고 경찰서를 나와 버렸다. 어차피 임시직으로 정식 순사를 보조하는 역할에 지나지 않아, 그에게는 걸릴 것이 없었다. 다른 순사가 아무리 만류해도 그의 황소고집은 꺾을 수가 없었다.

달수는 진작부터 불한당 같은 농청의 행패가 늘 눈에 거슬렸다. 그래서 옛날 진주 감옥에 갇힌 동안에도 굴젓눈이 마장익 일당을 작살냈다.

순사직을 팽개치자 조금은 서운하면서도 홀가분했다. 어느 날 느닷없이 팔자에 없는 순사가 되어 으스댔던 한때가 부끄러웠다. 이제 제자리로 돌아가는 것이 곧 자신의 팔자라고 마음을 굳혔다.

‘나가 원체 백정인디.’

달수는 마산의 형평사 사원이 됐다. 순사복을 벗고 지사를 찾아갔다. 이제부터는 농청을 상대로 선두에 서서 맞설 작정이었다.

　그가 형평사 사원이 되겠다고 하자, 지사장을 비롯한 모든 간부가 놀랐다. 잘못 들었나 싶어 정말이냐고 묻고 또 물었다.

　"참말로 헹펭사에 들어온다는 말잉교?"

　"한입 가지고, 두말허겄소?"

　"와 순사를 치아 뺐능교? 혹시 쫓기난 기요?"

　"그거이 아니라, 나가 원체 백정이다요. 전라도 순천 땅에서 재설꾼이었응게. 송충이는 솔닢 먹고 살어야제."

　"하야, 믿어도 되는지 모리겄네."

　"믿으쇼이. 남아일언 중천금이라 안 혔소."

　"참말로 잘 생각했구만은."

　형평사와 농청 간에 싸움이 벌어질 때마다 달수의 행동을 지켜봤던 지사 사원들로서는 천군만마를 얻은 기분이었다. 이 같은 사실이 소문으로 전해지면서 지역신문이 대서특필했다.

　'서 모 씨, 순사직 버리고 형평사 사원 되다'
　'백정으로 되돌아온 순사'
　'전직 순사, 형평운동에 앞장서다'

　이 기사가 한동안 마산의 화제가 됐다. 그도 그럴 것이 엉성한 순사복 차림으로 저자를 휘젓고 다니던 자가 하루아침에 형평사 사원이 됐으니 어찌 놀라지 않겠는가.

　달수 직책은 '마산 형평지사 결사대' 대장이었다. 지사로서는 당연히 내린 직책이지만 달수는 너무 과분하여 극구 사양했다.

"나가 배운 거이 읎는디, 뭔 대장이다요? 쫄병도 괜찮구만이라. "

"우리 헹펭사가 지도자 몇 분 빼고는 모두 무식한 백정 뿐인 기라
요. 고마 맡으이소. 서 씨 같은 사람이 대장으로 떡 버티고 있으모,
농청놈들이 기가 팍 죽을 끼구만은. "

"하모요. 숨또 시지 몬할 끼요. "

달수가 형평지사 결사대 대장이 됐다는 소문이 돌자 농청은 완전
히 초상집 분위기였다. 그에게 주먹맛을 본 자마다 끔찍해서 넌더
리를 냈다. 그의 주먹은 사람의 손이 아니라, 아예 쇳덩이로 아는
자들이었다.

달수는 형평사에 들어온 것에 아주 만족했다. 순사직은 잠시 빌
려 입은 옷과 같았다. 그 옷에 맞는 행동을 하다 보니, 마치 목이 문
틈에 낀 것처럼 모든 게 부자연스럽고 일마다 제약이 많았다.

형평사에 들어오자 누구도 간섭하는 사람이 없어 좋았다. 게다가
때가 되면 밥 주고, 살림에 보태라며 간혹 돈까지 쥐여 줬다.

달수가 갑작스럽게 변하자 그의 아내 역시 어리둥절해서 한동안
벙어리가 되었다. 그건 이웃 주민도 마찬가지였다.

"미치도 단디 미칬다이. "

7

뜻밖에 이두영이 서달수를 찾아왔다.

"성님, 잘 있었는 게라?"

"내 아우, 이두영이 맞제?"

394

"그렇당께."

"아우야!"

달수가 그를 우악스럽게 껴안았다. 그러고는 번쩍 들어 올려 아이처럼 빙글빙글 돌렸다.

"참말로, 내 아우가 맞어라?"

"음마? 그새 얼굴을 잊어 부렀소?"

"그럴 리가 있겄냐. 자나 깨나 아우 생각뿐이었어야. 그동안 으디서 뭣허고 지냈냐?"

"두 발 달린 즘생이 으디는 못 가겄소. 방물장시 허믄서 말 간 데 소 간 데, 안 다닌 곳이 읎었지라."

"고생깨나 했겄구마."

"나 고생은 그렇다 치고, 성님이 으째 여기 와 있다요? 순사는?"

"거지발싸개 겉은 순사짓을 왜 허고 있겄냐. 진즉에 막살했제."

"성님이 신문에 난 걸 보고 왔당께. 대문짝만 허게 났드만."

"으매, 너도 그걸 봤어야?"

"긍께 달려온 것이제."

"잘 왔구만이라. 참말로 잘 왔어. 우리가 여기서 이럴 거이 아니라, 나가더라고."

달수가 꼭 도둑놈 소 몰 듯이 허둥대며 그를 앞세워 사무실을 빠져나왔다. 두영이 어디 가느냐고 묻자 입술에 혀를 둘렀다.

"술 한잔혀야제."

달수가 근처 주막으로 거침없이 들어가더니 호기 있게 술부터 시켰다. 그러고는 두영의 얼굴을 빤히 바라봤다. 눈가에 또 붉은 기운이 돌았다.

"근디, 으째서 순사를 그만뒀어야? 가문의 영광이라더니."

"니가 그라 안 혔냐. 왜놈 앞잽이 되지 말라고."

"경찰서에서 쫓겨난 건 아니고?"

"지랄, 감히 으떤 놈이 나를 쫓아낸다냐? 내 발로 걸어 나왔제."

달수가 비로소 그만두게 된 사연을 장광설로 늘어놓았다. 그러자 두영도 잘했다고 맞장구를 쳤다.

두영이 모처럼 마산 저잣거리로 나섰다. 마산을 떠난 지 근 1년 만이었다. 예전 모습과 딱히 달라진 것은 없어 보였다. 단지 전방 주인과 노점 상인 중에 더러 낯선 얼굴이 있었다.

두영은 옛날 자신의 전방부터 찾았다. 문이 굳게 잠겼다. 어떤 사정으로 잠시 비워둔 게 아니었다. 장사를 접은 지 오래된 것 같았다. 덧문에 매달린 자물쇠에 먼지가 뽀얗게 앉았고, 문 앞에 쓰레기가 어지럽게 널린 것만 봐도 금방 알 수 있었다.

바로 옆 가게로 가 사정을 물었다. 그가 전하는 얘기로는 주인 영감이 여러 달 앓다가 죽었다고 했다. 아무래도 그 전방이 재수가 없는 자리인 듯했다. 사정이야 어떻든 두영도 장사를 오래 못 했고, 새 주인 역시 그 터에서 생을 마감한 것만 봐도 알 만했다.

두영은 이왕 나선 김에 옛날 창원집 분위기를 엿보고 싶었다. 주모 꼴이 어떻게 변했는지도 궁금했고, 혹시 온순이 지금도 옛 모습 그대로인지도 알고 싶었다. 그녀와 마주친다고 해도 말을 걸 생각은 없었다. 그런다고 반가워할 것도 아니었다.

어찌 된 일인지 창원집 간판이 보이지 않았다. 대신 다른 옥호가 낯설게 붙었다. 그는 주막으로 다가가 슬며시 안을 기웃거렸다. 옛날 주모는 보이지 않고 낯선 여자가 있었다.

그는 그간의 사정이 궁금해 옆 주막으로 들어갔다. 주인은 옛날 그대로였다. 그녀가 두영을 보고 호들갑스럽게 맞았다.

"이 씨 총각이 우짠 일잉교? 여게서 다시 장사할라꼬 온 기요?"

"그냥 와 봤지라. 근디 창원집 주인이 바뀐 것 같구만이라."

"이 씨 총각이 소식을 모릴 끼구만은. 그 집에 참한 조카딸이 있었제? 그 처녀가 목을 매가 죽었다 아이요. 이 씨 총각이 떠나고, 한동안 주모에 대해서 소무이 나쁘게 퍼졌제. 겔국 그 소무이 조카딸을 죽인 기요. 주모가 여게서 살 수가 읎었능 기라. 지도 벨 수 있나, 어데. 어느 날 야반도주했다 아이요. 하기사 지도 낯짝이 있으이깨네 더 있을 수가 읎었제."

"글씨요…."

"아따, 음성시럽기는…. 주모캉 이 씨 총각이 그렇고 그런 사이라 쿠데. 사람들이 모두 주모를 욕해가, 조카딸이 얼굴을 들고 다닐 수 읎었능 기라. 정작 부끄러븐 사람은 그 처녀가 아이고 주모아이요."

"처녀가 안됐구만이라."

두영은 가슴이 떨려서 더 있을 수가 없었다. 재빨리 주막에서 빠져나왔다. 다리가 후들거려 단 한 걸음도 떼어놓지 못했다.

'온순이가 목을 매 죽다니….'

그는 그 자리에 주저앉아 눈물을 쏟고 말았다. 그토록 오매불망그리워했던 그녀가 목을 매 죽었다니, 도저히 믿어지지 않았다.

'이악스러운 주모 때문이지.'

두영이 그길로 달수에게 달려갔다. 그가 마산에 온 지 이틀이 지났는데도 그는 주모와 온순이 이야기는 한마디도 하지 않았다. 그 일을 깜빡 잊어버려 미처 말할 새가 없었다고는 믿고 싶지 않았다. 두영이 형평사 지사로 들어가자마자 대뜸 달수 손목을 낚아 밖으로 끌고 나왔다.

"성님은 알고 있었지라?"

"밑도 끝도 읎이, 그게 뭔 소리여?"

"온순이가 목을 매 죽었다는 걸 알고 있었제?"

"그란디?"

"왜 나헌티는 야그를 안 혔냐 말이시."

"나는 진즉에 알고 있었제. 주모가 야반도주헌 것도 알고. 그란디 그게 으쨌다는 겨? 그 처녀가 살아 왔다냐?"

"일부러 야그 안 혔다, 그것여?"

"그거이 뭔 좋은 소식이라고 전하겄냐. 니 맴이 아플까 싶어서 말을 안 헌 것여."

"자초지종 야그를 해보소. 나가 시방 가슴이 찢어징께."

"은젠가는 야그헐 참이었는디 …."

달수가 전하는 얘기도 조금 전 주막에서 들은 것과 별로 다르지 않았다. 그때 두영이 마산을 뜨고 없는데도, 주모는 꼭 고삐 풀린 망아지처럼 동네방네 다니며 그에 관한 험담을 떠들고 다녔다. 두영이 있었을 때도 그랬듯, 있지도 않은 일을 실제처럼 구성해서 그를 똥 친 막대기로 만들었다. 두영이 주모 집에 몰래 들어와 자신을 겁탈했고 조카딸까지 덮치려는 걸 간신히 막았다는 식이었다.

그러나 사람들은 주모 말을 믿지 않았다. 얘기의 앞뒤가 맞지 않는 데다가 다음날 얘기할 때는 전날과 달랐기 때문이었다. 그 얘기가 거짓이라는 걸 사람들은 온순에게 직접 확인했다. 그녀는 펄쩍 뛰면서 절대 그런 일이 없었다고 했다.

문제는 온순이 자살할 수밖에 없었던 이유였다. 자기 이모가 두영과 배를 맞췄다는 사실 때문이었다. 그에게 실망한 것은 물론이고, 그런 이모를 어머니처럼 믿고 의지했다는 사실에 오랫동안 괴로웠던 모양이다.

"정작 뒈질 년은 주모 그년인디, 아까운 처녀만 죽어 부렀제."

"으디서 목을 맸다요?"

"주막 안채에 있는 감나무란다."

"으매 불쌍헌 거."

달수가 무슨 말인가 계속 지껄였지만 두영은 모두 건성으로 들었다. 온순이가 목을 매는 순간이 눈에 선해 가슴이 또 찢어졌다.

"나도 그 처녀 생각을 허믄 맴이 아프구만이라."

"주모 그년은 지 서방 잡아먹고, 조카딸까지 잡아먹은 이악스런 년이제."

두영이 애먼 가로수에다 주먹질을 해대며 이를 득득 갈았다.

8

서달수의 권유로 이두영도 결사대 대원이 됐다. 왜소한 몸피라 결사대는 당치 않다고 사양했는데도 그가 막무가내로 가입시켰디. 두영을 자기와 같이 있게 하려는 속셈이었다.

두영은 당장 생활비를 벌어야 할 처지라 되도록 형평사와 가까운 곳에다 노점을 벌였다. 숙식은 달수 내외가 권하여 그의 집에서 하기로 했다. 하숙인 셈이다. 전과 달리 국밥집 신세를 면할 수 있어 한시름 덜었다.

두 사람은 매일 행동을 같이했다. 집을 나설 때나 귀가할 때도 으레 붙어 있었다. 달수는 적적하지 않고, 두영은 마음이 든든해서 좋았다.

두영이 형평사원이 된 이후, 이렇다 할 사건은 터지지 않았다. 간혹 술에 취한 농청 패가 그의 노점에 와서 시비를 걸었다가도 저만치 달수의 모습이 보이면 슬그머니 꼬리를 감췄다.

그렇게 한 달쯤 지나서였다. 달수와 두영이 집으로 가는 길에 잠시 주막에 들렀다. 탁주를 딱 한 사발씩만 마시기로 하고 술청에 걸터앉았다.

갑자기 밖이 소란스러웠다. 웬 여자가 누군가의 이름을 악을 써 불러댔다. 달수도 두영도 그 이름을 확적히 듣지 못했다가 두영이 어렴풋이 알아챘다.

"서 뭣인가를 찾는 거 봉께, 저건 성님을 부르는 소리 같구만이라. 그라고 목소리가 귀에 익은 아줌씨 같은디?"

"그려?"

달수가 술사발을 입에 붙이다 말고 후닥닥 뛰어나갔다. 두영의 말이 맞았다. 이웃집 여인이 찾아 나선 것이다. 그녀의 얼굴이 왠지 하얗게 질렸다.

"아줌씨, 뭔 일이다요? 시방 나를 찾는 것여?"

"아이고야, 여게 있었구마. 퍼뜩 집에 가 보소."

400

"글씨, 뭔 일이냐고?"

그녀는 대답은 하지 않고, 바닥에 철퍼덕 주저앉아 가슴만 움켜쥐었다. 달수가 그녀의 어깨를 거칠게 흔들며 이유를 다그쳐 물었다.

"서 순사 집에 불이 났다 아이요. "

"뭣여? 우리 집에 불이 났다고? 내 식구는 괜찮아라?"

"내도 모리구만은. "

달수가 그녀를 팽개치듯 놔두고 급히 내달렸다. 두영도 허위허위 달려갔다. 달수는 그 체구에도 달리는 속도가 어찌나 빠른지 두영의 짧은 다리로는 따라붙을 수가 없었다.

집에 당도하자 주위에 사람이 잔뜩 몰려 있었다. 손에 양동이가 하나씩 들린 것으로 보아 불을 끄러 온 사람들 같았다. 달수가 그들을 헤치고 집으로 들어섰다. 다행히 불길은 잡혔으나 집이 3분의 1이나 타 버렸다. 달수와 두영은 아직도 연기가 피어오르는 잿더미를 넘어 방으로 뛰어들었다. 그러나 달수 처와 아이가 보이지 않았다. 반쯤 타 버린 안방에도 없고, 불이 붙다 만 건넌방에도 사람의 흔적은 없었다. 완전히 무너져 내린 부엌도 마찬가지였다.

"형수가 미리 피헌 모양인 게라. "

"미리 빠져나왔다믄, 아이허고 밖에 있어야 할 게 아니냐? 혹시 진작에 타 부러서, 잿더미에 묻힌 거 아녀?"

달수가 삽으로 잿더미 속을 뒤지기 시작했다. 그러나 어디에도 사람의 흔적은 보이지 않았다.

이때 한 열 살쯤 먹었을 사내아이가 다가와 달수 아내와 아이가 웬 남자들에게 잡혀가는 걸 봤다고 했다. 그들이 누구냐고 물었으나 모두 얼굴을 복면해서 모른다고 했다.

"아가, 아가. 그 사람들이 으디로 가더냐?"

"저기 딧산으로 갔으예."

"여자와 아이를 끌고 간 게 확실허제?"

"내가 똑똑히 봤으예."

"그놈들이 모두 몇 명이더냐?"

"한 다섯 밍쯤 되예."

"모두가 얼굴을 가렸어야? 불을 지른 것도 그놈들 짓이제?"

"그건 몰라예."

달수 눈에서 불이 활활 탔다. 그가 헛소리를 계속 중얼거리는 것으로 미루어 분명 마음에 걸리는 게 있는 눈치였다.

형평사원 삼십여 명이 몰려왔다. 지사장을 비롯해서 주로 결사대원이었다. 달수가 그들에게 방금 증언한 아이의 말을 전했다. 지사장이 사원을 한데 불러 모아 서둘러 횃불을 만들도록 지시했다. 그러고는 그길로 곧장 아이가 가리킨 뒷산으로 올라갔다.

다음 날 한낮까지 산속을 뒤졌으나 사람이 왔다 간 흔적도 찾지 못했다. 달수의 표정이 분노와 절망으로 일그러졌다.

모두가 낙담에 빠졌을 때 구릉 너머에서 달수를 찾는 목소리가 들려왔다. 대원 하나가 여자 고무신을 들고 있었다. 두 짝 모두 한 사람의 것이었고, 달수의 아내 것이 분명했다.

달수가 고무신을 가슴에 안고는 끼욱끼욱 울음을 토했다. 놈들이 모자를 죽여 골짜기에다 매장한 것으로 단정하는 듯했다. 지사장이 달수를 달래며 그렇지 않을 수도 있다고 위로했다.

"그늠아들이 다린 데다 숨기 놓았을지도 모리능 기라."

"분명히 이 산속으로 끌고 갔다고 혔는디요?"

"위장술일 수도 있제. 산으로 끌고 가는 척하고는 다린 데서 억류하고 있는지도 모린다 아이요. 거기가 농청 해관(회관)일 수도 있고."

"시방, 농청이라고 혔소?"

"학실한 건 아이지. 우선 겡찰서에 신고부터 해가, 순사를 앞세워 농청을 뒤지는 기라. 내는 곧장 겡찰서로 갈 테이깨네, 사원한테 모두 연락해가 농청 앞에 모이라 쿠소."

지사장은 지체 않고 경찰서로 달려갔고, 달수와 나머지 대원은 모두 농청으로 몰려갔다. 소문이 시내 곳곳으로 퍼진 후라 농청 앞으로 많은 사람이 모여들었다.

달수는 농청회관에 닿자마자 몽둥이부터 단단히 틀어쥐었다. 청년 두 명이 각목을 어깨에 메고 회관을 지키고 있었다. 그런 놈들쯤 달수 눈에는 들어오지도 않아 거침없이 다가갔다.

그러자 두 놈이 각목을 잔뜩 움켜쥐었다. 여차하면 내려칠 기세였다. 그런 기세에 겁먹을 달수가 아니었다. 그가 손에 침을 뱉으며 돌진하려 하자 그들이 각목을 휘두르며 먼저 공격했다.

달수가 농청패 두 놈을 순식간에 때려눕혔다. 이때 회관 문이 열리더니 우두머리로 보이는 자가 일행의 호위를 받으며 나타났다. 그들 손에도 몽둥이가 들렸다. 형평사 결사대원들도 달수를 호위했다. 양 진영이 서로 마주 보며 일렬로 늘어섰다. 긴장감이 돌았다.

"이 백정늠으 새끼덜. 머하러 왔노? 맞아 디질라꼬 왔나?"

"여자와 아이를 내놓더라고. 그라 안 허믄, 내 손에 모두 죽을 줄 알어야."

"문디이, 지랄하구만은. 니 손에 죽을 놈 하나또 읎다."

"여자와 아이가 여기 있는지 읎는지, 그것부터 말혀."

"지금부터 내가 시키는 대로 하모, 말해 주지. 우짜겠노?"

"니 요구가 뭣이냐?"

"내 앞에서 무릎 꿇고, 행펭사를 탈태(탈퇴) 한다꼬 헬서를 써라."

"나가 거절허믄 으쩔 것여?"

"니 처자를 당장 직이 삐는 기제."

"허어, 내 처자를 죽여 분다고? 에라이, 썩을 늠아."

달수가 그들 앞에 침을 탁 뱉더니 상의를 훌렁 벗어 버렸다. 구경
꾼들이 잔뜩 긴장해 뒤로 물러섰다.

이때 놈들 뒤에서 여자와 아이 우는 소리가 새어 나왔다. 달수 처
와 아이 울음소리가 분명했다. 곧이어 그의 처가 아이를 안고 끌려
나왔다. 달수가 또 눈을 뒤집었다. 여자 적삼은 발기발기 찢겼고,
아이는 달수를 보자 몸부림을 치며 울어댔다. 그걸 보는 순간, 달
수 어깨에서 힘이 스르르 빠져나갔다.

"저년을 직이 삐라."

구경꾼 틈에서 누군가 외치면서 허공에다 주먹을 흔들었다. 수염
이 허옇게 늘어진 늙은이였다.

달수가 곧장 달려가더니 그의 수염을 움켜잡아 끌고 왔다. 버둥
대는 것을 바닥에 쓰러뜨리고는 발로 그의 목을 눌렀다. 그가 한참
을 캑캑거렸다.

그걸 본 농청 패 중 하나가 "할배요!"를 부르짖으며 손에서 각목
을 힘없이 떨어뜨렸다. 순간, 늙은이가 놈들의 약점이라는 걸 달수
가 알아챘다.

그의 손자인 듯싶은 자가 허둥지둥 달려왔다. 그걸 달수가 발길질로 간단하게 쓰러뜨렸다. 그러자 놈들이 달수 처의 머리카락을 우악스럽게 틀어쥐었다. 그녀가 비명을 지르고, 아이가 또 자지러졌다.

"그 노인을 풀어주지 몬하겠나?"

우두머리 되는 놈이 몽둥이를 세워 한 발 다가왔다. 그러자 달수가 늙은이 목을 누르고 있는 발에 힘을 주었다. 늙은이가 곧 숨이 끊어질 듯 몸부림을 쳤다. 그걸 보고 농청 패가 주춤 물러섰다.

"내 처자를 풀어 주믄, 나도 이 늙은이를 내줄 것잉게."

"노인을 몬저 풀어 주모, 우리도 풀어줄 끼다."

"내 처자부터 풀어 주랑께. 그라 안 허믄 이 늙은이를 죽여 부러."

달수가 늙은이로부터 발을 걷고 그를 일으켜 세웠다. 그러자 그가 목을 움켜쥐며 죽는 시늉으로 괴로워했다.

"으쩔 것여?"

달수가 놈들을 향해 얼굴을 험악하게 구겼다.

상황은 결국 서로 인질을 풀어주는 것으로 끝이 났다. 피 터지는 싸움도 일어나지 않았다. 그제야 지사장이 순사 둘을 데리고 나타났다.

9

1923년 11월, 충남 대전에서 전국 형평사 대표자 대회가 열렸다. 이 자리에 진주본사, 전북과 충남지사 및 여러 분사의 대표자가 참석했다. 일부 참석자들이 현재의 진주본사가 너무 남쪽에 있어 불편하다고 지적했다.

1924년 2월에는 부산에서 '형평사 전조선 임시총회'가 열렸다. 이날 대회에서는 '입학 적령기 사원자녀를 신학기에 모두 입학시킬 것'과 '신문이나 잡지 구독을 통해서 사원의 교양을 높일 것' 등을 결의했다. 그러나 중부지역 사원들은 이 결의에 불만을 털어놓았다. 입에 풀칠하기도 어려운데, 신문구독을 권하는 데에 거부감을 드러냈다.

지역마다 사정이 달라 의견 일치가 어려웠다. 결국 남부지역에서는 강상호를 지지하고, 중부권에서는 장지필을 지지하는 식으로 분열됐다.

1924년 3월, 천안에서 '형평사 혁신회'가 새로 발족했다. 이 자리에서 본사를 서울로 이전할 것을 결의했다. 진주본사가 이를 거부했다. 그러자 혁신회가 서울에다 사옥을 따로 마련하고, 본사 현판까지 내거는 사태에 이르렀다.

결국 형평사 창립 1주년 기념행사는 서울과 진주에서 따로 열렸다. 그러자 언론사들이 통합을 촉구하면서 형평운동의 자멸을 경고하기에 이르렀다.

이를 계기로 진주 중심의 사원 대표자와 서울 중심의 사원 대표자가 1924년 8월 진주, 서울의 중간지점인 대전에서 모였다. 이 자리에 지식층 대표자는 한 사람도 없었다. 그들을 배제하고 백정끼리만 만나기로 한 셈이다. 주도자는 진주의 이학찬이었다. 그는 지식인 사회운동가 사이에 드러나는 반목을 더는 묵과할 수 없었다. 31개 지사와 분사 대표자 오십여 명을 포함해 백여 명이 참가했다.

대회는 서울본사가 주도권을 잡았다. 개편된 조직에서 이학찬을 제외하고는 핵심 지도자 모두 서울대표가 차지했다. 형평사 주도권은 진주에서 서울로 넘어가고 진주본사는 경남지사로 전락했다.

서울 총본부는 이학찬까지도 지도자급에서 제외하려 했으나 진주의 이학찬을 무시할 수가 없었다. 이학찬은 누구보다도 어깨가 무거웠다. 진주를 대표하는 위치에 섰기 때문에 책임감이 더 컸다. 김봉수도 그와 행동을 같이했다.

이학찬이 오랜만에 진주에 내려와 신현수, 강상호 그리고 경남지사장을 명월관에서 만났다. 신현수와 강상호는 진주본사가 지사로 바뀐 후로 형평사 일에 거의 손을 놓았다. 장지필과 사이가 나빠진 이후부터였다. 그가 서울 총본부를 드나드는 것에 감정이 상했다. 원래 진주본사의 위원이었던 신현수나 강상호가 서울본사의 지시를 받기 싫은 것도 이유 중 하나일 것이다. 중간에서 처지가 난처한 사람은 바로 이학찬이었다.

"학차이가 마이(많이) 바쁘제? 진주에서 서울이 어데고. 오죽하모, 서울 사람들이 '진주라 삼천리'라 안 쿠나."

"바빠도 우얍니꺼? 맡은 일이니, 힘들어도 해야지예."

"그 말이 맞구만은. 학차이 겉은 사람이 있으이깨네, 이 나라 헹펭운동이 지속되는 기제. 이왕 시작한 거 열심히 하그라."

신현수가 이학찬에게 술잔을 건넸다. 왠지 강상호 표정이 시무룩했다. 아직도 장지필과의 감정이 풀리지 않아서 그러는가 싶어 그의 얘기는 아예 꺼내지 않았다. 신현수도 그의 소식을 묻지 않았다. 이학찬이 서둘러 잔을 비우고는 강상호에게 조심스럽게 내밀었다.

"먼 걱정거리 있으신교? 안색이 안 좋아 보입니더."

"걱정은 무신…. 개않다. 집행부 일은 할 만하드나?"

"일이 엄청 많심더. 지사와 분사에서 올라오는 진정서가 하루에도 수십 통잉 기라예."

"진정하는 내용이 머신데?"

"뻔하지예. 그 지억(지역)에서 헹펭운동을 방해해가 피해당한 내용이 대부분입니더. 폭행을 당해 죽은 사원도 있고, 집에 불을 질러가 터전을 잃은 사원도 있심더."

"문디이 자석들. 백정을 즈그들 맘대로 몬 하이깨네, 쏙이 아파 안 그러나. 사돈이 땅을 사도 배가 아픈 기 조선놈의 심통이라 넘이 잘되는 걸 몬 본다 아이가. 헹펭사 규모가 커지이깨네 배가 아픈 기라."

강상호가 잔을 지사장에게 넘기며 진주에서는 어떤 분쟁이 있었는지 물었다. 그러자 요즘은 조용하다고 했다.

"다행이구만은. 학차이 느그 정육점은 으떻노? 손해가 많제?"

"손해가 나도 우짭니꺼. 감수해야지예. 고만석 아재가 있어, 그나마 다행이라예."

가향이 소반에 안주 몇 개를 더 가지고 들어왔다. 그녀도 얼굴이 밝지 못했다. 본사가 지사로 바뀌면서 맥이 빠진다고 언젠가 말한 적이 있었다. 그렇게 말하는 그녀의 가슴속에는 김봉수가 있었다. 그가 이학찬과 늘 붙어 다니는 바람에 얼굴 보기가 어려웠다.

이학찬으로서는 조금 미안했다. 마치 김봉수를 형평사 간부로 들여앉히고 부려먹는 것 같았다. 그게 사실일지도 모른다.

가향에게도 미안했다. 그녀가 김봉수를 사모하는 것을 눈치챈 터에, 그들을 떼어놓아 마음이 편치 않았다.

이학찬이 가향에게 잔을 건네며, 음으로 양으로 형평사에 많은 도움을 준 것에 감사하다는 말을 덧붙였다.

"진주에 가향 아가씨가 있어가 헹펭사가 마이 발전한 것 같심더."

"별말씀을 다 하십니다."

"참말입니더. 헹펭사가 맹글어질 때 헵조를 마이 했다 아입니꺼."

"제가 부끄럽습니다. 형평사 일로 목숨을 잃은 분도 있는 걸요."

"그런 희생자가 있었으이깨네 오늘처럼 헹펭사가 번창했다 아입니꺼. 그란데 지국장님예, 서울본사에 있어 보이 문제가 많심더."

"무신 말이고?"

"공부를 마이 한 젊은 아들 주장이 시끄러븐 기라예. 특히 일본에서 공부한 사람 몇몇이 헹펭사 치지(취지)를 바꾸자 쿠는 깁니더."

"사해주이 사상에 물든 젊은 놈들이 그럴 끼구만. 주도권을 잡아가, 본래의 헹펭사 치지를 희석시킬라 쿠는 의도가 있능 기라."

"맞심더. 그기 길 닦아놓이깨네, 용천배이(용천뱅이) 지랄하는 겍(격)이라예. 백정이 짐생맨치로 천대받으믄서 살 때, 즈그덜은 돈이 많아가 유학을 갔다 아입니꺼. 그런 아아들이 갑자기 나타나, 헹펭사를 개급(계급) 투쟁인가 머신가로 바꾸야 된다 쿠는 기라예."

"그기 공산주이자의 수법인 기라. 겡시청에서 가마 안 둘 끼다."

"앞으로 우야모 됩니꺼?"

"그늠아들과 맞서가 헹펭사를 본래대로 잘 지키야제. 헹펭사 치지가 머꼬? 백정이 인간답게 사는 그런 공펭한 사해를 만들자는 거 아이가? 그러이 지키야제."

술자리가 너무 긴장됐다 싶었는지 가향이 기생 하나를 불러들여 가야금을 타게 했다. 곡이 흐르자 가향이 읊조리듯 나직한 목소리로 창을 불렀다. 그녀의 눈이 촉촉하게 젖었다.

10

이학찬이 고만석과 김봉수를 안채로 불러들였다. 고만석이 김봉수를 슬그머니 바라봤다.

"요즘, 봉수 허는 일이 힘들지?"

"보람 있는 일을 하는 걸요. 더구나 이학찬 위원을 모시고 있어, 보람이 더 커요."

"오늘 우리가 이 자리를 마련한 건 봉수 뜻을 알고 싶어서 그려."

"무슨 말씀인지 ···."

"봉수도 이제 장가를 가야지."

"아저씨도 참, 제가 장가를 가다니요? 당치 않아요. 아저씨도 제 처지를 아시면서, 그런 말씀을 하세요?"

"이학찬 의원하고 상의를 했구먼. 봉수를 가향이와 짝지어 줄 참이여. 이 의원이 적극적으로 추진한 것이고."

그러자 김봉수가 고개를 떨어뜨리며 한숨을 내쉬었다.

"아저씨, 제가 일전 한푼 가진 게 없는데, 어떻게 여자를 들이겠어요? 그건 안 되는 일예요."

이학찬이 목소리를 가다듬어 끼어들었다.

"살림 차릴 비용에 대해서는 내한테 맡기모 되능 기라. 두 사람이 살 집도 마련해 줄 것이고."

"어떻게 그런 생각을 ···."

"만석이 아재하고 진작에 상이(상의) 한 기라."

김봉수 고개가 더욱 깊이 꺾였다.

"메칠 후에 두 사람이 따로 만나야 되이까네, 그 자리도 내가 마련할 끼구만은. 그러이깨네 겔심만 하모 되능 기라."

김봉수가 슬그머니 자리에서 일어나 밖으로 나갔다. 이학찬과 고만석이 그의 뒷모습을 바라보며 고개를 끄덕였다.

며칠 후, 이학찬이 김봉수를 데리고 청요릿집으로 들어갔다. 김봉수는 몇 차례 사양하다가 마지못해 따라갔다. 이학찬이 예약해놓은 방으로 들어갔다.

잠시 후, 밖에서 여자의 기침 소리가 들렸다. 가향이 들어오자 이학찬은 손짓으로 앞자리를 권했다.

김봉수는 고개를 들지 못하고 마치 죄인처럼 무릎을 꿇었다. 이학찬은 그녀의 옷차림을 보고 의아했다. 명월관에서 보던 복색이 아니었다. 여염집 여인의 흔한 외출복 차림이었다. 얼굴에 화장기도 없었다. 기생티를 내지 않으려고 애쓴 흔적이었다.

"두 사람한테 이미 언질을 줬으이깨네, 오늘 만나는 치지는 말 안 해도 알 끼구만은. 김봉수 사원캉 가향 처자가 서로 흠모하는 눈치를 챘으이깨네, 긴말이 필요없는 기라. 고마, 살림 차리소."

가향이 내내 숙였던 고개를 들었다. 입을 달싹대는 것으로 보아 선뜻 말을 내지 못하는 눈치였다. 김봉수도 마찬가지였다.

"갑작스러운 일이라, 어찌 말씀을 드려야 좋을지 모르겠습니다. 당황스럽기만 합니다."

"원래, 혼사는 벼락치기로 하는 기요. 그러지 않으모, 때를 놓치

기 십상잉 기라. 내사 김봉수 사원한테도 얘기했지만도, 준비랄 게
뭐 있능교. 두 사람이 살 집만 마련되모, 어려불 기(어려울 게) 읊는
기라. 집은 내사 마련할 테이깨네, 가향 처자는 솥단지캉 그릇 멫
개하고 수저만 준비하모 되는 기요."

방문이 열리며 요리가 들여졌다. 탕수육과 잡채와 새우요리 등이
상을 가득 채웠다.

이학찬이 술주전자를 들었다. 그러자 가향이 놀라 그로부터 주전
자를 빼앗으려 했다. 그러자 이학찬이 "여기는 맹얼간이 아이요" 하
고 손사래를 쳤다.

"오늘은 내 손님으로 왔으이깨네, 내 술 받으소."

"그럴 수는 없는 법입니다."

그러나 이학찬이 고집을 꺾지 않고 그녀와 김봉수 잔을 차례로
채웠다. 가향이 비로소 주전자를 넘겨받았다.

술 한 잔씩을 마셨다. 그러자 이학찬이 자기는 해야 할 일이 있다
며 먼저 일어날 뜻을 비쳤다.

"둘이서 애기(얘기)를 충부이 나누소. 아야 겔혼 날짜까지 잡아
삐는 것도 좋고. 그래 믿고, 나는 몬저 일어날 끼요."

김봉수와 가향이 그를 배웅하려고 자리에서 일어나자 이학찬이
억지로 눌러 앉혔다.

김봉수와 가향은 고개를 들지 못하고 계속 무구포無口鮑로 앉아
있었다. 김봉수는 괜한 헛기침만 내뱉었고, 가향은 손수건으로 애
먼 콧등만 눌러댔다.

11

이학찬은 그다음 날 서울 형평사 본사로 올라갈 계획이었다. 낮에는 김봉수와 가향을 청요릿집에 남겨두고 먼저 나왔다. 그들에게 자리를 피해 줄 뜻이었다. 그런데 그게 실수였다.

해거름이 되자 느닷없이 가향이 헐레벌떡 달려왔다. 머리는 산발이고 옷매무새도 보기 민망하게 흐트러졌다. 가향은 그를 보자마자 그만 바닥에 주저앉아 버렸다.

"가향 처자, 대체 무신 일잉교?"

"이를 어쩌면 좋습니까?"

그녀가 눈물을 쏟으면서 몸을 부들부들 떨었다. 그녀의 눈동자가 완전히 풀어져 초점을 잃었다.

"울지만 말고, 자초지종 얘기를 하소."

그제야 가향이 울음을 그쳤다. 얼굴이 눈물로 얼룩져 말이 아니었다. 겨우 숨을 가다듬은 그녀가 더듬더듬 얘기를 풀어놓았다.

김봉수와 가향은 청요릿집에서 나와 잠시 남강南江변을 걸었다. 김봉수는 그때까지도 주눅에서 벗어나지 못하고 계속 쭈뼛거렸다. 가향과 나란히 걷지 못하고 서너 걸음 처졌다. 가향이 가던 걸음을 멈추고 그가 가까이 오기를 기다리곤 했다. 그러면서 자꾸 웃었다.

"기운이 없어 보입니다."

"그런 게 아니라 ⋯ ."

"언제까지 저하고 내외하시렵니까? 우리는 부부가 되기로 약정하지 않았습니까? 너무 쑥스러워하지 마시고, 가까이 오셔요."

김봉수가 그제야 다가섰다. 그들 두 사람이 멀리 산마루에 눈길을 돌렸다. 기우는 해가 산등성을 넘어가면서 그들의 얼굴을 붉게 물들였다.

"그런데요 … ."

김봉수가 무슨 말인가 하려다 말고 고개를 숙였다. 그러자 가향이 얘기하라며 그를 빤히 올려다봤다. 김봉수는 그녀의 눈빛이 너무 영롱해 차마 마주 볼 수가 없었다. 그가 또 머뭇거렸다.

"저는 원체 재산도 없고, 벌어 놓은 것도 없습니다. 당분간은 그럴 것 같구요. 솔직하게 말씀드려서, 혼인해도 앞날이 막막합니다."

"걱정하지 마셔요. 이학찬 위원께서 집을 마련하시겠다고 했으니, 우리 두 사람이 입에 풀칠만 하면 되지 않겠습니까."

"그럼, 혼인하고도 명월관에 머물겠다는 뜻입니까?"

"아닙니다, 아닙니다. 아니고 말구요. 곧 기생질을 그만둘 것입니다. 저는 오로지 한 남자만 받들며 살고 싶습니다. 그게 꿈이기도 했고요. 마침 오늘 가약을 했습니다. 그러니, 앞으로 이 계집을 멀리하지만 말아 주십시오."

"저는 처자를 먹여 살릴 일이 걱정입니다."

"걱정하지 마셔요. 제가 마련하겠습니다. 김봉수 사원께서는 원체 큰 뜻을 가지지 않았습니까. 형평사 일에 전념하셔요. 백정이 사람답게 사는 걸 희망하신 분이 아니십니까? 그 꿈을 꼭 실현하셔요."

가향이 기어이 눈물을 글썽거렸다. 김봉수가 고개를 끄덕이며 그녀의 손을 끌어 잡았다. 이때였다. 뒤에서 사내 여럿이 왁자하게 떠들며 다가왔다. 그들이 각다귀인지 농청 패인지 선뜻 가늠할 수가 없었다. 대여섯 명쯤 되었다. 낯빛이 변한 김봉수가 빨리 피하는 게 좋겠다며 가향의 손목을 잡아끌었다.

그러나 이미 그들의 가시거리에 들어 바로 피할 수가 없었다. 그들이 빠른 걸음으로 다가와 "하야, 보기 좋네" 하고 두 사람 앞을 가로막았다. 김봉수가 주먹을 쥐고 눈을 부릅떴다.

"가만, 니는 유맹한 김봉수 아이가? 헹펭사에 드가드만은 연애질하는 기가?"

"상관하지 말고 비키시오."

"머라? 상간하지 말라꼬? 니 오늘 만났다이. 우리가 니를 을매나 벨렀는지 아나?"

"나는 당신들을 상대할 생각이 없으니까, 길을 트시오."

"그리는 몬 하지. 야들아, 안 그렇나?"

"하모, 하모."

그들 중 한 놈이 가향에게 다가가 대뜸 손목을 낚았다. 가향이 손을 빼려고 몸을 비틀었다. 김봉수가 놈의 멱살을 움켜쥐었다. 그러자 다른 놈이 가향의 허리에 팔을 둘렀다.

김봉수가 놈의 얼굴에 주먹을 날렸다. 그가 비명을 지르며 고꾸라졌다. 김봉수는 거기서 끝내지 않았다. 그때까지도 가향의 손을 놓지 않는 놈의 사타구니를 냅다 걸어찼다.

이때 무엇인가 예리한 쇠붙이가 김봉수 옆구리를 뚫고 들어왔다. 이어서 또 다른 놈이 그의 복부에 칼을 깊숙하게 꽂았다. 가향이 비명을 지르며 길길이 뛰었다. 김봉수는 이미 엎어진 채 꼼짝도 하지 않았다. 바닥에 피가 흥건했다.

그들이 잠시 얘기를 주고받더니 한 놈이 김봉수를 둘러업었다. 가향이 그의 팔을 물어뜯었다. 그러자 한 놈이 그녀를 걸어찼다.

가향은 그길로 이학찬 정육점으로 달려가 방금 전의 상황을 두서없이 쏟아냈다. 얘기를 듣고 난 이학찬 얼굴이 하얗게 죽었다. 그는 곧장 형평사로 달려가 박석호와 황길천을 불러 사원 모두를 모으라고 했다. 그러고는 바로 신현수에게 달려갔다.

신현수는 갑자기 들이닥친 이학찬을 보고 눈만 치떴다. 이학찬은 얘기 서두를 잡지 못해 한참 뜸을 들였다. 신현수가 무슨 일이냐며 다그쳤다.

12

형평사 건물 앞에 사원 수십 명이 모였다. 이학찬이 그들에게 조금 전 신현수에게 들려준 얘기를 전했다. 박석호와 황길천이 그 자리에 맥없이 주저앉았다.

박석호는 사원들에게 횃불을 들리고 그들을 이끌고 남강을 향해 뛰었다. 그러는 동안 신현수는 경찰서로 달려갔다.

남강에 도착한 박석호와 일행은 횃불을 들고 김봉수 시신이 수면 위로 떠오르기를 기다렸다. 그러나 아직 때가 아니었다. 박석호와 황길천이 그때까지 기다릴 수 없다며, 기슭에 매인 나룻배를 모두 풀었다. 강바닥을 훑을 작정이었다.

그렇게 두어 시간을 뒤졌다. 순사들을 데리고 온 신현수도 이를 지켜봤다. 이때 멀리 배 한 척에서 무엇인가를 찾았다고 소리를 질렀다. 박석호와 황길천이 물속으로 뛰어들었다.

잠시 후 죽은 게 틀림없을 사람 하나를 끌고 나왔다. 역시 김봉수의 시신이었다.

이학찬과 신현수가 사원들을 이끌고 경찰서로 향했다. 사람들이 거리에 운집해 이들을 지켜봤다.

신현수가 경시에게 다가가 사건의 전말을 설명했다. 경시가 신현수와 동행한 순사한테 사실을 물었다.

"김봉수가 살해되는 장멘(장면)은 몬 바서 자세히 모리겠고요, 강에서 시신을 건져 올린 건 사실임더."

"범인은 누군가?"

"놈들이 바로 도망해가, 누군지 모립니더."

이학찬이 앞으로 나서 범인이 누군지 아는 사람은 명월관 가향이라 일렀다.

"그 여자를 당장 데려오시오."

이를 지켜보던 형평사 사원들이 저마다 주먹을 흔들며 범인을 자기들한테 넘기라고 악을 썼다.

그로부터 나흘이 지나 김봉수를 살해한 범인들이 잡혔다. 그들이 잡힌 건 오로지 가향이 있었기 때문이었다.

경찰서에서 용의자를 모두 불러들였다. 모두 전과자로 십여 명이나 됐고, 거의 농청 패들이었다. 경시가 그들 모두를 꿇어앉히고는 가향이 범인을 지목하게 했다. 그녀가 조금도 주저하지 않고 앞으로 나섰다. 순사가 꿇어앉은 놈들의 머리채를 잡아 가향에게 얼굴을 바로 보여줬다.

가향이 두 놈을 지목했다. 자신의 손을 낚았던 자와 허리에 팔을 둘렀던 자였다. 김봉수한테 칼을 들이댔던 자들은 보이지 않았다. 가향이 지목한 자들은 처음에는 눈을 부라리며 완강히 부인했다.

그러자 경시가 권총을 뽑아 그들의 이마에다 들이댔다. 그제야 놈들이 고개를 떨어뜨렸다. 경시가 놈들의 얼굴을 구둣발로 걷어차며 김봉수 살해자를 밝히라며 권총을 또 들이댔다.

김봉수 장례식이 거행됐다. 이 자리에 진주 백정이 모두 참석했다. 그들뿐만이 아니었다. 이학찬이 이미 전보를 쳐 마산을 비롯한 경상남북도 형평사원 대부분이 몰려왔다. 멀리 충청도와 전라도 형평사에서도 대표자가 왔다. 김봉수가 형평사 서울본사 소속이라는 점도 있지만 그가 진주에서 백동회를 만들어 농청과 맞섰던 용기가 널리 알려졌기 때문이다.

신현수와 강상호의 조사弔詞가 차례로 있었고, 이학찬이 김봉수가 걸어온 발자취를 장황하게 열거했다. 이어서 각 지역 형평사 대표의 참배가 있었다.

그들의 참배가 끝나자 박석호가 불쑥 나섰다. 그가 김봉수가 누운 무덤을 한참 바라보고는 주먹을 불끈 쥐었다.

백정들이여
침묵에서 깨어나, 넓은 세상으로 나오라
백정들이여
분노를 터뜨려, 힘껏 외쳐라
백정들이여
우리는 기필코 승리한다
보라, 백정들이여
우리는 승리했노라
승리의 나팔을 불어라, 힘차게 불어라

더 힘차게 불어라

김봉수가 생전에 노래처럼 부르짖던 결의였다. 모두 숙연하던 백정들이 이 결의를 다시 외쳤다.

이때 소복한 여인 하나가 나섰다. 가향이었다. 머리를 풀어 헤치고, 허리에 흰 띠를 두른 그녀가 망자의 무덤을 향해 느럭느럭 걸어갔다. 이학찬을 비롯해서 신현수, 강상호, 박석호, 황길천 등 모두가 숨을 죽였다.

가향이 망자 앞에 술을 올리고 한참을 엎드렸다. 그녀의 어깨가 조금씩 떨렸다. 체읍하는가 싶더니, 이어서 소리 내어 울기 시작했다. 아주 오래.

명월관 기생들이 그녀를 부축했다. 가향이 그들을 뿌리쳤다. 그 눈빛에 광기가 돌았다. 기생들이 섬뜩해서 뒤로 물러섰다.

가향이 무덤을 한동안 바라보더니 갑자기 춤을 추기 시작했다. 모두가 긴장했다. 개중에는 어깨를 떠는 이들도 있었다.

가향이 한 손으로 치마폭을 살짝 올려 잡았다. 다른 손으로는 허공을 몇 차례 저었다. 그러더니 허리에 두른 띠를 풀어 양손으로 늘여 잡았다. 한동안 허공을 올려다봤다. 이어서 띠를 던지듯이 날렸다. 그 자세가 보는 이들을 또 긴장시켰다.

이어서 가향이 오른발을 살짝 들어 올리면서 치마폭 한쪽을 걷어 올렸다. 춤은 차츰 진혼무鎭魂舞가 되었다. 보는 이마다 모두 숨을 끊었다. 몸놀림 하나하나가 너무 애달파서 서마다 눈물을 훔쳤다.

이때 뒤로 물러섰던 기생 둘이 앞으로 나서더니, 가향의 춤 동작에 맞춰 창을 풀어놓기 시작했다.

눈물이 진주라면 흐르지 않게 두었다가
　　십 년 후 오신 님을 구슬성에 앉히련만
　　흔적이 이내 없으니 그를 슬허하노라

　가향이 띠를 머리 뒤로 넘기는가 싶더니, 허공에다 휘익 날려 버렸다. 그러고는 그 자리에 쓰러져 오열하기 시작했다. 너무 애절해 바라볼 수가 없었다.

　　말은 가자 울고 님은 잡고 아니 놓네
　　석양은 재를 넘고 갈 길은 천 리로다
　　저 님아 가는 날 잡지 말고 지는 해를 잡아라

　다시 일어나 무덤을 향해 돌아선 가향이 마치 봉헌하듯이 띠를 양손으로 받쳐 들었다. 그녀 볼에서 눈물이 끊임없이 흘러내렸다.
　몸을 흐느적거리며 무덤으로 다가간 가향이 엎어지듯이 쓰러졌다. 이를 지켜보던 사람들 입에서 "아아!" 하는 비명이 터졌고, 창은 계속 이어졌다.

　　사랑 사랑 긴 긴 사랑 개천같이 내내 사랑
　　구만리 장공에 넌즈러지고 남는 사랑
　　아마도 이 님의 사랑은 가없는가 하노라

참고 및 인용문헌

한말 백정에 대한 수탈과 백정층의 동향: 오환일(사학연구 54호, 1997)

백정, 외면당한 역사의 진실: 이희근(책밭, 2013)

백정과 기생: 조선 천민사의 두 얼굴: 박종성(서울대학교 출판부, 2003)

진주 농민운동의 역사적 조명: 진주농민항쟁기념사업회(역사비평사, 2003)

형평운동: 김중섭(지식산업사, 2001)

형평사와 보천교: 김재영(한국신종교학회, 2009)

토속어 · 성속어 사전: 정태륭(편)(우석, 2000)

우리속담사전: 원영섭(편)(세창출판사, 1993)

상말속담사전: 송재선(편)(동문선, 1993)

속담사전: 이기문(편)(민중서관, 1974)

속담어사전: 박영원 · 양재찬(편)(국학자료원, 1994)

한국민담사전: 최근학(편)(문학출판공사, 1987)

옛시조감상: 김종오(편)(정신세계사, 1990)

한국음식: 황혜성(민서출판사, 1980)

한국음식오천년: 이성우 외(유림문화사, 1988)

한국민속종합조사보고서 향토음식편: 문화재관리국(문화재관리국, 1984)

풍속화: 이태호(대원사, 1996)

복식: 조효순(대원사, 1994)

궁중음식과 서울음식: 한복려(대원사, 1995)

한국의 춤: 김매자(대원사, 1990)

한국의 무속: 김태곤(대원사, 2013)

서낭당: 이종철 · 박호원(대원사, 1994)

한국의 민속학: 최인학 외(민속원, 2012)

조선풍속화보: 권혁희(민속원, 2008)

무교: 권력에 밀린 한국인의 근본신앙: 최준식(모시는사람들, 2009)

한국민간신앙연구: 김태곤(집문당, 1983)

600년 서울, 땅이름 이야기: 김기민(살림터, 1993)

한국의 민요: 임동권(일지사, 1980)

우리나라 역대 국가들의 관료기구 및 관직명 편람: 오희복(여강출판사, 1999)

강화도
심행일기
송호근 장편소설

사회학자 송호근, 소설가 변신 선언! … 첫 장편소설

1876년 강화도에서 세계를 맞은 유장儒將 신헌!
서양인 천주교 신부를 보며 시대에 의문을 던지고 사랑하는 여인을
가슴에 품고 외세를 온몸으로 막아냈다.
뜨거운 사랑과 치열한 외교, 격변하는 시대를 벼려 낸 수작!

강화도 수호조규 체결 때 전권을 위임받고 협상대표로 나선 신헌. 그가 바라본 19세기 후반의 조선과 세계사 움직임을 우리 시대 사회학계를 대표하는 송호근 서울대 교수가 주목했다. 《강화도: 심행일기》는 '소설가 송호근'의 광대무변한 문학적 상상력과 치열한 문제의식으로 빚어낸 걸작으로 강대국에 둘러싸인 오늘날의 한반도 자화상이기도 하다.

반짝이는 한강물이 넘실거리며 흘러가 닿은 곳, 그리움의 퇴적이 강화도였다.… 강물은 강화도를 육지에서 밀어냈다. 그 강물에 그리움을 실어 나도 떠내려갔다.… 양적이, 왜적이 바다를 밀고 올라왔다. 그 역류는 천년의 고립을 끝내라는 제국의 명령이었다. 밀쳐내고 밀려드는 두 개의 힘이 맞부딪혀 와류가 만들어지는 섬, 나의 완충 강화도. 그리운 여인에게 갈 수 없는 완충에 나의 작은 십자가가 있는 것처럼.… 함대와의 협상은 완충으로 살아온 자신의 삶을 그렇게 마감한다는 마지막 결재였다.
– 본문 中

신국판 | 296면 | 13,800원

봉건과 근대가 맞부딪힌 역사의 섬, 강화도. 밀려드는 외세 앞에 선 경계인, 신헌(申櫶).